MAREN GOTTSCHALK

Jenseits der Ngong Berge

GOLDMANN

Maren Gottschalk

Jenseits der Ngong Berge

Roman

GOLDMANN

Originalausgabe

MIX
Papier | Fördert gute Waldnutzung
FSC® C014496

Penguin Random House Verlagsgruppe FSC® N001967

1. Auflage
Originalausgabe September 2024

Dieses Werk wurde vermittelt durch die
Montasser Medienagentur, München.
Umschlaggestaltung: UNO Werbeagentur, München
Umschlagmotiv: FinePic®, München
CN · Herstellung: ast
Satz: Buch-Werkstatt GmbH, Bad Aibling
Druck und Bindung: GGP Media GmbH, Pößneck
Printed in Germany
ISBN: 978-3-442-31697-7

www.goldmann-verlag.de

Meinem Vater, in Liebe

Jedes Gewitter beginnt mit einem Tropfen.

Sprichwort der Kikuyu

Gewiss ist es ein großes Glück,
die Dinge, die einem geschehen, in Geschichten
verwandeln zu können.
Das ist vielleicht das einzige vollkommene Glück,
das ein Mensch im Leben finden kann.

Tania Blixen, *Wiedersehen*

Inhalt

Prolog
Flügel

Als der gelbe Doppeldecker abhebt, zieht sich ihr Magen zusammen, und ihre Hände fühlen sich plötzlich eiskalt an. Fliegen? Würde sie jetzt wirklich fliegen? Aber nein, die Maschine macht nur ein paar Hüpfer. O Gott, denkt sie, vielleicht wird dieses Abenteuer mit einem schrecklichen Unfall enden, vielleicht steuert Denys sie direkt in die Bäume dort vor ihnen am Rand des Felds?

Aber dann lösen sie sich vom Boden und steigen auf Richtung Himmel. In kühnem Schwung knattert die Maschine der Sonne entgegen. Der Wind fährt Tania Blixen in die Haare, zaust sie in alle Richtungen, und sie spürt, wie die Ränder der Schutzbrille auf ihr Gesicht drücken. Sie fliegt. Kein Zweifel, sie fliegt.

Wohin soll sie schauen, nach oben oder nach unten? Oder doch die Augen schließen und nur das Vibrieren des Motors fühlen, den Wind, die Kraft, die sie in den Himmel schleudert? Nein, auf keinen Fall die Augen schließen, sie will keine Sekunde verpassen, sondern alles genau verfolgen und die Bilder in sich aufsaugen. Niemals darf dieser Moment verloren gehen. Dieses neue Gefühl der Leichtigkeit brennt sich in ihr

Herz und zeichnet sie für immer. Kurz durchzuckt sie der Gedanke, sie sei der älteste Mensch der Welt, einer, der den Sinn hinter allem begreift und der versteht, was das Wesen der Menschheit ausmacht. Ist es nicht das, worum es geht? Das Leben einzusetzen, um das Leben zu gewinnen, fliegen, frei sein, sich von den tausend Fäden, die sie mit der Erde verbinden, lösen? Fort mit den Kümmernissen und dem flüchtigen Glück, zum Teufel mit Krankheit und Geldsorgen. Hier oben in der Luft ist sie nur Mensch, nein, nicht einmal das, nur Kreatur, nur das Geschöpf eines Gottes, der ihr erlaubt – und sei es nur für einen kurzen Moment –, einen Blick auf seinen ureigensten Plan zu werfen.

Friedlich schweben sie über Buschland, durch das sich ein Fluss schlängelt, ein glitzerndes Band, an dessen sandigem Ufer Zebras stehen, die den Kopf heben, ohne sich zu wundern. Sie nehmen das Flugzeug hin, wie sie alles hinnehmen. Auch für sie ist Gott groß. Sie müssen nicht wissen, warum der gelbe Brummer dort oben seine Kreise über ihren Köpfen zieht. Ungerührt tauchen sie ihre schwarzen Mäuler wieder ins Wasser.

Schon erreicht das Flugzeug die Ngong-Berge, die grünen Hügel, die Karen von ihrer Veranda aus sehen kann. Sie hat sie mit dem Automobil, zu Pferd und zu Fuß erkundet, hat dort gejagt, geschlafen und nachts in den Sternenhimmel geblickt. Betrachtet man die Ngong-Berge vom Boden, reihen sich Hügelkuppen wie die Knöchel einer riesigen Faust nebeneinander. Von oben gesehen wirken sie majestätischer, und nun legt Denys, der Geliebte, der hinter ihr sitzt und die Maschine steuert, ihr die Hügel wie ein Geschenk zu Füßen. So muss es sich angefühlt haben, wenn die Helden aus alten Sagen ihren Frauen ganze Landstriche darbrachten. Tania begreift den uralten Ritus zum ersten Mal. »Sieh doch, das ist meine Morgengabe, mein Versprechen, mein Bekenntnis zu unserer Vermählung.« Sie verspürt die alte Lust, sich Geschichten auszudenken und ihre eigenen Gefühle hineinzuweben.

In ihrer Brust weitet sich etwas, sie möchte schreien und weinen, jauchzen, lachen und hält doch nur den Atem an. Sie darf diesen Moment nie wieder vergessen.

Jenseits der Ngong-Berge fällt das Land steil ab, dort breitet sich das Rift Valley unter ihnen aus. Sie erreichen die Ebene, wo die Wolken dunkle Schattenflecken auf die Steppe malen. Dieses Land ist so unendlich weit, denkt Tania, hier ist Platz für alle. Eine Herde Gnus, sicher ein paar Hundert Tiere, rennen dem Horizont entgegen. Sie gehorchen einem geheimen Code, der in jeder Faser ihres Körpers steckt, von den Hufen bis zum Herzen. Blind folgen sie dem Weg des Lebens, finden Wasser und saftiges Gras. Jedes Jahr begeben sie sich auf die große Wanderung, ohne Kompass oder Wegweiser, denn sie tragen alles, was sie wissen müssen, in sich.

So möchte sie auch sein. Alles in sich selbst finden. Nur dem Instinkt folgen, den Gefühlen und der Kraft, die sie von innen antreibt. Mehr braucht es doch nicht im Leben als solche Momente, die einem niemand rauben kann. Weder die tief in ihr schlummernde Krankheit noch die Drohungen der Bank können ihr diese Erlebnisse wegnehmen. Tania fühlt sich reich, reicher als je zuvor. Sie sieht den Schatten des Fliegers unter sich über die Erde gleiten, streckt die Hand aus und will sich selbst winken. Und nun muss sie doch kurz aufschluchzen und zugleich darauf lachen. Eine Hand legt sich von hinten auf ihre Schulter, drückt sie sanft. Denys weiß, wie sie sich fühlt, er versteht die Poesie dieses Moments wie niemand sonst, er hat ja dieses Staunen für sie geschaffen. Sie legt den Kopf ein wenig schräg, schmiegt sich in die Berührung seiner Hand. Kurz greift er ihr ins Haar, bevor er die Hand wegzieht, um wieder die Maschine zu steuern und einen weiten Bogen zu ziehen.

Nach einer Stunde erreichen sie den Nakurusee. Sie war schon oft hier, aber noch nie hat sie das Schauspiel von oben gesehen. Hunderttausende Flamingos säumen das Ufer, bilden ein breites rosafarbenes Band, schillernd und in zitternder Bewegung. Als Denys mit der Maschine tiefer geht, scheuchen sie die grazilen Vögel auf, und Tania sieht sich plötzlich inmitten eines Wirbels von Flügeln und Beinen, als würde roséfarbener Staub aufsteigen und in den Himmel schweben und sie dorthin mitnehmen. Alles um sie herum ist Geflatter und Geschrei, sie spürt die Energie der Vögel, die sich lustvoll dem Auftrieb hingeben, sinken, abdrehen und wieder aufsteigen. Der Luftzug streift ihr Gesicht und den Hals, das Schreien der Vögel dringt bis in ihre Kniekehlen.

Der Himmel ist eine gigantische Bühne, auf der die Sonne sich durch breite, milchweiße Wolkenbänder bricht. Die Flamingos führen ein unvergessliches Schauspiel auf, nur für sie beide. Haben die Engel sich so gefühlt, als sie die Welt zum ersten Mal betrachteten? Waren sie genauso überrascht, beglückt und dankbar?

TEIL I

DÄNEMARK

Perlenarmband, 1959

Der morgendliche Blick in den Spiegel beweist es: Ihre Augen sind noch immer tiefschwarz. Wie die Kiesel im Mara-Fluss, hatte Denys einmal gesagt. Diese Augen sind ihr Stolz. Mit ihnen hat sie die Welt bezwungen. Nicht nur, weil sie so viel mehr gesehen haben, als den meisten Frauen ihrer Generation vergönnt war. Sie hat mit ihrem Blick auch Menschen an sich gebunden, Prinzen und Jäger, Politiker und Schriftsteller, Journalisten und Freunde. Und nicht zuletzt ihre Leute auf der Farm, die Einzigen, die in ihren Augen lesen konnten wie in einem Buch.

Auch Tiere hat sie bezirzt. Ihren geliebten Hund Dusk konnte sie mit einem Blick dazu bringen, mitten in der Bewegung stocksteif stehen zu bleiben. Lullu, das Antilopenkalb, ließ sich zähmen, weil es ihren Augen vertraute. Und seit ihrer Rückkehr aus Ostafrika flattern die Vögel im Park von Rungstedlund unbekümmert um sie herum, wenn sie sich auf die Bank am Waldrand setzt. Solange sie jeden Morgen ihre Augen öffnen und die Welt in ihren Bann ziehen, solange sie ihr Gegenüber noch mit Geschichten fesseln kann, fühlt es sich richtig an weiterzuleben.

Sie fährt mit der Bürste ein paarmal über die dünnen Strähnen und bindet sich ein Seidentuch um den Kopf. Schon vor Jahren hat sie sich angewöhnt, auffallende Hüte oder Mützen zu tragen. Oder eben ein Tuch. Es gibt ihr einen mondänen, eleganten Anstrich, und auf den legt sie auch mit vierundsiebzig Jahren noch Wert. Warum auch nicht? Alles ist erlaubt, was ihr dabei hilft, sich besser zu fühlen. Aus demselben Grund erlaubt sie es sich, mit ihren Namen zu spielen. Denys hatte sie Tania genannt, und sie hatte es geliebt. Jetzt, wo sie sich dem Ende ihres Lebens nähert, freundet sie sich wieder mit ihrem Geburtsnamen Karen an.

Sie greift nach der Glasplatte auf dem Frisiertisch und zieht sich daran hoch. Die nächste Aufgabe wartet. Zur Kommode gehen und nach ihrer Sekretärin läuten. Karen Blixen will die Treppe heute nicht allein heruntersteigen. Ein andermal wird es wieder besser gehen. Vielleicht schon morgen.

Als Ruth Jacobsen sich dem Strandvej nähert, wo Karen Blixens Haus steht, bleibt sie vor der Bank stehen, die dem Wasser zugewandt ist. Wie oft hat sie in den letzten Tagen hier gehockt und die Situation verflucht? Mit der Hand wischt sie über das Holz, setzt sich und stellt die Füße in den braunen Halbschuhen ordentlich nebeneinander. Ihre Zehen sind kalt, obwohl es Frühling ist und die Sonne scheint. Aber ihr Mantel ist zu dünn für einen frischen dänischen Morgen, und die Kälte kriecht ihr unter den Rock. Sie hat eine Hose im Koffer, traute sich aber bisher nicht, sie zu tragen. Wer weiß, wie man das im Haus von Karen Blixen aufnehmen würde, sie ist eine Baronin, wenn auch eine geschiedene. Ruth stemmt die Ellbogen auf die Knie, legt die Hände vors Gesicht und reibt sich die Augen. Worauf wartet sie noch? Es kann kaum schlimmer werden, als es schon ist. Sie werden sie abwimmeln. Wie gestern, vorgestern und alle vier Tage davor. Und dann war es das eben. Jeremy, ihr Redakteur, hatte gleich seine Zweifel. Aber sie hatte sich vorgedrängt. »Ich fliege doch sowieso nach Dänemark, lass mich das machen. Ich krieg das hin, glaub mir! Ich klopfe einfach an ihre Tür, jeden Tag, wenn es sein muss. Bis ich das Interview bekomme.«

Und jetzt? Gar nichts. Nicht einen Blick hat sie bisher auf Karen Blixen werfen können. Nur weil sie dänische Vorfahren hat, ist sie eben noch lange nicht die Richtige, um eine Festung zu stürmen, in der eine der erfolgreichsten Schriftstellerinnen der Welt sich verschanzt hat. Eine Frau, die sogar als Kandidatin für den Nobelpreis gilt. Das hatte Jeremy ihr auch auf den Kopf zugesagt: »Du, Ruth? Du hast doch überhaupt keine Erfahrung mit solchen Leuten. Die Blixen ist eine Berühmtheit, da brauchst du eine Strategie, um zu ihr vorzudringen.«

»Na und? Dann lerne ich es eben«, hatte ihre Antwort gelautet. Er hatte sie zweifelnd angeschaut und sich dann seufzend auf die Ecke seines Schreibtischs gesetzt, während sie auf dem Besucherstuhl vor ihm hockte.

»Also gut. Jack hat einen großen Fehler gemacht, und du bekommst die Chance, ihn für uns alle auszubügeln. Aber wenn die Blixen noch immer krank ist, wird's schwierig. Was willst du dann tun?« Er hatte sich zu ihr hinabgebeugt und hinzugefügt: »Wenn du das vermasselst, brauchst du nicht zurückzukommen.«

Dieses Szenario steht ihr seitdem drohend vor Augen. So schnell findet man keine festen Jobs bei Zeitungen in New York. Und auch wenn die *Lit of NY* nur eine kleine Literaturzeitung ist, hat sie einen guten Ruf und finanziert Ruths Studium. Ohne den Job müsste sie wieder kellnern oder – das wäre die völlige Niederlage – zu ihren Eltern nach Boston zurückkehren.

Eigentlich war es Jacks Auftrag gewesen, Karen Blixen während ihres Aufenthalts in New York zu interviewen. Jeremy hatte von einer Schlagzeile geträumt wie »Karen Blixen – was sie heute über den Kolonialismus denkt. Exklusiv in der *Lit of NY*«. Aber Jack hatte das Interview nicht bekommen. Schuld daran war eine Mischung aus Arroganz, Unaufmerksamkeit und Pech: Zuerst hatte er sich nicht für die Pressekonferenzen akkreditiert, weil er auf einen eigenen Termin spekulierte. Dann war er nicht einmal in die Nähe der Blixen gekommen, obwohl diese in den ersten drei Monaten des Jahres 1959 fröhlich durch die USA reiste und davon mehrere Wochen in New York logierte. Als dann fast alle Zeitungen und Radiosender ihre Interviews hatten, als die Vorträge und Dinners und Signierstunden vorbei waren, entschied Jack, jetzt sei die Stunde für sein Exklusivinterview gekommen. Doch dann war die Blixen von einem auf den anderen Tag schwer erkrankt, hatte ihre Reise abgebrochen und war vom Krankenhaus in Manhattan direkt zum Flughafen gebracht worden, um zurück nach Dänemark zu fliegen.

Jack war zwar nicht der Einzige, der nicht zum Zug gekommen war, aber das hatte Jeremy nicht interessiert. Er hatte so getobt wie nie zuvor.

Und hier in Rungstedlund, eine halbe Zugstunde nördlich von Kopenhagen, heißt es seit fast einer Woche, Karen Blixen empfange noch keinen Besuch. Sie sei krank. Ruth gräbt das Gesicht tiefer in die Hände und massiert ihre Stirn mit den Fingerspitzen.

Ein leises Hecheln neben ihr lässt sie auffahren. Im selben Moment legt sich eine warme Hundeschnauze auf ihr Knie. Ruth schaut das Tier überrascht an, Angst hat sie nicht. Sie kommt vom Land, ist mit Hunden aufgewachsen und weiß, dass auch fremde Tiere schnell Zutrauen zu ihr fassen. Ihr Vater sagt immer, sie habe den richtigen Geruch an sich. Oder ist es ihr Mantel, den sie schon seit Ewigkeiten nicht mehr ausgebürstet hat? Sicher ist er voller Haare ihres Labradors Flint. Sie betrachtet den alten Schäferhund, der jetzt an ihren Händen schnuppert. Sein Fell ist struppig, und aus den Augenbrauen wachsen ihm ein paar sehr lange Haare. Er schaut zu ihr hoch, wie das nur Hunde können, freundlich, mitfühlend, aufmunternd.

»Wer bist du denn?«, fragt Ruth und streichelt ihn zerstreut.

»Wollen wir eine Runde durch den Park gehen?«, fragt Clara Svendsen. Die Sekretärin, Anfang vierzig, mit weichen, freundlichen Zügen, ist eher praktisch als modisch gekleidet und steht seit fünfzehn Jahren in den Diensten der Baronin. Zu ihren Aufgaben gehören nicht nur die gesamte Korrespondenz und das Abtippen der Texte, vom Entwurf bis zur letzten Korrektur. Karen Blixen schätzt ihre Meinung bei der Auswahl der Texte für neue Bücher, und sind die Frauen unter sich, vertritt Clara mutig ihre Ansichten. In Gesellschaft hält sie sich bereitwillig im Hintergrund und hat keinen Ehrgeiz, zu glänzen. Sie schaut die Baronin aufmunternd an. »Oder wenigstens einmal um den Teich? Es ist gerade so schön draußen, das wird uns guttun.«

»Uns? Warum redest du wie eine Krankenschwester mit mir? Willst du einen Spaziergang machen? Dann sag das doch.«

Clara verzieht kaum merklich den Mund und nickt. Sie kennt diesen Ton seit fünfundzwanzig Jahren, seit sie als Sekretärin für Karen Blixen arbeitet. Wenn sie das Gefühl hat, jemand wolle sie manipulieren, wird sie störrisch. »Ja, Baronin«, sagt Clara, um sie milde zu stimmen. »Du hast recht, eigentlich bin ich es, die einen Spaziergang machen will. Kommst du mit?«

Will Clara sich dienstbar zeigen, spricht sie ihre Chefin mit Baronin an. Ist sie wütend, sagt sie Frau Blixen. In den letzten Monaten hat sie sich angewöhnt, sie ab und zu Tania zu nennen, so wie Denys Finch Hatton es getan hatte.

Karen Blixen legt den Kopf schräg, als müsse sie nachdenken. Dann nickt sie gnädig. »Nun, vielleicht komme ich wirklich mit.«

Clara lässt sich ihre Genugtuung nicht anmerken. Soll sie doch ihre Spielchen haben, denkt sie, darüber wird sie sich nicht mehr ärgern. Und eigentlich scheint die Baronin heute Vormittag ganz gut beisammen zu sein. Als sie morgens gemeinsam die Treppe vom Schlafzimmer herabstiegen, musste sie sie noch stützen, aber die Arbeit hat sie offensichtlich erfrischt. Fünf lange Briefe hat sie heute diktiert. Sie war so in Schwung, dass kaum etwas korrigiert werden musste. Jetzt liegen die Umschläge fertig adressiert auf dem Tisch, einer für ihren Verleger von Random House in New York, einer für den »lieben, hochgeschätzten« Truman Capote und die anderen sind für die Bank, einen Cousin auf Schloss Wedellsborg und der letzte für ihren Bruder Thomas Dinesen. Als die Briefe fertig waren, hat Karen Blixen sich noch einmal die ersten Seiten des neuen Buchs vorlesen lassen und ein paar Verbesserungsvorschläge gemacht. Jetzt haben sie sich eine Pause verdient.

»Wo ist Pasop?«, fragt Karen Blixen und schaut sich nach ihrem Hund um. »Schon wieder auf Abwegen?«

»Er kommt sicher gleich, wenn wir draußen sind«, vermutet Clara.

»Es gefällt mir nicht, dass er sich in letzter Zeit so oft selbstständig macht. Wir dürfen ihm das nicht durchgehen lassen. Er wird noch richtig starrsinnig im Alter.«

Clara verkneift sich eine Antwort, nimmt sich aber vor, diese Bemerkung in ihr Tagebuch zu schreiben und mit einem Kommentar zu versehen. Laut sagt sie: »Ich hole deinen Mantel«, während sie die Schutzhaube über die Schreibmaschine breitet, »es ist heute ziemlich frisch.«

Die Baronin friert schon seit Jahren ständig. Sie wiegt auch nur noch fünfunddreißig Kilo. In den letzten Tagen ihrer USA-Reise, die nur wenige Wochen zurückliegt, konnte sie sich nicht mehr allein anziehen, und Clara musste sie sogar kurze Strecken tragen. Kaum waren sie zu Hause, verschlimmerte sich ihr Zustand, und Clara geriet in Panik, weil sie dachte, die Baronin würde jetzt wirklich sterben, direkt vor ihren Augen. Es war fast unerträglich gewesen, zu sehen, wie sie auf dem Boden lag und sich in Krämpfen wand. Warum sie diese Schmerzen nirgends besser aushalten kann als auf dem Teppich ihrer Stube, wissen auch die Ärzte nicht. Clara hatte in Gedanken schon eine Liste erstellt, was sie im Todesfall alles erledigen und wen sie zuerst benachrichtigen müsste. Aber dann hatte die Baronin sich erholt, und nun sehen sie beide hoffnungsvoll dem Sommer entgegen.

Schon am zweiten erfolglosen Tag hatte Ruth sich gefragt, ob sie das Interview mit der Baronin Blixen überhaupt noch bekommen würde. Ihr Freund Akil war von Anfang an skeptisch gewesen. »Da wünsche ich dir viel Glück«, hatte er gesagt und sie zweifelnd angeschaut. »Und wenn sie es nicht macht?«

»Die macht das«, hatte sie schnell erwidert. »Denk doch mal nach. Warum hat sie diese vielen Vorträge gehalten? Warum trifft sie sich mit Gott und der Welt? Gerade war sie noch mit Marilyn Monroe und Arthur Miller in New York zusammen, ich hab die Fotos in der Zeitung gesehen. Sie genießt die Aufmerksamkeit und redet gerne. Glaub mir, die freut sich, wenn ich sie um ein Interview bitte.«

Aber das Gegenteil ist der Fall. Und heute ist ihr letzter Tag. Morgen will sie nach Aarhus fahren, und in zwei Wochen geht es zurück nach New York. Entschlossen steht sie von der Bank auf, umrundet sie und steht nach wenigen Metern vor dem Anwesen.

An das weiß getünchte Scheunenhaus, dessen Vorderseite dem Wasser zugewandt ist, schließt sich im rechten Winkel ein niedriges Wohnhaus an. Im Hof wächst eine Linde mit einer umlaufenden Bank, zwei Fahrräder und ein Leiterwagen stehen neben dem Hauseingang.

Es gibt weder ein Namensschild noch eine Klingel, nur einen Türklopfer. Ruth greift danach. Kurz darauf erscheint die Haushälterin, die sie bereits von den letzten Tagen her kennt. Sie trocknet sich die Hände an der Schürze ab und wirkt etwas ungeduldig, als wolle sie Ruth zu verstehen geben, sie stehle ihr die Zeit.

»Tut mir leid. Die Baronin ist noch zu krank für Besuch«, sagt sie auch diesmal.

Ruth legt die Hände bittend zusammen.

»Aber ... vielleicht morgen?«, schiebt sie nach, obwohl sie morgen eigentlich nicht mehr hier sein will.

Die Frau ruft eine Frage auf Dänisch nach hinten in den Hausflur, die Antwort klingt abschlägig. Sie schüttelt den Kopf, lächelt Ruth bedauernd zu und schließt die Tür.

Ruth dreht sich um und steigt langsam die Treppe vor der Haustür herunter.

Enttäuscht setzt sie sich auf die Bank vor der Linde. Sie könnte hier sitzen bleiben, bis es Abend wird. Bis die im Haus begreifen, wie ernst es ihr ist. Sie bohrt die Absätze in den Kies. Was kann sie jetzt noch versuchen?

Ruth lehnt sich zurück, schlägt die Beine übereinander und holt ihren Notizblock aus der Tasche. Wickelt das Lederband mit den bunten Holzperlen ab, das Akil ihr vor der Reise gegeben hat. Ein Glücksbringer sollte es sein. Na, der hat ja großartig funktioniert. Sie windet sich das Band locker ums Handgelenk und holt einen Bleistift und den Block hervor. Um Zeit zu gewinnen, skizziert sie das Haus und den Hof.

Sie ist so tief versunken, dass sie aufschreckt, als sie etwas Feuchtes an ihrer linken Hand spürt. Es ist der Schäferhund von vorhin. Sie zieht die Hand weg und wischt sie an ihrem Rock ab. »Du schon wieder. Was willst du?«

»Wie dumm, dass wir ausgerechnet in diesem Jahr renovieren müssen«, sagt Karen Blixen, als Clara ihr in den Mantel hilft und sie danach vorsichtig in die Stiefel schlüpft. »Aber wir können es wirklich nicht mehr aufschieben. Ich will doch auch noch etwas von dem neuen Luxus haben.« Als es an der Haustür klopft, sagt Clara: »Wir nehmen besser die Verandatür.«

Ein paar Sekunden später hört sie, wie Frau Carlsen die Tür öffnet und gleich darauf ruft: »Clara? Hier ist wieder diese junge Frau …«

Clara, die mit der Baronin schon auf dem Weg zur Veranda ist und dabei ihren eigenen Mantel anzieht, antwortet knapp: »Nein.«

Als Frau Carlsen noch einmal nachfragt: »Und morgen?«, antwortet sie rasch: »Nein, auch nicht.« Man hört, wie die Haustür wieder geschlossen wird.

»Morgen könnte ich vielleicht wieder einen Gast zum Tee haben«, sagt Karen Blixen leise und öffnet die Verandatür. Clara tut so, als habe sie es nicht gehört. Insgeheim nimmt sie sich vor, die Baronin noch ein paar Wochen vor unangemeldeten Gästen zu beschützen. Zumal sie bald ausziehen müssen, wenn die Renovierung beginnt.

Rungstedlund stammt aus dem 17. Jahrhundert und diente zuerst als Gasthof für Reisende zwischen Kopenhagen und Helsingør. Seit Karen Blixens Vater Wilhelm Dinesen das Anwesen 1879 gekauft und zu einem Gutshof hatte umbauen lassen, war nicht viel daran getan worden. Zwei Flügel des ehemals vierseitigen Hofs sind einem Feuer zum Opfer gefallen, sodass nur noch ein L-förmiges Haus übrig ist. Es gibt zwei Toiletten, aber kein richtiges Badezimmer. Zwölf Meter eiskalter Flur liegen zwischen Karens Schlafzimmer und der nächsten Toilette. Sie ist auf dem Weg dorthin einmal in der Nacht gestürzt und hat eine Weile hilflos in der Kälte gelegen, weil sie nicht allein aufstehen konnte.

Außer zwei richtigen Bädern soll auch eine Zentralheizung eingebaut werden. Bisher feuern sie jeden Morgen mehrere kleine Eisenöfen an, darunter den wunderschönen Rokoko-Ofen im Salon, den ihre Verwandten auf Schloss Frijsenborg ausrangiert haben. Der Ofen hat vier kleine Füße, die wie Damenschuhe geformt sind. »Ziehen Sie dem Ofen Schuhe an«, hatte die Baronin dem Schmied befohlen, der das Gestell erneuern sollte,

»hier ist es so kalt, dass sogar die Öfen frieren, wenn sie nackte Füße haben.«

Nun sollen endlich neue Zeiten anbrechen, und der Bagger, der einen Abwasserkanal rund um das alte Haus graben wird, ist schon bestellt. Spätestens Ende des Sommers wollen Clara und Karen in das Hotel Bellevue am Strand von Rungsted umziehen.

Karen Blixen hakt sich bei ihrer Sekretärin ein und nimmt den Gehstock in die andere Hand. Witternd hält sie die blasse Nase in die Luft. Wenn der Wind über ihr Gesicht streicht, fühlt sie den Frühling wie ein feines Vibrieren auf der Haut. Für einen Moment bleibt sie stehen und schließt die Augen. Die Wolken jagen so rasch über den Himmel, dass sie mit geschlossenen Lidern den Wechsel von Licht und Schatten spüren kann. Dann schreitet sie weiter, betrachtet zufrieden das Meer von weißen Narzissen auf der großen Wiese, die von blühenden Weißdornbüschen eingefasst ist. Dahinter drängen sich die Vogelkirschen, Eschen und Linden. Die beiden Frauen betreten die schmale weiße Brücke, die über den Bach führt, der sich hier zu einem Teich verbreitert. Kurz sehen sie den Mücken und Käfern zu, die über das Wasser tanzen, und lauschen auf das Rascheln im Schilf. Ihr Weg führt am Blumengarten vorbei, doch Karen Blixen steuert heute ein anderes Ziel an. »Wird es dir nicht zu anstrengend, den Hügel zu nehmen?«, fragt Clara besorgt. Der Hügel ist eigentlich nur eine kleine Erhebung, die sie Ewaldshöhe nennen, benannt nach dem Dichter Johannes Ewald, der einmal in Rungstedlund gelebt und gearbeitet hatte. Es ist die höchste Stelle im Park, der Weg dorthin führt am Wald entlang und ist von Buchen, Eichen und Kastanien gesäumt. Der Wind zaubert ein paar Sonnenflecken vor ihre Füße und auf die Schattenblumen, Lichtnelken und Baldrianbüschel am Wegesrand. Sie gehen weiter in Richtung von Karens Lieblingsplatz, einer Bank auf dem Hügel, wo sie einmal begraben sein möchte. Sie sprechen nicht darüber, aber Clara weiß, warum die Baronin so gerne dort sitzt: Sie möchte sich mit der Lichtung vertraut machen. Vor dem Tod hat sie keine Angst mehr, sagt sie oft, und Clara glaubt es.

»Wo ist denn jetzt Pasop?« Karen Blixen dreht sich um, sucht mit zusammengekniffenen Augen ihren Hund, der noch immer nicht zu sehen ist. Clara steckt zwei Finger in den Mund und pfeift durchdringend. Endlich entdecken sie Pasop, der langsam hinter ihnen her trottet. Dann bleibt er stehen und blickt zurück, als sei er unschlüssig, was er tun soll.

»Hierher. Aber flott«, schreit die Baronin und muss sofort husten. Sie dreht sich um. Clara wartet, bis der Hund sich wieder in Bewegung setzt, dann gehen sie weiter.

»Wahrscheinlich hat er nachgeschaut, wer gekommen ist, um dich zu besuchen«, sagt Clara versöhnlich.

»Lass uns einen Moment hier sitzen.« Karen Blixen sinkt auf eine Bank unterhalb des Hügels.

»Ist es nicht zu feucht?«, fragt Clara.

»Sei nicht immer so besorgt.« Die Baronin greift mit beiden Händen nach ihrem Pelzkragen und drückt ihn unter dem Kinn zusammen. Clara betrachtet sie von der Seite. Im gnadenlosen Vormittagslicht wirkt die alte Dame zerbrechlich und ihre Haut papierdünn. Sogar die Schädelknochen zeichnen sich ab, denkt Clara schaudernd. Aber wenn sie den Kopf dreht und lächelt wie jetzt, leuchtet so viel Lebensfreude aus ihrem Gesicht, dass sie sich wieder beruhigt. Karen Blixens Augen sind voller Feuer, ihre Nasenflügel beben, und die Lippen zittern spöttisch und mitfühlend, so als wisse sie genau, welche Ängste Clara gerade durchlebt.

»Kannst du mir ein paar Ranunkeln pflücken? Und Hyazinthen. Und dazu diese Gräser, die mit den roten körnigen Samen, du weißt schon. Und vielleicht findest du noch ein paar blühende Zweige.«

Clara erhebt sich erfreut. Diese Aufträge liebt sie besonders. Die Blumenarrangements von Karen Blixen sind berühmt, und Clara ist stolz, wenn sie besondere Dinge findet, die ihre Chefin dafür gebrauchen kann. Doch der Grund, warum Karen sie wegschickt, sind nicht die Blumen, das weiß sie. Die Baronin möchte ein paar Minuten allein sein. Ob sie über den Tod nachdenkt oder über eine Passage in ihrem neuen Buch, weiß Clara nicht.

Karen Blixen denkt an die Ngong-Berge. Sie hat Sehnsucht, aber sie weiß, dass sie es nicht mehr schaffen wird, nach Nairobi zu fliegen. *Life* hatte sie schon im letzten Jahr um eine Reportage aus Ostafrika gebeten, und sie hatte sofort zugesagt. Aber dann wurde ihr klar, dass sie den Anstrengungen nicht mehr gewachsen ist. Zumal die britische Kronkolonie Kenia nach der Niederschlagung des Mau-Mau-Aufstands noch immer darum kämpft, sich aus der Abhängigkeit von den Engländern zu befreien. Und ihre Welt von damals, die gibt es ja sowieso nicht mehr. Noch einmal hat sie das Gefühl, ihre Leute im Stich zu lassen. Zuerst, als sie die Farm aufgeben musste, und jetzt, weil sie es nicht mehr schaffen wird zurückzukommen, nicht einmal zu einem kurzen Besuch. Nicht, dass sie glaubt, irgendwas bewirken zu können. Der Hass, mit dem die Menschen in Kenia sich in den letzten Jahren bekämpft haben, ist über viele Jahrzehnte gewachsen und noch lange nicht überwunden. Da braucht sie sich nicht einzubilden, sie könne als alte, kranke Frau die Friedensbotschafterin spielen. Aber sie könnte ein Zeichen setzen für die Menschen, die ihren Namen noch kennen. Für die Nachkommen der Kikuyu und Somali, die auf ihrer Farm gearbeitet haben, und für die Massai, zu denen sie eine respektvolle Nachbarschaftsbeziehung gepflegt hatte. Sie würde den Familien von Farah, Kamante und Juma und allen anderen, deren Ahnen Seite an Seite mit ihr darum gekämpft hatten, die Kaffeefarm am Leben zu erhalten, gerne beweisen, wie lebendig ihre Liebe zu ihnen ist und dass sie auch heute noch bereit ist, sich an ihre Seite zu stellen.

Aber sie ist zu krank. Sie wäre für jeden Haushalt, den sie besucht, eine Belastung. Außerdem wäre es riskant, sich zu weit von ihren Ärzten und dem Hospital zu entfernen. Deshalb sind die Ngong-Berge für sie so unerreichbar wie der Mond. Und es gibt niemanden, mit dem sie über diese Trauer sprechen kann. Wer ist denn noch da, der die Farm und ihre Welt gekannt hat, so wie sie vor dreißig Jahren gewesen ist? Nur ihr Bruder Thomas weiß, was sie vermisst, sie sollte ihn einladen.

Pasop hat sie jetzt eingeholt, und sie streichelt ihn geistesabwesend. Sein Fell verfilzt schnell, weil es trocken und rau ist. »Auch das gehört zum Altwerden, mein Freund«, murmelt sie zärtlich. Sie greift ihm fest in den Nacken, weil sie weiß, dass er das mag. An den Ohren lässt er sich nicht gerne berühren, wie die meisten Hunde ist er da besonders empfindlich. Mit den Fingern fährt sie unter das Halsband, auch das gefällt Pasop, er steht ganz still da und lässt sich kraulen. Sie ertastet einen Widerstand am Halsband, wahrscheinlich hat sich ein Stöckchen dort festgeklemmt, als er durchs Unterholz gestromert ist. Ja, es steckt tatsächlich etwas fest. Vielleicht kam der Hund deshalb so zögerlich hinter ihnen her, weil er ein schlechtes Gewissen hat. Sicher hat er seine Nase mal wieder irgendwohin gesteckt, wo sie nichts zu suchen hat, in ein Feldlerchennest vielleicht, was sie ihm seit Jahren abzugewöhnen versucht. Karen will das Stöckchen aus dem Halsband herausziehen, aber es geht nicht. Jetzt fühlt sie, dass es kein Stöckchen ist, sondern etwas Weicheres, etwas wie Leder. Ein Stück von einem Riemen?

Sie lehnt den Stock an die Bank und schiebt den Hund mit beiden Händen zwischen ihre Knie, damit sie besser an seinen Hals herankommt.

»Was hast du denn da, mein Guter?« Sie beugt sich vor und dreht das Halsband so, dass das störende Ding oben ist. Es ist ein Lederband mit Knoten und bunten Perlen. Karen Blixen erstarrt. Sie kennt solche Lederbänder. Ihre *Totos*, die kleinen Jungen auf ihrer Farm, trugen sie. Fassungslos blickt sie auf. Wer um alles in der Welt hat ihrem Hund dieses Lederband an den Hals geknotet? Eine Welle von Wehmut überrollt sie, Bildfetzen stürmen auf sie ein: Totos, die auf der Veranda vor ihrem Haus sitzen und singen, rot leuchtende Blumen, die sich im Wind wiegen, der hellblaue Himmel, der Blick auf die Ngong-Berge. Sie sieht Bilder von sich selbst im Regen, jung und froh, lachend, jubelnd, tanzend vor Freude. Sie sieht die kleinen Kaffeebüsche mit ihren harten, dunkelgrünen Blättern, sie sieht viele flinke Hände, welche die kleinen Früchte ernten. Da steht ihr Ehemann Bror, lässig an das Geländer der Veranda gelehnt, sie sieht einen Löwen in der Dämmerung stehen, die Augen auf sie gerichtet. Eine Hand legt sich auf ihre Schulter, dann reicht ihr jemand ein Gewehr. Denys flüstert ihr etwas ins Ohr, er winkt, und sie sieht ihn in sein Flugzeug steigen, und plötzlich hört sie den Schuss, mit dem sie den Löwen tötet.

Karen Blixen atmet schnell, keuchend, die Flut der Bilder dreht sich wirbelnd in ihrem Kopf und drückt ihr die Kehle zu. Sie hat eine ganze Welt verloren, ihre grandiose, geliebte Welt, die einzige Welt, in der sie sich jemals am richtigen Platz gefühlt hat. Was macht sie denn überhaupt noch hier? Ihr Geliebter ist tot, die Farm verkauft, alles ist fort. Ja, sie hat diese Welt in einem Buch wiederauferstehen lassen, ein Buch, das die Menschen in vielen Ländern lieben, aber sie selbst, sie hat trotzdem alles verloren. Erfolg und Geld füllen doch die Lücke in ihrem Herzen nicht, die der Abschied von Mbogani gerissen hat. Grimmig knotet sie das Lederband auf und schließt die Faust darum. Wer war das? Wer stochert da mit einem Messer in ihrer Wunde? Mit einem Ruck steht sie auf, greift den Stock, spürt die Kraft in ihrem Körper und wirft den Kopf zurück. Sie fühlt sich so lebendig wie lange nicht mehr. Die heiße Liebe, die sie in diesem Moment erfüllt, schmerzt und lässt zugleich das Leben in sie zurückströmen. Sie öffnet die Faust und schaut die aufgefädelten Perlen noch einmal an. Dann hält sie die Hand ihrem Hund vor die Nase.

»Pasop, woher hast du das? Los, zeig's mir.« Sie hält nach ihrer Sekretärin Ausschau, aber die hat sie ja selbst gerade weggeschickt. Sie muss es allein zum Haus schaffen. Denn warten, das kann sie nicht. Schritt um Schritt wächst ihre Sicherheit. Zuerst fürchtet sie, die Besucherin – hatte Clara nicht von einer jungen Frau gesprochen? – könne schon wieder fort sein, aber dann wird ihr klar, dass niemand, der ein solches Band an den Hals ihres Hundes knotet, danach spurlos verschwindet.

Eigentlich will sie langsamer gehen, aber weil sie jetzt einmal in Schwung ist und sich in ihr so viel aufgestaute Trauer und Sehnsucht in Wut verwandelt hat, ist das unmöglich. Wer immer vor ihrem Haus steht, kann sich auf einiges gefasst machen, denkt sie. Er oder sie hat einen Stein aus der Mauer ihrer Selbstbeherrschung geschlagen, und das ist unverzeihlich.

Als sie atemlos um die Hausecke biegt, steht niemand vor der Eingangstür. Aber auf der Bank sitzt eine junge Frau, die sich jetzt erhebt, als sie Pasop bemerkt, der freudig auf sie zutrabt. Die Frau lächelt den Hund an, aber als sie hinter ihm die alte Dame sieht, deren schwarze Augen funkeln und deren Mund nur noch eine dünne Linie ist, erstirbt das Lächeln.

»Was erlauben Sie sich?« Karen Blixens Stimme klingt schrill, sie spricht Englisch, obwohl die junge Frau ihrem Aussehen nach sogar Dänin sein könnte. Sie schüttelt die Faust, aus der das Lederband halb herausschaut.

Ruth starrt sie an und weiß nicht, was sie sagen soll.

»Wer sind Sie?«, stößt Karen Blixen hervor.

»Ich … ich bin Ruth Jacobsen«, sagt Ruth und streckt die Hand aus, die ihr Gegenüber nicht ergreift. Ruth ist überrascht von der Wut, die ihr entgegenschlägt. Diese Frau sieht anders aus als die berühmte Schriftstellerin, die vor ein paar Wochen in den New Yorker Zeitungen abgelichtet war. Auf den Fotos hatte sie immer souverän und neugierig gewirkt. Ihr Lächeln war spöttisch und zugleich milde gewesen, verständig. Trotz ihres Alters hatte sie auf den Fotos attraktiv ausgesehen, ein bisschen exzentrisch, aber auch ladylike. Doch die Furie, die jetzt auf sie zukommt, hat einen wilden Blick und einen harten Mund. Der Mantel und die Stiefel verbergen Ruth nicht, dass die Baronin klapperdürr ist. Sie begreift, dass sie mit ihrer spontanen Idee, dem Hund ihren Glücksbringer ans Halsband zu binden, etwas Schreckliches ausgelöst hat. Was ihr vorhin wie ein cleverer Schachzug vorgekommen war, erscheint jetzt übergriffig, denn die Wut dieser Frau, das spürt Ruth sehr deutlich, speist sich aus Verzweiflung.

»Ich komme aus New York. Ich möchte ... Sie ... ich habe eine Bitte.« Ruth versucht, dem sengenden Blick standzuhalten. »Es geht doch um ... Kirinyaga.« Sie weiß selbst nicht, warum ihr ausgerechnet jetzt der alte Name Kenias einfällt. Aber sie hat ihn ausgesprochen und bemerkt, wie ihr Gegenüber zusammenzuckt.

Kirinyaga, der weiße Berg. So nannten die Kikuyu ihn wegen seiner schneebedeckten Kuppe. Den englischen Kolonialherren war der Name zu kompliziert, sie machten Mount Kenya daraus.

»Was wollen Sie?« Karen Blixens Stimme klingt noch immer sehr wütend, aber nun mischt sich noch etwas hinzu: Neugier.

Ruth schaut auf Pasop, der sich neben sie gestellt hat.

»Und lassen Sie meinen Hund in Ruhe«, giftet die Blixen sie an.

Ruth hebt den Blick.

»Ich wollte ... also meine Zeitung ... will eigentlich ...« Weiter kommt sie nicht, weil Karen Blixen sie sofort unterbricht.

»Sie arbeiten für eine Zeitung? Und melden sich nicht offiziell an, sondern klopfen einfach an der Tür? Das habe ich ja noch nie gehört! Und dann machen Sie auch noch so was?« Sie streckt ihr wütend das Lederband entgegen, als sei es vergiftet.

Ruth nimmt es ihr vorsichtig aus der Hand und schluckt. »Es tut mir leid, ich wollte Sie nicht verärgern. Wirklich. Es ist ... mein Glücksbringer ... Ich komme doch extra aus New York. Für ein Interview ...«

Der Baronin fallen fast die Augen aus dem Kopf.

»Aus New York? Ich war doch gerade dort! Warum haben Sie mich nicht aufgesucht?«

»Ja, das weiß ich natürlich, also, dass Sie in New York waren, und mein Kollege ... Also, er sollte das Interview führen, und dann hat er Sie verpasst ... weil ...«, sie heftet den Blick jetzt fest auf ihr Gegenüber, »aber das ist jetzt auch egal. Jedenfalls habe ich dänische Vorfahren. Deshalb bin ich hier. Und ich versuche seit einer Woche, Sie zu sprechen. Ich konnte mich nicht vorher anmelden. Und ...«, sie überlegt, ob sie es sagen soll, und entscheidet sich dafür, »ich verliere meinen Job, wenn ich ohne Interview zurückkomme.«

Ruth sieht, dass die Blixen ihren Kopf nach vorne reckt wie ein Vogel. Sie verzieht den Mund und kneift die Augen zusammen, als könne sie nicht glauben, was sie hört. Immerhin scheint sie tatsächlich neugierig geworden zu sein.

»Du meine Güte, wie hat Ihr Kollege mich denn verpasst? Ich habe unzählige Pressekonferenzen und Interviews gegeben. Und was um aller Welt wollen Sie von mir wissen, dass Sie dafür extra hierherkommen? Sie wollen mich etwas über Kenia fragen?«

»Ich möchte wissen, wie Sie die Entwicklung dort sehen und ...«

»Der Himmel steh mir bei«, unterbricht sie Karen Blixen, und einen Moment schaut es so aus, als starre sie wirklich in die Wolken, um herauszufinden, ob von dort Unterstützung zu erwarten sei. Dann lacht sie trocken auf. »Mit dieser Frage kommen Sie zu mir? Warum reden Sie nicht mit Ihren Politikern in Washington? Mit

Diplomaten? Mit Menschen, die in der letzten Zeit in Kenia waren?«

Ruth strafft die Schultern, und ihr Mund nimmt einen trotzigen Zug an. »Weil uns ... weil mich Ihre Meinung interessiert. Viel mehr als das, was die anderen sagen.«

Karen Blixen blickt sie mit schräg gelegtem Kopf an, als sei sie ein seltenes Tier. Ihre Wut scheint in sich zusammengefallen.

»Und woher haben Sie das da?« Sie zeigt auf das Lederarmband, das Ruth noch immer in der Hand hält.

»Es ist ein Geschenk von ... meinem Freund. Es ist aus Kenia. Aber das wissen Sie natürlich ...«

Karen Blixen betrachtet Ruth nachdenklich.

»Es tut mir wirklich leid, ich wollte nicht ...«

Die Baronin wackelt mit dem Kopf. »Sie sind aber schon etwas verrückt, oder?« Dann lächelt sie. »Aber Sie sind nicht dumm und nicht feige. Kommen Sie, trinken wir eine Tasse Tee zusammen und vertragen wir uns. Obwohl ich Ihnen bei Ihrer Frage überhaupt nicht helfen kann. Aber putzen Sie Ihre Schuhe ab, wenn Sie ins Haus treten.«

Eine Viertelstunde später sitzt Ruth an einem polierten Holztisch in der Grünen Stube und blickt sich neugierig um. Das Zimmer ist nicht groß, aber es fällt viel Licht durch zwei Fenster, von denen man auf den Park schaut. Die Wände sind in einem kräftigen dunklen Grün gestrichen und mit dünnen, goldfarbenen Leisten abgesetzt. Die Möbel verleihen dem Raum trotz seiner einfachen Holzdielen durch ihren honigfarbenen Schimmer den Charakter eines Salons. In einer Glasvitrine steht ein Teeservice mit Goldrand, eine weitere, hinter dem kleinen Schreibtisch, ist mit ledergebundenen Büchern gefüllt. Ruth registriert noch ein Grammofon und ein paar Stiche und Porzellanteller an den Wänden. Aus dem gusseisernen Ofen in der Ecke dringen gemütliche Bollergeräusche. Als eine Frau ins Zimmer kommt, die ein Tablett mit zwei einfachen Tassen und einer großen Kanne trägt, erkennt Ruth die Sekretärin Clara Svendsen, die gemeinsam mit der Baronin in den jüngsten Artikeln aus New York zu sehen war.

»Dann ist es Ihnen es also doch gelungen, sich bei uns Einlass zu verschaffen«, wirft sie Ruth schnippisch zu. Sie deponiert das Tablett auf dem Schreibtisch, breitet eine grobe Leinendecke über den Tisch und stellt Tassen, Milchkanne, Zucker und Teekanne bereit. Dazu einen Teller mit Broten, die mit eingelegten Heringen, Gurke und einer rötlichen Paste belegt sind. Mit fast schon aggressiver Geste knallt Clara zum Schluss noch ein Schälchen mit Keksen daneben. Ruth überlegt, wie sie Clara Svendsen milder stimmen könnte, als Karen Blixen ins Zimmer tritt. Sie hat den Gehstock in der Hand, scheint ihn aber gar nicht zu brauchen.

»Ihr habt sie erfolgreich eine Woche ferngehalten. Warum eigentlich? Hätte ich gewusst, dass sie über Kenia reden will, hätte ich sie wahrscheinlich längst vorgelassen. Also beschwer dich nicht, Clara. Sei froh, dass du den Nachmittag freihast und zu deiner Mutter fahren kannst. Wir kommen heute sowieso nicht mehr zum Arbeiten.«

»Ich kann das machen«, sagt Ruth schnell, als Clara Svendsen die Tassen einschenken will.

»Gut. Dann lasse ich euch mal allein. Viel Vergnügen.«

Sie geht und schließt die Tür mit Nachdruck hinter sich. Karen Blixen, die sich auf den Stuhl gesetzt hat, auf dem ein plattes Kissen liegt, zwinkert ihr zu.

»Clara hat es nicht leicht mit mir. Ich könnte ohne sie gar nicht existieren. Nur zeige ich ihr das nicht so gerne. Sonst hat sie mich völlig in der Hand.«

Sie grinst und greift nach der Teetasse.

»Also über Kirinyaga wollen Sie sprechen? Ich sage Ihnen gleich, dass ich Sie womöglich enttäuschen muss. Ich durchschaue die Situation, die momentan im Land herrscht, nicht besser als jeder andere, der Zeitung liest. Es ist fast dreißig Jahre her, dass ich Ostafrika verlassen habe. Eigentlich wollte ich eine Reportage über den Unabhängigkeitskampf für *Life* schreiben, aber ich habe doch zu wenig Kraft dafür.«

Ruth setzt ihre Tasse ab und schaut Karen an.

»Aber Sie haben eine Haltung.«

»Bitte?«

»Eine Haltung. Zu der Entwicklung und zum Land. Und zu den Menschen, denen es gehört. Darum geht es mir.«

Karen Blixen lehnt sich auf ihrem Stuhl zurück und fixiert einen Punkt an der gegenüberliegenden Wand. Leise sagt sie: »Wem gehört denn ein Land? Wem gehört Ihr Land? Den Ureinwohnern? Oder den Nachfahren der *Mayflower*-Auswanderer? Gehört ein Land demjenigen, der eine Urkunde darüber besitzt, oder dem, der den Boden bearbeitet?«

»Vielleicht dem, der zuerst da war?« Ruth fühlt sich langsam sicherer. Sie hat die Festung bezwungen. Jetzt muss sie nur aufpassen, dass sie bleiben darf.

»Das ist ein interessanter Gedanke. Dann schicken Sie bitte alle Menschen zurück, die bei der Völkerwanderung von Osteuropa aus nach Spanien oder Norditalien eingewandert sind. Schicken Sie die Engländer aus den USA fort und alle anderen Einwanderer auch, die den Ureinwohnern das Land weggenommen haben. Woher stammen Ihre Vorfahren? Aus Dänemark? Dann müssten Sie wohl hierher zurück.«

Ruth fragt sich kurz, ob die Blixen sich über sie lustig machen will. »Aber ich bin in den USA geboren.«

»Und was ändert das?«

»Ich dachte ... Sie wären ...«

»Was?«

»Sie stünden auf der Seite der Afrikaner.«

»Ich stehe auf der Seite der Afrikaner. Und wo wir schon dabei sind, welche Afrikaner meinen Sie? Die Massai, die Kikuyu oder Somali, die Wakamba? Es gibt noch über dreißig weitere Volksgruppen in Kenia. Und bevor die weißen Siedler kamen, haben sie auch Kriege gegeneinander geführt. Auf welcher Seite sollte ich Ihrer Meinung nach denn in diesem Konflikt stehen?«

»Ich dachte, Sie sind gegen Kolonien. Oder jedenfalls gegen das, was dort passiert ist.«

Karen Blixen mustert die junge Frau. »Sie haben recht. Aber sie sollten präziser fragen. Sie sind doch Journalistin. Lernt man das heute nicht mehr? Ich musste schon als Kind Aufsätze schreiben, in denen ich konkrete Fragen mit nachvollziehbaren Argumenten beantwortet habe. Alles folgt aus etwas. Man kann nicht irgendwo, wo es einem passt, einen Schnitt setzen und sagen, hier ist der Anfang. Nicht in der Geschichte. Nicht in seinem eigenen Leben.«

Sie greift nach der Serviette, die Clara auf den Tisch gelegt hat, und tupft sich den Mund ab, obwohl sie noch gar nichts gegessen hat. Ruth verspürt leisen Hunger.

»Wenn ich sage, die Engländer haben in Britisch-Ostafrika etwas Schreckliches angerichtet«, fährt Karen Blixen fort, »so klingt das in Ihren Ohren sicher richtig. Aber Sie verstehen gar nicht, was ich damit meine, wenn Sie den Hintergrund nicht kennen. Meinen Hintergrund und den des Landes.«

»Aber man kann doch nicht immer bei Adam und Eva anfangen.«

»Das haben Sie jetzt gesagt.«

Sie schweigen eine Weile. Aus der Ecke des Zimmers hört man Pasop tief seufzen und leise schmatzen.

»Ich wünschte, Sie würden mir die ganze Geschichte erzählen«, sagt Ruth.

»Von Kenia?«

»Nein, Ihre. Ihre Lebensgeschichte. Und dann kommen wir ja auch auf Kenia zu sprechen, und ich lerne Ihre Haltung kennen.«

Karen Blixen lächelt, und Ruth erkennt die charmante Frau wieder, die sie auf den Zeitungsfotos gesehen hat.

»Das könnte Tage dauern.«

Ruths Gesicht leuchtet auf. »Ich habe Zeit. Und ich könnte alles aufschreiben. Meine Fahrt nach Aarhus kann ich verschieben und noch ein paar Tage bleiben. Eine Woche vielleicht? Ich kann stenografieren, und dann tippe ich alles ab, damit Sie es lesen und autorisieren können.«

Karen Blixen überlegt. Was für ein Angebot wird ihr da gerade unterbreitet? Ihr ganzes Leben erzählen? Einer Fremden, für die alles neu wäre, das hätte doch was. Clara will keine Biografie über sie schreiben, das hat sie schon oft gesagt. Mit Clara arbeitet sie nur an ihren Erzählungen und Vorträgen, und das ist auch genug. Aber eine Biografie, vielleicht als Artikelserie in einer amerikanischen Literaturzeitung? Das klingt reizvoll. Vielleicht könnte später ein kleines Buch daraus werden. Ihr New Yorker Verleger hat schon öfter davon gesprochen, wie gerne er eine Biografie von ihr hätte. Bisher scheute sie immer den Aufwand. Nun spült der Zufall ihr eine junge Frau ins Haus, der sie einfach nur ihre Lebensgeschichte zu erzählen braucht. Man müsste natürlich ein paar Rechte klären. Darum müsste sich Clara kümmern oder besser gleich Random House in New York. Sie will nicht am Ende ohne etwas dastehen oder lauter Unsinn über sich lesen. Aber es wäre eine schöne Abwechslung. Sie könnte sich ihr Leben noch einmal in Ruhe anschauen. Noch einmal alles von ganz vorn bedenken, bevor es endet. Wäre es nicht wunderbar, noch einmal das ganze Glück zu durchleben? Aber was ist mit dem Unglück, der Krankheit und den Abschieden? Will sie das?

»Ich werde darüber nachdenken. Kommen Sie morgen früh wieder. Bis dahin habe ich mich entschieden. Ich müsste auch telefonieren und mit meinem Verlag in den USA sprechen. Und dann schauen wir, ob wir einen Vertrag aufsetzen. Ohne Vertrag geht das nämlich nicht. Ich muss mich absichern.«

Ihr fällt noch ein, dass sie Clara eine ganze Woche freigeben könnte. Sie klagt doch ständig darüber, zu wenig Zeit für ihre Übersetzungen zu haben und für ihre Mutter. Und falls ihre Gesundheit wieder zusammenbricht – dann müsste Clara eben zurückkommen.

»Jetzt bin ich müde. Aber wir können uns morgen treffen. Ich hoffe, Sie können früh aufstehen. Ich erwarte Sie um acht Uhr.«

Als Ruth am nächsten Morgen an der Haustür von Rungstedlund klopft, wird sie sofort eingelassen und in die Grüne Stube geführt. Abermals steht ein Tablett mit Tee und belegten Broten bereit. In der ersten halben Stunde erzählt Ruth ihrer Gastgeberin von sich. Ihre Urgroßeltern stammen aus Aarhus und sind im 19. Jahrhundert nach Boston ausgewandert. Dort ist Ruth geboren und studiert jetzt in New York Geschichte und Literatur. Während eines Ferienkurses in Washington lernte sie auf einem Treffen der Civil-Rights-Bewegung Akil kennen, dessen Eltern aus Kenia stammen, und sie hat sich in ihn verliebt. Er schenkte ihr das Armband.

»Sie sind mutig, eine solche Beziehung einzugehen«, sagt die Baronin. »Dürften Sie in den USA überhaupt heiraten?«

»In Washington schon. Aber im Moment denken wir noch gar nicht so weit.«

Die Baronin mustert die junge Studentin, die ihr gegenübersitzt und bei ihrer Frage rot geworden ist. Sie hat ein hübsches, schmales Gesicht, ihre kurzen Haare liegen in Wellen wie bei fast allen Amerikanerinnen; sie trägt einen schmalen Wollrock und ein flaschengrünes Twinset. Wie jung sie ist, denkt Karen. Laut sagt sie: »Was macht Ihr Freund in Washington?«

»Er studiert Jura an der Howard University School of Law und will Anwalt werden.«

»Und er wollte Sie nicht hierher begleiten?«

»Dafür hat er kein Geld. Und ich wollte in Jütland auch noch Verwandte ausfindig machen, die ich noch nie gesehen habe, da ist es wohl besser, ich mache das allein …«

Karen Blixen beobachtet sie scharf, bohrt aber nicht weiter nach. Sie wechselt das Thema.

»Ich habe mich gestern mit meinem New Yorker Verleger beraten, Donald Klopfer von Random House. Wir haben uns Folgendes überlegt: Ich erzähle Ihnen meine Lebensgeschichte, und Sie schreiben sie auf. Es soll kein Buch werden, vielleicht nur ein längerer Aufsatz. Das entscheiden wir noch. Und ich habe eine Bedingung: Ich darf Ihren Text lesen und korrigieren. Ich möchte nämlich nicht immer wieder dieselben Fehler über mich lesen.«

»Welche sind das zum Beispiel?«

»Ach, da gibt es viele. Zum Beispiel, dass ich so unglaublich reich sei und mit meinen Büchern ein Vermögen verdient hätte.«

Sie legt Ruth einen Vertrag vor, den Clara noch in der Nacht aufgesetzt hat. Darin räumt Ruth Karen Blixen das Recht ein, alles vorab lesen und freigeben zu dürfen. Ruth unterschreibt, ohne lange zu überlegen, und legt sich Block und Stift bereit.

Karen Blixen deutet auf einen Holzkasten auf der Kommode. »Stellen Sie den bitte hier auf den Tisch.« Sie öffnet ihn und nimmt ein paar Fotos heraus, die ganz oben liegen. Eines nach dem anderen breitet sie vor Ruth aus.

»Meine Eltern. Wilhelm Dinesen und Ingeborg Westenholz. Sie haben 1881 geheiratet.«

Auf dem Schwarz-Weiß-Foto ist ein junges Paar zu sehen. Der ernst wirkende Wilhelm trägt einen Anzug, hat einen ordentlich gestutzten Bart und sitzt an einem Tisch. Sein Blick ist kritisch, fast schon abweisend auf den Betrachter gerichtet. Neben ihm steht seine junge Gemahlin Ingeborg Dinesen. Sie hält ein Buch in der Hand und hat den Finger hineingelegt, damit die Seite nicht verschlägt. In dem figurbetonten Kleid mit Rüschen und Volants wirkt sie sehr zerbrechlich.

»Ich wäre lieber in einer anderen Familie aufgewachsen«, sagt Karen Blixen, »ich hatte immer das Gefühl, nicht richtig dazuzugehören. Vor allem, nachdem mein Vater gestorben war.«

»Wie alt waren Sie da?«

»Ich war fast zehn. Es war … nun, eine Tragödie. Und wissen Sie, schon mein Vater fühlte sich fehl am Platz in dieser Familie. Die Ehe meiner Eltern war wie die Verbindung von zwei Welten, die nicht zusammenpassen.

Die Familie Westenholz, also die mütterliche Seite, war immer geschäftig, fleißig und zugegebenermaßen hochgebildet. Sie waren zu einigem Reichtum gekommen. Die Westenholz-Frauen waren allesamt stark und selbstbewusst. Ein Amazonengeschlecht.«

»Und Ihr Vater?«

»Papa stammte aus einer alten Familie von Grundbesitzern, die mit dem dänischen Adel versippt ist. Er wuchs in Katholm auf, in einem Wasserschloss auf Jütland, übrigens gar nicht weit von Aarhus entfernt, wo Ihre Ahnen herkommen.«

Ruth nickt ehrfürchtig. »Katholm kenne ich natürlich vom Sehen. Wir sind oft daran vorbeigekommen, wenn wir ans Meer wollten.«

Karen Blixen schiebt ihr ein Foto des Schlosses hin. »Mein Großvater verwaltete das Gut vorbildlich. Obwohl die Dinesen-Männer eigentlich eher Soldaten und Draufgänger waren, ein bisschen starrsinnig und voller Abenteuerlust. Weil mein Vater als jüngerer Sohn kein großes Erbe zu erwarten hatte, kaufte er sich eine Schiffspassage nach Amerika und durchstreifte die Wildnis von Nebraska und Wisconsin.«

Karen Blixen steht auf, geht zum Bücherregal, zieht einen schmalen Band heraus und schlägt ihn auf. Er klappt von allein an der Stelle auf, in die sie eine Feder gelegt hat.

»Hören Sie, was er in seinem Buch über die Politik der USA geschrieben hat: ›Die Regierung hält es manchmal für notwendig, die Ureinwohner mithilfe von Soldaten zu dezimieren, aber für gewöhnlich schaffen das der Alkohol, die Pocken, Geschlechtskrankheiten und andere Leiden im Verein mit der Vernichtung ihrer Lebensgrundlage – der Wildbestände.‹ Das ist treffend formuliert, nicht wahr?« Sie klappt das Buch zu und stellt es zurück.

Ruth fragt: »Darf ich es mal sehen?«

»Es ist Dänisch. Das verstehen Sie nicht.«

»Nur sehr wenig. Aber ich würde es gern einmal in die Hand nehmen. Bitte.«

Karen Blixen seufzt und zieht es wieder hervor. Als sie es Ruth reicht, beobachtet sie diese genau.

»Die Zettel nicht herausnehmen, die sind wichtig.«

Ruth blättert das Buch vorsichtig durch. Und stößt auf die Feder. Sie schaut zu Karen Blixen.

»Eine wunderschöne Feder, von welchem Vogel ...?«

»Geben Sie her.« Sie hält ihre Hand gebieterisch ausgestreckt und nimmt das Buch, geht wieder zum Regal und schiebt es zurück an seinen Platz.

»Meine Eltern heirateten auf Mattrup in Jütland, wo meine Mutter aufgewachsen ist. Von dort brachte Papa sie hierher nach Rungstedlund. Wie er auf die verrückte Idee kommen konnte, seiner Schwiegermutter und den beiden unverheirateten Schwestern seiner Frau den Gutshof Folehave in der Nachbarschaft zu überlassen, verstehe ich bis heute nicht.«

Karen Blixen setzt sich, nimmt sich eine Zigarette und wartet darauf, dass Ruth ihr Feuer gibt. Ruth blickt sich hektisch um und entdeckt auf einem kleinen Rauchertisch ein Streichholzheftchen. Pasop blickt nur müde auf, als sie an ihm vorbeigeht.

Karen deutet mit ihrem dünnen Finger auf den Hund. »Er nimmt genau wahr, was Sie machen.«

Mit zittrigen Fingern reißt Ruth das Streichholz an und hält es an die Zigarette. Karen Blixen zieht gierig daran, ihre Wangen wölben sich dabei nach innen. Dann lehnt sie den Kopf zurück und stößt den Rauch aus.

»Als mein Vater sich hier niederließ, begann er, Bücher zu schreiben. Er war ein guter Schriftsteller. Sein Buch *Jagdbriefe* ist sehr bekannt in Dänemark. Es erschien unter dem Pseudonym Boganis. So hieß ein aufständischer Chief der Creek in Nordamerika. Sie wehrten sich gegen die Vertreibung von ihrem Land.«

Vorsichtig, als habe sie Schmerzen, ändert sie ihre Sitzposition. »Wahrscheinlich habe ich die Angewohnheit, mich hinter Namen zu verstecken. Mein erstes Buch ist unter dem Namen Osceola erschienen, so hieß der Lieblingshund meines Vaters. Auch den Namen Peter Lawless verwendete ich. Später schrieb ich unter dem Namen Isak Dinesen. Und ein anderes Mal unter Pierre Andrézel.«

»Aber Ihre Familie und Ihre Freunde nennen Sie Tanne, richtig?«

»Die meisten. In Afrika war ich einfach die Baronin oder Mrs Blixen. Oder die *Lioness*. Oder Tania.« Sie macht eine Geste, die Hilflosigkeit ausdrückt. »Ein schönes Chaos, oder?«

Auf einmal ist es so still, dass Ruth zum ersten Mal das sehr leise Ticken der Uhr auf der Kommode auffällt. In das Schweigen hinein fragt sie: »Was war Ihr Vater für ein Mensch?«

Karen Blixen greift nach dem Foto ihrer Eltern und streicht zart über den gezackten Rand. Irgendwo im Haus klappert ein Fenster, und ein strenger Ruf ertönt. Ob Karen Blixen das hört, weiß Ruth nicht. Aber sie erkennt, dass der Blick der alten Dame weich wird und ihre Augen noch schwärzer glänzen als zuvor.

Pierrot

»Tanne, komm weiter. Streng dich an.«

Sie stapfte neben dem Vater den Hügel hinauf. Die Kälte trieb ihr Tränen in die Augen. Es war eisig, kaum konnte sie die Zehen noch spüren. Sie wünschte sich, hochgenommen und festgehalten zu werden, so wie früher. Aber sie musste selbst laufen, weil sie schon acht war, obwohl sie im Schnee viel schlechter vorankam als der Vater. Schnaufend arbeitete Tanne sich voran, blinzelte die Schneeflocken weg. Immerhin: Papa hatte sie in die Mols Bjerge mitgenommen, nicht die ältere Schwester Ea, nicht die jüngere Schwester Elle. Die Brüder Thomas und Anders waren sowieso noch zu klein für solche Wanderungen. Der Vater nahm – außer seinem Schäferhund Osceola – immer nur sie mit, darauf war sie stolz. Denn Karen Christentze Dinesen, genannt Tanne, war seine Lieblingstochter, davon war sie überzeugt, auch wenn er es niemals ausgesprochen hätte, um seine anderen Kinder nicht zu kränken.

Plötzlich drückte er sie brutal auf den Boden und duckte sich neben sie. Ihr Knie schlug hart auf einen Stein, das Gesicht wurde in den Schnee gepresst und drang in ihre Nase. Als sie wimmerte, verstärkte sich der

Druck seiner Hand, er beugte sich herab und zischte ihr ins Ohr: »Pscht. Still jetzt.«

Sie hielt kurz die Luft an, dann schluckte sie und wusste, dass sie weder weinen noch schreien würde. Die Befehle des Vaters waren die einzigen, die sie nie infrage stellte. Sie hob den Kopf ein wenig und schielte zu Osceola, der wie versteinert wirkte. Ihr Knie schmerzte, und als sie verstohlen mit der Hand über die Augen wischte, merkte sie, dass ein gefrorenes Grasbüschel an ihren Wimpern klebte.

Tanne konzentrierte sich auf ihr Knie und erinnerte sich an die Lektion des Vaters. Als ihr neulich die schwere Karre auf den Fuß gekippt war, hatte er gesagt, körperlichen Schmerz überwinde man am besten, indem man ihn kalt betrachte, als gehöre er nicht zu einem selbst.

Jetzt klang die Stimme des Vaters an ihrem Ohr heiser.

»Schau hin, Tanne, aber beweg dich nur ganz langsam …«

Sein Schnurrbart kitzelte sie, gleichzeitig stieg ihr sein Geruch nach Leder, Tabak und feuchtem Lodenmantel in die Nase.

Vorsichtig hob sie den Kopf und sah einige Meter entfernt auf der Lichtung einen Hirsch, der im Schnee nach etwas Essbarem suchte. Auf einmal hielt er inne, riss den Kopf hoch und streckte die Nüstern witternd in die Luft. Tanne presste die Lippen aufeinander, damit ihr nicht einmal ein Atemwölkchen entwischte. Der Hirsch äste friedlich weiter und machte ein paar Schritte in ihre

Richtung. Dann wendete er blitzschnell und verschwand im Gebüsch. Osceola winselte leise, aber bevor er ihm hinterherjagen konnte, nahm ihn der Vater mit einem kurzen Pfiff bei Fuß. Der Hund gehorchte ihm sofort.

»Und?« Mit fester Hand zog er sie hoch und schob sie weiter in Richtung Plateau.

»Was hast du gesehen, Tanne?«

»Einen Hirsch ...«

»Wie alt?«

»Er war dunkel und hatte sehr große Augen. Die Hufe waren ...«

»Wie alt?«

»Er hatte eine Wamme ...«

»Du weißt es nicht. Du hast gar nicht richtig hingeschaut«, seufzte Wilhelm Dinesen, »du musst lernen, das Wild anzusprechen, sonst wirst du nie ein richtiger Jägersmann.«

Das Wild *ansprechen*. Das war Jägersprache, und Tanne wusste, was es bedeutete. Man musste in wenigen Sekunden erkennen, ob das Tier jung, alt oder krank war, ob es trug, säugte oder verletzt war. Erst dann konnte man entscheiden, ob man schoss.

Sie schob ihre Hand in seine. »Es ging so schnell.«

Der Vater schüttelte missbilligend den Kopf, drückte aber gleichzeitig ihre Hand und erklärte: »Er war etwa sechs oder sieben Jahre alt, denn er hatte keinen Widerrist, und sein Hinterteil war rund. Der Kopf war glatt und scharfkantig und der Hirschbart nicht sehr ausgeprägt.«

»Mmh.«

»Du musst blitzschnell sein, Tanne. Sehen, entscheiden, Schuss.«

Sie nickte und fragte sich ängstlich, ob sie ihn enttäuscht hatte.

Als sie aus dem Wald auf das verschneite Plateau traten, das mit Sträuchern und kleinen Kiefern bewachsen war, kam die Sonne zwischen den Wolken hervor. Tanne entdeckte ihn gleich, den Runddolmen Poskær Stenhus, und rannte drauflos. Der Vater rief ihr nach: »Weißt du, dass dieser herrliche Platz nur wegen einer Lüge noch existiert?« Sie schaute ihn fragend an.

Wilhelm suchte einen Stein aus und hob Tanne hinauf. Aus seinem Rucksack fischte er einen Apfel, den er mit bloßen Händen in zwei Hälften teilte. Eine reichte er ihr, dazu gab es noch einen Kanten Brot und eine dicke Scheibe Schinken, von der er erst dem Hund, dann Tanne ein Stück mit seinem scharfen Messer absäbelte. »Ein Steinhauer hatte das Grundstück gekauft und wollte die Felsen nach Aarhus in seine Werkstatt bringen lassen. Da protestierte ein kleiner Gemeindevogt aus dem Dorf Agri und behauptete, der König selbst habe ausdrücklich verboten, die Steine zu bewegen. Danach traute sich niemand mehr, die Steine fortzubringen. So muss man manchmal die Wahrheit erfinden, um etwas zu retten.«

Tanne nickte und kaute auf dem Schinken herum wie ein kleines Tier, während Osceola sein Stück einfach herunterschluckte. Wilhelm Dinesen betrachtete seine Tochter amüsiert.

»Du verpasst heute die Teestunde. Es gibt sicherlich etwas Süßes zu schnabulieren für deine Geschwister.«

»Ist mir egal.« Sie riss sich die Mütze vom Kopf und begann, ihren Kopf zu kratzen.

Er strubbelte ihr durch die Haare. »Tja, du bist doch mehr eine Dinesen als eine Westenholz.«

»Ich will gar keine Westenholz sein. Ich will nur eine Dinesen sein.«

»Du kannst alles sein, was du willst. Merk dir das, Tanne.«

Es klang feierlich, und sie nahm sich vor, den Satz im Kopf zu behalten.

Dann fragte sie: »Und du?«

»Was?«

»Was willst du sein?«

»Ach ...« Wilhelm schaute mit einem traurigen Lächeln über die Schneelandschaft. »Ich war doch schon so vieles. Soldat, Jäger, Reisender, Gutsherr, Ehemann, Vater, Politiker, Schriftsteller. Nur ein Kranker ... der will ich nicht sein.«

Er lehnte sich an den Stein neben ihr und starrte in den Himmel, sie setzte die Mütze wieder auf, kauerte sich fröstelnd zusammen und legte ebenfalls ihren Kopf in den Nacken. Osceola sprang hoch und versuchte ihre Finger abzulecken. »Lass das, aus«, befahl sie und war stolz, als er ihr gehorchte.

Mit geschlossenen Augen spürte sie die Sonnenstrahlen auf dem Gesicht. Als das Licht kurz von einem Schatten verdunkelt wurde, öffnete sie sie. Ein großer Vogel kreiste über ihnen. Sie kniff die Lider zusammen und deutete mit dem Finger auf ihn.

»Da oben. Schau doch.«

Der Vater hob den Arm, um das Licht abzuschirmen. »Hab ich längst gesehen. Und? Weißt du es?«

Sie schnaubte verächtlich. »Einen Roten Milan konnte ich schon erkennen, bevor ich schreiben konnte.«

»Wie unterscheidest du ihn vom Schwarzen?«

»Sein Schwanz ist tiefer gespalten, und er trägt helle breite Flecken unter den Flügeln. Er ist überhaupt viel heller.«

»Gut«, lobte Wilhelm Dinesen, »und jetzt den anderen.«

Er grinste sie an.

Sie schaute suchend den Himmel ab. Richtig, da schwebte noch ein anderer großer Vogel über ihnen. Zuerst war er zu weit weg, aber dann bewegte er sich in einer Spirale nach unten. Sie wartete, dass er näher kam. Seine Gefiederspitzen waren dunkel wie beim Milan, aber sein Schwanz war nicht gespalten. Er tat ihr den Gefallen und segelte langsam über sie hinweg, sie erkannte ihn sofort und ließ sich vom Stein in den Schnee plumpsen.

»Eine Rohrweihe«, sagte sie lässig.

»Bist du sicher? Nicht vielleicht ein Fischadler?«

»Eine Rohrweihe.«

»Wieso bist du so sicher?«

»Weil es aussieht, als klebe ein kleiner Vogel unter einem großen.«

»Gutes Mädchen. Aber lebt er nicht eigentlich am Wasser?«

»In Dänemark ist alles in der Nähe von Wasser, sagt Tante Bess.«

Wilhelm lachte. »Sie hat dir also doch schon einiges beigebracht. Und was ist sonst noch bemerkenswert an der Rohrweihe?«

»Sie fliegt mit erhobenem Kopf.«

Ein Jahr später starb ihr Vater, und damit endete der helle Teil ihrer Kindheit. Wenn sie später darüber nachdachte, wer die Weichen in ihrem Leben gestellt hatte, wenn sie versuchte zu erfühlen, seit wann ihre Lebens-Lok auf dem falschen Gleis fuhr, dachte sie immer an diesen Tag, den 28. März 1895. Es waren noch drei Wochen bis zu ihrem zehnten Geburtstag. Sie und die Geschwister verbrachten gerade ein paar Tage bei der Großmutter in Folehave, nur eine Dreiviertelstunde Fußweg entfernt von Rungstedlund. Das zweistöckige, weiß getünchte Gutshaus besaß eine symmetrische Fassade und einen hübschen Giebel. Eine ordentlich abgezirkelte Rasenfläche lag wie ein Sonntagskragen vor dem Haus.

Als der Bote mit der Nachricht vom Tod Wilhelm Dinesens eintraf, entschieden ihre Mutter, die Großmutter und die beiden Tanten, die Kinder sollten nicht erfahren, dass es sich um Selbstmord handelte. Zunächst sagten sie auch nur, der Vater sei krank. Daraus wurde ein paar Stunden später ein »sehr krank« und noch etwas später ein »gestorben«. Tanne hockte den ganzen Abend in einer Fensternische der Wohnstube, das blasse Gesicht starr auf die dunklen Bäume vor dem Haus gerichtet. Sie zitterte so stark, dass ihre Schwestern Angst bekamen. Tanne war nicht sicher, ob sie selbst dort saß oder jemand anderes, ihr Körper fühlte sich nicht so an, als gehöre er ihr. Sie spürte keine Wärme oder Kälte, keinen Hunger oder Durst. Nur eines war ihr sofort klar: Sie hatte den einzigen Menschen verloren, dem sie sich wirklich nahe gefühlt hatte. Der Vater hatte sie ernst genommen. Er hatte ihr die Welt erklärt und sie gefragt, was sie dachte. Mit ihm hatte sie Gespräche geführt, Dialoge. Das war etwas anderes als die Belehrungen, Zurechtweisungen und Ermahnungen von der Mutter und den Tanten. Auch wenn Tanne noch ein Kind war, so hatte der Vater in ihr doch einen richtigen Menschen gesehen, ein Gegenüber. Und war sie nicht sein Lieblingskind gewesen? Er hatte sie so geliebt, wie sie war, wild und voller geheimer Wünsche. Das war ihre feste Überzeugung, die ihr nun, da er nicht mehr da war, niemand mehr ausreden konnte, solange sie lebte. Wilhelm Dinesen hatte die Einsamkeit seiner mittleren Tochter gespürt und seiner Frau gestanden, er glaube, Ea und Elle würden ihren Weg im Leben schon finden, wenn er aber an Tanne denke, würde ihm weh ums Herz.

Der Tod des Vaters beraubte sie ihres Vertrauens in die Welt. Sie schien kein sicherer Ort mehr zu sein. Und die Angst, noch einmal einen Menschen zu verlieren, den sie liebte, türmte sich im Laufe der Jahre zu einem unkontrollierbaren Schrecken auf.

Dass Wilhelm Dinesen sich erhängt hatte, erfuhren die Kinder erst viele Jahre später. Möglicherweise hatte er sich mit Syphilis infiziert und die ersten Anzeichen der Krankheit an sich festgestellt. Die Aussicht darauf, den Verstand zu verlieren und einem quälend langsamen

Sterben ausgeliefert zu sein, hatte ihn vielleicht dazu getrieben, dem vorzugreifen.

Großmutter Mary Lucinde Westenholz erlitt kurz nach dem Tod ihres Schwiegersohns einen Schlaganfall, konnte sich eine Zeit lang nicht bewegen und kaum sprechen. Tannes Mutter Ingeborg wusste kaum, wie sie diese doppelte Katastrophe verkraften sollte, und so beschloss ihre Schwester Bess, die Zügel in die Hand zu nehmen. Sie bestimmte, die fünf Dinesen-Kinder sollten so leben, als sei nichts geschehen. Mehr noch: Sie stellte die Regel auf, die Kinder einer Witwe müssten sich besser benehmen als andere Kinder. Über den Vater wurde in dem von Frauen regierten Haushalt so wenig wie möglich gesprochen, und damit töteten sie ihn in Tannes Augen zum zweiten Mal.

Materiell betrachtet fehlte es ihnen in Rungstedlund an nichts. Es gab ein Zimmermädchen, ein Küchenmädchen, eine Waschfrau und einen Kutscher, der zusätzlich im Garten arbeitete. Auf den Kinderfotos erschienen Ea, Tanne und Elle immer gleich gekleidet, denn sie sollten sich nicht als Individuum fühlen und eigene Wege gehen. Auf einer Aufnahme standen sie wie drei dunkle Glocken mit ernsten Gesichtern nebeneinander. Jede von ihnen steckte in einem unförmigen Mantel, der fast bis zu den Füßen reichte. Der schwere Loden sorgte dafür, dass sie sich kaum bewegen, geschweige denn rennen oder klettern konnten. Die spitzen Kapuzen erinnerten an Wichtel aus einem Märchen. Tanne hasste diesen Aufzug, was an ihrer angespannten Körperhaltung gut zu erkennen war.

Die drei Schwestern durften – anders als die beiden Brüder – keine Schule besuchen und mussten sich in der eintönigen Welt des Hauses einrichten. Deshalb liebte Tanne die Reisen zu Verwandten, weil sie Abwechslung versprachen. Jedes Jahr verbrachten sie ein paar Wochen auf dem stattlichen Landsitz Katholm in Jütland, wo ihr Vater aufgewachsen war. Das Wasserschloss aus rotem Backstein gefiel Tanne sehr, und sie redete sich gerne ein, ihre Wurzeln lägen in Wirklichkeit hier, nicht in Rungstedlund. Schlossherr war allerdings der Furcht einflößende Onkel Wentzel Laurentzius Dinesen, ehemals königlicher Kammerherr und Hofjägermeister. Er hatte die dänische Prinzessin Dagmar 1866 nach Russland begleitet, wo sie den späteren Zaren Alexander III. heiratete. Insgeheim fragten sich Wentzels Verwandte, wie ein so aufbrausender Mann zu dieser Ehre gekommen war. Die Kinder hatten immer etwas Angst vor ihm, aber das schmälerte den Reiz der Ferien auf Katholm nicht.

Das letzte Stück der Fahrt führte sie über windzerzauste Alleen. Endlich passierte die Kutsche die schmale Brücke über den Wassergraben von Katholm und beschrieb eine elegante Kurve, bis sie auf dem Hof zum Stehen kam. Voller Vorfreude sprangen die Dinesen-Kinder heraus, denn es lagen ein paar herrliche Wochen vor ihnen, in denen sie im Schloss herumlaufen und die Wildnis im Park durchstreifen würden. Auch eine Reihe von Cousinen und Cousins waren angereist, mit denen sie an vielen Tagen zusammen zum Strand fahren würden.

An einem dieser langen Sommerabende, an dem sie wieder einmal mit zwanzig Personen zu Tisch gesessen hatten, standen die Fenstertüren des hohen Speisesalons offen. Der Duft der Lindenbäume drang ins Zimmer und vermischte sich mit dem Aroma der Rosen, die in großen Kristallvasen arrangiert waren. Als es dunkel wurde, versammelten sich die Kinder auf der hinteren Gartentreppe und schauten in den nachtschwarzen Himmel, um Sternschnuppen zu zählen.

Tanne saß ein wenig abseits und dachte an ihren Vater. Von ihm hatte sie gelernt, dass der Perseiden-Meteorstrom im August für die Sternschnuppen verantwortlich war. Man nannte sie auch Laurentiustränen, weil sie um den 10. August, dem Fest des Märtyrers Laurentius, vom Himmel fielen. »Ob der Onkel weiß, dass die Sternschnuppen seinen Namen tragen?«, fragte sich Tanne. In Frankreich wurde Laurentius sehr verehrt, hatte ihr der Vater erzählt, und es gäbe viele Darstellungen von ihm in den Kirchen. Laurentius war auf einem glühenden Rost gestorben und hielt auf den Bildern meistens sein Marterwerkzeug in der Hand, was Tanne besonders demütigend fand. Niemand hatte so viel gewusst wie ihr Vater. Sie unterdrückte ein Schluchzen und schlich zurück in den Speisesalon. Dort hatte sich gerade eine heftige Diskussion zwischen dem Onkel und ein paar der älteren Cousinen entzündet. Es ging darum, ob Frauen Fahrrad fahren sollten. Tanne hatte selbst gerade ein Fahrrad bekommen, auf das sie sehr stolz war, daher lauschte sie gespannt. Die großen Cousinen, zehn oder zwölf Jahre älter als sie, widersprachen dem Onkel, vor allem die dunkelhaarige Britt, die niemals Angst vor jemandem zu haben schien. Irgendwann werde ich auch so sein, nahm sie sich vor. Ich werde keine Angst haben zu sagen, was ich denke. Sie erinnerte sich daran, was ihr Vater ihr eingeschärft hatte: Du kannst alles sein, was du willst.

Auch auf Folehave fanden große Familientreffen statt. Einmal im Jahr kamen die Verwandten zum Geburtstag von Tannes Großmutter zusammen, und dann herrschte großes Treiben auf dem Hof. Die Kinder badeten im Sund und durften auf dem Heuwagen zurückfahren. Hungrig, mit nassen Haaren und sandigen Füßen setzten sie sich an die langen Tische im Garten. Es gab knusprige Brathähnchen und zum Nachtisch aromatische weiße Erdbeeren.

Als wichtiges Mitglied der Gemeinde lud die Großmutter gerne die tonangebenden Damen des Ortes dazu ein, die Gattin des Arztes oder eine Gräfin mit ihrer Tochter. Eines Tages erklärte sie, Tanne sei jetzt alt genug, um bei Tisch aufzuwarten und die Gäste zu bedienen. »Ich will, dass du ordentlich angezogen erscheinst, mit gebürsteten Haaren und sauberen Händen. Du darfst den Tee einschenken und die Kuchen reichen.« Tanne fuhr der Schreck in die Glieder. Mit Sicherheit würde sie unter den kritischen Blicken der feinen Damen etwas verschütten, oder sie würde plötzlich loslachen, wenn alle Augen auf sie gerichtet waren.

»Du musst mir helfen, Ea«, beschwor sie die ältere Schwester abends im Bett, »ich kann das bestimmt nicht.«

»Aber es macht doch Spaß, und wenn du in der Küche eine neue Platte holst«, weihte Ea sie verschwörerisch ein, »kannst du dir heimlich Kuchen mopsen.«

Tanne schauderte. »Dir macht so was vielleicht Spaß.

Ich würde lieber sterben, als unter den Augen dieser Drachen mit einer Kanne oder einer teuren Kuchenplatte hin und her zu gehen.«

»Und was soll ich sagen, wenn Großmutter nach dir fragt?«

»Sag einfach, ich hätte mir das Kleid zerrissen und käme später nach.«

Bevor die Gäste eintrafen, verschwand Tanne unauffällig in die Dienstbotenküche. Hier unten wurde der Kaffee aus einfachen Emaille-Bechern getrunken, und die Kuchenstücke aß man mit der Hand. Die alte Alvilde verlas Erbsen und erzählte Geschichten. Den Kindern schien sie uralt, klein und hager, die grauen Haare straff zu einem festen Knoten hochgesteckt. Ihre braun gebrannten Hände waren krumm, aber noch immer fest und flink, und wenn die Kinder ihr im Weg standen, schubste sie sie unsanft zur Seite. Dann drehten sie sich erschrocken um und blickten in Alvides lachendes Gesicht mit den faszinierenden Zahnlücken. Jetzt saß Tanne ein paar Meter von ihr entfernt und lauschte mit großen Augen den Erzählungen über Seeleute, die mausetot und ohne Gesicht an Land gespült wurden, sodass man sie nur an ihren Tätowierungen erkennen konnte. Sie hatte auch schon davon gehört, dass Männer keine Versprechen einhalten und dass jede Frau dumm sei, die etwas anderes erwarte.

»Und du, Kindchen, wirst im Leben viel auszuhalten haben«, sagte Alvilde jedes Mal, wenn sie Tanne entdeckte, die auf ihren Lippen kaute und sie anstarrte. »Komm her«, befahl sie dann, strich ihr übers Haar und umfasste Tannes Kinn mit ihrer knotigen Hand, die nach Erbsen duftete. »Trag es höher, dein Kinn. Wer den Kopf senkt, bekommt nur eins drauf.«

Karen Blixen spricht nicht weiter, und Ruth schaut besorgt von ihrem Block auf. »Brauchen Sie etwas, Baronin?«, fragt sie.

»Nein, ich dachte nur darüber nach, dass ich mich zeitlebens in der Dienstbotenküche immer besonders wohlgefühlt habe. Oder im Salon der Adligen. Die bürgerliche Gesellschaft hingegen mit ihren engen Grenzen und Tabus war mir ein Gräuel. Meine Mutter dachte sich Hausregeln aus, die sie uns feierlich überreichte, können Sie sich das vorstellen? Vorschriften für die eigenen Kinder! Wir durften uns – ohne besondere Erlaubnis – nicht in den Gesellschaftsräumen aufhalten. Wir durften dort weder zanken, schreien, weinen oder toben. Geistiger Wettstreit war erlaubt, jedoch kein Streit. Wer schlechte Laune hatte, musste die Gemeinschaftsräume verlassen, auch das Treppenhaus und die Flure. Nur in der Legestue, der Schul- und Spielstube, durften wir uns austoben – solange dabei niemand verletzt wurde und kein Blut floss.«

»Kam das vor? Ich meine, haben Sie und Ihre Geschwister sich gegenseitig verletzt?«

Karen Blixen greift nach einer neuen Zigarette, lässt sich Feuer geben und sagt nach dem ersten tiefen Zug: »Ab und zu.«

Tanne lag auf dem Bett und zeichnete in ihr Heft. Sie war noch nicht zufrieden mit der Elfe. Shakespeares *Som-*

mernachtstraum war ihr neues Lieblingsbuch, und sie hatte sich alle Personen vorgenommen, die im Stück vorkamen. Nur – wie sah eine Elfe genau aus? Ihre Ausgabe hatte keine Bilder, deshalb hätte sie gerne einen Blick in das alte Märchenbuch geworfen, aber der schwere Band lag in der Ewaldstube, dem ehemaligen Arbeitszimmer ihres Vaters. Sie musste fragen, ob sie es eine Weile mit ins Schulzimmer nehmen dürfe.

Tanne rollte sich auf den Rücken und streckte die dünnen Beine in die Luft. Ihre Strümpfe hatten ein Loch, und ihre Haare waren nicht gebürstet. So brauchte sie es gar nicht erst zu versuchen. Sie ließ die Beine aufs Bett fallen und betrachtete ihre Hände. Die linke Seite des rechten Daumens war schwarz, weil sie damit die Konturen ihrer Zeichnungen verwischte, den Haarschopf der Elfe oder den Uferrand des kleinen Tümpels, in dem sie lebte. Ihre Mutter konnte nicht begreifen, dass das kein Schmutz war, sondern ein Zeichen dafür, dass sie ernsthaft arbeitete. Es hatte keinen Sinn. Sie würde sie sofort zurück auf ihr Zimmer schicken. Tanne setzte sich auf und lehnte sich an die Wand. Sie griff nach dem Heft und schlug eine neue Seite auf. Die Elfe müsste durchsichtige Flügel haben, zweigeteilt, wie bei einem Schmetterling. Und vielleicht sollten ihre Haare nicht lang und glatt sein, sondern in vielen Kringeln zu einer kunstvollen Frisur hochgesteckt, wie sie es einmal bei einer Balletttänzerin in Kopenhagen gesehen hatte. Auf jeden Fall mussten ihre Augen groß sein, so wie ihre eigenen. Sie zog den kleinen Taschenspiegel unter ihrer Matratze hervor und musterte ihre Züge. Wenn sie den Kopf etwas zur Seite drehte, erkannte sie die dichten, gebogenen Wimpern. Die Augenbrauen wölbten sich darüber wie ein Dach. Ihr Blick wanderte weiter. Tanne mochte ihre vollen Lippen, aber dass ihr Gesicht so schmal war, gefiel ihr nicht. Die Elfe sollte hübscher sein als sie und ein herzförmiges Gesicht haben. Tanne schob den Spiegel wieder zurück und dachte, dass sie ein besseres Versteck brauche, denn in ihrem Elternhaus war es verpönt, in den Spiegel zu schauen. »Kinder brauchen keinen Spiegel«, äffte sie leise die Stimme von Tante Bess nach, »das macht sie nur eitel.« Sie zog eine Grimasse und zeichnete das Gesicht der Elfe. Ja, so sah sie gesund aus und fröhlich. Tanne selbst sah nie fröhlich aus, sie war es ja auch nicht. Wenn sie mit den Schwestern und Cousinen die Theaterstücke aufführte, die sie selbst geschrieben hatte, forderte sie nie die Rolle der Prinzessin für sich ein, sondern spielte die Männerrollen oder die traurigen Mädchen.

Die Elfe in ihrem Skizzenbuch balancierte jetzt auf einem Seerosenblatt und ruderte mit einem Blütenstiel über den Teich. Im Schilfgras am Ufer hockte ein kleiner Pierrot mit traurigen Augen. Er hatte die Hände auf die Oberschenkel gelegt, die in engen Hosen steckten, das weite Hemd fiel ihm über den Rücken, und die schwarzen Knöpfe … die sollten vielleicht ausgefranst sein? Sie strichelte die Ränder. Sie kannte den Pierrot aus den Vorstellungen des Pantomimentheaters im Tivoli. Von allen Figuren der Commedia dell'Arte war er ihr der Liebste, und wenn sie jemand gefragt hätte, welches ihre Lieblingsrolle war, hätte sie immer gesagt, der Pierrot. Auf ihrer Zeichnung schaute er der Elfe so sehnsüchtig hinterher, dass ihm dabei ein paar Tränen über die Wangen kullern könnten. Sie bekam Tropfen schon ganz gut hin, sogar mit Lichtreflexen. Aber Tränen waren doch zu albern, entschied sie. Sie hatte versucht, die Brüste der Elfe anzudeuten, aber das war wirklich schwierig, sie müsste einmal lernen, wie man Brüste zeichnet. Tanne lachte kurz auf. Die Mutter oder Tante Bess würden ihr sofort die Stifte wegnehmen, wenn sie wüssten, was sie vorhatte. Sie rieb mit dem Daumen über das Dekolleté der Elfe und verwischte die Linien.

»Zeig mal«, forderte die ältere Schwester Ea, die plötzlich neben ihr stand. Sie war fraglos die hübscheste von ihnen dreien, sah selbst aus wie eine Elfe, mit langen, glänzenden Haaren und betrachtete die Welt meistens mit einem sehnsüchtigen Blick. Doch sie neigte zu Wutanfällen, wenn etwas nicht nach ihrem Willen ging. Jetzt riss sie das Heft an sich und rannte damit aus dem Zimmer. Tanne sprang vom Bett, raste hinterher und schubste Ea auf den Boden. Weil die Schwester die Hände um das Heft gekrallt hatte, musste Tanne ihr jeden Finger einzeln hochbiegen, wobei der Umschlag zerriss. Sie trat Ea gegen das Schienbein, und die brüllte los. Tanne verschanzte sich mit dem Heft im Schulzimmer und knallte die Tür hinter sich zu.

»Könnt ihr nicht mal leise sein«, stöhnte Elle, die gerade einen Aufsatz schrieb. Sie war die ruhigste von ihnen, in sich gekehrt und schweigsam. Der Blick aus ihren dunklen Augen war abwartend, und sie schien immer auf das Schlimmste gefasst. Tanne holte Luft und stemmte sich gegen die Tür. »Kann ich mein Heft hier verstecken? Irgendwo oben auf dem Schrank, wo Ea nicht rankommt?«

»Meinetwegen.«

In der Nacht träumte Tanne, sie säße als Pierrot am Teich und streckte die Hände nach der Elfe aus, die sich immer weiter von ihr entfernte. Als sie aufwachte, merkte sie, dass ihr Gesicht nass war. Sie unterdrückte ein Schluchzen, denn sie wollte Elle nicht aufwecken, die sich unruhig hin und her warf. Plötzlich sah sie den unruhigen Lichtschein, der über die Wände ihres Zimmers zuckte. Leise kroch sie aus dem Bett und schlich zum Fenster. Noch bevor sie es erreicht hatte, hörte sie den gellenden Schrei ihrer Mutter: »Feuer! Feuer!«

Wie ein Gespenst rannte Ingeborg Dinesen in ihrem weiten Nachthemd über den Hof und verschwand im Stall. Tanne öffnete den Mund, aber sie brachte nur ein tonloses Stöhnen hervor. Nein, nicht die Mutter auch noch verlieren, war ihr einziger Gedanke, bitte nicht die Mutter auch noch. Sie drehte sich um, wollte zur Tür, griff aber zuvor noch in Elles Bett, schüttelte die Schwester und krächzte: »Es brennt. Raus hier. Die Mutter ist da unten ...« Als die Schwester begriffen hatte, was passiert war, und losschrie, lief Tanne ins Zimmer der Jungen, wo Ea bereits den kleinen Anders auf dem Arm hielt, Thomas hockte mit schreckgeweiteten Augen auf dem Bett. Tanne ergriff seine Hand und zog ihn mit sich, gemeinsam hasteten sie barfuß nach unten zur Haustür, wo sie mit den Dienstboten zusammenstießen, die sich Mäntel und Tücher überwarfen, nach draußen stolperten und verstört hin und her rannten. Die fünf Kinder drängten sich auf der Eingangstreppe aneinander, starrten in den rot leuchtenden Himmel, in dem verkohlte Fetzen tanzten und Funken knisterten. Die Köchin kam auf sie zu: »Los, Kinder, holt das Silber, schnell!« Sie liefen wieder ins Haus, griffen im Esszimmer aufs Geratewohl einen Leuchter, ein paar Gabeln und eine Schale und hasteten wieder nach draußen. Dort empfing sie das Gebrüll der Tiere. Plötzlich jagten ein paar Pferde und Kühe panisch an ihnen vorbei. Ihre Mutter hatte die Boxen geöffnet und wurde, als sie selbst wieder aus dem Stall eilte, von einer jungen Stute umgestoßen. Ein paar entsetzlich lange Sekunden lag Ingeborg Dinesen wie tot da, und als Tanne losbrüllte und zu ihr laufen wollte, hielt einer der Knechte sie fest. Doch da rappelte sich die Mutter auch schon wieder auf und hetzte fort vom brennenden Stall, wo in diesem Moment das Dach herunterkrachte und Schweine und Hühner unter sich begrub. Verstört standen die Kinder da, lauschten dem verzweifelten Gequieke und Gegacker. Die Silbersachen rutschten ihnen aus den schwitzigen Händen und schepperten zu Boden. Anders weinte, Thomas pinkelte vor Schreck auf seine nackten Füße, die Mädchen hielten sich an den Händen. Als die Nachbarn mit Eimern kamen, schrie jemand: »Da, Johnsens Hütte brennt!« Jetzt sahen sie es alle, die kleine Hütte, die dem Stall am nächsten stand, hatte Feuer gefangen und brannte lichterloh. Alle Helfer gingen langsam zurück, mit ausgebreiteten Armen, damit sich niemand an ihnen vorbeidrängelte, hier konnte man nichts mehr retten.

Als die Hütte in sich zusammenfiel, stoben Funken in

den Himmel, und brennende Holzstücke flogen herum. Ein Funkenregen traf Geyer, Thomas' Hund, der sofort Feuer fing. Er jaulte auf und drehte sich panisch um sich selbst, um seinen Schwanz zu packen, der jetzt lichterloh brannte. Thomas streckte die Hände nach ihm aus, »Geyer«, schrie er verzweifelt, »Geyer«, aber es war zu spät, sein geliebter Hund raste wie besessen in den Wald, und sein Geheul verfolgte sie alle ein Leben lang.

Endlich kam die Mutter zu ihnen, ihr Gespensternachthemd war jetzt schwarz und zerrissen. Sie nahm Anders und Thomas auf den Arm und drückte sie an sich.

Die Mädchen drängten sich an sie, kurz verschmolzen sie zu einem Kokon, und es sah aus, als ertrügen sie diese Katastrophe gemeinsam. Doch Tanne dachte in diesem Moment nur an ihren Vater.

Karen Blixen schweigt. Es ist kalt geworden in der Stube. »Meine Kindheit war ein Gefängnis«, sagt sie und erhebt sich mühsam, geht zum Ofen, um das kleine Häuflein Glut wieder anzufachen und ein neues Holzscheit aufzulegen, »auch wenn ich meiner Familie viel verdanke. Es wäre besser gewesen, ich wäre nicht hier aufgewachsen. Für uns alle wäre es besser gewesen.«

Am nächsten Morgen schließt Clara Svendsen ihren Koffer und schleppt ihn die steile Treppe hinunter bis in den Flur. Das Taxi zum Bahnhof Rungsted Kyst muss jeden Moment kommen. Sie ist froh, das Haus und ihre anspruchsvolle Chefin für eine Woche hinter sich zu lassen. Endlich wird sie den zweiten Teil ihrer Übersetzung von Lampedusas Roman *Der Leopard* voranbringen können.

Nun, denkt sie jetzt, während sie aus dem Fenster schaut, soll die Baronin doch ihr Leben dieser jungen Amerikanerin erzählen, es wird ihrer Eitelkeit schmeicheln und sie anregen. Clara ist sicher, dass nicht nur die Journalistin von den Gesprächen profitieren wird, auch Karen Blixen wird ein paar Impulse für das neue Buch bekommen. Sie arbeiten schon seit Monaten an einigen Texten, die eigentlich für *Jenseits von Afrika* entstanden sind, dann aber keinen Eingang ins Manuskript gefunden haben. Aus diesen und ein paar ganz neuen Kapiteln wird der schmale Nachfolgeband bestehen, für den sie schon einen Titel ausgewählt haben: *Schatten wandern übers Gras*.

Clara hatte sich bereits von den beiden Frauen in der Grünen Stube verabschiedet und greift im Flur nach ihrem Mantel, als sie die Baronin durch die Tür hindurch schreien hört: »Lassen Sie das sofort los. Das steht Ihnen nicht zu. Raus hier!«

Im nächsten Augenblick stürmt Ruth Jacobsen nach draußen und wirft die Tür hinter sich zu. Als sie Clara sieht, bleibt sie abrupt stehen und schließt die Augen. Tränen laufen über ihre Wangen. Sie ballt die Fäuste.

Clara schlüpft gelassen in ihren Mantel. Während sie den Gürtel knotet, sagt sie beiläufig: »Ich weiß zwar nicht, worum es geht, aber sicher meint sie es nicht so. Vielleicht hat sie Schmerzen. Ihre Wut trifft dann diejenige, die gerade bei ihr ist. Meistens bin ich das. Heute sind Sie es.«

Ruth holt tief Luft. »Aber ich verstehe das nicht, ich habe überhaupt nichts gemacht. Ich habe doch nur helfen wollen, als sie …«

»Darum geht es nicht«, unterbricht Clara sie sanft, »der Anlass ist bedeutungslos. Diese Wut in ihr ist wie ein Messer, mit dem sie herumfuchtelt und denjenigen verletzt, der neben ihr steht. Sie wird sich später dafür entschuldigen.«

Ruth antwortet nicht, und Clara fährt nach kurzem Nachdenken fort: »Sie wird wahrscheinlich nicht sagen, ›Entschuldigen Sie bitte, Ruth, ich habe das nicht so gemeint‹. Aber sie wird irgendetwas Harmloses sagen, und das sollten Sie dann als Entschuldigung auffassen.«

Ruth nimmt das Taschentuch, das Clara ihr reicht, schnäuzt sich und nickt. »Sie war plötzlich so wütend …«

»Es ist nicht nur die Krankheit. Das wurzelt tiefer«, sinniert Clara und wirft dabei wieder einen Blick aus dem Fenster, »manchmal sagt sie, ich erinnere sie an ihre Tante Bess, hilfsbereit, aber schrecklich moralisch. Wenn sie besser gestimmt ist, erinnere ich sie an Farah, ihren somalischen Diener. Aber ich bin weder ihre Tante noch ihre Dienerin, das vergisst sie gerne. Ich mische mich ein und gebe Ratschläge, und ich widerspreche ihr, wenn ich finde, dass sie sich zu viel vornimmt.«

Gedankenverloren zupft Clara ein trockenes Blatt aus einem Veilchen auf der Fensterbank. »Seit unserer Amerikareise ist es noch etwas komplizierter geworden. Wir waren dreieinhalb Monate ununterbrochen zusammen, das kann sie eigentlich nicht ertragen. Deshalb wird sie diesen Sommer auch verschiedene Verwandtenbesuche ohne mich machen. Und ich werde froh sein, mich um meine Mutter und meine andere Arbeit kümmern zu können. Es passt mir also gut, dass Sie in dieser Woche da sind.«

»Was ist das für eine andere Arbeit?«, fragt Ruth.

»Ich bin eigentlich Übersetzerin und übertrage zurzeit einen italienischen Roman ins Dänische, *Il Gattopardo*. Vielleicht kennen Sie ihn?«

Ruth verneint. Während die beiden Frauen unschlüssig im Flur stehen, öffnet sich die Tür zu den Wirtschaftsräumen. Laerke, das Hausmädchen, tritt mit einer weißen Rose in einer schmalen silbernen Vase zu ihnen und bleibt kurz stehen. »Oh, ist hier dicke Luft?«, fragt sie und öffnet ohne zu zögern die Tür zur Grünen Stube, tritt ein und schließt die Tür hinter sich.

»Haben Sie das gesehen?«, fragt Clara und lächelt Ruth an. »Sie bekommt jede Woche eine solche Rose.« Clara senkt die Stimme. »Von einem Verehrer.«

»Wirklich?« Ruth schmunzelt und beugt sich verschwörerisch vor. Ihre Lippen formen ein Wort: »Wer?«

Clara schaut schnell zur Tür, hinter der ihre Chefin sitzt, dann flüstert sie: »Erling Schroeder. Schauspieler. Er ist viel jünger, um die fünfzig oder so.«

Die Tür geht auf, und Laerke kommt wieder heraus. Sie nickt Ruth freundlich zu. »Wenn Sie dann so weit wären, würde Frau Blixen gerne weitermachen«, sagt sie.

Ruth und Clara wechseln einen kurzen Blick.

»Gehen Sie«, sagt Clara, »das ist das Zeichen. Wir sehen uns in ein paar Tagen.«

»Auf Wiedersehen. Und danke«, sagt Ruth leise und kehrt zurück in die Grüne Stube, wo Karen Blixen vor einem Stapel blauer Hefte und einer Mappe mit Fotos sitzt. Sie starrt auf ein Foto in ihrer Hand.

»Meine Mutter konnte den Anblick des zerstörten Hauses nicht ertragen«, sagt sie, als habe es keine Unterbrechung gegeben, »und beschloss, Rungstedlund zu renovieren. Bis die Arbeiten fertig waren, ging sie mit uns Töchtern für ein knappes Jahr in die Schweiz. Als wir am 1. Januar 1899 in Richtung Lausanne aufbrachen, war ich noch nicht fünfzehn Jahre alt. In der Schweiz lernten wir Französisch und bekamen Zeichen- und Malunterricht, was mir natürlich gut gefiel. Ich habe es immer bedauert, keine Schule besucht zu haben. Der Wunsch, geistig herausgefordert zu werden und mich mit Menschen messen zu dürfen, die gebildet sind, wurde für mich in diesen Jahren fast zu einer Besessenheit. Ich wurde launisch, überheblich und hatte an allem etwas auszusetzen.«

Die Baronin legt die Hände an ihre Augen.

»Als Jugendliche habe ich versucht, meine Gefühle in einem Gedicht auszudrücken.«

»Würden Sie es mir aufsagen?«, bittet Ruth.

Karen Blixen schaut auf ihre Hände und antwortet:

Selbst Vögel, die im Käfig geschlüpft sind,
sich träumend himmelwärts entringen,
drum singt mein Herz in seinem Gefängnis
nur von Schwingen, nur von Schwingen.

Ruth lässt die Worte in sich nachklingen und fragt dann leise: »Aber irgendwann öffnete sich dann doch der Käfig für den Vogel von Rungstedlund.«

Karen Blixen nickt bedächtig und sammelt die Fotos ein, die sie während des Erzählens vor Ruth ausgebreitet hat.

»Als ich die Freiheit einmal geschmeckt hatte, wollte ich niemals zurück. Aber heute …« Sie hebt die Hände in einer hilflosen Geste, »bin ich doch wieder hier.«

Ausschwärmen

Mit siebzehn Jahren beschloss Tanne, auf die Kunstakademie von Kopenhagen gehen zu wollen. Niemand zweifelte daran, dass sie Talent besaß, trotzdem waren Mutter und Tanten erst einmal dagegen. Was würde dieses eigenwillige Mädchen dort anstellen?

»Tanne hat das Zeug zur Schriftstellerin«, wiederholte Tante Bess gegenüber ihrer Schwester Ingeborg, »sie hat schon ein paar beachtliche Erzählungen verfasst. Dort liegt ihre wahre Berufung. Sie müsste nur endlich einmal ordentlich an sich arbeiten.«

Schließlich durfte Tanne aber doch die Vorbereitungsklasse einer privaten Zeichenschule besuchen, bewarb sich anschließend mit drei großformatigen Bleistiftzeichnungen an der Akademie und bestand die Aufnahmeprüfung im ersten Anlauf.

Frauen wurden in der Akademie nicht ernst genommen. Die Professoren behandelten sie geringschätzig, und die Verwaltung schien sich vor allem Sorgen um die Wahrung des Anstands zu machen. So durften die Studentinnen den Gipsraum wegen der nackten Skulpturen nur in Begleitung einer Anstandsdame betreten. Die Pförtnerin, der diese Aufgabe zufiel, brummelte für alle hörbar: »Ich weiß wirklich nicht, wie der kalte Gips euch gefährlich werden sollte.«

Im Unterricht lernte Tanne nur konventionelle Techniken wie perspektivisches Zeichnen. Das störte sie wenig, sie war froh, überhaupt etwas zu lernen, das sie direkt anwenden konnte. Ihre Arbeiten fanden Anerkennung, und damit war sie zufrieden. Es war das erste Mal, dass sie den Zusammenhang zwischen planvollem Handeln und der daraus resultierenden Wirksamkeit in der Welt erfuhr. Es erfasste sie wie ein Rausch, weil es ihr das Gefühl gab, das eigene Leben zu kontrollieren. Auch das Hungern verschaffte ihr diesen Reiz. Jeden Morgen warf sie ihr Lunchpaket aus dem Zugfenster und erklärte am Abend, sie habe den ganzen Tag so viel gegessen, dass sie nicht mehr hungrig sei. Sie wurde so dünn, dass ihre Schwester Elle spottete, Tanne wolle sich offenbar in eine Hungerkünstlerin verwandeln. Ungerührt gab Tanne zurück, dünn zu sein, sei nun mal ihr Stil.

Die Schwestern waren ihr mit den Jahren fremd geworden. Ea studierte in Kopenhagen Musik und wollte Sängerin werden. Elle machte eine Ausbildung als Sekretärin, lernte Russisch und Esperanto und verstand sich als Sozialistin. Tanne konnte mit beiden nicht mehr viel anfangen. In ihrem Inneren dehnte sich eine Leere aus, die ihr Angst machte, und sie litt fast ständig unter einer nagenden Unzufriedenheit. Das Studium an der Akademie, das musste sie sich eingestehen, machte sie nicht glücklich und fühlte sich bald nicht mehr richtig an.

Sie brach das Kunststudium ab, räumte das Zimmer im Haus ihrer Tante Plum, bei der sie vorübergehend gewohnt hatte, und kehrte zurück nach Rungstedlund. Auf der Suche nach einem Menschen, dem sie sich verbunden fühlen konnte, fiel ihre Wahl auf den Bruder Thomas. Obwohl er mehr als sieben Jahre jünger war, teilte sie ihre Ängste und Sehnsüchte mit ihm. Thomas hatte sich zu einem hochgewachsenen jungen Mann mit einer energischen Ausstrahlung gemausert. Er sah seinem Vater ähnlich, besaß auch den gleichen schön geschwungenen Mund, wirkte aber zielstrebiger und kritischer.

An einem Frühlingsmorgen wanderten sie im Wald von Folehave und breiteten ihr Picknick auf einem großen Granitfelsen aus, der etwas versteckt unter dichten Bäumen lag. Dort las Tanne ihrem Bruder die Geschichte *Der Eisbär* von Hans Kaarsberg vor. Darin fragte der junge Svend seinen Vater, wer oder was Gott sei. Svend würde es in dem Moment merken, lautete die Antwort, in dem er Gott begegne. Viele Jahre später, Svend war schon erwachsen und ging in Grönland auf die Jagd, erlegte er einen Bären, den er schon lange verfolgt hatte, mit nur einem Schuss. Unglücklicherweise löste der Schuss eine Lawine aus, und Sven merkte, wie das Eis unter ihm zu bersten begann. Statt Todesangst fühlte er Vorfreude, weil er wusste, nun würde er Gott begegnen. Er legte sich neben den toten Bären und wartete freudig darauf, vom Meer verschlungen zu werden.

»Darum geht es im Leben«, schärfte Tanne ihrem Bruder ein. »Wir wollen etwas Großes erleben, etwas Überwältigendes. Etwas, das uns heraushebt aus dem kleinen Ameisenalltag. Das wollen wir suchen, versprochen?« Thomas reichte ihr die Hand, und sie schlossen einen

Pakt, an den sie sich ihr Leben lang immer wieder gegenseitig erinnerten.

In dieser Zeit merkte Tanne, wie viel Freude sie beim Schreiben von Geschichten empfand, und sie fragte sich, ob nicht doch eine Schriftstellerin in ihr stecke, wie Tante Bess es prophezeit hatte. Sie verfasste die Marionettenkomödie *Die Rache der Wahrheit*, in der die magische Umkehr von Wahrheit und Lüge alle Figuren in Verwirrung stürzt. 1907 wurde ihre Erzählung »Der Einsiedler« in der dänischen Literaturzeitschrift *Tilskueren* gedruckt, ihre erste Veröffentlichung. Es ging dabei um Lucie, die zwischen zwei Männern stand, einem Toten und einem Lebenden. Doch es war der Tote, der sie dazu aufforderte, sich lebendig zu fühlen, während der Lebende sich allem gegenüber verschloss. Ihre nächsten beiden Geschichten, »Der Pflüger« und »Die Geschichte der Familie de Cats«, handeln ebenfalls von Tod und Schicksal, von Schuld und Sühne. Ihre ersten Texte veröffentlichte Tanne unter dem Pseudonym Osceola.

»So hieß der Hund Ihres Vaters«, wirft Ruth ein.

»Genau.« Karen Blixen lächelt. »Mein erstes Pseudonym.«

»Sie haben die literarische Welt mit einem Namen betreten, der auf Ihren Vater weist.«

Ihr Gegenüber nickt.

»Warum haben Sie diesen Weg wieder verlassen, obwohl Sie doch erste Erfolge hatten?«

Karen Blixen überlegt einen Moment. »Ich glaubte damals noch nicht, etwas zu sagen zu haben, denn ich hatte doch gar nichts erlebt. In meiner Vorstellung musste man als Schriftsteller so sein wie mein Vater. Er hatte die Welt gesehen, und er hatte sich bewährt. Aber ich, ich kannte doch fast gar nichts. Und deshalb wollte ich ja auch fort von hier, aus Rungstedlund, und am besten auch gleich aus Dänemark.«

Ruth murmelt leise: *»Nur von Schwingen, nur von Schwingen …«*

»Das war mein Drama«, lächelt die Baronin bitter. »Ich steckte tiefer fest als je zuvor. Ich begann zu reisen, nach Schottland, nach England, nach Norwegen. Mein Alltag besaß überhaupt keine Struktur, ich hatte keinen Schulabschluss und keine Ausbildung. Daher war ich anfällig für die Gesellschaft, in die mich meine Cousine Daisy Frijs einführte: Unsere Väter waren Vettern gewesen, also waren wir eigentlich nur Cousinen zweiten Grades, aber vor allem waren wir gute Freundinnen, auch wenn wir gesellschaftlich nicht auf derselben Stufe standen. Daisy gehörte zu einer der vermögendsten Familien Dänemarks, und ich besuchte sie oft auf ihrem Familiensitz Schloss Frijsenborg. Sie stellte mir alle jungen, reichen Männer vor, die sie kannte, Adlige, die den Pferdesport und Golf liebten. Sie tranken Whiskey und tanzten auf Bällen, gingen auf die Jagd, kauften Automobile und genossen heimliche Affären, von denen ihre Eltern nichts wussten. Ich stürzte mich also in das Partyleben. Aber davon erzähle ich morgen, jetzt muss ich ins Bett.«

Am nächsten Tag prangt ein üppiger Blumenstrauß auf dem Tisch im Grünen Zimmer. Staunend bleibt Ruth davor stehen. »Wie ein Bild«, sagt sie hingerissen, »im Metropolitan Museum of Art gibt es alte Gemälde mit solchen Sträußen.« Sie schaut die Baronin an, die lächelnd und rauchend am Tisch sitzt. »Ich weiß, dass Sie die Blumen hier im Haus alle selbst arrangieren, nur ... was machen Sie anders als andere? Warum wirkt dieser Strauß so opulent und doch so natürlich?«

Die Baronin zuckt mit den Schultern. »Es gibt ein paar Regeln. Das Verhältnis von Blattgrün und Farbe muss passen. Ich knipse die Blätter ab, wenn es zu viele sind. Der Rest ist Gefühl.«

»Pfingstrosen und Lupinen kann ich erkennen. Und das hier müsste Rittersporn sein. Aber wie heißen diese hier?« Ruth deutet auf einen gebogenen Zweig mit einer Reihe herabhängender weißer Blüten.

»Salomonssiegel. Und darunter steckt ein Weißdornzweig und außerdem ein Zweig vom Nussbaum, Funkienblätter und Azaleen.«

»So einen Brautstrauß hätte ich gerne.«

»Schreiben Sie mir, wenn es so weit ist, und ich schicke Ihnen die Anleitung für den Gärtner.«

»Wie sah Ihr Brautstrauß aus, Baronin?«

»Ich hatte keinen Strauß, nur eine Blüte, eine Gardenie. Das war in Nairobi.«

»Sie haben in Afrika geheiratet?«

»Ja, aber jetzt wollen wir keine zu großen Sprünge machen. Stellen Sie den Strauß bitte auf die Kommode dort, damit wir hier Platz haben. Und dann holen Sie die Mappe, die ich auf dem Sekretär zurechtgelegt habe. Genau diese. Und ich hätte auch gerne Tee.«

Während Ruth ihnen einschenkt, blättert die Baronin die Fotos durch. Sie schiebt Ruth das Bild eines jungen Mannes zu.

»Hans Blixen, meine erste große Liebe. Er war der Bruder meines späteren Ehemanns Bror und stammte aus dem schwedischen Hochadel. Wir waren um ein paar Ecken verwandt. Hans und Bror waren Zwillingsbrüder und sahen sich sehr ähnlich. Trotzdem gefiel mir Hans sofort, während ich Bror ... nun ja ... erst mal übersah.«

Karen Blixen wirkt heute schwächer als in den Tagen davor, Ruth überlegt, worauf dieses Zeichen hindeutet. Hat sie schlecht geschlafen, oder hat sie Schmerzen? Die Baronin isst kaum etwas, und wenn, dann sind es meistens nur Suppen oder sehr weiche Dinge. Etwas mit ihrem Magen scheint nicht in Ordnung zu sein, aber sie spricht nicht darüber, und Ruth will nicht fragen. Jeden Tag staunt sie über die Energie, die Karen Blixen ausstrahlt, obwohl sie so spindeldürr ist, dass sich die Haut an ihren Handgelenken wie eine zu groß gewordene Hülle zusammenschiebt. Ruth zwingt sich, den Blick davon abzuwenden, und schaut wieder auf das Foto.

»Was hatte Hans Blixen an sich, dass Sie so fasziniert von ihm waren?«

Die Baronin lehnt sich zurück und starrt an die Decke.

»Er war nicht sehr groß, aber stark und sportlich, mit einem charmanten Lächeln. Ein Draufgänger eben. Ich hatte schon immer eine Schwäche für solche Jungs. Die beiden Blixen-Brüder hatten noch einen älteren Bruder, der Titel und Besitz erben würde, also trugen sie keine

Verantwortung für die Verwaltung der Güter und warfen das Geld sorglos zum Fenster hinaus. Leichtherzigkeit gepaart mit Kraft und körperlichem Ehrgeiz fand ich damals unwiderstehlich. Hans trat in die Kavallerie ein. Es gab keinen besseren Reiter in Schweden als ihn.«

Karen Blixen lächelt wehmütig und greift wieder nach der Mappe. Mit ihren dünnen Fingern, die ein bisschen wie Krallen gekrümmt sind, sucht sie zwischen Zeitungsartikeln und Fotos herum und kann die vergilbten dünnen Ausschnitte nur mühsam fassen, um sie näher anzuschauen. Ruth muss dem Impuls widerstehen, ihre Hilfe anzubieten. Sie weiß, dass das eine schroffe Zurückweisung und eine halbe Stunde Verstimmung auslösen kann. Endlich findet die Baronin, was sie gesucht hat, und schiebt einen Artikel über den Tisch. Er stammt aus dem Jahr 1914 und zeigt zwei Fotos. Auf dem ersten steigt ein strahlender Hans Blixen aus einem kleinen Flugzeug, auf dem zweiten sitzt er auf einem Rennpferd.

»Hans gewann ein Pferderennen in Malmö. Von dort ließ er sich – am selben Tag, wohlgemerkt – mit dieser Maschine nach Dänemark fliegen und nahm an einem weiteren Rennen in Klampenborg teil. Natürlich gewann er auch dort. Er war der Held des Tages, alle lagen ihm zu Füßen.« Sie schüttelt den Kopf. »Ich natürlich nicht mehr, ich war ja schon verheiratet und lebte in Afrika.«

»Warum haben Sie dann den Bruder geheiratet?«

Karen Blixen schaut sie befremdet an. »Kindchen, Sie müssen den Geschichten doch ihren Raum lassen.« Sie beugt sich vor und nimmt sich eine Zigarette. Ruth begreift, dass sie schon wieder kurz davor ist, die Baronin zu verärgern. »Sie haben recht«, sagt sie etwas kleinlaut und reißt ein Streichholz an, »bitte erzählen Sie mir von den beiden.«

Karen Blixen lächelt besänftigt. Sie zieht an der Zigarette und muss eine Weile husten. Dann trinkt sie eine halbe Tasse Tee in kleinen Schlucken, atmet konzentriert ein und fährt fort: »Ich lernte Hans auf einem Ball kennen. Er kam spät und entschuldigte sich bei den Gastgebern. Als er sich über die Hand der Hausherrin beugte, streifte mich sein Blick. Er nickte mir zu, als wolle er mir sagen: ›Nun bin ich da, wir sprechen uns noch.‹

In Ihren Ohren klingt das vielleicht seltsam, aber von diesem Moment an drehten sich meine Gedanken nur noch um Hans. Alles, was er sagte und tat, bezog ich auf mich. Wo immer wir uns begegneten, war ich sicher, er würde meine Nähe suchen. Ich war ... wie verrückt. Haben Sie schon einmal so etwas erlebt?«

Ruth ist von der direkten Frage etwas überrascht, verneint aber sofort. »Ich glaube nicht. Vielleicht können sich nur Schriftsteller auf diese Weise die Welt ... zu eigen machen?«

Karen Blixen lacht kurz auf. »Das haben Sie schön gesagt, Ruth.« Es ist das erste Mal, dass sie sie beim Vornamen nennt. »Ich lebte in einem romantischen Märchen. Zugleich war es ein Fluch. Die Fantasie kann unser Leben so hell erleuchten, wie es die Scheinwerfer der Filmleute tun. Und wenn man merkt, dass man sich getäuscht hat, wird es von einer Sekunde zur nächsten dunkel, und man sieht überhaupt nichts mehr. Alles wird schwarz.«

Das Donnergrollen drang bis in die Halle des stattlichen Schlosses von Norrgaardborg. Eine Tür im hinteren Teil des Hauses schlug zu, und ein paar der losen Fensterscheiben klirrten, als eine starke Böe am Gebäude rüttelte. Tanne fror erbärmlich in ihrem dünnen Kleid. Die Empfangsräume dieser großen Häuser waren immer kalt, man musste schon ein Plätzchen im Salon vor dem Feuer einnehmen, wenn man sich aufwärmen wollte. Aber die Sessel wurden von den alten Herrschaften belegt. Wer jung war, stand herum und drehte seine Runden in der schwatzenden Menge. Tanne wollte ihr langes Seidenkleid mit den gekrausten Puffärmeln vorführen und nippte mit kalten Lippen an ihrem Champagner.

Ihre Stimmung war düster. Hans Blixen beachtete sie kaum, und sie fand, so langsam könnte er sich ihr wieder nähern. Fünf Wochen war es her, dass er sie nach dem Ball bei ihren Verwandten auf Schloss Frijsenborg in der Bibliothek geküsst und später heimlich in sein Schlafzimmer geführt hatte, wo er die Tür abgeschlossen und ihr so viele Kleidungsstücke ausgezogen hatte, dass sie zumindest ahnte, worum es bei dem großen Geheimnis gehen könnte, über das alle Mädchen so gerne reden wollten, auch wenn keine von ihnen etwas Genaues wusste. Dieser Moment war roh und gar nicht romantisch gewesen, aber vielleicht hätte er sich anders entwickelt, wenn nicht Bror an die Tür geklopft und sie gestört hätte. Hans hatte Tanne von sich weggeschoben, Bror zugerufen, er käme gleich nach unten, und ein paar Minuten später hatte er sie dann unsanft aus dem Zimmer geschoben, als gerade niemand auf dem Flur zu sehen war. Nach dieser Episode fühlte sie sich Hans nicht näher, und er schien sie seitdem sogar zu meiden.

Jetzt beschloss sie, etwas zu wagen, und stellte sich Hans in den Weg, als sie ihn in der Menge entdeckte. Er war überrascht und prostete ihr zu: »Auf einen besonderen Abend. Denn das wird er sein, darauf kannst du wetten.« Er zwinkerte ihr zu, und ihr Herz begann wild zu klopfen. Würde er ihr heute seine Liebe erklären? Sie hatte bisher mit niemandem darüber gesprochen, nicht einmal mit Daisy. Ihre impulsive Freundin könnte sich verplappern und damit alles in Gefahr bringen, denn Tanne wusste natürlich, dass sie in den Augen von Hans' Eltern kaum als standesgemäße Braut gelten konnte. Außerdem wollte Daisy in wenigen Wochen einen viel älteren Mann heiraten, einen reichen Diplomaten, in den sie überhaupt nicht verliebt war. Damit verriet Daisy ihr gemeinsames Ideal, ein Leben ohne Kompromisse zu führen.

»Komm, wir gehen nach nebenan«, schlug Hans vor, »ich habe gehört, du hast eine neue Erzählung veröffentlicht?«

Er reichte ihr den Arm und führte sie in den angrenzenden Salon, in dem sich noch mehr Menschen drängelten und die Luft stickig war. Es kam ihr vor, als suche Hans insgeheim den Raum ab, immer wieder glitt sein Blick über die Menschen hinter ihr, und sie musste sich zusammenreißen, um nicht zu fragen, wonach er Ausschau hielt.

»Ich bin sicher, du wirst eines Tages eine berühmte Schriftstellerin sein, und ich kann dann sagen, dass ich mit dir getanzt habe. Wie würde dir das gefallen?«

»Ich weiß nicht …«

»Ach komm, Tanne, sei nicht so bescheiden. Es muss sich gut anfühlen, Geld für eine Geschichte zu erhalten, die man sich selbst ausgedacht hat, oder? Ich bin ja kein großer Bücherfreund, aber selbst ich kann mir denken, dass es schon ein paar Tage gedauert haben muss, so etwas aufzuschreiben. Hab ich recht?«

»Nun, es sind eher ein paar Wochen, die ich daran …«

»Oh? Dann hoffe ich, dass sie dich gut bezahlt haben bei *Tilskueren.*«

Er lachte freundlich, und Tanne lachte mit, auch wenn sie enttäuscht war, dass er nicht fragte, worum es in ihrer Erzählung ging. Sie stellte das leere Glas auf einen Tisch und rieb sich die kalten Hände. »Die neue Geschichte heißt ›Familie de Cats‹, und es geht darin um …«

Hans griff nach ihrem Ellbogen und schob sie wieder ein Stück vor sich durch die Menge.

»Heben wir uns die Details bis nach dem Essen auf, Tanne, lass uns mal schauen, wie weit die Vorbereitungen sind. Ich habe einen Mordshunger. Musste ja auch heute schon ein ganzes Stück fahren.«

Sie ließ sich zum Speisesaal führen. Dort verbreiteten die Porzellanteller mit goldenem Rand, das schwere Silberbesteck und die Kristallgläser einen warmen Glanz. Blumen quollen aus silbernen Kübeln, und die Stühle standen artig nebeneinander, wie Kinder, die sich vor dem Schultor aufgestellt hatten. Dienstboten waren gerade damit beschäftigt, Kerzen anzuzünden und Vorspeisen zu verteilen. Tanne nahm die Pracht des Saals in sich auf, sie wollte sich die Details einprägen, um sie vielleicht einmal in einer Geschichte zu verwenden. Das Spiel des Lichts in den Glasrauten der Wandlampen erzeugte ein Flirren, neben dem die weich fallenden hellgrünen Damastvorhänge vor den Fenstern beruhigend wirkten. Kordeln und Quasten schienen eine Vorahnung auf die fetten Fleischstücke zu geben, die gleich gereicht werden würden, und Tanne, die noch gar nichts gegessen hatte, spürte, wie ihr Magen rumorte. Sie drehte sich zu Hans um, der schon wieder auf dem Weg zum Salon war und sie einfach stehen gelassen hatte. Er ging gerade auf eine Freundin von Daisys Schwester zu, Carine. Sie wirkte in einem schmalen mondweißen Kleid, das mit glitzernden Steinen besetzt war, wie eine Göttin aus der Antike. Hans griff nach ihren Händen und küsste sie, er flüsterte ihr etwas ins Ohr und strich ihr dabei eine Strähne zurück. Diese Geste hatte etwas so Intimes, dass Tanne den Atem anhielt. Sah das denn niemand außer ihr? Sie begriff schlagartig, dass Hans diese Frau begehrte, und als sie sah, wie er Carine mit sich fortzog und sein Gesicht voller Freude leuchtete, war ihr auch klar, dass er solche Gefühle nicht für sie hegte. Vielleicht hatte er es nie getan, und sie hatte sich alles nur eingebildet.

Scham und Zorn schossen heiße und kalte Flammen durch ihren Körper. Steif wie ein Storch drängte sie sich durch die Menge zur Eingangshalle, wo ein Dienstmädchen Gläser einsammelte. Unschlüssig, was sie nun tun sollte, holte Tanne die Puderdose aus dem kleinen Pompadour an ihrem Handgelenk und prüfte ihr Make-up.

»Du siehst gut aus, Tanne, ein bisschen blass, aber

sehr hübsch.« Brors Stimme kam aus dem dunklen Flur, der in den hinteren Teil des Hauses führte. Er lehnte an der Wand und lächelte freundlich, wenn auch etwas abschätzend. Er hielt ihr sein Zigarettenetui hin, sie trat näher, griff zu, und als sie sich vorbeugte, damit er ihr Feuer geben konnte, nahm sie den Geruch von Leder, Rauch und Seife wahr.

»Warum machst du dich zum Narren, Tanne?«, fragte Bror. Seine Augen bohrten sich forschend in ihre. Er zog an seiner Zigarette und blies den Rauch an ihrem Gesicht vorbei. »Du bist eine schöne, kluge Frau. Warum rennst du einem Kerl hinterher, der nichts von dir will? So verzweifelt kannst du doch gar nicht sein.«

Sie tat nicht so, als wüsste sie nicht, wovon er redete, wollte aber auch ihren Schmerz nicht zeigen und zuckte mit den Schultern. »Aber er ist so überaus schön, weißt du?«

Bror durchschaute sie, ging aber auf ihren ironischen Ton ein. »Wenn es nur darum geht – ich sehe ihm doch ziemlich ähnlich. Warum nimmst du nicht mich?«

Er fuhr ihr mit der Hand sanft über die Wange. Der Rauch biss ihr in die Augen, und sie kniff sie zu. »Entschuldige«, sagte er und zog die Hand zurück. In ihren Augen standen Tränen, die vom Rauch kommen mochten oder nicht.

»Das ist mir noch gar nicht aufgefallen, Bror. Woran mag das liegen? Irgendwo muss doch ein Unterschied zwischen euch sein, oder?«

Bror lächelte hintergründig und hob die Schultern. »Sag du es mir.« Er nahm ihr die aufgerauchte Zigarette aus der Hand und warf sie in einen Blumenkübel. »Na, was ist? Kann ich es mit Hans aufnehmen?«

Zum ersten Mal kam ihr der Gedanke, es könnte Spaß machen, mit Bror zu flirten. Dass er sie durchschaute und die Dinge beim Namen nannte, gefiel ihr. Er strahlte Wärme aus und besaß zudem eine angenehm beunruhigende körperliche Präsenz. Unter seinem korrekten Abendanzug schien etwas Ungezähmtes verborgen zu sein, was ihn interessant machte.

»Hm«, sagte sie, scheinbar grübelnd, »warst du nicht der Mann, der neulich erklärte, er wisse nicht, ob die Französische Revolution vor oder nach den Kreuzzügen stattgefunden hätte?«

Bror lachte und war überhaupt nicht verlegen. »So was muss ein Mann nicht wissen, Tanne. Frag mich lieber, ob ich in der Lage bin, im vollen Galopp einen Hirsch zu treffen. Und …«, er beugte sich vor und kam ihrem Hals so nah, dass sie seinen Atemzug spüren konnte, »mit wenigen Griffen zu zerlegen.«

Bevor sie etwas erwidern konnte, drehte Bror sich um und ging in den Salon.

Tanne wartete einen Moment, dann folgte sie ihm.

Die Baronin erhebt sich mühsam von ihrem Stuhl und geht zum Schreibtisch, wo sie eine kleine Schublade aufzieht und ein neues Päckchen Zigaretten herausnimmt. »So fing es an mit Bror und mir«, sagt sie, während sie zurück an den Tisch schlurft und sich auf ihren Stammplatz fallen lässt. »Es war nicht gerade stürmisch. Und es dauerte dann noch fast zwei Jahre, bis wir uns verlobten.

Ich verbrachte ein paar Monate in Paris, weil ich hoffte, dort wieder mit dem Malen anfangen zu können, aber das gelang mir nicht. Meine Unzufriedenheit und meine Angst, das Leben zu verpassen, das Große, das Thomas und ich suchen wollten, lähmten mich. Kurz nach meinem fünfundzwanzigsten Geburtstag verließ ich Paris. Rungstedlund, dieses Haus, dem ich damals so unbedingt entfliehen wollte, hatte mich also wieder. Hier hatte sich nichts verändert, nichts bewegt. Es gab keinen einzigen neuen Gedanken, kein Buch hatten seinen Platz gewechselt. Ich schrieb damals in mein Tagebuch, es fühle sich an wie ein überfülltes Wartezimmer, in dem niemals die Fenster geöffnet wurden. Wie sollte ich hier überleben? Meine Brüder waren im Internat, meine Schwestern und ich gingen auf die dreißig zu, keine von uns war verheiratet. Ich versank in Melancholie. Nur die Arbeit an neuen Erzählungen konnte mich ein wenig ablenken. Der zweite Lichtblick in diesem Jahr waren die Besuche bei Daisy auf Schloss Frijsenborg in Jütland oder im Kopenhagener Stadtpalais ihrer Familie. Daisy war inzwischen verheiratet, aber weil ihr Mann sich ständig auf diplomatischen Missionen befand, lebte sie bei ihren Eltern. Sie tat alles, was sie wollte, und hatte jede Menge Geld zur Verfügung. Daisy und ich waren verrückt nach neuen Kleidern und verbrachten ganze Nachmittage mit den Anproben. Ich war so oft wie möglich bei ihr und lebte frech über meine Verhältnisse, was meine Familie wütend machte.«

»Ich ziehe auf keinen Fall noch etwas anderes an«, rief Daisy an einem hellen Mainachmittag und ließ sich auf ihr großes Himmelbett fallen. »Die Auswahl für Klampenborg ist immer so schwierig. Und die Pferde wirbeln so einen Staub auf, dass alles danach ruiniert ist.«

»Du hast recht«, pflichtete Tanne ihr bei, »aber ich habe mir trotzdem etwas Neues gegönnt. Crêpe de Chine, sehr teuer, die arme Tante Bess war außer sich, als sie davon erfuhr, aber«, sagte sie und setzte sich an Daisys Frisierkommode, wo sie ungeniert verschiedene Tiegel und Schächtelchen öffnete, »da war es schon zu spät, der Stoff war bereits zugeschnitten.«

Tanne inspizierte einen der Töpfe genauer.

»Was ist das? Ein neues Wangenrot?«

»Ja, aber ich sehe damit aus wie eine Bauernmagd. Du könntest es gebrauchen, so blass, wie du bist, Tanne. Aber du darfst nur einen Hauch davon auf die Wangenknochen tupfen, komm her, ich zeig's dir.«

Tanne schraubte das Töpfchen zu und stellte es schnell wieder weg.

»Nein, lass. Blässe ist genau mein Stil.«

»Verschon mich mit dem Unsinn. Du bist fahl wie eine Leiche und auch so dünn. Niemand wird mit dir tanzen wollen, falls du dir nicht mehr Mühe gibst. Und heute werden wir ja die schmucken Blixen-Zwillinge am Tisch haben.« Sie seufzte gespielt. »Und da liegt mein Problem. Welchen soll ich ermutigen? Was meinst du?«

Tanne griff nach dem Kohlestift der Freundin und zog ihren Lidstrich nach. »Ich fand ja Bror zuerst sehr nett«, log sie. »Ausgezeichneter Jäger, witzig und gar nicht eitel. Auch wenn er nur die Landwirtschaftsschule absolviert hat und eine Milchfarm leitet. Aber darf ich dich daran erinnern, dass du verheiratet bist? Wo ist dein Mann überhaupt?«

Daisy schlüpfte in einen Hausmantel und band den Gürtel um ihre Taille. »Henrik ist irgendwo in Wien. Oder in London. Ich weiß es nicht mehr. Aber flirten muss ich heute Abend, das tut ihm ja nicht weh. Ist Bror ein Spieler? Dann würde er mir noch besser gefallen ... Aber erzähl mir von deinem neuen Kleid, oder nein, lass uns schnell hinauflaufen und es anschauen.«

Die beiden jungen Frauen rasten um die Wette zum Gästeflügel, wo Tanne ein kleines Zimmer bewohnte. Es war keine Dienstbotenkammer, aber doch ein Ort, dessen einfache Möblierung bewies, dass Daisys Mutter sie gesellschaftlich sehr weit unten einordnete.

Das Kleid hing ordentlich am Schrank und schimmerte in der Dunkelheit. Daisy riss den Vorhang vor dem Fenster auf und drehte sich um. »Also wirklich, Tanne, das ist unverschämt! Du wirst mich ausstechen!«

Das cremefarbene Kleid war tief ausgeschnitten, schmiegte sich eng an die Brust und mündete unter der Taille, um die eine orangefarbene Schärpe mit aufgenähten Blättern geschlungen war, in einen schmalen, langen Rock. Weiße lange Abendhandschuhe und eine cremefarbene Federboa lagen auf dem Bett. Einen Frisiertisch gab es im Zimmer nicht, und auf dem einzigen Stuhl thronte ein großer Hut, verziert mit Tüll und Federn. »Ich werde eine Gardenie in die Schärpe stecken, wenn ich es schaffe, mir eine im Wintergarten zu pflücken, ohne dass deine Mutter es sieht«, sagte Tanne und betrachtete zufrieden ihr Kleid.

»Du wirst die Schönste sein. Wenn du dir noch etwas Farbe gönnst.« Daisy ging zum Fenster und schaute hinaus auf den Hof, in dem Wäsche trocknete. Sie verstand, dass die Freundin den Vorhang zugezogen hatte. »Es ist eine Schande, dass du keinen Titel hast. Sonst wärst du längst gut verheiratet. Aber weißt du, Tanne, ich ... also ich möchte dir einen Rat geben«, sie zupfte an den Fransen ihres Hausmantels herum, »nicht als deine Cousine, sondern als deine Freundin, und du darfst nicht böse sein. Versprochen?«

Tanne legte den Kopf in den Nacken und setzte sich neben ihre Schätze aufs Bett.

»Sag schon.«

Daisy war rot geworden und sah weiter aus dem Fenster. »Seit du aus Paris zurück bist, da ... bist du irgendwie ... wie soll ich sagen? ... Scharfzüngig? Und raffiniert.« Sie schaute jetzt doch die Freundin an, und als sie merkte, wie hart deren Gesichtszüge wurden, fügte sie schnell hinzu: »Also, ich schätze das ja an dir, aber ich glaube ... nicht jeder mag das.«

»Ich weiß überhaupt nicht, wovon du sprichst.« Tannes Stimme klang heiser.

»Du bist so klug, Tanne, aber das merkt man auch ... zu sehr. Verstehst du, was ich meine?«

Tanne öffnete die Schublade des Nachttischchens und holte ein ledernes Zigarettenetui heraus. Sie schob Handschuhe und Federboa auf das Kopfkissen, damit Daisy sich neben sie setzen konnte. Die beide Frauen rauchten einen Moment schweigend.

»Du meinst, das verringert meine Chancen?«

»Ich fürchte es. Meine Schwestern zum Beispiel …«

Tanne stieß ärgerlich Rauch aus. »Deine Schwestern, liebe Daisy, sind spießige, dumme …«

»Nein, Tanne, hör mir zu. Es ist nicht nur dein Tonfall oder deine Stimme, die tiefer klingt als früher. Deine Laune kippt von einer auf die nächste Sekunde, und dann bekommst du so etwas … ich weiß nicht … also, wenn du nicht aufpasst, kriegen die Männer Angst vor dir.«

Tanne bemühte sich, das zu verdauen.

»Ich kann keinen Mann gebrauchen, der Angst vor mir hat.«

»Eben«, bestätigte Daisy.

»Eben. Daher bleibe ich, wie ich bin, und suche jemanden, der zu mir passt. Einen furchtlosen Kerl.«

Sie drückte die Zigarette aus, stand auf und stellte sich neben die Freundin.

»Es macht sowieso alles keinen Sinn mehr«, sagte sie bitter.

»Was meinst du?«, fragte Daisy aufgeschreckt.

»Dieses Leben hier. Ich ersticke. Ich muss endlich hier weg. Für immer.«

Beim Pferderennen war Hans wieder einmal der große Held, aber Tanne hatte es inzwischen auf Bror abgesehen. Sie warf ihm ab und zu einen Blick zu, wandte sich aber immer so schnell ab, dass er nicht sicher sein konnte, ob sie zu ihm geblickt hatte oder nicht. Am Ende des Tages gelang es ihm, neben ihr zu stehen, als sie die Kutsche bestieg, die sie von der Rennbahn zurück in die Stadt bringen sollte. Er griff nach ihrer Hand.

»Wirst du heute mit mir tanzen, Tanne? Ich freue mich seit Wochen darauf.« Sie nickte nur und drehte sich weg. Dieses Spiel beherrschte sie, und sie wollte ihn gerne noch etwas zappeln lassen.

Auf dem Ball machte Bror ihr einen Heiratsantrag. Sie lehnte ab, denn sie wusste, dass sie es einem passionierten Jäger nicht zu leicht machen durfte. Ein paar Wochen später erklärte er sich erneut, und sie lehnte ein zweites Mal ab.

Tanne reiste nach Rom, wo Daisy jetzt mit ihrem Mann lebte, und erhielt fast täglich eine Postkarte von ihrem Verehrer. Als sie nach Dänemark zurückkehrte, dauerte es nicht lange, bis sie Bror bei einer Jagdgesellschaft von Daisys Familie traf. Jetzt musste sie sich entscheiden, sie konnte ihn nicht länger hinhalten. Als sich die Jäger vor dem Haus versammelten, steckte sie Bror eine Blume ans Revers. »Bring mir etwas Schönes«, sagte sie mit herausforderndem Blick, »etwas, das mir zeigt, dass wir aus demselben Holz geschnitzt sind.«

Er küsste ihre Hand und stieg auf sein Pferd.

Am Nachmittag lagen ein Fichtenzweig und ein zerknitterter Umschlag vor ihrer Zimmertür. »TANNE« stand darauf in großen Lettern, und sie entdeckte sofort die Schmutzflecken auf dem Umschlag. Bror hatte diesen Brief geschrieben, bevor er sich gewaschen und umgezogen hatte. Er hatte es eilig gehabt, und das gefiel ihr. Als sie Brief und Zweig aufhob, lag darunter eine Rosshaarschlinge, und sie erstarrte. Tanne hatte sich schon oft über diese barbarische Methode geärgert, Singvögel zu fangen. Dabei befestigten die Jäger eine dünne Schlinge aus den Schweifhaaren eines Pferds neben einem Köder wie etwa leuchtend rote Beeren. Der Vogel, der sich die Beeren holen wollte, steckte den Kopf durch die Schlinge, erschrak, flatterte wie wild mit den Flügeln und verfing sich immer mehr, bis er schließlich starb. Das Wort *erdrosseln* ging auf diese Tradition des Vogelfangs zurück.

Ratlos blickte Tanne auf die Schlinge zu ihren Füßen. Sie erkannte, dass sie aufgeschnitten war und noch ein paar kleine Federn darin steckten. Sie warf den Fichtenzweig auf den Boden und riss den Brief auf.

Eine leuchtend blaue Eisvogelfeder steckte darin. Dazu hatte Bror schwungvoll geschrieben: »Ich hasse Käfige, und ich hasse Vogelfallen. Wer ein Tier töten will, sollte den Anstand haben, es dabei anzusehen.«

Tanne strich vorsichtig über die Feder und blickte wieder auf die Rosshaarschlinge. Bror hatte die Falle also gar nicht ausgelegt, sondern er hatte sie gefunden, zerstört und mitgebracht, um das zu tun, worum sie ihn gebeten hatte: Um ihr zu zeigen, wer er war. Bror war vielleicht kein gelehrter Mann, dachte Tanne, aber er hatte etwas von dem verstanden, was sie quälte. Er würde sie nicht schonen. Aber er würde ihr immer in die Augen blicken.

Als Ruth am nächsten Morgen die Tür zur Grünen Stube öffnet, steht dort nicht das übliche Teetablett, und das Zimmer ist auch nicht geheizt. Unschlüssig wartet sie mit der Klinke in der Hand, da taucht Frau Carlsen hinter ihr auf.

»Heute sitzen Sie in der Ewaldstube. Wir haben dort

schon den Ofen angefeuert. Die Baronin friert ja immer so leicht. Möchten Sie vielleicht ein Krabbensandwich zum Tee? Und danach ein paar Krapfen?«

Ruth nickt dankbar und schließt die Tür wieder. »Sehr gerne, soll ich in die Küche kommen und das Tablett nach oben tragen?«

»Danke, aber das mache ich lieber selbst.« Frau Carlsen steigt vorsichtig die Treppe zur Küche hinab ins Souterrain. Wenn der Umbau des Hauses fertig ist, erzählte sie Ruth vor ein paar Tagen, wird die Küche ins Erdgeschoss verlegt und ein moderner Herd angeschafft.

Ruth durchquert Flur, Anrichte, Speisezimmer, Salon und noch einen Flur, bis sie am äußersten Ende des Hauses die Ewaldstube betritt, wo Karen Blixen schon auf sie wartet. Es ist das ungewöhnlichste Zimmer in Rungstedlund. An der Wand hängen Speere, dekorativ zu einem Muster gekreuzt und von großen Schilden aus Leder eingerahmt, darunter glänzen scharfe Messer mit abgewetzten Griffen. Hinter dem Schreibtisch sind zwei Gewehre und ein seltsamer spitzer Hut an der Wand befestigt. Das Ölgemälde neben dem Fenster zeigt einen Nashornvogel mit großem gelbem Schnabel, der auf einer Stuhllehne sitzt. Im Zimmer riecht es nach Zigarettenrauch, aber auch nach etwas anderem, was Ruth nicht einordnen kann, bis sie eine Schale mit trockenen Blättern entdeckt, von der ein feiner Rauchfaden aufsteigt. Die Baronin folgt Ruths Blick. »Ein paar Heilkräuter, die mein somalischer Hausdiener Farah für mich eingepackt hat. Ihr Geruch erinnert mich an die Farm. Aber öffnen Sie doch bitte das Fenster.«

Erleichtert stößt Ruth das Fenster zum Sund auf und atmet gierig die frische Luft ein, die ihr entgegenströmt.

Sie setzt sich und blättert eine neue Seite in ihrem Block auf.

»Sie haben sich also 1913 mit Baron Bror von Blixen-Finecke verlobt. Wie kam es, dass Sie nach Ostafrika gegangen sind?«

Die Baronin greift nach einer Zigarette. »Eigentlich war es ein Zufall. Uns verband der glühende Wunsch, Skandinavien zu verlassen, aber ob es uns nach Malaysia oder nach Sibirien verschlagen würde, war uns egal. Niemals hätte ich auf Brors Milchfarm in Stjerneholm mit ihm leben wollen.«

»Liebten Sie ihn?«

Die Baronin zögert. »Ich mochte ihn. Ich mochte ihn sogar sehr, und das fast bis zu seinem Tod. Am Anfang fühlte ich mich bei ihm geborgen. Bror war kein galanter Mann, aber er war auch nicht verlogen. Er war … eben Bror. Man wusste eigentlich immer, was in ihm vorging.« Sie sinniert einen Moment und stößt dann einen kleinen Seufzer aus. »Na ja, meistens. Er war auch so«, sie schließt die Augen und scheint das Bild ihres Ehemanns in ihrem Inneren heraufzubeschwören, »kraftstrotzend und unternehmungslustig. Wie ein junger Bär.«

»Und Ihre Familie? Was sagte die zu Baron von Blixen?«

»Meine Mutter war gegen die Heirat, sie fürchtete, ich würde unglücklich werden. Aber unglücklicher, als ich damals war, konnte ich gar nicht mehr sein, das hat sie auch verstanden. Bror glaubte, die ganze Welt stünde ihm offen. Gibt es einen besseren Gefährten, um ans andere Ende der Welt zu ziehen und sich in ein neues Leben zu stürzen? Mehr sage ich jetzt nicht über ihn.«

Ruth registriert die Entschiedenheit in Karen Blixens Stimme, aber auch ein Zittern und ein bisschen Wut. Schüchtern wiederholt sie ihre Frage: »Also ... die Farm – wie kam es dazu?«

»Das Schicksal gibt den Unentschlossenen manchmal einen Stoß, und so war es auch bei uns. Mein Onkel Aage Westenholz, der Bruder meiner Mutter, war ein Unternehmer aus Leidenschaft und sehr erfolgreich. In Malaysia besaß er eine Kautschukplantage und bot Bror an, dort als Verwalter zu arbeiten. Wir freuten uns darauf, eine neue Welt kennenzulernen, träumten von der Jagd auf Krokodile und Tiger. Kurz darauf besuchten wir Daisys Eltern, Onkel Mogens und Tante Fritze, auf Schloss Frijsenborg. Sie waren gerade von einer Reise durch Ostafrika zurückgekehrt, und ihre Gesichter leuchteten, als sie uns erzählten, wie schön es dort sei. Sie hätten mehrere Hundert Stück Wild geschossen, erzählte Mogens, und Bror war sofort wie elektrisiert. Tante Fritze, die sehr standesbewusst war, vertraute mir an, sie hätte so gerne ihre schwarzen Diener mit nach Schweden genommen. Aber damals war es verboten, sie außer Landes zu bringen.«

Ruth macht ein angewidertes Gesicht. »Das klingt, als seien Afrikaner so etwas wie Souvenirs, finden Sie nicht?«

»Vielleicht. Aber so dachte man eben damals.« Karen Blixen überlegt einen Moment und nimmt sich eine neue Zigarette. »Und ich sage Ihnen gleich: Sie werden sich Ihre Empfindlichkeit abgewöhnen müssen, wenn ich Ihnen von meinen Jahren auf der Farm berichte. In Ostafrika herrschten Briten und Deutsche nach Regeln, die heute nicht mehr gelten, Gott sei Dank. Es waren Protektorate, Kolonien, keine demokratischen Staaten. Wenn ich Ihnen meine Geschichte erzählen soll, müssen Sie akzeptieren, dass die Zeiten anders waren. Einverstanden?«

Schweigend gibt Ruth ihr Feuer.

»Jedenfalls sagte Mogens, wenn er zwanzig Jahre jünger wäre, würde er eine Farm in Britisch-Ostafrika kaufen, dort gäbe es fantastische Zukunftsperspektiven. Bror und ich schauten uns an – und es war entschieden.«

Ruth schaut demonstrativ aus dem Fenster, als müsse sie sich konzentrieren, und notiert dann schnell ein paar Sätze auf ihrem Block.

Karen Blixen lacht. »Ich weiß genau, was Sie denken. Wir waren naiv und ungebildet. Was wir über die Geschichte Afrikas wussten, war lächerlich wenig, und wir hatten keine Skrupel, uns dort niederzulassen, wohl wissend, dass wir als Europäer automatisch zu den Herren des Landes zählen würden. Wir dachten nicht darüber nach, ob die Afrikaner gerne für uns arbeiten würden und noch dazu für niedrige Löhne. Niemand dachte darüber nach.«

»Sie waren … achtundzwanzig?«, fragt Ruth beiläufig.

Karen Blixen taxiert sie. »Sie wollen damit andeuten, dass ich alt genug war, um zu wissen, was ich tue.«

»Ich will gar nichts andeuten.«

»Mit achtundzwanzig war ich damals kaum reifer, als es junge Menschen heute mit zwanzig sind. Das ist keine Entschuldigung, nur ein Hinweis.«

Ruth nickt und sagt versöhnlich: »Ich maße mir kein Urteil über Sie an, Baronin, bitte denken Sie das nicht. Es ist nur so: Auch in meiner Heimat werden Menschen schwarzer Hautfarbe benachteiligt, und der Kampf dagegen ist manchmal ... so ermüdend. Ich bemühe mich zu verstehen, wie Sie damals dachten, aber dafür muss ich meine Fragen stellen dürfen.«

»Das war die Abmachung. Aber vergessen Sie nicht, dass meine Geschichte eine andere ist als Ihre. Und Sie wollten sie hören.«

Karen Blixen steht auf und geht zu ihrem Schreibtisch. Sie holt eine Mappe aus der untersten Schublade und legt sie vor Ruth auf den Tisch. Auf dem Deckel steht »KCC«.

»Wir brauchten natürlich Startkapital. Bror hatte ja keine Aussicht auf ein großes Erbe. Aber Onkel Aage war nicht nur ein Finanzgenie, sondern auch ein großzügiger Mensch.« Sie lächelt wehmütig. »Der beste Mensch der Welt. Er und meine Mutter gaben uns zusammen dreihunderttausend Kronen, damit sollte Bror eine Farm im fruchtbaren Hochland bei Nairobi kaufen. Zuerst wollten wir Rinder züchten, aber dann lernte Bror einen schwedischen Kaffeeproduzenten kennen, Åke Sjögren. Bror vertraute seinem Landsmann und kaufte ihm die Swedo-African Coffee Company ab. Ein paar Jahre später besaßen wir die größte Kaffeeplantage in Britisch-

Ostafrika. Dafür wurde dann auch die Karen Coffee Company gegründet, KCC.«

»Oh«, wirft Ruth ein, »sie ist nach Ihnen benannt, nicht wahr?«

»Nein, leider nicht. Aage hat sie nach seiner Tochter Karen benannt.«

»Aber ich habe gehört, dass sogar das Viertel, in dem Ihre Farm lag, heute Karen heißt«, insistiert Ruth.

»Nun«, die Baronin kratzt sich am Kopf. »Das ist richtig. Aber die Coffee Company war trotzdem nicht nach mir, sondern nach meiner Cousine benannt. Sie wollten doch die Wahrheit hören, oder?«

»Natürlich.«

TEIL II

KIRINYAGA

Hier ist mein Platz

In den frühen Morgenstunden des 28. Dezember 1913 verließ der Doppelschraubendampfer S/S *Admiral* den Hafen von Neapel und nahm Kurs auf Mombasa. Über hundert Menschen standen am Kai und riefen den Passagieren auf dem hell erleuchteten Schiff Abschiedsgrüße zu. Auch Tannes Mutter Ingeborg und ihre Schwester Elle, die sie auf der langen Zugfahrt bis hierher begleitet hatten, befanden sich in der Menge. Strahlend winkte sie den beiden vom Deck der ersten Klasse aus zu. In ihrem langen weißen Kleid, dem hellen Staubmantel und dem Hut wirkte sie elegant und weltläufig. Wie alle Passagiere hielt sie eine Toilettenpapierrolle in den Händen, die ihr ein Matrose beim Betreten des Schiffs überreicht hatte. Sie ergriff den Anfang und warf die Rolle mit Schwung über die Reling zu ihren Verwandten unten am Kai, die ihrerseits versuchten, die Rolle aufzufangen. Für einen kurzen Moment waren sie noch einmal verbunden, die Reisenden und diejenigen, die zu Hause blieben. Vor dem tiefschwarzen, im Mondlicht glitzernden Wasser leuchteten die hellen Papierrollenbänder, bis sie endgültig rissen. Tanne holte tief Luft. Jetzt sollte es also beginnen, ihr neues Leben. Sie hätte platzen können vor Freude auf das, was sie erwartete. Bror war schon ein paar Monate zuvor nach Nairobi gereist und hatte in seinen Briefen die neue Heimat ausgiebig geschildert. Manchmal hatte er eine Postkarte dazugelegt, und Tanne hatte begonnen, von Afrika zu träumen. Jetzt wollte sie alles endlich selbst sehen, die Giraffen und Elefanten, die Berge und natürlich die Menschen, die auf den Fotos steif und mit ernsten Gesichtern vor ihren Hütten standen und konzentriert in die Kamera blickten.

Sie vermisste Bror. Gleich am ersten Tag nach ihrer Ankunft würden sie in Mombasa heiraten. Das war die Bedingung ihrer Familien gewesen: Bror sollte vor der Heirat zuerst eine Grundlage schaffen, eine Farm kaufen und ein Haus. Tanne brannte darauf, sich neuen Aufgaben zu stellen und vom Leben herausgefordert zu werden.

Als sie die Menschen am Kai kaum noch erkennen konnte, liefen ihr nun doch ein paar Tränen über die Wangen. Sie liebte ihre kleine, starke Mutter und auch die Schwestern. Auf ihre Weise liebte sie sogar Tante Bess. Aber es war zuletzt so unerträglich geworden, mit ihnen allen in Rungstedlund zu leben. Wie hatte sie dieses ruhige Einerlei des Alltags und die langweiligen, moralisierenden Gespräche verabscheut.

Tanne drehte sich um und ging ein paar Schritte an der Reling entlang in Richtung Bug. Sie wollte nach vorne blicken, denn jetzt war sie unterwegs zu neuen Ufern. Wie hätte ihr Vater sich gefreut, dass sie dieses Wagnis auf sich nahm, nach Afrika überzusiedeln, in eine Welt, in der es keine nennenswerte Zivilisation gab, wie man ihr versichert hatte. Deshalb hatte sie ein bisschen vorgesorgt. Unter Deck stapelten sich ein paar Dutzend Holzkisten, auf denen ihr Name stand: Karen Christenze Dinesen. Gut gebettet in Sackleinen und Holzwolle lag dort ihr Tafelgeschirr, dazu ein Teeservice von Royal Copenhagen. Auch Silberbesteck hatte sie einpacken lassen, Tischdecken und bestickte Servietten. In den größeren Kisten ruhten Teppiche und eine Standuhr, kleine Schränke, Stühle, Tischchen und sogar ein großer Spiegel. Die Mutter hatte ihr außerdem einen Teil der Bibliothek des Großvaters überlassen.

Während Tanne ihre Kabine ansteuerte, um sich etwas schlafen zu legen, dachte sie reumütig, sie hätte nicht die teuren Champagnergläser kaufen müssen. Dann fiel ihr ein, dass der schwedische Prinz Wilhelm und ein deutscher General ebenfalls auf diesem Schiff reisten. Wer weiß, wen sie als Baronin von Blixen-Finecke demnächst auf der Farm zu ihren Gästen zählen würde? Es war vielleicht doch gut, die Gläser mitgenommen zu haben.

Am nächsten Morgen gehörte Tanne zu den Ersten, die an Deck standen und auf das graue Wasser schauten. Als das Schiff zu schwanken begann, fühlte sie einen warmen Körper an ihrem Oberschenkel. Dusk, ihr schottischer Hütehund, rauhaarig, schmal und hochbeinig, drückte sich an sie und suchte Halt. Seine Gefährtin Dawn hatte sich in der Kabine verkrochen. Ohne den Blick vom Meer zu wenden, streichelte Tanne den Hund und ließ sich die Hand ablecken. Mutig stellte sich Dusk auf die Hinterbeine und legte die Pfoten auf die Reling, doch beim ersten Tuten des Schiffs sprang er sofort zurück. Tanne spürte, wie ihr vom Schaukeln übel wurde, und sie winkte einen der Stuarts heran, damit er ihr einen Platz auf einem der bequemen Liegestühle unter dem Dach verschaffte, denn in der vorderen Reihe war es zugig, und der Himmel verdunkelte sich zusehends. Doch die gut geschützten Plätze waren alle vergeben. Die Dienerschaft der anderen Reisenden hatte sich bereits darum gekümmert, ihren Herrschaften die schönsten Plätze zu sichern. Tanne war die Einzige in der ersten Klasse, die ohne eigenen Diener reiste. Wie immer, dachte sie wütend, bin ich das Aschenputtel, wie auf Schloss Frijsenborg, wo immer alle außer mir reich sind. Ihre aufgekratzte Stimmung fiel in sich zusammen. Missmutig stapfte sie die Treppe hinab zur Kabine, wobei sie sich sorgsam am Geländer festhielt. Kaum hatte sie den Stift zur Hand genommen, um ihrer Mutter zu schreiben, überfielen sie Zweifel. Worauf habe ich mich eingelassen? Himmel, lass dieses Unternehmen nicht scheitern, flehte sie und bestellte sich einen Drink. Sie zog sich aus, legte sich aufs Bett, lauschte dem Brummen der Maschine und streichelte kraftlos ihre Hunde. Bald prasselte starker Regen gegen das Bullauge, dann waren es dicke Hagelkörner. Das Schiff schwankte stärker, und Tanne stemmte sich mit den Händen gegen die Kabinenwände. Von Minute zu Minute fühlte sie sich schlechter. Vor Kurzem hatte sie in Dänemark noch eine Blinddarmoperation über sich ergehen lassen müssen, von der sie sich noch nicht erholt hatte. Schlimmer war die Traurigkeit, die jetzt auf sie einstürzte. Warum kann ich nicht ein einziges Mal ein Glücksgefühl festhalten, wie andere Menschen auch?, fragte sie sich. Warum rinnt es mir immer wie Wasser aus den Händen? Sie fühle sich sehr elend, schrieb sie ihrer Mutter, zerriss den Brief aber gleich wieder.

Am darauffolgenden Tag lag die See wieder ruhig da, und die Passagiere der ersten Klasse lernten sich an Deck kennen. Es waren einige Adlige darunter, die auf Großwildjagd gehen wollten, auch der schwedische Prinz Wilhelm mit seinem Gefolge hatte diesen Plan. Als sein Begleiter Graf Claes Gustaf Lewenhaupt erfuhr, dass Tanne die Verlobte seines ehemaligen Mitschülers Bror Blixen-Finecke war, holte er sie an den Tisch des Prinzen, wo sie nun täglich mit ihm speisen durfte. Tanne zeigte sich von ihrer besten Seite, unterhaltsam, klug und wortgewandt. Graf Lewenhaupt hielt sie für interessant, aber ein wenig zu emanzipiert, denn sie hatte ihm erzählt, Bror und sie würden in Mombasa mangels eines lutherischen Pfarrers ohne kirchliche Trauung heiraten. In seinem Reisetagebuch beschrieb er sie als hübsch und schlank und betonte, sie habe große dunkle Augen.

Ein anderer prominenter Passagier auf der *Admiral* war Paul von Lettow-Vorbeck, der den Befehl über die Truppen in Deutsch-Ostafrika übernehmen sollte. Tanne fühlte sich geschmeichelt, weil er ihre Bekanntschaft suchte und sie einige Abende plaudernd an Deck verbrachten. Er strahle etwas Ritterliches aus, schrieb sie ihrer Mutter, stamme aus einer alten, mecklenburgischen Gutsbesitzerfamilie und sei ihr »bester Freund« geworden. Sie wollten bald einmal zusammen auf Safari gehen. Als Lettow-Vorbeck klagte, es gäbe in Deutsch-Ostafrika nicht genügend gute Pferde, versprach Tanne großspurig und ohne eine genaue Vorstellung davon, wie sie das bewerkstelligen sollte, zehn abessinische Zuchtstuten für ihn zu organisieren. Er bedankte sich am Ende der Reise mit einem Foto, das ihn in Uniform zu Pferd zeigte.

Je länger die Reise dauerte, desto mehr vermisste Tanne die Unterstützung eines Dienstmädchens. Sie bat schließlich die Stewardess Martha, die aus Deutschland kam und jeden Tag ihre Kabine aufräumte, ob sie ihr die Kleider waschen würde. Martha willigte auch ein, Tanne auf die Farm zu begleiten und in den ersten Wochen dortzubleiben.

In Port Said, am Nordende des Suezkanals, mussten die Kohlevorräte aufgefrischt werden, und die Passagiere nutzten die Gelegenheit, sich durch die faszinierenden Bazare treiben zu lassen, wo sie Tee aus kleinen Gläsern tranken und klebrige Süßigkeiten probierten. Zurück zum Schiff fuhren sie mit einer Art offener Trambahn, die von Maultieren gezogen wurde. Tanne schrieb nach Hause, in Port Said könne man einfach alles kaufen, von Opium bis zum Krummschwert.

Die Fahrt durch den Suezkanal kam ihr gespenstisch vor, weil es nichts zu sehen gab als Wüste und ab und zu eine Karawane. Die Hitze setzte den Passagieren zu, weshalb sie einvernehmlich die Kleiderregeln lockerten, um sich Kühlung zu verschaffen. Als die *Admiral* in Aden vor Anker ging, tauchte plötzlich ein junger Mann in einem weißen Kaftan und mit Turban vor Tanne auf und stellte sich als ihr Diener vor, Farah Aden. Bror hatte ihn geschickt, damit er sie auf dem letzten Stück der Reise begleite, schrieb er in dem Brief, den Farah ihr überreichte. Er stammte aus Somaliland und trat so höflich und vertrauenerweckend auf, dass Tanne sofort begeistert von ihm war. Endlich hatte auch sie einen eigenen Diener. Stolz spazierte sie in den letzten Tagen der Reise an Deck auf und ab, Farah immer ein paar Schritte hinter ihr.

Am 14. Januar lief die *Admiral* in die schmale Meerstraße von Mombasa ein und warf die Anker vor dem Hafen Kilindini. Es war mitten in der Nacht, und weil es keine Landungsbrücke gab, mussten die Passagiere auf dem Schiff bleiben, bis man sie am nächsten Morgen an Land rudern konnte. Tanne war mit dem ersten Licht des Tages an Deck gestiegen und betrachtete fasziniert das Panorama, das sich vor ihr ausbreitete. Zwischen Steilküste, Mangrovenwäldern und Stränden lag Mombasa auf einer Insel wie im Märchen. Palmen säumten das Ufer, dahinter erkannte sie ein paar stattliche Häuser mit schattigen Arkaden und umlaufenden Balkonen. Die Fenster der hell getünchten Häuser waren oben abgerundet und mit dunklen Holzläden vor dem Sonnenlicht geschützt. Auf dem glitzernden Wasser schaukelten zahlreiche Dhaus, Holzboote mit trapezförmigen Segeln. Es war ein klarer Morgen, und die Silhouetten der jungen Männer, die zum Entladen der Boote ins Wasser wateten, zeichneten sich deutlich ab. Sie luden sich schwere Säcke auf die Schultern und trugen sie vorsichtig an Land. Am Ufer stapelten sich Kisten, Tontöpfe und Mangrovenpfähle, die für den Häuserbau benötigt wurden. Tanne hörte die Rufe der Händler, die ihre Ware vom Boot aus anpriesen, und auch wenn sie die Wortwechsel nicht verstand, glaubte sie, dass hier kräftig gefeilscht wurde.

Die Kellner der *Admiral* brachten den Passagieren der ersten Klasse zur Feier des Tages Tee und mit Marmelade bestrichenen Toast an Deck, damit sie den Anblick der schönen alten Stadt genießen konnten, bevor die Landungsboote kamen. Tanne hatte noch die Hände voller Krümel, als sie in einem der ersten Boote Bror erkannte. Sie bat Farah, sich um die Hunde und ihr Gepäck zu kümmern, und eilte die Treppen hinab zum Ausstieg. Als Bror sie an der Reling erblickte, erhob er sich von der Bank, nahm den Tropenhelm ab und winkte ihr freudig damit zu. Hingerissen betrachtete sie ihren Verlobten. Er war braun gebrannt, und sein Haar leuchtete eine Spur heller, als sie es in Erinnerung hatte. Er trug eine beigefarbene Hose und einen Blazer in derselben Farbe und dazu Stiefel. Seine blauen Augen strahlten, und als sie endlich mithilfe vieler Hände das wackelige Brett zum Landungsboot überquert hatte, hob Bror sie mit festem Griff zu sich ins Boot und küsste sie sanft auf den Mund.

»Willkommen in Mombasa«, sagte er und deutete auf das Panorama. Als sie neben ihm auf die Bank des Ruderboots sank, merkte sie, wie schwach sie sich fühlte. Obwohl es noch früh am Morgen war, stach die Sonne ihr ins Gesicht, und die feuchte Luft erschwerte das Atmen. Bror reichte ihr sein Taschentuch, das jedoch so staubig war, dass sie nicht wagte, damit über ihr Gesicht zu wischen. Kurz fühlte Tanne eine seltsame Verlegenheit, ihrem Verlobten so nah zu sein, und sie studierte konzentriert die Aussicht.

»Bist du hungrig? Oder müde? Wir fahren zuerst in den Mombasa Club, und danach zeige ich dir noch die Stadt, ist dir das recht?«

Tanne war mit allem einverstanden.

Am Kai wartete eine Rikscha auf sie, und Bror half Tanne beim Einsteigen. Dann gab er Farah Anweisungen, die Kisten mit dem Hausrat seiner Braut direkt vom Schiff zur Eisenbahnstation zu bringen und sich um die Unterbringung von Martha im Personaltrakt des Mombasa Clubs zu kümmern.

»Und die Hunde?«, fragte Tanne besorgt.

»Um die kümmert er sich auch. Er hat sie ja schon kennengelernt.« Bror grinste, denn er wusste, dass Farah gar kein Hundefreund war. »Du wirst sie im Club wiedersehen.«

Die Fahrt in der Rikscha war aufregend, wenn auch nicht besonders angenehm. Es ruckelte heftig, und Tannes Körper, der nach der langen Schiffsreise noch vom Nachschwanken geplagt wurde, musste sich erst daran gewöhnen. »Wir hätten auch mit dem Trolley fahren können«, sagte Bror und zeigte auf ein seltsames Gefährt, einen Holzwagen, der auf Schienen lief. Zwei Europäer saßen darin und ließen sich von zwei jungen Schwarzen schieben.

Sie durchquerten die Vasco da Gama Street, deren

Häuser fast alle Balkone mit kunstvoll verzierten Geländern hatten. Die Fensterläden waren mit aufwendigen Schnitzarbeiten geschmückt und hatten kleine Löcher und Spalten. »Dahinter sitzen die muslimischen Frauen und beobachten alles, was auf der Straße passiert. Sie dürfen sich aber nicht zeigen. Wenn sie einkaufen, ziehen sie das da an.« Bror deutete auf ein paar tiefschwarz verschleierte Frauen, die in kleinen Gruppen zusammenstanden. Tanne glaubte, dass sie ihr mit den Augen folgten.

Wie in Trance ging Tanne ein paar Minuten später über den von Palmen beschatteten Weg zum Eingang des Mombasa Clubs. Die Halle war dunkel und kühl und wirkte wie der Vorraum eines Palasts. Sie nahm die Verbeugungen der Angestellten in ihren Livreen vage zur Kenntnis und ließ sich zu ihrem Zimmer führen, wo die Hunde sie kläffend begrüßten. Die Fensterläden sperrten das grelle Sonnenlicht und die Hitze aus, und ihr Bett wurde mit einem von der Decke hängenden Moskitonetz komplett umschlossen. Sie ignorierte die Hunde, kletterte in ihren Sachen auf das Bett wie ein Kind und legte sich quer über die Decke. »Lass mich nur einen Moment ausruhen, dann bin ich gleich wieder zu allem bereit«, murmelte sie mit geschlossenen Augen.

Bror zog ihr die Schuhe aus und flüsterte ihr ins Ohr: »Da steht eine Glocke auf dem Nachttisch, läute, wenn du etwas brauchst. Ich bin in der Bar. Nimm dir so viel Zeit, wie du willst.«

Tanne schlief sofort ein und erwachte zwei Stunden später davon, dass Bror ihre Hand streichelte. Er sah sie liebevoll an und deutete auf ein Tablett: »Wie wäre es damit zum Wachwerden? Kaffee, Eier, Früchte, Schinken?«

Tanne setzte sich auf. Sie sah, dass ihr Schrankkoffer eingetroffen und schon geöffnet war. Das Kostüm, das sie zur Hochzeit tragen wollte, hing – gut vor den Blicken des Verlobten unter Nesselstoff verborgen – an einem Haken an der Wand. Als Martha mit einem Krug Wasser hereinkam, verließ Bror sie nach einem liebevollen Kuss wieder. Und während sie sich stärkte, suchte Martha ein frisches Kleid heraus, füllte die Waschschüssel und legte Bürste und Cremes zurecht.

Erfrischt und neugierig verließ Tanne eine halbe Stunde später das Zimmer, um Bror zu suchen. Farah hatte vor ihrer Zimmertür gewartet und begleitete sie. Sie war verlegen, als sich afrikanische Diener in weißen Anzügen und Fez vor ihr verbeugten und sie mit *Memsahib* ansprachen. Leichter fiel es ihr, mit den bewundernden Blicken der europäischen Herren umzugehen, die auf der überdachten Veranda zwischen Blumenkübeln und Säulen Zeitung lasen. Manche kannte sie bereits von der Reise.

Bror hatte, wie sie schnell bemerkte, bereits mehrere Drinks intus, als sie ihn in der Bar traf. Er bestellte ihr einen Gin Tonic.

»Du musst dich langsam an die Wärme gewöhnen und in Nairobi dann auch an die Höhe«, sagte er. »Das hier ist eine andere Welt. Aber es ist jetzt unsere Heimat.«

Zum zweiten Mal an diesem Tag bestiegen sie eine Rikscha und ließen sich durch die Gegend fahren.

»Wir kommen jetzt zum Basar, Liebes«, kündigte Bror

an und machte dem Mann, der ihre Rikscha zog, ein Zeichen, abzubiegen. »Dies sind die ältesten Straßen von Mombasa.« Langsam bogen sie in eine Gasse ein, in der die halbe Stadt versammelt zu sein schien. Sie kamen kaum voran, was Tanne recht war, weil sie auf diese Weise alles in Ruhe betrachten konnte. Hier wurden Gewürze und Kräuter verkauft. Aus den Eingängen der kleinen Geschäfte drang das Aroma von Pfeffer und Kardamom, Zimt und Kreuzkümmel. Frische Kräuter hingen an den Türen, Körbe mit Chilis und Kurkumawurzeln standen davor. »In Mombasa laufen die Handelsrouten aus aller Welt zusammen«, erklärte Bror, »früher war die Stadt für Gold, Elfenbein und Sklaven berühmt.« Er scheuchte einen Mann weg, der Tanne ein kleines Säckchen vor die Nase hielt, das sie ihm abkaufen sollte. In der nächsten Gasse wurden leuchtend bunte Stoffe feilgeboten, blau, rot und grün gefärbt und mit schwarzen Mustern bedruckt. Es gab Läden mit Konserven und Kerzen, mit Lederbändern und Seilen. Friseure schnitten ihren Kunden die Haare auf der Straße. Schon bevor sie in die Gasse der Obst- und Gemüsehändler einbogen, hatte Tanne den Duft frischer Orangen in der Nase, denn ein paar Früchte waren von einem Karren gerollt und lagen zerquetscht vor ihnen auf der Erde. Dort, wo ihr Saft in schmalen Rinnsalen über den Boden lief, hatten sich Hunderte Fliegen niedergelassen.

Sie fuhren vorbei an Körben mit Äpfeln, Mangos, Zitronen, Bohnen, Süßkartoffeln, Möhren und Kohl, die von locker gespannten Stoffbahnen vor der Sonne geschützt wurden. Auf einem kleinen Platz gab es Honig,

Kräuter und gackernde Hühner, denen nach dem Verkauf kurzerhand mit einem Beil der Kopf abgetrennt wurde.

»Erkennst du es, Tanne?«, fragte Bror, als sie ein weiteres Mal um eine Ecke bogen, und schaute sie aufmerksam an. »Diesen Duft?«

Tanne war froh, die Hühnerköpfe hinter sich zu haben, und konzentrierte sich. Es roch vertraut und fremd zugleich. Sie erkannte das Aroma von geröstetem Fisch, aber hier in der Hitze und mit fremden Kräutern gewürzt, verströmte er einen anderen Geruch als zu Hause, bitter und scharf. Darunter lag ein anderer, ebenfalls vertrauter Duft. Sie überlegte, leckte sich über die Lippen, und dann wusste sie es: »Kaffee?«

Bror senkte zustimmend den Kopf. »Genau. Unser zukünftiges Vermögen liegt hier in der Luft. Wir werden keine Rinder züchten, wir werden Kaffee anbauen, wie ich dir geschrieben habe. Und damit werden wir sehr reich. Einverstanden?«

Tanne nickte kraftlos. »Einen Kaffee könnte ich tatsächlich gut gebrauchen«, sagte sie leise.

Mitfühlend drückte Bror ihr die Hand. »Wir sind gleich wieder beim Club, wo du dich ausruhen kannst. Und morgen wird geheiratet, mein Schatz. Übrigens: Prinz Wilhelm wird unser Trauzeuge sein, wusstest du das?«

Ohne ihre Antwort abzuwarten, fuhr er fort: »Am Nachmittag fahren wir gemeinsam mit seiner Entourage im Sonderzug nach Nairobi und dann«, er küsste ihre Hand, »bist du endlich daheim. Das Haus ist noch nicht ganz fertig, deshalb entführe ich dich zuerst auf eine kleine Hochzeitssafari.« Er schaute sie ernst an, und diesmal küsste er ihren Hals. »Obwohl ich mich gerade frage, ob das wirklich eine gute Idee ist. Wir werden immer Leute um uns haben, und eigentlich wäre ich doch lieber mit dir allein ...«

Als Martha ihr am nächsten Morgen beim Ankleiden half, hing Tanne ihren Gedanken nach. Wie anders hatte sie sich als Kind ihren Hochzeitsmorgen vorgestellt. Mit der Mutter, den Schwestern, vielleicht auch mit Daisy. In ihrer Fantasie hatte sie ein langes weißes Kleid mit einem Schleier getragen, und ihr Vater hatte sie durch die Kirche geleitet ... Energisch schloss sie die kleinen Knöpfe der perfekt geschnittenen, taillierten Kostümjacke aus champagnerfarbener Schantungseide. Darunter trug sie eine weiße Seidenbluse, die ihre Mutter noch kurz vor der Abreise in Neapel für sie gekauft hatte. Der kleine Schleier, den sie eigens für diesen Tag mitgebracht hatte, kam ihr plötzlich unpassend vor. Sie wollte auch nicht gleich am ersten Tag einen Sonnenstich bekommen. Kurzerhand legte sie den Schleier zur Seite, bürstete die kastanienbraunen vollen Haare und setzte den hellen Tropenhelm auf, den Bror ihr gestern feierlich überreicht hatte. Der Schleier wanderte stattdessen in die Brusttasche ihres Kostüms, wo er sich perfekt als Einstecktuch machte, das fand auch Martha. Als Bror sie abholte, war er entzückt von seiner Braut. Er trug einen hellen Anzug, dem das Aufbügeln gutgetan hätte. Bror gab Martha einen Wink, und als sie das Zimmer verließ, nahm er Tanne in die Arme und begann, an ihren Knöpfen zu nesteln, doch sie klopfte ihm auf die Finger. »Bror, ich bitte dich, gerade bin ich einigermaßen ordentlich anzusehen, bring nicht alles durcheinander.«

»Du wirst das schon noch merken, Tanne, wie uns die Luft hier alle … nun ja, wie sage ich es nur … aufwühlt?« Er küsste ihre Hand, ihren Hals und dann ihren Mund. Kurz musterten sie einander und versuchten abzuschätzen, ob diese Ehe ihnen Glück bringen würde. Sie brach das Schweigen zuerst. »Ist es richtig, was wir tun?«

Er lachte auf. »Natürlich. Denk nicht so viel nach, wirf deine dänischen Grübeleien gleich hier ins Meer. Du brauchst sie nicht. Hier leben wir einfach. Freuen wir uns über dieses gesegnete Land. Und jetzt komm.« Er zog ihren Arm durch seinen und ging mit ihr zur Rikscha, die sie zum Distriktbüro am Treasury Square bringen sollte. Bevor sie einstiegen, brach er noch schnell zwei orangefarbene Gardenien von einem Strauch, drückte ihr eine Blüte in die Hand und steckte sich die andere ans Revers.

Charles William Hobley, britischer Commissioner im Protektorat und daher auch als Standesbeamter im Einsatz, sah unglücklich aus. Sein Anzug war ihm eine Nummer zu groß, und sein Gesicht wirkte fahl. Als sich das Hochzeitspaar an den schlichten Holztisch in seinem stickigen Büro setzte, raunte Bror ihr ins Ohr: »Er verträgt die Hitze nicht. Es gibt hier in Afrika zwei Typen Europäer. Die einen, die sofort krank werden und es hassen, und die anderen, die sich so stark fühlen wie nie zuvor ...«

Tanne entspannte sich und beschloss, um jeden Preis zur zweiten Gruppe zu gehören. Als sie sich umschaute, nickte ihr Prinz Wilhelm aufmunternd zu.

Hobley richtete nach seiner Einleitung den Blick auf das Paar: »Und nun frage ich dich ...«, ratlos drehte er sein Blatt um, weil er die Namen nirgends entdeckte. »Verzeihung, wie war der Name noch mal?« Bror grinste und half ihm auf die Sprünge, aber Tanne starrte Hobley entgeistert an. Das Wort »Farce« schoss ihr durch den Kopf. Niemals hätte sie geglaubt, dass so etwas im wirklichen Leben passieren könnte. Als nach zehn Minuten alles vorbei war, fiel ihr Blick auf eine kleine Eidechse, die hinter einem ausgestopften Leopardenkopf an der Wand hervorkroch und blitzschnell nach einer Fliege schnappte. Während sie ihr Opfer langsam zerkaute, fragte sich Tanne, ob sie ihrer Mutter diese ganze Szene wirklich schildern sollte.

Zurück fuhren sie durch menschenleere Straßen. Das Mittagsgebet hätte begonnen, erklärte Bror. Die Menschen seien entweder in der Moschee oder würden zu Hause auf ihren Teppichen knien.

Beim Empfang im Mombasa Club flossen Champagner und Schweiß. Schon nach wenigen Minuten langweilte sich Tanne, weil die Herren sich bei der Schilderung ihrer Jagderlebnisse gegenseitig zu übertrumpfen suchten. Muss ich mir dieselben Prahlereien wie in Jütland anhören, nur dass es statt Bären jetzt Löwen sind und Nashörner? Sie wischte den Gedanken schnell beiseite.

Die Bahnstation war nur durch das Schild »Mombasa« neben dem Gleis zu erkennen. Weder gab es eine Bank zum Sitzen noch eine Wartehalle oder einen Laden. Der Sonderzug des schwedischen Prinzen stand schon bereit, als sie den Bahnsteig erreichten. Die Mitreisenden begrüßten das frisch verheiratete Paar herzlich, und als das Signal ertönte, erklommen alle die steilen Metallstufen der Waggons, während im hinteren Teil des Zuges die letzten Gepäckstücke verladen wurden. Tanne ließ sich in ihrem Abteil auf die grün gepolsterte Sitzbank fallen und fühlte insgeheim vor, wie weich sie war. Bror hatte ihr gebeichtet, sie müssten die Nacht auf den Sitzen verbringen. Immerhin hatte er daran gedacht, Farah aufzutragen, Decken zu besorgen. Im Abteil war es stickig, aber als Tanne das Fenster öffnen wollte, legte Bror seine Hand auf ihre. »Warte. Es kommt nur Staub herein. Wenn wir die Küste hinter uns haben, machen wir das Fenster auf.«

Sie öffnete das Fenster, in das Moskitonetze geklemmt waren, trotzdem, Bror seufzte, sagt aber nichts. Sofort strömte der Geruch von gerösteten Nüssen herein, die ein Mann auf dem Bahnsteig verkaufte. Dazu mischte sich der schwere Duft der Schellenbäume, von Fisch und Rauch. Plötzlich schrillte eine Trillerpfeife über den Bahnsteig, und der Zug fuhr ruckelnd an. Tanne setzte sich kerzengerade hin und schaute neugierig aus dem Fenster. Bror wechselte auf den Platz neben ihr und griff nach ihrer Hand.

Zuerst zogen Häuser an ihnen vorbei, rosa, grün und weiß getüncht, mit kleinen Balkonen. Dazwischen wiegten sich Palmen in der Meeresbrise, und in den Hügeln entdeckte sie vereinzelt breite Dächer, die auf größere Villen hindeuteten. Bald folgten Hütten mit Strohdächern, vor denen Kinder standen, die ihnen nachstarrten, manche winkten. Tanne sah junge Männer, die Wasser trugen, und Frauen in bunt gemusterte Tücher gewickelt, die Körbe oder Krüge auf dem Kopf balancierten und ihre Babys auf den Rücken gebunden hatten. Sie gingen sehr aufrecht, und oft verschwanden sie mit eleganten, weichen Schritten plötzlich zwischen den Büschen. Der Zug durchquerte Sisalplantagen, und Bror deutete auf Mango- und Baobab-Bäume. Magere Rinder trotteten an den Gleisen entlang, mit Stöcken angetrieben von Jugendlichen. Auf den Feldern hackten Frauen die trockene Erde auf. Tanne nahm nur die gebeugten Rücken und die farbenfrohen Stoffe wahr. Die Menschen hier am Rand von Mombasa sehen anders aus als die Bewohner der Stadt, dachte sie. Sie wusste, dass im Protektorat Britisch-Ostafrika viele verschiedene Volksgruppen beheimatet waren, die nicht nur eigene Sitten, sondern auch eine eigene Sprache pflegten. Zum Glück schienen sie alle Swahili zu sprechen, das hatte Bror ihr erzählt. Es würde also reichen, wenn sie sich nur eine Sprache aneignete. In Dänemark war ihr das alles interessant und nicht sehr kompliziert vorgekommen, aber jetzt wurde ihr mit einem Mal klar, dass sie keine Ahnung davon hatte, in wessen Land sie und Bror sich nun niederlassen würden. »Ich muss alles lernen. Ich weiß nichts über diese Menschen und dieses Land«, seufzte sie. Bror drückte ihre Hand. »Das kommt schon noch. Mach dir keine Sorgen.«

Als sie die letzten Dörfer hinter sich gelassen hatten und auch keine Palmen mehr auftauchten, die nur an der Küste wuchsen, breitete sich die Savanne im warmen Nachmittagslicht aus. Fast war Tanne froh, keinen Menschen mehr zu begegnen und kein schlechtes Gewissen haben zu müssen wegen ihrer Unkenntnis. Die Landschaft, in die sie nun eintauchten, verlangte nichts von ihr, sie leuchtete wie ein Geschenk, das sie bestaunen durfte.

Tanne erkannte die rote Erde, von der Bror geschrieben hatte, sie sah die kleinen Dornbüsche und die Akazien, die wie zufällig hingeworfene Schirme über die Ebene verteilt waren. Sie hatte geglaubt, die Landschaft vor dem Fenster würde jetzt stundenlang die gleiche bleiben, aber sie veränderte sich stetig. Felsige, trockene, staubige Halbwüsten, Sümpfe und Savannen wechselten einander ab. Ich werde mir die Namen all dieser herrlichen Pflanzen merken, nahm Tanne sich vor, doch als die Wildtiere auftauchten, verschwanden alle Gedanken. Gebannt starrte sie durch die staubverklebte Fensterscheibe, die alles mit einem weichen Schimmer überzog.

Die Ersten, die sie in der Ferne ausmachte, waren Giraffen. Eine Gruppe von fünf Tieren schritt mit majestätischer Ruhe wie eine Fata Morgana zwischen den Bäumen entlang, als wäre sie auf dem Weg zum Rand der Welt. Fast zeitgleich sah sie eine Herde Zebras. Aufgeschreckt vom Lärm der Dampflok rannten sie in wildem Galopp neben dem Zug her, drehten aber bald ab, blieben nach einigen Metern stehen und begannen sofort wieder zu grasen, wobei ihre Schwänze unaufhörlich wedelten. Bror deutete auf Gnus und Gazellen, von denen er bereits verschiedene Arten auseinanderhalten konnte. Als die Sonne die Welt noch einmal aufglühen ließ, bevor sie der Dämmerung weichen musste, sah Tanne ihren ersten Elefanten. Der Zug pfiff und hielt mit quietschenden Rädern an, weil der felsenartige Riese unbeeindruckt von der schnaufenden Lok gemütlich auf dem Gleis stand, um an einem nahen Busch zu knabbern, der offenbar schmackhafte Blätter hatte. Die Passagiere stiegen aus, um das Schauspiel zu betrachten, blieben aber auf Abstand. Ein paar Männer mit Gewehren stellten sich zwischen sie und das Tier. Tanne griff alarmiert nach Brors Arm. »Sie werden ihn nicht erschießen, oder?«

Bror zuckte mit den Schultern. »Ich denke nicht. Er bringt nicht genug Kapital, seine Stoßzähne sind noch zu kurz. Und der Prinz will ja auch schnell nach Nairobi. Es würde uns zu lange aufhalten, wenn das Elfenbein ausgelöst werden müsste. Nur wenn er angreift, werden sie schießen.«

Tanne verdaute diese Information. Natürlich. Diese Tiere wurden gejagt. Sie waren ein Wunderwerk der Natur, aber Menschen jagten nun einmal Tiere. Sie wollte es selbst tun, Bror würde ihr alles beibringen. Sie sollte also rasch die richtige Haltung gegenüber dieser faszinierenden Tierwelt einnehmen, sagte sie sich. Aber sie konnte nicht anders als hoffen, dass dieser herrliche Elefant, der so unbekümmert Blätter abzupfte und mit dem Rüssel schlenkernd in sein Maul stopfte, davonkommen würde, dass er bis in alle Ewigkeit in dieser wundervollen Steppe würde leben können. Sie näherte sich dem Tier, hielt sich aber immer dicht hinter dem Mann mit dem Gewehr. Sie musterte die rissige Haut des Elefanten, seine klugen Augen mit den langen Wimpern, seine breiten Füße, die aussahen wie Sandsäcke und auf denen er sich doch behände bewegen konnte, denn er schritt ein bisschen hin und her, als wolle er es ihr vorführen. Sie hatte gewusst, dass sie Elefanten sehen würde, aber sie war nicht vorbereitet auf das Gefühl, das dieses Tier in ihr auslöste. Es nahm sie mit in graue Vorzeit, in eine Welt, in der Menschen noch nicht das Sagen gehabt hatten.

Erst als das Signal der Lok mehrfach ertönte, unterbrach der Elefant sein Mahl, blickte zu den kleinen Menschen neben dem Zug, schlenkerte noch einmal freundlich mit dem Rüssel und machte sich auf, um seiner Herde zu folgen, die sie in weiter Ferne erkennen konnten.

Kurz darauf erkletterte die Bahn schnaufend einen Höhenzug, wurde dabei immer langsamer, schaffte es aber schließlich doch. Sie folgten einem Flusslauf, durchfuhren eine Schlucht, über der Geier kreisten, schreckten Hyänen auf, die sich gerade über die Reste einer Beute hermachten, die ein Löwenrudel übrig gelassen hatte. Vogelschwärme stiegen aus Büschen auf, und in der Nähe von Flüssen strichen Reiher über die Wiesen. Die Sonne sank unaufhörlich, und der Himmel nahm ein tief leuchtendes Blau an, vor dem die Schirmakazien sich wie Scherenschnitte abhoben. Tanne merkte, dass ihr Tränen über die Wangen liefen, und fragte sich, warum. An was rührte diese Landschaft in ihrem Inneren?

Sie dachte an ihren Vater, der die Weite Nordamerikas geliebt hatte, der Jäger gewesen war und zugleich ein Freund der Tiere, der ihr vom Glück des Lebens erzählt und doch sein eigenes brutal beendet hatte.

Sie war dankbar, dass Bror sich nicht über sie lustig machte. Obwohl er nicht zu den gefühlsbetonten Menschen gehörte, hatte er Verständnis dafür, dass sie von der Reise überwältigt war. Er ließ sich von Farah eine Flasche Whiskey bringen und schenkte zwei kleine Zinnbecher voll. Als er ihr einen davon reichte, wehrte sie ab, aber er sagte: »Nimm schon, es gibt nichts Besseres, um gegen Durchfall und Magenverstimmung vorzubeugen.«

Sie war froh, dass er sie aus ihrer fragilen Stimmung riss, und reagierte mit einem Lachen: »Das ist aber eine gute Entschuldigung. Die habe ich ja noch nie gehört.«

»Aber es stimmt. Die Engländer haben das schon früh begriffen. Hochprozentiges ist gut für den Magen. Eigentlich trinken die Engländer lieber Gin Tonic, das haben sie sich in Indien angewöhnt. Ich vertraue lieber auf den guten alten Whiskey. Auf dein Wohl, Baronin von Blixen-Finecke.«

Sie stießen an.

»Wusstest du, dass die Strecke von Mombasa bis zum Viktoriasee *Lunatic Train* heißt? Zug der Verrückten?« Sie schüttelte den Kopf. »Zum einen war es wirklich eine verrückte Idee, fünfhundert Kilometer Gleise durch die Wildnis zu verlegen. Die Engländer haben für dieses gigantische Unternehmen etwa dreißigtausend indische Arbeiter rekrutiert.«

»Freiwillige?«

»Aber nein«, lachte Bror, »wo denkst du hin? So was macht doch keiner freiwillig. Viele von ihnen starben auch gleich an Krankheiten. Und da war noch etwas anderes, das tödlich war …«, er senkte die Stimme, um die Spannung zu erhöhen, und Tanne beugte sich unwillkürlich vor. »Löwen«, flüsterte er und riss die Augen auf, aber dann lachte er. »Ganze Rudel. Sie legten die Arbeit an der Eisenbahn über ein Jahr lang lahm. Einer von ihnen wurde *Man-Eating Lion* genannt, er allein hat zig Männer getötet. Ich habe seine riesigen Krallen gesehen, jemand hat sie mir in Nairobi gezeigt.«

Tanne schauderte. Draußen war es inzwischen dunkel, nur der Mond verbreitete noch einen silbernen Schimmer. Das Abteil wurde von einer kleinen Lampe erhellt, die Farah ihnen gebracht hatte. Bror zog Tanne an sich und legte eine Hand auf ihre Brust. Vorsichtig streichelte er mit den Fingerspitzen darüber, bis er spürte, dass ihr Körper auf seine Liebkosung reagierte. »Du wirst die Löwenjagd lieben, Tanne, das weiß ich. Du glaubst nicht, was das für ein Gefühl ist, wenn du einen Löwen verfolgst. Es kann Tage dauern, bis du ihn endlich siehst. Vorher entdeckst du seine Spuren, diese riesigen Abdrücke im Sand, so …« Er malte den Abdruck einer Löwentatze auf ihre Brust. »Und manchmal riechst du ihn, bevor du ihn siehst, streng, beißend. Wenn er dich anschaut, machst du dir beim ersten Mal vielleicht in die Hose. Aber diese Angst musst du überwinden. Und wenn du ihn beobachtest, erkennst du: Da sind nur Muskeln, geballte Kraft. Die Löwenjagd ist eine Kunst. Du musst warten können, bis der richtige Moment da ist, und dann: beherzt schießen. Es ist wie …« Er hatte die Knöpfe ihrer Kostümjacke geöffnet und schob seine Hand unter ihre Bluse. Sie ließ sich gegen die Abteilwand sinken, und Bror verriegelte die Tür. Er hatte eigentlich nicht vorgehabt, seine Frau im Zug zu entjungfern. Aber irgendwie schien ihm dieser Moment der richtige zu sein. Er zog ihr die Jacke und die Bluse aus und hob sie auf seinen Schoß.

»Bror, ich weiß nicht …«, sagte Tanne zögernd, als seine Hände ihr das zarte Hemd über den Kopf streifen wollten und sie dafür die Arme heben musste.

»Ja, aber ich weiß«, erwiderte er mit rauer Stimme. »Aber keine Angst. Ich zeig dir alles. Schau mich an, das macht es leichter. Das erste Mal … ist das erste Mal. Vielleicht magst du es erst beim zweiten oder dritten Mal. Es ist ein Anfang … und viel leichter, als einen Löwen zu jagen.«

Tanne wusste nicht, wie spät es war, als sie von einem leisen Klopfen geweckt wurde. Kurz musste sie sich darauf besinnen, wo sie war. Sie lag auf der gepolsterten Bank ihres Abteils im Zug, hörte das Rattern und spürte das Schaukeln. Draußen war es dunkel, und die Lampe im Abteil schlug leise im Rhythmus des Ratterns an die Wand. Bror war verschwunden, und sie versuchte zu verstehen, was ihren Körper bedeckte. Sie war nackt, unter sich fühlte sie ein Laken und über sich eine kratzige Wolldecke. Sie strich über ihre Brüste, die sich warm und ein bisschen wund anfühlten. Unsicher legte sie die Hand zwischen ihre Beine. Ob sie geblutet hatte? Sie konnte es nicht sehen in der Dunkelheit. Warm und feucht fühlte sich das Laken an. Sie dachte daran, wie behutsam Bror gewesen war. Dann hatte er gestöhnt wie ein Tier. Als wäre die Schicht von Manieren und guter Erziehung dünner geworden und an manchen Stellen so durchscheinend, dass sie darunter etwas anderes ausmachen konnte, etwas Rohes, Fleischiges. Das ist interessant, dachte sie. Angst machte es ihr nicht. Sie fühlte sich gut, satt und hungrig zugleich. Es würde ihr von Mal zu Mal besser gefallen, hatte Bror gesagt. Das wollte sie gerne glauben.

Bror steckte den Kopf zur Tür herein. »Tanne? Bist du wach?« Er setzte sich zu ihr, vollständig angekleidet. Zärtlich strich er ihr über die Haare. »Meine schöne dänische Prinzessin«, raunte er ihr zu. »Ich schicke dir Martha, damit sie dir beim Ankleiden hilft. Schaffst du das in einer Stunde? Der Prinz legt Wert auf Pünktlichkeit, auch wenn es ja eigentlich unser Hochzeitsessen ist.«

»Müssen wir das wirklich? Mit allen zusammen essen?« Sie setzte sich auf, und dabei rutschte das Laken herunter. »Ich bin müde und fühle mich staubig und klebrig.« Verschämt zog sie das Laken wieder über ihre Brust.

Bror schob seine Hand darunter und lächelte. »Vergiss nicht, wir sind verheiratet. Es gibt keine Geheimnisse mehr, Tanne.« Sein Kuss schmeckte nach Rauch.

»Gib mir eine Zigarette«, bat sie. Er holte sie aus der Schachtel in seiner Jacke und zündete sie für sie an. »Nur diese, dann musst du dich fertig machen. Wir können doch McMillan nicht enttäuschen.«

Es freute sie, dass Bror schon Freunde im Protektorat hatte, darunter den aus Missouri stammenden Millionär William Northrup McMillan, der ihnen seinen Koch für die Reise ausgeliehen hatte. Die Ehre galt natürlich vor allem dem schwedischen Prinzen, genau wie der Umstand, dass der Gouverneur von Britisch-Ostafrika seinen persönlichen Speisewagen für das Hochzeitsdinner zur Verfügung gestellt hatte. Ein Schlafwagen wäre mir lieber gewesen, dachte Tanne, behielt das aber für sich. Bror schien so verliebt zu sein, dass er gar nicht mehr aufhören wollte, sie zu streicheln. Schon umfassten seine Hände wieder ihre Brüste, und sie glaubte, dass er gleich wieder mit ihr schlafen wollte. Sanft schob sie ihn von sich, rauchte mit der linken Hand und überließ ihm die rechte, die er küsste.

»Schick Martha zu mir, ich werde sehen, dass ich mich präsentabel herausputzen kann.«

»Für mich bist du sowieso die Schönste«, sagte er und verließ das Abteil.

Eine Stunde später stießen sie mit dem Prinzen und seinem Gefolge im eleganten, holzgetäfelten Speisewagen des Gouverneurs an. Zu acht saßen sie an einem festlich gedeckten Tisch, auf dem neben Silberbesteck, altenglischem Porzellan mit Goldrand und kleinen Blumenvasen, in denen Nelken steckten, eine Reihe kalter Vorspeisen auf sie gewartet hatten. Tanne trug ihr Hochzeitskostüm, das Martha für sie ausgebürstet hatte. Ihre Haare waren zu einem hübschen Knoten hochgesteckt, in dem die orangefarbene Hochzeitsblüte thronte. Die Augen hatte sie dunkel umrandet, die Haut weiß gepudert und die Lippen tiefrot bemalt. An den Blicken der sieben Herren konnte sie erkennen, dass sie einen guten Eindruck machte. Sie war allerdings auch die einzige Frau am Tisch.

Ein Toast nach dem anderen wurde auf das Brautpaar ausgesprochen, immer wieder standen die Männer auf und prosteten zuerst ihr und dann sich untereinander zu. Später fiel der Name *Muthaiga*, und Tanne fragte ihren Mann, wer das sei. Bror grinste.

»Muthaiga ist ein neuer Club, nur für Siedler. Ich hab mich schon als Mitglied eingetragen. Berkeley Cole hat ihn vor Kurzem gegründet, ein lustiger Kauz, den du bald kennenlernen wirst.«

»Was ist das für ein Club?«

»Ein Herrenclub, Liebes, du wirst dort nicht hingehen. Frauen sind nur zu den Partys zugelassen oder als Gast eines Mitglieds.« Er tätschelte väterlich ihre Wange.

»Ha, Muthaiga!«, rief Lewenhaupt. »Wir werden dort viel Spaß haben, Blix!« Gelächter folgte. »Irgendwo muss man ja unter sich sein können«, rief ein anderer aus dem Gefolge des Prinzen.

Tanne lächelte Bror an und sagte leise: »Erzähl mir von den Leuten auf unserer Farm. Wie viele sind es? Und wie sind sie so?«

Bror machte ein zufriedenes Gesicht. »Es sind etwa tausendzweihundert. Ein ganzes Dorf.«

Tanne war ehrlich überrascht. »So viele! Das ist ... eine große Verantwortung.«

»Sie wohnen dort schon seit Generationen. Und jetzt arbeiten sie für uns. Die meisten gehören zu dem Volk der Kikuyu. Jede Familie hat auch eine eigene *Shamba*, ein kleines Stück Land und dazu ein paar Stück Vieh. Sie sind friedlich und lernwillig, das wirst du merken. Die Männer, die für dich im Haus arbeiten, sind die *Boys*. Sie werden dich nicht *Memsahib* nennen, wie Farah, sondern *Msabu*. Es leben auch Wakamba und Kavirondo auf der Farm, und dann gibt es noch die Massai, deren Land an unseres grenzt. Sie leben in ihren *Manyattas* und wollen nicht für uns arbeiten, die bleiben lieber für sich. Die Massai sind sehr gute Viehzüchter und ziehen mit großen Herden umher. Eigentlich fühlen sie sich als Krieger, aber die Regierung verbietet ihnen, gegeneinander oder gegen andere Volksgruppen zu kämpfen. Das verletzt ihren Stolz, denn ihre Bräuche sind jahrhundertealt. Sie besitzen noch immer viel Land in Britisch-Ostafrika. Man sollte es sich mit ihnen also nicht verscherzen. Ich komme gut mit ihnen aus.«

»Und Farah?«

»Oh, der ist ein anderes Kaliber. Er stammt ja nicht von hier, und die Somali halten sich auch für etwas Besseres. Sie sind Muslime und glauben, sie stünden über den anderen. Deshalb sind sie ideal für die Leitung eines Hauses. Somali sind es gewohnt zu befehlen, und die anderen Natives hören auf sie. Farah ist stolz und achtet auf seine Würde, deshalb wird er unseren Haushalt hervorragend führen und dich bei allem unterstützen. Du solltest die Leute gut behandeln, aber nie einen Zweifel daran lassen, dass du ihre Herrin bist. Das ist auch schon alles, was du wissen musst.«

»Ich werde es versuchen.«

»Weißt du, Tanne, ich glaube, es war die beste Entscheidung, die wir in unserem Leben getroffen haben, hierherzukommen. Die beste.«

»Und unsere Ehe?«

Er lachte und flüsterte ihr ins Ohr: »Die zweitbeste.«

Tanne war eine Sekunde lang verletzt, aber sie schätzte Brors Ehrlichkeit. Außerdem wollte sie selbst vor zwei Jahren noch einen anderen Mann haben. Es gab keinen Grund, beleidigt zu sein. Und die zweitbeste Entscheidung des Lebens zu sein, wenn die erstbeste doch Ostafrika und keine andere Frau war, das klang eigentlich gar nicht so schlecht.

Nairobi wirkte im Vergleich zu Mombasa enttäuschend. Anders als die Küstenstadt, die auf eine lange Geschichte zurückblickte, war Nairobi erst durch den Eisenbahnbau als Versorgungslager entstanden. Die Stadt bestand aus ein paar staubigen Straßen mit tiefen Schlaglöchern, gesäumt von einstöckigen Häusern, in denen Dukas, kleine Geschäfte, und Büros untergebracht waren. »Und überall nur Dächer aus Wellblech«, mokierte sich Bror, »Nairobi ist wie eine verdammte Sardinenbüchse, getaucht in roten Staub.«

Grob gezimmerte Stege vor den Häusern sorgten dafür, dass man auch bei Regen vorankam, ohne im Schlamm zu versinken. Ein paar scheinbar willkürlich gepflanzte Palmen, Eukalyptusbäume und Bananenstauden spendeten Schatten. Bror hatte Tanne direkt nach ihrer Ankunft am Bahnhof von Nairobi in das Automobil gesetzt, das er zusammen mit der Farm gekauft hatte, und es Farah überlassen, sich um Martha, das Gepäck und die Hunde zu kümmern. Er drehte eine Runde durch die Stadt, um seiner Frau die wichtigsten Gebäude zu zeigen.

»Hier sitzt die Regierung von British East Africa, kurz B. E. A. genannt. Wir werden von Engländern regiert, vergiss das nie. Sie haben ein paar Regeln, die uns seltsam vorkommen mögen, aber daran gewöhnt man sich. Im Government House gibt es einen Ballsaal, ich hoffe, du hast deine Abendgarderobe mitgebracht, denn hier kannst du so etwas nicht kaufen. Bis unser Haus auf der Farm fertig ist, wohnen wir im Norfolk Hotel. Angenehmer Schuppen. Roosevelt stieg dort ab, bevor er auf Safari ging. Dort drüben siehst du das zweite Hotel der Stadt, das New Stanley, ist auch ganz nett, aber ich mag das Norfolk lieber. Vor dem Stanley steht ein Baum, an den die Leute Zettel pinnen, wenn sie etwas kaufen oder verkaufen wollen oder wenn Neuankömmlinge ihre Verwandten suchen. Witzige Sache. Den Muthaiga Country Club zeige ich dir ein andermal, der liegt ja, wie ich dir schon erzählte, ein bisschen außerhalb. Und dort geht es zum Bazar für die Natives und für die Inder. Seit dem Eisenbahnbau leben sehr viele Inder hier. Die Somali haben ein eigenes Viertel, aber das ist nicht sehenswert.«

Der Wagen bog plötzlich scharf ab, und Tanne, die sich neugierig nach vorne gelehnt hatte, wurde nach hinten gegen den Sitz geworfen.

»Entschuldige, aber ich hab noch was vergessen«, sagte Bror, »dort an der Ecke ist die Zeitung untergebracht, *The Leader*. Dein Name wird in den nächsten Tagen auch darin stehen. Sie veröffentlichen immer die

Passagierlisten. Ganz praktisch, so weiß man immer, wer neu angekommen ist. Bist du sehr müde?«

Das war sie, aber sie konnte sich nicht vorstellen, jetzt zu schlafen, und schüttelte den Kopf.

»Gut, dann fahren wir zur Farm. Mit etwas Glück sind wir in dreißig bis vierzig Minuten dort. Was nicht an der Entfernung liegt, sondern am Zustand der Straße. Wir bleiben nicht lange, begrüßen die Verwalter und unsere Natives und schauen, wie weit die Arbeiten im und am Haus sind. Dann kehren wir wieder zurück in die Stadt, denn heute Abend sind wir beim Gouverneursempfang zu Ehren von Prinz Wilhelm eingeladen. Und morgen«, er lächelte sie verschmitzt an, »geht's nach Naivasha auf Hochzeitsreise.« Er legte seine Hand auf ihr Knie. »Was auch immer du dir unter einer Hochzeitsreise vorgestellt hast, Tanne, das wird alle deine Fantasien übertreffen.«

Tanne fand ihn rührend in seiner Vorfreude. Sie hatte keine klaren Vorstellungen von der Hochzeitsreise, war aber bereit, sich auf alles, was dieses Land ihr bot, einzulassen.

Kurz darauf brausten sie in flottem Tempo über einen Weg, den man nicht wirklich eine Straße nennen konnte, es war eher ein Sandweg mit tiefen Rillen. Sie scheuchten Gazellen, Zebras und Affen auf, die vor ihnen hersprangen und im Busch verschwanden. Es gab auch immer wieder Kinder, die ein paar Meter neben ihnen herliefen und die Arme schwenkten. Tanne winkte zurück.

»Auf der Farm haben wir viele Totos, das sind die Kinder unserer Farmer«, erklärte Bror. »Sie helfen bei einfachen Arbeiten, füttern die Hühner und Gänse, fegen die Veranda und solche Sachen. Sie können sich auch um die Hunde kümmern.«

»Ist das erlaubt? Diese Kinder für uns arbeiten zu lassen?«

»Tanne, hier ist so gut wie alles erlaubt.« Er lachte. »Du darfst nur nicht zu viele Elefanten schießen. Da kennen die Briten kein Pardon und brummen dir eine saftige Strafe auf. Im Ernst: Die Kinder freuen sich, wenn wir ihnen etwas zu tun geben. Wenn wir das nicht machen, würden ihre Eltern sie auf den *Shambas* beschäftigen. Die Arbeit in den Gemüsegärten ist aber oftmals viel härter als die bei uns.«

»Gehen die Kinder nicht zur Schule?«

»Es gibt keine Schule für die Natives auf dem Land. Manche der Missionen bieten Unterricht an, aber nur wenige können daran teilnehmen.«

»Wie schade. Einige von ihnen wollen bestimmt gerne lesen und schreiben lernen, glaubst du nicht?«

»Komm bloß nicht auf dumme Ideen, Tanne. Frag den Chief der Kikuyu, Kinanjui, was er von einer Schule hält. Gar nichts. Ich weiß das, weil mir das jemand erzählt hat. Und wir sind ja nicht hier, um die Gesellschaft umzukrempeln. Wir wollen Kaffee anbauen und Geld verdienen, damit wir deinen Verwandten das Darlehen zurückzahlen können. Und vor allem«, er legte den Arm um sie und zog sie kurz an sich, »wollen wir auf Safari gehen.«

Tanne sagte nichts mehr. Bror hatte recht. Nur weil sie selbst gerne in eine Schule gegangen wäre, musste das nicht für die Kinder ihrer Farmer zutreffen. Außerdem konnte sie ja vielleicht dem einen oder anderen Kind trotzdem etwas beibringen. Dagegen würde ja niemand etwas haben.

»Wem gehörte das Land, auf dem unsere Farm liegt?«

»Der Swedo-African Coffee Company, und diese Firma habe ich gekauft. Jetzt gehört es uns.«

»Ich meine vorher, wer besaß das Land, bevor Swedo es für sich beanspruchte?«

»Wem schon? Niemandem. Es war ja kein Farmland. Zuerst gab es nur eine Jagdhütte, die kaufte Swedo von einem Engländer, nehme ich an. Dann legten sie die Felder an.«

Tanne hakte unwillig nach: »Aber das Land muss doch irgendwem gehört haben, noch davor.«

»Nein. Also, ich weiß nicht. Höchstens Natives, aber die haben keinen Anspruch auf das Land erhoben.«

»Trotzdem war es doch ihr Land, oder? Bevor die Engländer in dieser Region auftauchten, war das alles hier im Besitz der Einheimischen. Und man hat es ihnen eindeutig weggenommen.«

Bror schüttelte energisch den Kopf. »Wem gehört Land, das niemand für sich beansprucht? Frag mal die Zebras und die Löwen, was die dazu sagen. Schon die Massai und die Kikuyu haben sich darum gestritten. Und die sind weiß Gott nicht zimperlich. Als die Engländer hierher ins Hochland kamen, gab es noch keine großen Farmen so wie jetzt. Es gab nur ein paar *Shambas*. So ist das, wenn eine Kolonie entsteht. Irgendjemand ist der Erste, der das Land vermisst und für sich beansprucht. Jetzt, ja, jetzt sagen manche der Natives, das alles sei ursprünglich mal ihr Land gewesen. Das ist natürlich auch nicht ganz falsch, aber sie haben es eben nicht bewirtschaftet.«

»Warum arbeiten sie für uns, wenn sie eigentlich denken, es sei ihr eigener Grund und Boden?«

Bror zuckte mit den Schultern. »Sie haben ja noch ihre *Shambas*, ihre kleinen Felder, Gemüsegärten und ihr Vieh. Der Deal ist, dass sie diese behalten dürfen und dafür eine gewisse Anzahl an Tagen im Jahr auf unseren Feldern arbeiten.«

Tanne starrte ihn ungläubig an, dann sagte sie langsam: »Der Deal ist doch eher dieser: Wir nehmen euch das Land weg und geben euch ein Stückchen davon zurück, unter der Bedingung, dass ihr für uns arbeitet.«

»Richtig, aber gegen Lohn natürlich.« Er drosselte das Tempo, weil sie gerade durch eine Senke fuhren, in der viel Staub aufgewirbelt wurde und sie beide husten mussten. Als sie aus der Staubwolke auftauchten, sagte er: »Tanne, Kolonisten sind keine Weltverbesserer, so wie du vielleicht denkst. Aber sie bringen viel Gutes. Moderne Technik, Wohlstand und medizinische Versorgung. Es gibt jetzt sogar ein Krankenhaus für Natives in Nairobi. Und eigentlich sorgt die Kolonie auch für Frieden. Es ist den Natives verboten, gegeneinander Krieg zu führen. Sie mögen das zwar nicht, aber es schafft Ruhe. Und alle anderen Traditionen dürfen sie ja behalten, so haben sie ihre eigene Verwaltung und ihre Chiefs.«

»Sie sind keine Bürger des Protektorats?«

»Nein, nicht richtig. Aber glaub mir, sie wollen das gar nicht. Komm, schau nicht so grimmig. Was hast du denn geglaubt, wie wir hier ein Vermögen machen wollen? Irgendwer muss den Kaffee pflanzen, wässern, Unkraut jäten und ernten. Du wirst sehen, sie arbeiten gerne für uns.«

Tanne nickte und hoffte, Bror habe recht. Warum sollte sie sich den Kopf jetzt schon zerbrechen? Sie wollte sich die Verhältnisse erst einmal ganz in Ruhe anschauen und nicht gleich alles besser wissen wollen. Sie wollte Bror vertrauen und den Menschen, die diese Kolonie gegründet hatten. Und plötzlich spürte sie zum ersten Mal, wie die Luft in Afrika sie beflügelte, wie leicht und froh sie sich fühlte. Als sei sie ein bisschen beschwipst. Der Himmel wölbte sich hoch über ihnen, hübsche sahnige Wolken schwebten darüber wie Eischnee auf der Beerensuppe. Wärme hüllte sie ein, ohne auf der Haut zu brennen, wie es in Mombasa gewesen war. Und wonach duftete es hier eigentlich so herrlich? Sie durchquerten gerade ein kleines Waldstück, in dem die Luft kühler war, und von den gelb blühenden Büschen am Straßenrand wehte ein betörender Duft herüber.

»Bror, wie heißen die Büsche dort? Und die Bäume dahinter, sind das ganz normale Akazien?«

»Ich bin kein Lexikon, mein Schatz, aber Farah kennt die Namen bestimmt. Frag ihn später danach. Aber jetzt schau, Tanne, dort siehst du die Ngong-Berge, davor liegt unsere Farm Mbagathi. Die Berge, sagen die Natives, sehen aus wie die Knöchel einer Faust, erkennst du das?« Er lenkte den Wagen auf eine kiesbestreute Auffahrt, an deren Ende ein kleines Haus zwischen wilden Feigen und lila blühenden Kap-Kastanien sichtbar wurde. Plötzlich tauchten wie aus dem Nichts Hunderte Menschen auf und kamen auf den Wagen zugelaufen. Als sie vor dem einfachen Bungalow hielten, rief die Menge ihnen zu: »*Jambo*, willkommen!« Tanne stieg aus, und sofort drängten sich Männer, Frauen und Kinder um sie, drückten ihr Blumen in die Hand, wollten ihre neue *Msabu* begrüßen und ihre Hände ergreifen. Sie lachten und strahlten sie an. Sie kennen mich gar nicht, aber sie behandeln mich wie eine Freundin, dachte Tanne und lächelte freundlich zurück. Bror wollte die Menschen zurückscheuchen, aber sie sagte: »Nein, lass. Ich freue mich, dass sie mich so herzlich begrüßen.«

Sie musterte die Gesichter, versuchte in den vielen Augenpaaren zu lesen, nickte und sagte nun ebenfalls: *»Jambo.«* Dann sagte sie: »*Asante*, danke«, und immer wieder: *»Asante, asante sana.«* Weil sie sich nicht anders zu verständigen wusste, legte sie die Hände auf ihr Herz und senkte ein wenig den Kopf. Als sie ihn wieder hob, erkannte sie am Nicken der Menschen, dass sie sie verstanden hatten. In diesem Moment vervollständigte sich der Bund, den Tanne mit Kirinyaga schloss. Tiere, Erde, Bäume und die Weite des Buschlands gehörten bereits dazu. Jetzt erweiterte sich der Bund um die Menschen, die ihr von Anfang an mit Offenheit und Vertrauen begegneten.

Bror nahm ihren Arm und führte sie zum Haus. Es verfügte nur über vier quadratische Räume, aber Tanne registrierte mit Freude, dass sich neben ihrem Schlafzimmer ein kleines Badezimmer mit einem WC befand. »Sicher das einzige Wasserklosett in ganz B.E.A.«, schrieb sie abends an ihre Mutter.

Die Verwalter der Farm begrüßten Tanne höflich und überreichten dem Brautpaar noch ein paar Hochzeitsgeschenke. Sie tischten Tee und Gebäck auf und führten sie zu den Feldern, die gerodet, aber noch nicht bepflanzt waren, und danach zu den Stellen, die erst noch gerodet werden sollten. Am Rand der Felder hockte sich Tanne auf den Boden, griff mit den Händen in die rote Erde und zerrieb sie im Aufstehen zwischen ihren Handflächen. Niemand schien auf sie zu achten, als sie mit den Fingern über die roten Linien fuhr, mit der die neue Heimat sie gezeichnet hatte. Ich trage sie jetzt in den Poren, dachte sie und fing den Blick von Farah auf, der ihr fast unmerklich zunickte.

Sie gingen zurück zum Haus, und Bror sagte zu den Menschen, die noch auf der Wiese warteten, sie würden zur Feier des Tages, zur Ankunft der neuen *Msabu* Fleisch bekommen, was erneuten Jubel auslöste.

Bewegt und dankbar ging Tanne durch die Menge und verabschiedete sich, indem sie viele Hände berührte.

Am Abend schenkte Bror ihr eine Safari-Ausrüstung für die Hochzeitsreise. »Das Schießen werde ich dir erst in ein paar Wochen beibringen, ganz in Ruhe, wenn wir zurück sind. Fürs Erste reicht es, wenn du Augen und Ohren offen hältst.« Interessiert betrachtete sie die Bluse, die mehr nach einem Uniformhemd aussah, und den langen schmalen Rock aus festem Baumwollstoff. Dazu gehörte noch eine Jacke mit vielen Taschen, Essgeschirr und eine Trinkflasche aus Blech. »Ich könnte eine

Drillichhose tragen, wäre das nicht praktischer? Stiefel habe ich mir noch zu Hause machen lassen. Schau …« Sie reichte ihm das neue Paar, das er mit Kennerblick hin und her drehte.

»Sehr gut, die sind genau richtig. Aber eine Hose … so was ziehen hier nur die wenigsten Frauen an. Warte damit noch. Es ist gut, nicht gleich am Anfang die Leute vor den Kopf zu stoßen.«

Am nächsten Tag fuhren sie mit Farah im Automobil nach Naivasha, wo bereits fünfzehn Einheimische, ihre Safari-Begleiter, auf sie warteten. Dass die jungen Männer nackt waren, irritierte Tanne anfangs, und sie erwähnte es in ihren Briefen nach Hause lieber nicht. Sie und Bror bewohnten eine Hütte auf einer Anhöhe direkt am Lake Naivasha. Als Tanne dort oben stand und über das Wasser blickte, war sie begeistert. Rund um den See erhoben sich Berge, die im Nachmittagslicht blau erschienen und sich im klaren Wasser spiegelten. Am Ufer tummelten sich Reiher, Pelikane und Eisvögel, sogar Seeadler konnte sie mit bloßem Auge erkennen. Zebras und Gnus zogen über die feuchten Wiesen an ihnen vorbei, Gazellen jagten verspielt durch das hohe Gras. Während Farah ihnen Sandwiches, Obst und Kuchen servierte, huschten ein paar zierliche Äffchen über die Veranda, weil sie hofften, etwas von dem Vorrat zu ergattern, aber die Männer verjagten sie. Tanne und Bror setzten sich auf zwei Korbstühle und genossen einen Cocktail. Tanne fühlte sich staubig und fragte ihren Mann, ob sie nicht kurz in den See springen könnten.

»Das geht leider nicht, Liebling«, antwortete Bror. »Das Baden musst du aufschieben, bis wir wieder zu Hause sind. Es ist hier nicht wie in Rungstedlund. Lass dir bloß nicht einfallen, in irgendein Wasserloch oder einen Fluss zu steigen. Du weißt nie, wo Krokodile oder Schlangen lauern. Und hier gibt es noch eine andere Gefahr.« Er deutete mit der Hand auf den See. »Siehst du die dunklen Flecken dort im Wasser, nahe des Ufers? Das sind keine Steine, sondern Flusspferde. Sie sind extrem gefährlich. Auf keinen Fall solltest du denen zu nahe kommen. Sie sehen niedlich aus, aber sie sind es überhaupt nicht. Hast du mich verstanden?«

Als Tanne ihn angrinste und wie ein Soldat die flache Hand salutierend an die Stirn legte, sagte er streng: »Lach nicht, das ist überhaupt nicht komisch.« Er griff nach ihren Händen und fuhr fort: »Versprich mir, dass du niemals irgendwo baden gehst, ohne mich zu fragen, ob es dort sicher ist. Versprich es mir!« Er klang ungewöhnlich ernst, und sie gelobte es ihm hoch und heilig.

Das kleine Blockhaus, nach seinem Besitzer *Hopcrafts Shooting Box* benannt, bestand aus zwei Räumen mit einem einfachen Lehmboden. Nur einer verfügte über eine Feuerstelle, dort legten sie sich auf Pritschen bald zum Schlafen. Um vier Uhr morgens standen sie auf, zogen sich im Licht einer Petroleumlampe die Safari-Kluft an und tranken auf der Veranda einen Becher heißen, süßen Kaffee im Stehen. Tanne knabberte dazu einen Keks, den ihr Farah reichte.

»Frühstück gibt es erst in ein paar Stunden, *Memsahib*«, sagte er entschuldigend.

Sie lächelte ihn an. »Das macht mir nichts. Ich esse nie besonders viel.«

Farah hielt ihr noch einen Teller mit ein paar mundgerecht geschnittenen Stücken einer orangefarbenen Frucht hin, die sie nicht kannte, die ihr aber erstaunlich gut schmeckte. Später erfuhr sie, dass es sich um Mangos handelte.

Bror drückte ihr den Tropenhelm in die Hand, und sie zogen im Dunkeln los. Der Mond erhellte die samtschwarze Nacht gerade genug, dass sie nicht aus Versehen gegen Bäume oder Felsen stießen. Sie gingen hintereinander und lauschten auf die Geräusche. Die Luft war erfüllt von Schreien, Jaulen, Gurren, Quieken und Trällern. Nichts davon war Tannes Ohren vertraut, alles klang fremd und geheimnisvoll, aber sie wusste, dass es genau wie bei ihnen in Dänemark die Jäger waren, die um diese Zeit umherschlichen. Immer wieder jagte eine Kreatur gehetzt durch den Busch, auf der Flucht vor einem Feind.

Plötzlich blieb Bror stehen und griff nach ihrem Arm. Die Kolonne hielt an und lauschte. »Hörst du das?«, fragte er leise. Es klang wie ein dunkles, heiseres Grollen, wie Geschützdonner in der Ferne. »Das sind Löwen. Aber sie sind weit weg, keine Sorge. Erst wenn es wie ein Husten klingt, sind sie nah, dann musst du dich in Sicherheit bringen.«

Der Weg führte eine ganze Weile bergan, und als sie eine flache Stelle erreichten, auf der ein paar Felsen zum Sitzen einluden, legten sie eine kurze Pause ein. Das erste Licht der Morgendämmerung spiegelte sich auf der glatten Wasserfläche des Sees, den sie von hier aus überblicken konnten. Wie ein roséfarbener Schleier legte sich das Licht auf Bäume, Büsche und die Berge am Horizont, in dem die Wälder wie dunkle, nasse Kerben wirkten, die jemand hineingeschnitten hatte. Bror deutete auf eine kleine Prozession am Ufer, das jetzt so weit entfernt war, dass sie nur mit viel Fantasie die Flusspferde erkennen konnte, die überraschend elegant ins Wasser glitten.

»Da sind sie. Nachts sind sie auf dem Land unterwegs, aber morgens zieht es sie wieder ins Nasse. Sie werden jetzt fröhlich darin herumprusten und das Wasser eine Weile aufwühlen, bis sich alles beruhigt und du sie wieder für Steine halten kannst.«

Als Farah Bror ein Zeichen gab und ihm etwas zuflüsterte, sagte er: »Halte dich jetzt dicht hinter mir, ich will unser Abendessen schießen. Wir haben eine Herde Antilopen entdeckt.« Ihr Herz klopfte laut, als sie zwischen Bror und Farah eine Weile weiterlief und dann hinter einen Busch kroch und wartete, dass eine der Antilopen vom Licht der Sonne berührt wurde. Es waren nur wenige Sekunden, aber sie sah das schöne Tier, bemerkte das Pochen des Bluts an seinem Hals, spürte die Nervosität am Beben seiner Nüstern. Als der Schuss fiel, schreckte Tanne heftig zusammen, denn es klang so viel lauter, als sie erwartet hatte. Sie sah die Antilope zu Boden stürzen, sah, wie das Leben aus dem herrlichen Geschöpf wich. In diesem Moment fühlte sie ein Bedauern, eine kurze tiefe Trauer, die sich wie eine Nadel in ihr Herz bohrte. Während der Rest der Herde mit donnerndem Hufgetrappel das Weite suchte, zogen die

Männer das Tier auf die Lichtung, wo sie es gleich zerlegen wollten. Tanne starrte auf die blicklosen Augen der Antilope und fragte sich, wie es sein würde, selbst ein Leben auszulöschen. Sie wusste, dass es bald dazu kommen würde.

Plötzlich drang ein seltsames Geräusch an ihr Ohr, ein hohes Pfeifen. Sie blickte sich um, es schien hinter ihr zu sein, aber dort war nichts zu sehen, außer ein paar stacheligen Büschen, an denen sie sich bereits die Arme zerkratzt hatte.

»Hörst du die Flötenakazie, *Memsahib*?«, fragte Farah und deutete auf den Busch. Sie traten näher heran. Er trug lange helle Dornen, unter denen sich blauviolette Blasen gebildet hatten wie Beeren. »In diesen Kugeln leben Ameisen«, erklärte Farah. »Wenn eine Giraffe kommt und die Blätter der Akazie fressen will, erkennen die Ameisen es an der Bewegung im Busch.« Farah stieß einen Zweig mit der Hand an, und sofort krabbelten ein paar Ameisen aus den Löchern der Blase. »Sie beißen der Giraffe ins Maul oder klettern in ihre Nasenlöcher und attackieren sie dort. Auch in Elefantenrüssel krabbeln sie hinein. Das mögen die Tiere überhaupt nicht, und daher lassen sie die Pflanze lieber in Ruhe. Die Ameisen sind also die Wächter des Busches. Sie bauen Gänge in den Kugeln, und wenn der Wind hindurchstreicht, pfeift es, so wie jetzt.«

Tanne war beeindruckt. Was für umständliche, aber letztlich perfekte Lösungen die Natur doch manchmal findet, überlegte sie. Sie wandte sich wieder dem Sonnenaufgang zu und entdeckte zwei Giraffen, keine zwanzig Meter entfernt. Wie Heiligen- oder Götterstatuen sahen sie aus. Ihre schlanken Hälse mit den braunen Flecken leuchteten vor dem orangefarbenen Himmel.

Tanne kletterte mit Farahs Hilfe auf einen großen Stein, der vor ihr auf dem Boden lag, als hätte ihn ein spielender Riese dort verloren. Langsam drehte sie sich um sich selbst. Die Morgensonne ließ die Savanne in frischen Farben strahlen und setzte mit glitzernden Tautropfen Millionen Glanzpunkte darauf. Tanne betrachtete die Affenbrotbäume, die Baobabs, urzeitliche grobe Kerle, und dazwischen die eleganten Schirmakazien. Das hohe Gras zwischen ihnen bewegte sich im leichten Wind. Es flötete und jubilierte in den Bäumen, in der Ferne trötete ein Elefant. Insekten summten an ihrem Ohr, träge wedelte sie sie mit der Hand fort.

So muss die Welt am ersten Schöpfungstag ausgesehen haben, dachte Tanne. Diese Welt hatte Gott im Sinn, als er mit seiner Arbeit begann. Alles andere war ihm später eingefallen, weil er verschiedene Dinge ausprobieren wollte, Menschen zum Beispiel. Aber nichts war so schön und perfekt wie die afrikanische Wildnis. Sie war Gottes erster Plan. Tanne verstand, dass die Einheimischen in Ostafrika glaubten, Gott wohne auf ihren höchsten Bergen, dem Kirinyaga und dem Kinyaa. Es gab auf der Welt keinen besseren Platz für ihn.

Eine Windböe wirbelte den feinen roten Sand auf, der sich auf alles legte, Haare, Hände, Schuhe, Kleidung, bis in die Augenwinkel drang er vor. Tannes Lippen waren aufgesprungen, und Farah reichte ihr eine kleine Dose mit einem duftenden Balsam.

Als Bror das Zeichen zum Aufbruch gab, stiegen sie auf der anderen Seite des Hügels wieder hinab und folgten einem Flusslauf bis zurück zu ihrer Hütte.

Abends saßen sie auf der Veranda und wuschen sich Hände und Füße in einer Schüssel mit Wasser. Lampen wurden angezündet und Wachen eingeteilt. Danach gab es einen scharfen Eintopf mit Bohnen und gebratenem Antilopenfleisch, das ihr Koch mit Kokosmilch zubereitet hatte. Die Natives aßen ein paar Meter von ihnen entfernt und saßen auf dem Boden. Später sangen sie, und Tanne döste auf ihrem Stuhl ein, erschöpft von ihrem ersten Safari-Tag. Bevor Bror sie ins Haus trug, dachte sie noch: Ich bin angekommen. Hier ist mein Platz.

Eine gute Msabu

Ruth schreitet kräftig aus und blinzelt in die Morgensonne. Heute ist sie nicht wie sonst mit Clara Svendsons Fahrrad unterwegs, sondern hat sich zu Fuß von der Pension in Rungsted auf den Weg gemacht. Das dauert zwar länger, aber es tut ihr gut. Der Park von Rungstedlund ist nicht eingezäunt, aber Ruth weiß inzwischen, wo das Grundstück beginnt, und nimmt den gewundenen Pfad über eine Wiese, in der es bereits am Morgen krabbelt und summt, bis sie den Wald erreicht. Es gibt einiges, über das sie nachdenken muss. Seit Karen Blixen den Namen Lettow-Vorbeck erwähnt hat, fragt sie sich, ob sie ihn übergehen darf. Ist der Baronin bewusst, dass sie damals mit einem der schlimmsten deutschen Kolonialherren Freundschaft geschlossen hatte? Stehen sie noch in Kontakt miteinander? Immerhin wusste Karen Blixen von Anfang an, dass eine Kolonie auf Unrecht gründete. Sie hatte Fragen gestellt, welche die meisten Europäer im Jahr 1914 nicht interessierten. Ostafrika war unter europäischen Mächten aufgeteilt worden, die ein rassistisches Regime errichteten. Nun soll das alles endlich enden. Seit Jahren führen die Kikuyu einen zähen Befreiungskampf, und vor Kurzem sind die ersten Kenianer in den Legislative Council, in die gesetzgebende Versammlung in Nairobi, gewählt worden.

Als Ruth am Blumengarten vorbeigeht, sieht sie Laerke, die Phlox- und Zierlauch für die großen Vasen im Haus schneidet. Die Frauen winken sich zu. Dann versinkt Ruth wieder in Gedanken. Ob sie Karen Blixen glauben kann, was sie ihr erzählt? Ihr Instinkt sagt Ja. Aber welchen Begriff von Wahrheit hat ihre Gastgeberin? Sie scheint das Bedürfnis zu haben, sich beim Erzählen über das klar zu werden, was ihr Leben bestimmt hat. Doch es ist keine Beichte, die sie ablegt, und das würde Ruth auch gar nicht wollen. Eher kommt es ihr wie ein Fotoalbum vor, das die Baronin jeden Tag neu zusammenstellt. Sie sortiert ihre Erlebnisse, kommentiert sie, unterstreicht das eine und geht über anderes hinweg.

Bevor sie ihre Überlegungen zu Ende führen kann, steht sie schon vor dem alten Haus. Inzwischen hat sie es ins Herz geschlossen, mit seinen niedrigen Decken und den alten Möbeln, den knarrenden Türen, die so schlecht schließen, und den glatt gebohnerten Holzböden, mit den Ahnenbildern und den ausgetretenen Teppichen, deren Fransen jeden Morgen gekämmt werden. Rungstedlund steht für eine vergangene Welt, bewohnt von einer alten Zauberin und bewacht von hohen Bäumen und von Pasop, der morgens stets an der Haustür auf sie wartet.

In der Ewaldstube ist das Fenster zum Sund geöffnet, und sie hört das Kreischen der Möwen und das Klappern der Takelage an den Segelbooten, die im Wind hin und her schaukeln. Es folgt der obligatorische Befehl, das Fenster zu schließen, weil die Baronin immer friert und Angst hat, sich zu erkälten. Als Ruth sich setzt und neugierig auf den Teller schaut, um zu sehen, was Frau Carlsen ihr heute zubereitet hat, deutet die alte Dame müde auf die Wand gegenüber.

»Die Speere sind von den Massai. Mein Bruder Thomas hat sie aufgehängt. Die Messer darunter stammen auch von den Massai. Andere von den Somali. Von hier aus kann ich aber nicht sagen, welche.«

Eilfertig erhebt sich Ruth. »Soll ich sie …«

»Nein, um Himmels willen, lassen Sie sie bloß hängen. Es hat ewig gedauert, bis Thomas mit der Anordnung zufrieden war.«

»Mir gefällt es, wie er die gekreuzten Speere arrangiert hat. Es sieht aus wie Kunst.«

»Nein, es ist nicht *wie* Kunst«, protestiert Karen Blixen, »es *ist* Kunst. Unter den Natives gibt es großartige Künstler. Sie werden in Europa meistens nur als Handwerker geringschätzt. Und dort hinter dem Schreibtisch sehen Sie meine Mannlicher, meine erste Waffe, mit der ich in Afrika schießen gelernt habe.«

Ruth reagiert, ohne nachzudenken. »Wie ist es, ein Tier zu schießen?« Karen Blixen runzelt die Stirn, als verstünde sie die Frage nicht. »Ich meine, wenn man ein Leben auslöscht«, fügt Ruth leise hinzu. »Wenn das Tier, das gerade noch geatmet hat, tot vor einem zusammenbricht.«

Karen Blixen verzieht den Mund ein wenig. »Sie sind natürlich eine Tierfreundin und würden niemals ein Tier töten, hab ich recht? Aber selbst Albert Schweitzer, der mir gegenüber so oft von der Würde der Tiere gesprochen hat, isst Fleisch. Sie etwa nicht?«

Ruth wird rot. »Schon, aber das ist doch nicht dasselbe, wie ein Tier zu töten, nur zum Spaß«, erwidert sie heftiger als gewollt.

Karen Blixen stützt ihr Kinn auf die Hand und kräuselt pikiert die Lippen. »Nein, es ist nicht dasselbe. Sie kaufen das Fleisch sicher beim Metzger, oder Sie lassen es sich im Restaurant servieren. Dann hat dankenswerterweise jemand anderes das Tier für Sie getötet. Jemand, der vielleicht in einem Schlachthof arbeitet. Ich weiß nicht«, sie trinkt einen Schluck Tee, »wie tötet man Schweine und Rinder in den USA? Mit Messern? Mit Äxten? Wie lange dauert es, bis das Tier tot ist? Wie viel Angst hat es vorher gehabt? Stunden? Tage? Sind die Böden im Schlachthof gekachelt?«

Ruth schaut zu Boden. Sie ist wütend auf sich. Sie hätte dieses Thema ganz anders angehen müssen. Aber bevor sie etwas sagen kann, redet die Baronin weiter.

»Ja, ich habe viele Tiere erlegt, und zwar dort, wo sie gelebt haben. Sie hatten keine Angst. Ihr Blut ist in die Erde gesickert, nicht in die Kanalisation.«

»Aber Sie haben die Tiere nicht immer getötet, um sie zu essen«, schiebt Ruth dazwischen.

»Da haben Sie recht. Manches Wild haben meine Natives gegessen, manches wir selbst. Von anderen haben wir nur das Gehörn mitgenommen und den Rest den Hyänen überlassen. Die Löwen haben wir geschossen, damit sie nicht noch mehr Menschen töten. Einen Elefanten habe ich nie erlegt. Ja, ich habe jede Menge Antilopen und andere Wildtiere geschossen. Das würde ich heute wohl nicht mehr tun. Irgendwann wollte ich es nicht mehr. Aber es gab eine Zeit, da habe ich es geliebt, das gebe ich zu. Die Safari, die Jagd, das ist etwas Magisches. Wir haben die Tiere nicht verachtet. Wir waren Teil derselben Wildnis. Natürlich war es meistens ein ungleicher Kampf, aber wenn Sie das nie gesehen haben, diese riesigen Herden, Tausende Gnus, Zebras, Impalas, so weit das Auge reicht, dann haben Sie keine Vorstellung davon, was es damals bedeutete, in Afrika auf Safari zu gehen.«

»Wenn Sie mir davon erzählen, kann ich es vielleicht ein bisschen verstehen«, sagt Ruth versöhnlich. »Mir ist klar, dass Sie damals in einer Welt lebten, die wir uns heute kaum mehr vorstellen können.« Sie blättert ihren Block auf. »Sie kamen ins britische Protektorat und waren dort automatisch Mitglied einer Kolonialgesellschaft. Wie fühlte sich das an?«

Auch wenn sie keine Löwen erlegt hatten, war die Hochzeitssafari der perfekte Start für ihr Leben in Afrika gewesen. Doch das eigentliche Glück wartete nach der Rückkehr auf sie: Tanne liebte das Leben auf der Farm vom ersten Tag an. Jeden Morgen bestieg sie ihre schwarze Stute Aimable, um über das Gelände zu reiten und sich einen Überblick zu verschaffen. Sie wollte verstehen, wie der Betrieb funktionierte und welche Rädchen ihn antrieben. Die Verwalter teilten den Arbeitern die Aufgaben zu, beaufsichtigten und entlohnten sie am

Monatsende. Tanne inspizierte Ställe, Scheunen und Lagerräume, sie schaute beim Impfen der Ochsen gegen die tödliche Rinderpest zu, sie erfuhr, wo die Maultiere, Ziegen und Hühner gehalten wurden und welches Gemüse auf ihren Feldern wuchs. Sie plante den Garten am Haus neu, ließ einen Teich ausheben, Kletterpflanzen an die Hauswand setzen und Steine für eine neue Terrasse verlegen. Mbagathi sollte ihren ganz persönlichen Stempel tragen. Der eigentliche Schatz der Farm, ihr wichtigstes Kapital, sollte der Kaffee sein, und die jungen Büsche mussten nun schnell gepflanzt werden, denn sie würden erst nach ein paar Jahren die ersten Erträge bringen. Zuvor mussten aber noch viele Bäume gerodet werden, um Platz für neue Felder zu bekommen.

Vom Pferderücken aus beobachtete Tanne fasziniert, wie sich siebenhundert Arbeiter mit Äxten im Wald versammelten und gemeinsam sangen. Sie hoben ihren rechten Arm im Takt des Liedes hoch und schlugen die Äxte alle im selben Moment in den Baumstamm.

Tanne verliebte sich in die hohen Bäume hinter ihrem Haus und suchte deren Schatten, wenn es mittags zu heiß wurde. Sie lernte die Namen der Pflanzen und wartete im Frühling – wie alle Lebewesen auf der Farm – auf Regen. Ihre Liebe zum Land wuchs von Tag zu Tag, aber die engste Verbindung knüpfte sie zu den Menschen. Sie besuchte das Dorf und ließ sich die *Shambas* zeigen. Die Kikuyu luden sie in ihre Lehmhütten ein, und Tanne freute sich über die vielen Kinder, die dort lebten, nahm sie auf den Arm und bewunderte ihre hübschen Gesichter.

Sie kannte die Familienverhältnisse der Leute, die in ihrem Haus arbeiteten, und nahm Anteil an ihren Sorgen. Sie wollte wissen, was diejenigen, die sie umsorgten, die ihre Wäsche wuschen, ihre Mahlzeiten zubereiteten und ihre Böden fegten, in ihrem Inneren beschäftigte. Worüber lachten sie? Was machte sie traurig? Schon an ihrem ersten Tag auf Mbagathi lernte sie die ersten Wörter Swahili. Sie wollte eine gute Farmherrin sein, eine gute *Msabu*. Sie wollte sich um die Leute kümmern, mit denen sie lebte.

Mit der Zeit vertrauten die Menschen ihr. Sie kamen, wenn sie untereinander Streitigkeiten hatten, und baten sie darum, zu entscheiden, wer recht hatte oder wer wem etwas zu zahlen hatte. Dann ließ sie sich von beiden Seiten erzählen, was geschehen war, und versuchte, eine gute Lösung zu finden.

Auch das Massai-Reservat, das hinter dem Fluss begann, der ihre Farm begrenzte, wollte sie kennenlernen. Sie nannte es für sich das Land der Stille, denn die wenigen Dörfer, die es dort gab, standen während der Hälfte des Jahres leer, weil die Menschen neue Weideplätze für ihre Herden suchten. Man konnte kilometerweit galoppieren, ohne auf einen Bewohner zu treffen. Diese Ruhe übertrug sich auf die Tiere. Wenn Tanne sich einer Herde von Elenantilopen näherte, grasten die Tiere friedlich weiter und ließen sie bis auf wenige Meter herankommen, bevor sie plötzlich die Köpfe hoben und davontrabten.

Bald nach ihrer Ankunft auf der Farm packte Tanne zusammen mit Farah die Kisten aus Dänemark aus, denn

Bror war unterwegs in Geschäften. Als sie den ersten Holzdeckel öffneten, klirrte es unheilvoll. »Ein paar von den Gläsern werden vielleicht zerbrochen sein«, sagte sie ängstlich, mehr zu sich selbst als zu ihm. Farah antwortete nicht, arbeitete aber sehr vorsichtig weiter.

Die Champagnergläser waren fast alle zerbrochen. Tanne setzte sich auf einen Hocker und kämpfte mit den Tränen. Es war albern, aber sie hatte das Gefühl, bestraft zu werden. Auch ein Teil des Geschirrs war kaputt, und der große Spiegel hatte einen Sprung. Die Standuhr lief nicht mehr, und die Möbel hatten Risse.

Sie wischte sich über das Gesicht und merkte, dass Farah sie beobachtete. Er hielt etwas in der Hand und reicht es ihr. Es war ein Stapel Handtücher, von der Mutter und den Tanten mit ihrem Monogramm bestickt.

Auch eine kleine, etwas vergilbte weiße Tischdecke fand sich in dem Stapel. Sie war mit Blumen, Sternen und Bändern in rotem Kreuzstich verziert. Tanne faltete die Decke auseinander, sie würde sich gut auf einem kleinen Teetisch machen. Liebevoll strich sie über die roten Kreuze auf dem weißen Leinen. »Das ist ein sehr altes Muster«, erzählte sie Farah. »In meiner Familie werden solche Tischdecken zur Hochzeit verschenkt, und man vererbt sie weiter an seine Kinder. Diese hier hatte schon meiner Mutter gehört.«

Farah betrachtete das Muster interessiert. »Es ist eine sehr schöne Ordnung darin, *Memsahib*. Sieht es so in der Welt aus, aus der du kommst?«

»Dänemark ist tatsächlich aufgeräumt, es gibt hübsche Häuser, das Meer und die Dünen, Wiesen und

Steine. Aber in unseren Köpfen ist es nicht ordentlich. Wir grübeln ständig über alles nach. Und es geht unentwegt ein starker Wind. Deshalb tragen wir oft Mützen.«

Farah griff lächelnd an seinen blütenweißen Turban. »Ich trage auch dauernd etwas auf dem Kopf. Man kann sich vor der Sonne schützen oder vor Wind und Kälte. Aber man muss seinen Kopf schützen. Sogar der Kirinyaga trägt eine Mütze. Sie ist aus Schnee. Und der Kilimandscharo hat auch eine. Wir sind uns vielleicht doch ähnlich, *Memsahib*?«

Sie starrte ihn an und wusste nicht, was sie sagen sollte.

»Möchtest du eine Tasse Tee?«, fragte Farah nach einem Moment des Schweigens. Sie musste unwillkürlich lächeln und nickte. Tee, das Allheilmittel der Engländer, wurde auch in ihrem Haushalt von allen für eine wichtige Medizin gehalten. »Tee ist eine gute Idee, Farah.« Sie legte die Decke über den kleinen Holztisch, den sie gerade ausgepackt hatten, suchte zwei unversehrt gebliebene Tassen aus der Kiste und stellte sie darauf. Aber als Farah kurz darauf mit der Kanne kam, füllte er nur eine Tasse und blieb stehen.

»Nimm dir auch etwas, Farah.«

»Danke, *Memsahib*, aber ich möchte jetzt keinen Tee trinken«, sagte er. Sie wusste, dass er es nicht für richtig hielt, und seufzte. Bror hatte ihr gesagt, wie stolz die Somali seien. Sie versuchte, in Farahs Gesicht zu lesen. Er schaute sie an, ernst und mit undurchdringlicher Miene. Sie musste nicht nur Swahili, sondern auch die Körpersprache der Menschen verstehen lernen. »Danke, Farah, dass du das Haus mit mir einrichtest. Es ist schön, in solchen Momenten nicht allein zu sein.«

Er verneigte sich kurz. »In diesem Haus müssen verschiedene Ordnungen miteinander Frieden schließen. Das kann eine Weile dauern. Du musst den Dingen Zeit geben, damit sie ihren Platz finden.«

Ein paar Tage später dachte sie darüber nach, als sie sich zu Bror auf die Veranda gesellte. Ihr Mann saß auf einem Lehnstuhl und hielt ein Glas Whiskey in der Hand. Als er sie sah, leuchtete sein Gesicht auf.

»Tanne, du wirst es nicht glauben, aber wir bekommen in ein paar Tagen hohen Besuch. Ich habe Prinz Wilhelm und drei seiner Begleiter zum Dinner eingeladen, und sie haben angenommen. Das nenne ich mal eine Ehre, oder?«

Tanne starrte ihn an.

»Eine Ehre? Wie soll das gehen, Bror? Vier hohe Gäste bewirten? Wir sind doch gerade erst angekommen. Und falls du es vergessen hast: Die Hälfte unserer Gläser und unseres Geschirrs ist kaputt. Was für ein Irrsinn. Ein Dinner in diesem kleinen Haus, ohne richtige Küche und ohne Koch? Das ist nicht möglich.« Sie war zu nervös, um sich zu setzen, und ging ein paar Schritte auf und ab.

»Du machst das schon, Liebes. Hast du nicht angefangen, Ismael in der Küche anzulernen?«

Bror trug noch seine Reitstiefel. Er zog sich einen Hocker heran und legte die Füße darauf.

Tanne stieß den Hocker weg, und Bror kippte nach

vorne. »Tanne, also wirklich«, schimpfte er und stellte den Hocker wieder hin.

Sie setzte sich darauf und sah ihn streng an. »Ismael ist noch nicht so weit. Und was, bitte schön, sollen wir denn servieren außer Whiskey?«

»Dir wird schon was einfallen, ich kenne mich da nicht aus. Außerdem muss ich mich um die *Ngoma* kümmern. Die hat sich der Prinz ausdrücklich gewünscht, sagt Lewenhaupt.«

»Wovon redest du?«

»Eine *Ngoma*. Ein Fest der Natives mit Trommeln und Tanz. Hier auf der Farm. Da kommen wohl Hunderte zusammen. Das Problem ist nur: Es ist so eine rituelle Sache, deshalb veranstalten sie es eigentlich nur zu bestimmten Anlässen. Nach der Ernte oder bei Vollmond oder was weiß ich. Ich muss also versuchen, unsere Leute dazu zu bringen, in ein paar Tagen trotzdem so eine *Ngoma* zu feiern, damit der Prinz dabei zuschauen kann.«

»Das auch noch!« Tanne nahm ihm das Glas aus der Hand und leerte es in einem Zug. Sie gab es ihm zurück. »Du bist völlig verrückt. Das Ganze wird ein Desaster.«

Doch ein paar Tage später wusste sie es besser und erlebte, wie großherzig die Kikuyu ihres Dorfs waren. Als sie erfuhren, wie viel es der neuen *Msabu* und ihrem *Bwana* bedeuten würde, den Ehrengästen eine *Ngoma* zu präsentieren, bei der getanzt, getrommelt, gesungen und gefeiert wurde, beschlossen sie, ihnen den Gefallen zu tun. Sie waren bereit, außerhalb der Reihe eine *Ngoma* abzuhalten, und schenkten den neuen Farmbesitzern ein Fest, das diese nicht vergessen würden. Dass Bror den Kikuyu das Fleisch von vier Ochsen versprochen hatte, mochte die Entscheidung für eine außerplanmäßige *Ngoma* erleichtert haben, ausgelöst hatte die Gabe sie nicht.

Am verabredeten Tag füllte sich die Wiese vor dem Farmhaus schon am Nachmittag mit gut gelaunten, tanzfreudigen jungen Menschen, die sich in ihren Altersgruppen zusammenfanden, auch wenn sie zu verschiedenen Clans gehörten. Die Alten setzten sich an den Rand, wo kleine Feuerstellen den Tanzplatz begrenzten, sie rauchten oder kauten Tabak, begutachteten Kinder und Enkel und kommentierten deren Kleidung und Bemalung. Als Tanne kurz vor die Tür trat, blieb sie ein paar Minuten sprachlos auf der Treppe stehen und vergaß für einen Moment die vielen Erledigungen, die in der Küche und im Haus auf sie warteten. Staunend nahm sie die ganze Pracht und die ausgelassene Stimmung in sich auf. Die Frauen hatten sich die Haare rasiert oder als flache Zöpfe um den Kopf gelegt, damit ihr auffallender Ohrschmuck besser zur Geltung kam. Er bestand aus mehreren handtellergroßen Ringen mit roten und weißen Perlen, die an einem Lederband befestigt waren, das sie wie einen Haarreifen über dem Kopf trugen. Um den Hals hatten sie sich Ketten gehängt, dazu trugen sie schlichte rotbraune Stoffe, die an den Schultern zusammengehalten wurden. Die Oberkörper der jungen Mädchen waren von Ketten bedeckt, sie waren bekleidet mit Lederschurzen und hatten unterhalb der Knie weiße Stoffbänder um die Waden gewickelt. Die Männer hatten ihre Gesichter und die Unterschenkel weiß bemalt und sich schwarz-weiße Fellstücke von Stummelaffen um Knie und Oberschenkel gebunden. Ein paar von ihnen zeigten sich mit einem imposanten Kopfputz aus Straußenfedern oder Fellbüscheln, und in der Hand hielten sie Speere, auch diese waren mit Fellbüscheln und Stoffbändern geschmückt.

Als Chief Kinanjui mit seinen Beratern eintraf, eilten Tanne und Bror aus dem Haus und begrüßten ihn mit Handschlag, während der Rhythmus der Trommeln lauter und schneller wurde. Der große Tanz hatte noch nicht begonnen, aber einzelne Gruppen tanzten bereits auf der Stelle, um sich in Stimmung zu bringen. Tanne beobachtete Kinanjui. Sein langes Gewand war mit einer goldenen Borte verziert, und er hatte einen Affenfellmantel darüber gezogen. Um seinen schmalen Schädel war ein mit Perlen besetzter Kopfschmuck gewunden, und eine lange Kette mit großem Anhänger baumelte an seinem Hals. Kinanjui hielt die Augen halb geschlossen und sah schläfrig aus, doch Tanne wusste, dass der Chief, der über ein paar Hunderttausend Kikuyu regierte, hellwach war und alles registrierte, was um ihn herum geschah.

Der schwedische Prinz und sein Gefolge trafen schließlich vornehm spät ein, und da jetzt alle Ehrengäste versammelt waren, wurden sie ins Haus gebeten. Das kleine Esszimmer strahlte im Licht der Kerzen, die das Kristall der Gläser funkeln ließen. Auf dem Tisch standen Blumen aus dem Garten der schottischen Missionsstation, die zwanzig Kilometer westlich von Nairobi lag. Tanne hatte bei ihrem ersten Besuch dort nicht nur das

Hospital für Einheimische bewundert, sondern auch die Blumenpracht, und man hatte ihr erlaubt, Lilien, Gardenien, Himmelsblumen und Straucherbsenzweige für ihre Abendeinladung zu schneiden. Zum Abendessen servierte sie frischen Hummer, den sie eigens aus Mombasa hatte holen lassen. Dazu gab es Artischocken und selbst gerührte Mayonnaise. Sie tranken französischen Rotwein, und zum Nachtisch wurden Erdbeeren mit Sahne gereicht.

Nach dem Essen servierte Farah Cocktails vor dem Haus, wo die Gäste auf Stühlen Platz nahmen. Inzwischen war die Nacht hereingebrochen, die Tänzerinnen und Tänzer hatten sich in leichte Ekstase gebracht, gaben sich dem Rhythmus der Trommeln hin und ließen sich vom Gesang der Umstehenden anfeuern. Die älteren Kikuyu beobachteten die Tänzer aufmerksam, klatschten und blickten mit Genugtuung auf die Jugend. In der Mitte trippelten die Tänzerinnen und Tänzer in schnellem Tempo auf der Stelle, sprangen wie auf ein geheimes Zeichen hin gleichzeitig vor und zurück, rannten im Kreis, blieben stehen, ließen sich fallen und sprangen wieder auf. Ein Solotänzer trat in die Mitte, vollführte gewaltige Sprünge und lief Schlangenlinien, denen alle folgten. Sein Schatten sprang über die Menschen, die am Boden saßen. Oft sangen Männer und Frauen abwechselnd, es klang wie Frage und Antwort. Prinz Wilhelm verfolgte die Szenerie mit unverhohlener Neugier. »Worum geht es hier eigentlich?«, fragte er Bror leise.

»Sie treten in Kontakt mit den Seelen ihrer Ahnen. Dafür versetzen sie sich in einen besonderen Zustand. Es ist wichtig, dass man sich mit den Verstorbenen gut stellt, denn sie können einem Glück und Reichtum bescheren – oder einem das Leben zur Hölle machen.«

Der Prinz nickte. »Wo sind die Ahnen begraben? Ich glaube, ich habe noch keinen Friedhof gesehen.«

»Den gibt es auch nicht. Sie bringen ihre Toten in den Wald und überlassen sie den wilden Tieren. Nur ganz besondere Leute bekommen ein Grab auf dem Gemeinschaftsland.«

»Barbarisch«, kommentierte der Prinz, aber Bror entgegnete: »Es ist eine gute Lösung für alle.«

Hitze stieg von den Feuern und den Körpern der großen Menschenmenge auf. Es roch nach Rauch und nach verbranntem Tabak. Der Boden bebte unter dem gleichmäßigen Stampfen und dem Vibrieren der Trommeln. Als mehrere große Kreise gebildet wurden, die sich gegeneinander zu drehen begannen, stieg Bror auf sein Pferd, um den Überblick zu behalten. Prinz Wilhelm und Graf Lewenhaupt wurden in die Mitte des inneren Männerkreises gezogen, es war als Zeichen der Ehre gedacht, doch je näher die Tanzenden mit ihren Speeren an sie heranrückten, desto unbehaglicher fühlten sich die beiden Schweden. Bror gab ein Zeichen, dass man seine Gäste aus der Mitte entlassen sollte, und erleichtert nahmen sie wieder Platz auf ihren Stühlen.

Bis in die tiefe Nacht wurde getanzt und gesungen. Die letzten Schatten und Gesänge erstarben erst in den frühen Morgenstunden. Chief Kinanjui saß die ganze Zeit unbeweglich auf seinem Stuhl, sah dem Treiben zu und trank Whiskey. Als er sich am nächsten Tag verabschiedete, sagte er zu Bror: »Meinem Volk geht es gut bei dir. Komm einfach zu mir, wenn du mehr Leute für deine *Shamba* brauchst.« Das war eine freundliche und sehr willkommene Geste des Chiefs. Viele englische Siedler mussten händeringend nach Arbeitern suchen, denn oft blieben sie von einem auf den nächsten Tag ohne Erklärung fort. Bei den Blixens war das nicht so. Sie hatten immer genügend Leute auf ihrer Farm.

Tanne schrieb schon bald nach Hause, sie sei voller Bewunderung für die Menschen auf ihrem Land. Es lebten dort viele Hundert junge Männer eng beieinander in kleinen Hütten, und doch würden sie sich kaum streiten, sie jedenfalls habe noch nichts Derartiges erlebt. Tanne musste daran denken, wie sehr ihr Vater die Weisheit der Ureinwohner von Wisconsin gelobt hatte. Bei seiner Rückkehr aus der Wildnis hatte er sich von der sogenannten zivilisierten Welt abgestoßen gefühlt. Das konnte sie jetzt viel besser verstehen. Sie mochte die Arroganz der Engländer nicht, die auf die Afrikaner herabschauten und kein Gefühl für deren Charakterstärke und Weisheit besaßen. Für sie war es nur wichtig, ob ihnen jemand genug Arbeit abnahm und das Leben leichter machte. Sie wollten die Einheimischen nach ihren eigenen Vorstellungen formen. Das war ein Fehler, dachte Tanne, denn auf diese Weise würden die Menschen und ihre Kultur in Afrika zerstört.

Ein paar Wochen nach der *Ngoma* putzte sich Tanne für einen Besuch im Norfolk Hotel heraus. Sie wählte einen langen hellen Rock, dazu eine weiße Bluse und die

Kostümjacke von ihrer Hochzeit. Der Hut, den sie mit ihrer Mutter in Neapel gekauft hatte, und die cremefarbenen Schuhe mit den schmalen Riemchen wirkten elegant, doch erst der tiefrote Lippenstift und die dunkel geschminkten Augen – das wusste sie sehr gut – machten eine Erscheinung aus ihr. Farah begleitete sie zur Rezeption, wo sie nach Mrs Harrison fragte. Man führte sie durch die Halle und den weitläufigen Garten zu einer kleinen Terrasse, von der aus sie einen hübschen Gartensalon mit großen Fenstern betrat. Durch die geöffneten Türen strömte frische Luft herein, und der leichte Wind spielte mit den Vorhängen.

Am Tisch, liebevoll gedeckt mit einem weißen Tischtuch und dünnem Porzellan, saßen drei Damen, alle in weißen, ordentlich gebügelten Kleidern. Sie trugen Hüte und Handschuhe. Tanne zögerte einen Moment, behielt dann aber ihre eigenen Handschuhe in der Hand, klemmte sie zusammen mit der Tasche unter den Arm und schritt auf die Damen zu.

Ein Lächeln breitete sich auf dem Gesicht der ältesten Lady aus.

»Sie müssen die Baronin von Blixen-Finecke sein, wie schön, dass Sie kommen konnten.«

Mrs Harrison war die Frau eines englischen Beamten, der »ziemlich weit oben in der Protektoratsverwaltung« saß, wie sie mit lässiger Handbewegung andeutete, als sei es ihr egal. Sie besaß sanfte Züge, und mit einer kleinen Geste lud sie Tanne ein, Platz zu nehmen, und stellte ihr die anderen beiden Damen vor, eine Mrs Green, Ehefrau eines Militärgeistlichen, die hager und unzufrieden wirkte, was vielleicht an ihren eng beieinanderstehenden Augen lag. Daneben saß ihre Schwester, Mrs Watson, Gattin eines Straßenbauingenieurs, die auf Tanne einen gutmütigen und eher einfältigen Eindruck machte.

»Wir sind das Empfangskomitee«, sagte Mrs Harrison, »weil wir hoffen, Sie für uns gewinnen zu können. Wir haben einen Damenclub gegründet, um im Protektorat Moral und Ordnung aufrechtzuerhalten.« Sie lächelte vielsagend in die Runde, und die anderen nickten verständnisvoll. »Oder sollte ich sagen, damit Moral und Ordnung überhaupt erst mal eingeführt werden? Die Herren haben zu lange allein in dieser unchristlichen Welt gelebt und sich dabei einige Unarten angewöhnt.« Wieder nickten die Damen, und Tanne konnte sich nicht verkneifen zu fragen: »Welche Unarten?«

»Alle möglichen«, lautete die vage Antwort von Mrs Harrison, »Dinge, die wir gar nicht so genau wissen wollen. Aber sagen Sie: Haben Sie sich schon gut eingerichtet auf Ihrer Farm? Wie heißt sie noch gleich?«

»Mbagathi.«

Mrs Harrison lachte perlend. »Ich hoffe, Sie finden bald einen richtigen Namen. Sonst kann man es sich doch nicht merken. Geben Sie ihr einen schönen englischen Namen. Meine Cousine hat ihre Farm Victoria's Lake genannt. Einen See gibt es dort zwar nicht, aber es klingt poetisch, nicht wahr?«

»Aber unsere Farm heißt nun einmal so, und schwierig ist das nicht«, sagte Tanne mit unschuldiger Miene, »es sind nur drei Silben: Mba-Ga-Thi.«

»Wie man hört, haben Sie keine Probleme, Arbeiter

für Ihre neuen Kaffeefelder zu finden«, mischte sich jetzt Mrs Green ein. »Wie haben Sie denn das geschafft? Haben Sie sich Sklaven gekauft?« Die drei Frauen kicherten, als habe sie einen wirklich guten Witz gemacht.

»Nein, das haben wir nicht«, antwortete Tanne ernst. »Mein Mann kommt gut mit den Natives aus, und Kinanjui unterstützt uns.«

»Kinan… äh, ist das dieser Eingeborenenkönig?« Mrs Green schüttelte sich ein bisschen, und die anderen kicherten abermals. Außer Tanne, deren Gesicht sich rötete.

»Der Chief gebietet über fast eine Millionen Menschen«, sagte sie kalt. »Vor ein paar Tagen war er bei uns zu Gast, zusammen mit dem schwedischen Prinzen Wilhelm.«

»Sicher. Man muss sich mit solchen Leuten gut stellen, vor allem, wenn man eine Farm betreibt«, meinte Mrs Harrison beschwichtigend. »Aber wissen Sie, ich bin froh, wenn ich möglichst wenig von meinen Eingeborenen sehe.«

Jetzt wollte auch Mrs Watson mitmischen: »Sie stehen wirklich ganz weit unten in der Zivilisation. Wir sollten aber versuchen, sie ein bisschen zu erziehen.«

»Wie unsere Kinder. Mit klaren Regeln – und mit der Rute«, ergänzte Mrs Green.

»Schlägst du deine Kinder?«, fragte ihre Schwester sie.

»Nein. Doch. Ab und zu. Aber nicht so hart wie meine Schwarzen.«

»Und Sie, Baronin, wie verschaffen Sie sich Respekt?«

Tanne, die mit wachsender Wut zugehört hatte, betrachtete ihre Hände. »Ich halte die Vorstellung, wir Europäer seien allen anderen überlegen, für grundfalsch. Wir können vielleicht mehr Dinge lernen als die Afrikaner, das gebe ich zu, aber was den Charakter betrifft, halte ich sie für überlegen. In diesem Punkt könnten wir eher etwas von ihnen lernen.«

»Was?« Die Lippen von Mrs Harrison kräuselten sich. »Wir sollen von den Wilden lernen? Was denn? Trommeln?«

Tanne zwang sich, ruhig zu bleiben, und ihre Wut wich einer kalten Verachtung, auf die sie noch ein Lächeln setzte: »Bei den Kikuyu gibt es wenige soziale Grenzen, wie ich beobachtet habe. Arm und Reich, Männer und Frauen leben nicht so stark getrennt wie bei uns. Die Menschen teilen ihr Leben viel mehr miteinander als wir. Aber ich fürchte, diese Gesellschaft wird verloren gehen, wenn wir weiterhin so handeln ...«

»Zum Glück wird sie irgendwann verschwunden sein, kann ich da nur sagen«, unterbrach sie Mrs Green. »Dieser Kontinent soll ja schließlich einmal christlich sein. Und zivilisiert. Dafür müssen die Eingeborenen auch nicht alle in die Schule gehen, aber ...«

»Tatsächlich habe ich mir aber genau das vorgestellt«, hakte Tanne ein und lächelte die Pfarrersgattin süßlich an. »Wir sollten gemeinsam Schulen bauen für die Kinder der Farmarbeiter.«

Mrs Harrison räusperte sich und versuchte, das Gespräch wieder an sich zu ziehen. »Baronin, Sie sind noch nicht lange hier. Ihre Ideen mögen ehrenwert sein, aber auch etwas naiv. Verzeihen Sie, wenn ich das so deutlich sage.«

Doch Tanne ließ sich nicht bremsen. »Wir sollten die Afrikaner studieren. Sie sind interessant. Und jedes Volk auf andere Weise. Ich reite fast jeden Morgen ins Massai-Reservat und unterhalte mich mit den Menschen dort.«

Die Damen starrten sie an.

»In welcher Sprache?«

»Ich lerne Swahili. Es geht von Tag zu Tag besser.«

»Noch etwas Tee?«

Mrs Harrison schnipste mit den Fingern, und der Kellner, der die ganze Zeit still im Hintergrund gestanden hatte, füllte die Tassen auf. Tanne bemerkte, dass die Wangen von Mrs Harrison hell und weich aussahen, wie Butter, die man mit Zucker aufgeschlagen hat. Wie macht sie das nur?, dachte sie, meine Haut wird von Tag zu Tag dunkler und fühlt sich immer härter an.

Während sie Milch in ihre Tasse goss, schielte Mrs Watson nach der Gebäckschale.

»Es tut gut, mal wieder einen richtigen englischen Keks zu essen. Das Norfolk hat einen guten Koch, ich würde ihn gerne abwerben.« Sie lachte albern.

»Papperlapapp. So viel Geld würdest du doch nie für einen Koch ausgeben, meine Liebe«, sagte ihre Schwester streng, »und backen kannst du ja wohl selbst.« Sie wandte sich an Tanne: »Baronin, haben Sie einen guten Koch?«

»Durchaus. Ismael kann ein mehrgängiges Mahl zubereiten, wenn er auch die Reihenfolge der Gänge manchmal durcheinanderbringt.«

»Da sehen Sie es. Diese Leute haben kein Gefühl für solche Dinge.«

»Woher sollten sie es haben, wenn ihnen unsere Gerichte fremd sind?«, antwortete Tanne trocken. »Aber wissen Sie, ich merke, wie die Leute, die in meinem Haus arbeiten, immer versuchen, sich in mich hineinzuversetzen. Sie wollen verstehen, was mir wichtig ist und was mich antreibt. Warum sollten wir das umgekehrt nicht auch machen?«

Wieder Gelächter. »Baronin, Sie haben wirklich skurrile Ideen …«

Eine halbe Stunde später stob Tanne wutschnaubend durch die Hotelhalle. Sie blieb abrupt stehen, steuerte die Bar an und bestellte sich einen Schnaps. Sie kippte ihn in einem Zug, und während sie dem Kellner ihren Namen diktierte, damit er das Getränk auf Brors Rechnung setzen konnte, zog sie ihre Lippen nach. Sie merkte nicht, dass sie von einem jungen Engländer beobachtet wurde, der in einem Sessel am Fenster saß. Er spitzte die Ohren, als Tanne den Kellner fragte, wie weit es zu dem Baum sei, an den die Leute in Nairobi ihre Nachrichten und Anzeigen hefteten. »Oh, Sie meinen den Thorntree beim New Stanley Hotel«, entgegnete der Kellner freundlich, »der ist ganz nah.« Tanne zog ihre Handschuhe an. »Wie lange brauche ich zu Fuß?«

»Nur ein paar Minuten, *Memsahib*«, lautete die Antwort. Sie nickte und bat Farah, der auf sie gewartet hatte, sie zu begleiten. Dass der junge Engländer in einigem Abstand folgte, fiel ihnen beiden nicht auf.

Vor dem New Stanley Hotel sah Tanne sofort den hohen Baum, der von kleinen Zetteln übersät war, die auf Nägeln steckten. Sie trat näher und las die Mitteilungen. Es wurde nach Verwandten gesucht, nach Waffeleisen und Gartenscheren, nach einer gefleckten Muttersau, nach Perlmuttknöpfen, einem Rest Brüsseler Spitze für ein Brautkleid und nach einer fügsamen Ehefrau, die gut kochen konnte, nach Baumwollhosen, Bändern oder Ablegern von englischen Blumen. Nach Büchern suchte offenbar niemand. Tanne riss einen Zettel aus ihrem Taschenkalender und notierte darauf: »Wer hat einen *Sommernachtstraum* zu verschenken?« Sie steckte den Zettel auf einen freien Nagel und ging mit Farah zurück zum Norfolk Hotel, wo ihr Automobil stand.

Kaum waren sie fort, überquerte der junge Engländer die Straße, griff nach Tannes Zettel am Thorntree, las ihn und zog ihn ab. Ein kleines Lächeln spielte um seinen Mund, als er ihn in seine Tasche steckte.

Ein paar Wochen später wurde Tanne krank. Alle waren sich einig, dass die Malaria sie erwischt hatte. Sie hatte hohes Fieber und lag geschwächt und nass geschwitzt in ihrem Bett. Tagelang dämmerte sie in ihrem Schlafzimmer vor sich hin und konnte sich nicht vorstellen, jemals wieder aufzustehen. Dusk wachte unglücklich vor ihrem Bett. In den ersten Tagen kümmerte sich Bror um sie, dann übertrug er die Pflichten des Pflegers auf Farah, der sie gewissenhaft und diskret ausführte. Mehrmals am Tag musste ihr Hals mit einem Sirup ausgepinselt werden, der Eisenphosphat, Chinin und Strychnin enthielt. Nach ein paar Wochen war das Schlimmste überstanden, jedoch war Tanne nicht nur körperlich entkräftet, sondern auch niedergeschlagen. Bror brachte sie zu Dr. Burkitt, dem einzigen Arzt in der Kolonie. Seine Praxis lag neben dem Schlachthof, weshalb die Patienten im Wartezimmer rätselten, ob die Schreie, die sie hörten, aus seinem Untersuchungszimmer oder vom Schlachthof herrührten. Dr. Burkitt, bekannt für ungewöhnliche Heilmethoden, verordnete Tanne eine längere Safari, damit sie auf andere Gedanken käme.

Bror war sofort begeistert. Schon seit Monaten wollte er die Masai Mara im Süden des Protektorats durchstreifen. Sie galt als eine der schönsten und wildreichsten Regionen Ostafrikas. Es war auch Zeit, Tanne das Schießen beizubringen, fand er und schenkte ihr eine Mannlicher-Schönauer 256 mit Zielfernrohr. Mit Sachverstand und Geduld zeigte er seiner Frau, wie sie den Gewehrkolben an die Wange drücken und dabei zielen musste. Anfangs hatte sie Scheu und fühlte eine »Hundeangst«, die Waffe abzufeuern, wie sie nach Dänemark schrieb, aber dann lernte sie den Umgang schnell, und es machte ihr Spaß, auf Dosen zu zielen und den einen oder anderen Treffer zu landen.

»Diesmal werden wir fünf Wochen unterwegs sein, Tanne«, schwärmte Bror, »und nur ein paar Boys mitnehmen. Ich denke, neun Träger reichen, dazu Ismael, der Küchenjunge, ein somalischer Gewehrträger, ein Pferdeknecht und natürlich Farah.« Tanne lachte. »Das nennst du wenig?«

»Allerdings. Die meisten Engländer nehmen über hundert Träger mit, Roosevelt hatte fünfhundert, und William Northrup McMillan brauchte allein fünfundsiebzig Träger nur für die Drinks.«

Sie packten zwei Kutschen für die Ausrüstung, und für sich selbst nahmen sie einen offenen Zweispänner mit Dach, das man herunterklappen konnte.

In der Morgendämmerung des 8. Juni 1914 setzte sich der Tross in Bewegung. Noch war es kalt, und Tanne trug zum weiten Hemd zusätzlich eine warme Jacke, Hut und Stiefel. Sie hatte Bror davon überzeugt, dass sie die langen Hosen ihres Reitanzugs ebenso gut zur Safari anziehen könnte. Nach einer halben Stunde waren sie über und über mit Staub bedeckt, aber das machte ihr schon lange nichts mehr aus. Gebannt starrte sie Richtung Himmel. Wie auf Aquarellpapier flossen die Rosa- und Orangetöne ineinander, während sich die Silhouetten der Bäume davor in einem warmen Braunton abzeichneten. Tanne überließ sich dem Schaukeln des Wagens. Bror kutschierte zuerst, später wollte sie einmal selbst die Zügel übernehmen.

Die Hufe der Maultiere, die vor die Wagen gespannt waren, erzeugten ein trockenes Klopfen auf den sandigen Wegen, dazu mischten sich die Rufe der Träger, die nebenhergingen und die Tiere antrieben. Eimer, Kannen und andere Gerätschaften, die sie an die Wagen gebunden hatten, klapperten fröhlich im Takt dazu. Ein paar Gazellen flitzten vor ihnen über den Weg, eine Giraffe schien ihre Abreise mit einem sanften Nicken zu billigen. Struppige Affen rannten eine Zeit lang neben ihnen her und sprangen auf den Gepäckwagen, bis die Männer sie mit gezielten Steinwürfen von dort vertrieben.

Der erste Tag brachte nicht viel Abwechslung, erst als sie das Escarpment erreichten, die Steilwand, von der die Straße hinab ins Rift Valley führte, war höchste Konzentration verlangt, denn jetzt wurde es gefährlich. Felskanten und Steine ragten aus dem Boden, sodass Tanne ständig fürchtete, einer der Wagen könne auseinanderbrechen. Sie stieg ab und half den Männern, die Maultiere zu führen und zu beruhigen. Jeder dieser anspruchslosen Vierbeiner hätte den besten Weg ins Tal gut alleine finden können, aber in einem Gespann mussten die hinteren den vorderen folgen und konnten einzelnen Steinen und Spurrillen nicht ausweichen.

Inzwischen war es heiß geworden, und wenn Tanne sich den schweißnassen Hals rieb, hatte sie danach rote Staubschlieren auf der Hand. Der Blick auf die Bergkette und die Vulkane vor ihr war so atemberaubend, dass sie es sich verkneifen musste, darauf zu deuten und die anderen womöglich abzulenken und damit in Gefahr zu bringen. Jeder falsche Schritt konnte bei diesem Abstieg in einer Katastrophe enden. Trotzdem konnte sie den Blick kaum abwenden. Sie entdeckte ein paar Reiher, die sanft vor ihnen ins Tal schwebten. Alles scheint nichtig neben dieser Weite und Schönheit, dachte sie. Sie suchte Farahs Blick, er ging hinter einem der Wagen und passte auf, dass die Ladung nicht ins Rutschen kam. Ernst nickte er ihr zu, wie es seine Art war. Dann reichte er ihr die Wasserflasche, die er am Gürtel trug, und bedeutete ihr, sie solle einen Moment stehen bleiben und trinken. Mit dem Kopf wies er in Richtung Berge. Sie sah einen Adler in die Lüfte steigen, die Sonne blendete sie, als ihre Augen ihm folgen wollten, und mit Bedauern reichte sie die Flasche zurück.

Im Tal tauchte ein Massai-Dorf aus dem Staub auf, wo man sie freundlich begrüßte und ihnen erlaubte, das Lager in der Nähe der *Manyattas* aufzuschlagen.

»Was hast du da?« Bror deutete auf Tannes linken Arm, der über und über mit schwarzen Fliegen besetzt war. Panisch schlug sie nach den Tieren, doch es blieben tiefrote Flecken zurück. »Krempel dein Hemd besser nicht hoch, solange wir unterwegs sind«, sagte Bror, und als er sah, wie sie die Ärmel herunterrollte und sich mit den Manschettenknöpfen abmühte, half er ihr. »Tapfere Baronin«, lobte er sie und gab ihr einen Kuss. »Komm, wir üben noch etwas schießen.«

Sie überließen den Aufbau der Zelte Farah und ihren Leuten und gingen in Richtung Savanne. Das hohe Gras strich mit einem harten Schleifen an ihren Stiefeln entlang, sie umrundeten ein paar vereinzelte Zedern und Olivenbäume und entdeckten bald eine friedlich grasende Herde Grant-Gazellen in einiger Entfernung. Sie waren rötlich braun und wirkten gut getarnt im trockenen hellen Gras. Vorsichtig näherten sie sich gegen die Windrichtung und hielten sich immer hinter Bäumen und Büschen.

Endlich sagte Bror leise: »Es ist so weit, Tanne. Dein erster Kill. Denk an alles, was ich dir gesagt habe.«

Beide hockten sich hin und beobachteten die Gazellen, die sich beim Fressen langsam weiterbewegten. Sie hatten weiße Bäuche und trugen sanft gedrehte Hörner über ihren schmalen Köpfen, mit einem schwarzen Streifen über der Nase und einem weißen Strich um die Augen, was diese sehr groß wirken ließ.

Tanne spürte den Schweiß unter ihrem Hemd. Ihr Mund war trocken. Sie suchte sich eine Gazelle aus, taxierte und beobachtete sie. Dann legte sie das Gewehr an. Es dauerte ein bisschen, bis sie zielen konnte, weil ihr Gesicht von Schweiß rutschig war und sie mehrere Anläufe brauchte, bis die Waffe fest zwischen ihrer Wange und der Schulter ruhte. Durch das Zielfernrohr nahm sie die Gazelle ins Visier. Bror saß schweigend neben ihr und gab keine Ratschläge mehr. Sie nahm das Pochen des Bluts unter dem Fell der Gazelle wahr und fühlte mit einem Mal eine magische Verbindung zwischen sich und dem Tier. Als wüsste es, was jetzt kommen würde und hielte still. Aber das war ein Irrtum, begriff sie, als es den Kopf hochriss und nervös witterte. Sie hatte sich das Einverständnis eingebildet und betätigte den Abzug. Der Schuss krachte laut durch die nachmittägliche Hitze, die Gazelle knickte ein, fiel zu Boden, und der Rest der Herde sprang schnell davon.

»Gut gemacht«, lobte Bror. Tannes Herz klopfte wild, und einen Moment lang wusste sie nicht, was sie fühlte. Dann empfand sie Stolz auf ihren ersten Kill. Sie stand auf und ging zu dem toten Tier, beugte sich herab und strich ihm über den warmen Hals. Es war wunderschön. Sie fühlte sich leer und zufrieden zugleich.

Bror holte seine Kamera aus dem Futteral und stellte die Belichtung ein. »Halte den Kopf der Gazelle hoch,

Tanne, diesen Moment müssen wir festhalten«, kommandierte er. »Schau zu mir!« Mit unsicherem Gefühl folgte sie seinen Anweisungen und legte die Hände an den warmen Schädel, der ihr erstaunlich schwer erschien. Sie blickte nicht in die Kamera, sondern auf das Tier.

»Das Fell ist für dich, das Fleisch geben wir den Boys und nutzen den Rest davon heute Nacht als Köder«, entschied Bror. »Die Massai haben mir erzählt, es gäbe Löwen in der Gegend, und vielleicht können wir sie erwischen.«

Sie bauten etwa einen Kilometer von ihrem Lager entfernt einen *Boma*, einen Unterstand aus Dornenbüschen, in dem sie sich in der Nacht auf die Lauer legen wollten. Tanne wollte mit Bror zusammen aufbleiben, aber sie war zu müde und schlief bald nach dem Abendessen ein. In der Nacht träumte sie von den dunklen Augen der Gazelle.

Sie erwachte, als Bror ins Zelt kam. Ohne sich auszuziehen, kroch er neben sie auf das Lager. Als er merkte, dass sie wach war, sagte er gähnend: »Sie sind nicht aufgetaucht, die Löwen.«

»Bror? Wird das irgendwann ein ganz normales Gefühl? Das Jagen?«

Er drehte sich zu ihr. »Sicher, du wirst immer besser werden und …«

»Das meine ich nicht. Ich meine das … Töten. Das Auslöschen eines Lebens.«

Schwer legte sich seine Hand auf ihren Kopf. Seine Finger spielten in ihren Haaren.

»Skrupel?«

»Hm.«

»Wie oft hast du schon ein gutes Steak gegessen, Tanne? Fisch oder gebratenes Hühnchen?«

»Ich weiß.«

»Also, was soll das jetzt? Sei nicht kindisch. Ihr habt auch geschlachtet in Rungstedlund. Tiere werden getötet. Wo ist das Problem? Es sind Tiere. Schöne Tiere, wilde Tiere, aber eben Tiere. Wir sind die Jäger. Sie haben eine reelle Chance, sie sind schnell und manche sind für uns sogar richtig gefährlich. Und jetzt hör mir gut zu.« Er nahm ihr Gesicht in die Hände, und obwohl es dunkel war, glaubte sie, dass er ihr in die Augen sah. »Wenn du es eines Tages mit einem Löwen aufnehmen willst, und das wirst du müssen, glaub mir, dann brauchst du unbedingt Übung. Dafür musste diese Gazelle heute sterben. Eine von Millionen.«

Er beugte sich über sie und küsste sie auf den Mund. Seine Lippen waren staubig, er schmeckte nach Whiskey und Rauch. Unter ihrem Nachthemd spürte sie seine Hand. Seine Nase schnupperte an ihrem Hals. »Oh, die Baronin hat sich gewaschen. Der Baron hatte dafür leider keine Zeit. Darf er trotzdem unter die Decke kriechen?«

Sie lachte. »Bror, es ist alles voller Staub, ich weiß nicht, ob wir den jemals aus unseren Poren bekommen.«

»Das macht nichts.« Er leckte über ihre Schulter und brummte genüsslich. »Ehrlicher, afrikanischer Staub.«

Sie dachte kurz an die Gazelle, an ihre dunklen Augen und daran, dass sie nun nie wieder herumspringen würde – und sie hoffte, dass niemand sie dort draußen im Busch vermisste.

»Eines musst du lernen, Tanne«, flüsterte ihr Bror ins Ohr. »Wenn du hier überleben willst, musst du schneller sein als deine Freunde. Das gilt für alle, für die Gazellen, die Löwen, die Natives … und auch für uns.«

Die nächsten Nächte verbrachten sie gemeinsam in der *Boma*. Ein paar Meter weiter hatten sie den Rest von Tannes Beute und eine kleine Gazelle, die Bror geschossen hatte, als Köder platziert. Die Ersten, die sich über das Fleisch hermachten, waren ein paar Hyänen, die sehr leise durch die Dunkelheit huschten, bevor sie sich an das Fleisch herantrauten. Ihnen folgten Schakale, auch sie immer auf der Hut vor Stärkeren, die das Fleisch für sich beanspruchen könnten. Durch das sichere Versteck beobachtete Tanne die vom Mond erleuchtete Szene. Sie war schon ein paarmal eingenickt, sitzend und mit dem Gewehr in der Hand, als Bror sie anstieß und sie einen großen Schatten bemerkte, der sich auf die tote Gazelle zubewegte. Gleichzeitig drang ein unangenehmer, intensiver Gestank in ihren Unterstand. Zwei Löwinnen schlichen an den Kadaver heran und schlugen ihre Zähne hinein. Tanne und Bror beobachteten sie, aber als die eine Löwin begann, das Fleisch von der Lichtung wegzuzerren, reagierten sie schnell und erlegten beide Raubkatzen innerhalb von Sekunden. Erhobenen Hauptes posierten sie am nächsten Tag neben ihren Trophäen. Bror klebte die Fotos später in sein Safari-Tagebuch. Nach zwei Wochen konnte er notieren, sie hätten sechs Löwen, vier

Leoparden und einen Gepard geschossen, dazu viele Antilopen, Schakale, Marabus, Warzenschweine. Alles, was gegessen werden konnte, gaben sie ihrem Koch.

Zurück auf Mbagathi, schrieb Tanne ihrer Familie in Dänemark, sie habe mit hundert Schüssen vierundvierzig Wildtiere erlegt. »Es war eine herrliche Zeit«, schwärmte sie, »meine Niedergeschlagenheit, die mich nach der Krankheit quälte, ist wie durch ein Wunder verschwunden.« Sie fügte hinzu, sie müsse den Jägern Abbitte leisten. Bis jetzt hätte sie deren Leidenschaft nie verstanden, aber nun wüsste sie, dass es nichts Vergleichbares auf der Welt gäbe.

Im August 1914 begann der Krieg in Europa. Zuerst wussten die Siedler in Ostafrika nicht, wie sie sich verhalten sollten. Es gab keine Konflikte zwischen den Menschen in Britisch-Ostafrika und Deutsch-Ostafrika, aber offiziell waren sie jetzt Feinde. Die Grenze zwischen ihren Territorien war über dreihundertfünfzig Kilometer lang, man konnte sie kaum nahtlos bewachen. Als das Gerücht aufkam, deutsche Truppen würden auf britisches Gebiet vordringen, rief der Gouverneur von B.E.A. die Siedler dazu auf, sich zum Freiwilligencorps zu melden.

Bror wollte sofort nach Hause reisen, um ins schwedische Heer einzutreten, aber Onkel Aage telegrafierte, er solle gefälligst auf der Kaffeeplantage bleiben, dort würde er nötiger gebraucht. Bror blieb also, stellte aber fest, dass die Bekannten in Nairobi ihm und Tanne mit Misstrauen begegneten, weil Schweden und Dänemark sich in diesem Krieg für neutral erklärt hatten. Daher beschloss Bror, sich freiwillig den englischen Truppen in B.E.A. anzuschließen.

Tanne war gerührt von seinem Tatendurst, aber sie hätte es ebenfalls lieber gesehen, wenn er sich auf die Kaffeefarm konzentriert hätte. Bror hatte jedoch keine Freude daran, Zahlen zu notieren und den Fortgang von langwierigen Arbeiten zu überwachen. Lieber wollte er neue Pläne schmieden, und häufig kam er nach einem Abend im Muthaiga Country Club mit einer neuen Geschäftsidee nach Hause. Onkel Aage hatte ihn schon mehrfach zur Ordnung rufen und ihm regelrecht verbieten müssen, neue Investitionen zu tätigen, bevor nicht die ersten Erträge aus dem Verkauf von Kaffee erzielt seien.

Bror wurde zum Anführer einer Patrouille ernannt, die Informationen über deutsche Truppenbewegungen in der Grenzregion sammeln sollte. Seine Einheit, die mit Automobilen, Motorrädern, Fahrrädern und Maultieren unterwegs war, wurde von Lord Delamere befehligt, einem der ersten Siedler im Protektorat, der aufgrund seines Reichtums und seiner Verbindungen in England zu den einflussreichsten Männern in B.E.A. zählte.

Auf Mbagathi blieb die Arbeit liegen, und Tanne fühlte sich einsam. Die Engländer in Nairobi mieden sie, weil bekannt geworden war, dass sie für Paul von Lettow-Vorbeck, der die Deutschen kommandierte, zehn Stutenfohlen besorgt hatte. Dafür war sie extra zum Lake Naivasha gefahren und hatte nicht verborgen, für wen die Pferde gedacht waren.

Als der Gouverneur von B.E.A. ankündigte, Frauen, die allein auf Farmen lebten, zu ihrer eigenen Sicherheit demnächst im Norfolk Hotel einzuquartieren, suchte Tanne einen Weg, dem zu entgehen. Passenderweise berichtete einer ihrer Verwalter, er müsse demnächst nach Kijabe reisen, ein kleines Dorf am Rand des Rift Valley, wo es nichts Interessantes außer der Eisenbahnstation gab, bei der sie öfter Gerätschaften oder Saatgut für die Farm abholten. Tanne erklärte, sie würde ihn begleiten. Sie nahm Farah, ihren Koch und einen Pferdeknecht mit, ihren Hund Dusk und ihre Stute Aimable. Zur Sicherheit packte sie alles Bargeld ein, das sie besaßen. In Kijabe erreichte sie eine Nachricht von Bror aus Narok im Süden des Landes: Das Lager brauche dringend Proviant und Munition, sie solle ihm unbedingt beides schicken. Tanne zögerte nicht lange, kaufte vierzig Ochsen und zwei große Karren, die sie mit dem gewünschten Material bepackte, engagierte achtzehn Träger und einen Anführer für den Transport, einen Südafrikaner namens Klapprott.

»*Memsahib*, du musst aufstehen.«

Tanne schlug die Augen auf und musste kurz überlegen, wo sie war. Die Schultern schmerzten, und ihre Zunge klebte am Gaumen. Dann wusste sie es wieder. Sie war in Kijabe, diesem staubigen Nest an der Eisenbahnstation, und sie hatte alles vorbereitet, damit Klapprott sich heute auf den Weg machen und die Ochsenwagen nach Narok treiben konnte.

»*Memsahib*, es gibt ein Problem.«

Farah stand neben ihrem Bett, sein heller Turban

leuchtete in der Dunkelheit. Sie richtete sich ein wenig auf und stützte sich auf die Ellenbogen.

»Was ist los?«

»Der Mann, den du für den Transport bezahlt hast.«

»Klapprott?«

Farah nickte, was sie an der Bewegung seines Turbans erkannte.

»Was ist mit ihm?« Sie setzte sich ganz auf, und Farah trat respektvoll ein paar Schritte zurück.

»Er ist fort«, flüsterte er.

»Was?« Sie war sofort hellwach. »Wie kann das sein? Mit dem Geld?«

Erneutes Nicken.

»Die Soldaten haben ihn verhaftet. Sie hielten ihn für einen Deutschen wegen seines Namens. Und sein Maultier haben sie auch beschlagnahmt. Ich wollte dich rufen, *Memsahib*, aber es ging alles so schnell.«

Tanne versuchte, diese Information zu verarbeiten. Tagelang hatte sie den Transport vorbereitet und Klapprott schon zur Hälfte bezahlt. Sollte das alles umsonst gewesen sein? Ihr Gehirn weigerte sich, die Wahrheit zu akzeptieren. »Aber er ist Südafrikaner.«

Farah verbeugte sich zustimmend. »Er hatte keinen Pass. Erinnerst du dich? Die Soldaten glaubten ihm nicht. Sie dachten, er sei ein deutscher Spion, der über die Grenze will.«

Tanne stöhnte. »Was für ein Unsinn, nur weil er Klapprott heißt?«

Farah schwieg. Im Gegensatz zu ihr hielt er nichts davon, sich zu wiederholen.

Tanne griff nach ihrem Morgenmantel, und Farah drehte sich um. Sie verkniff sich eine Bemerkung, aber manchmal nervte er sie mit seiner Prüderie. Schließlich hatte er sie vor Kurzem wochenlang gepflegt, ohne dass sie immer einen Morgenmantel getragen hatte. Sie stand auf und trat aus dem Zelt. Die Ochsen waren bereits angeschirrt, wie sie es ihren Leuten aufgetragen hatte. Sie mahlten mit den Zähnen und traten von einem Fuß auf den anderen. An den Wagen hingen bereits Lampen, und ihre Leute standen erwartungsvoll mit den Peitschen in der Hand daneben.

Tanne überlegte fieberhaft. »Was machen wir jetzt?« Farah schwieg. »Wo finden wir auf die Schnelle einen neuen Anführer für den Transport?«

Er schaute sie an, und sein Blick sagte: »Denk daran, wie lange wir gesucht haben, um Klapprott zu finden.«

Tanne traf eine Entscheidung. »Gut, dann gibt es nur eins. Wir machen es selbst.«

Farah riss entsetzt die Augen auf. Er würde nie sagen: »Bist du verrückt geworden?« Stattdessen sagt er: »Der *Bwana* würde das nicht wollen.«

»Der *Bwana* braucht Nachschub, und alles ist bereit. Wir machen es. In einer halben Stunde fahren wir los. Schick einen der Boys mit Aimable zurück zur Farm. Sie kann diese waghalsige Strecke unmöglich bewältigen.«

»Und Dusk?«

»Der kommt mit.«

Als das Morgenlicht über den Berggipfel kroch, zogen sie los. Die erste Etappe war die schwierigste, aber sie kannte den halsbrecherischen Weg ins Tal ja bereits.

Die Ochsenwagen machten einen unglaublichen Lärm, als sie über den steinigen Untergrund knirschten. Scharf klang das Knallen der Peitschen dazu, die Ochsen wollten diesen Weg nicht gehen, denn ihr Instinkt warnte sie davor. Doch endlich hatten sie es alle geschafft, ohne dass es einen Unfall gegeben hatte, und sie schlugen gut gelaunt ihr Lager auf. Bevor sie sich zum Schlafen niederlegten, teilte Farah die Wachen ein. Sie mussten vor allem auf die ausgespannten Ochsen achten. Wenn die Tiere in Panik gerieten, war es fast unmöglich, sie festzuhalten. Jedes Löwengebrüll in der Nähe konnte sie dazu veranlassen, loszurasen.

Am nächsten Morgen entdeckten sie tatsächlich Löwenspuren im Sand und wussten, dass äußerste Vorsicht geboten war. Tanne merkte, wie die Gefahr ihre Sinne schärfte. Alle verließen sich auf sie und Farah, und das spornte sie beide an. Schon lange hatte sie sich nicht mehr so stark gefühlt, es kam ihr vor, als habe sie die Folgen der Malaria nun endgültig überwunden.

Am zweiten Tag, als die Savanne am späten Nachmittag in rötliches Gold getaucht war und sie einen Lagerplatz suchten, blieb eines der Wagenräder an einem Stein hängen. Sie drückten und zogen mit vereinten Kräften und bekamen es doch nicht frei. Nach ein paar Minuten senkte sich die Dunkelheit wie ein zu Boden schwebendes Seidentuch über die Landschaft und ihren Treck. Tanne legte das Gewehr kurz zur Seite und griff sich eine der Lampen, um ihren Leuten zu helfen. Zwei von ihnen arbeiteten mit grimmiger Konzentration, ohne zu sprechen. Sie sah ihre vor Anstrengung glänzende Haut und spürte plötzlich, wie ihre Nackenhaare sich aufstellten. Auch die Männer hielten inne und schauten sie an. Alle lauschten reglos in die hereinbrechende Nacht. Was war das? Es klang wie ein Schleifen, ein Stöhnen und Ächzen. Tanne hat noch nie etwas Ähnliches gehört, aber ein Blick auf ihre Leute, deren Hände sich um das Rad krallten, sodass die Knöchel hervortraten, sagte ihr, dass gleich etwas Schreckliches passieren würde. Sie nahm aus dem Augenwinkel noch eine Bewegung wahr, da sprang der Löwe schon auf den Rücken des Ochsen und verbiss sich im Nacken des hilflosen Tiers, das verzweifelt losbrüllte. Der Löwe befand sich keine zwei Meter von ihr entfernt, und sie erinnerte sich an Brors Worte. Ja, sie erkannte ein geschmeidiges Wesen, das nur aus Muskeln, Knochen und Sehnen zu bestehen schien und das einen bestialischen Gestank ausdünstete. Es ist kein schönes Tier, dachte sie noch, das Gesicht mit dem riesigen Maul glich einer Fratze. In Todesangst riss der Ochse sich los und raste blind nach vorn, stürzte mit dem Feind, der wie festgewachsen auf seinem Nacken hockte und wütend fauchte, gemeinsam in eine Senke vor ihnen. Die anderen Ochsen trampelten mit schreckgeweiteten Augen hin und her, sie würden sich, wenn sie nichts unternahmen, in alle Winde zerstreuen. Aber ihre Leute blieben tapfer bei ihnen stehen und trieben sie zusammen, trotz der großen Angst, die sie um ihr Leben hatten. Tanne griff nach ihrem Gewehr, rannte mit Farah zur Senke, wo er die Lampe hochriss, und sie schoss. Den Löwen verfehlte sie, aber immerhin ließ er vom Ochsen ab und verschwand in der Dunkelheit. Sie begutachteten das verletzte Tier, der Löwe hatte ihm den ganzen Rücken aufgerissen, und sie konnten ihm nicht mehr helfen.

»Er wird zurückkommen«, vermutete Farah, »und sich den Rest holen.«

Tanne starrte in die Dunkelheit. »Wir können heute nicht mehr weiterziehen, aber wie sollen wir uns jetzt schützen?«

»Wir brauchen einen Wall«, antwortete er.

Sie rissen Dornenbüsche aus, schnitten Zweige ab und legten damit einen Kreis um das Lager. Alle halfen mit, selbst Ismael nahm sein Küchenmesser und säbelte mit grimmiger Miene Dornengestrüpp ab. Zusätzlich zündeten sie mehrere Feuer an, um den Löwen abzuschrecken. Tanne und Farah blieben in dieser Nacht auf und hielten Wache, jeder von ihnen mit einem Gewehr im Arm.

Als sie sah, wie entspannt und sorglos ihre Leute sich schlafen legten, sagte sie zu Farah: »Sie haben anscheinend keine Angst mehr, das ist doch gut.«

»Deinetwegen, *Memsahib*«, erwiderte er.

»Was meinst du?«

»Deine Leute glauben, dass du eine gute Schützin bist, und sie vertrauen dir. Sie glauben, dass du auf sie aufpasst.«

»Ich?« Tanne starrte ihn ungläubig an und suchte in seinem Blick nach einem Lächeln, einem Hauch von Ironie. Aber er schaute so ernst wie immer.

Tanne schluckte. Sie war erst ein paar Monate in Afrika, und alles hier war neu für sie. Doch das Vertrauen der Menschen, die für sie schließlich ihr Leben riskierten, umhüllte sie in diesem Moment wie ein unsichtbarer Schutzschild. Es war das erste Mal, dass so viele Menschen auf sie zählten, dass sie sie für fähig hielten, das Richtige zu tun. Sie schluckte noch einmal und sah zu Farah.

Er starrte ins Feuer. Nicht der Hauch eines Lächelns war zu sehen.

Plötzlich stand Ismael neben ihr. Er hielt sein großes Küchenmesser in der Hand und setzte sich schwerfällig neben sie. »Ich helfe dir, *Msabu.*«

Als der Löwe zurückkam, sprangen alle auf und beruhigten die Ochsen, während Tanne und Farah ihre Gewehre ins Dunkle hielten. Sie überließen der Raubkatze den toten Ochsen.

Sobald es dämmerte, packten sie zusammen und machten sich auf den Weg. Am übernächsten Abend erreichten sie Narok. Bror traute seinen Augen nicht, als Tannes Treck das Lager erreichte. Als seine Truppe erfuhr, sie hätten nur vier Tage für hundertzwanzig Kilometer gebraucht, konnten sie es alle nicht glauben.

Am Abend durfte Tanne ausnahmsweise bei Bror im Zelt schlafen, obwohl er im Dienst war. Zärtlich streichelte er ihre frisch gewaschenen Haare. »Du bist eine erstaunliche Frau, Tanne«, sagte er. »Ich weiß das schon länger, aber ich hätte nicht gedacht, dass du mich auch hier noch überraschen würdest. Man kann sich auf dich verlassen. Und du hast offenbar gar keine Angst.«

»Doch, ich hatte sogar riesengroße Angst, als der Löwe uns überfallen hat.« Sie schauderte, und er nahm sie in die Arme.

»Farah sagte mir, die Leute glauben, ich könnte sie beschützen. Ist das nicht verrückt? Ich habe erst einen Löwen geschossen, mit dir zusammen. Und den letzten habe ich verfehlt.«

»Aber du wirst sie beschützen, zumindest wirst du alles dafür tun, und genau das spüren sie. Du bist eine gute *Msabu*. Ich meinte etwas anderes: Welche Lady hätte sich dazu entschlossen, den Transport selbst anzuführen, nachdem Klapprott verhaftet wurde? Ich kenne keine.«

Tanne überlegte einen Moment. Dann zuckte sie die Achseln.

»Aber was hätte ich sonst tun sollen?«

»Eben. Das ist eine Frage, die nur du dir stellst. Andere würden fragen: ›Warum gerade ich?‹ Aber du hast es einfach getan. Was hätte Mrs Harrison gemacht?«

Tanne lachte. »Sich Tee servieren lassen wahrscheinlich.«

Bror strich über ihre Arme, die voller Kratzer waren. Einige davon hatte er mit Jod bepinselt, weil sie sich entzündet hatten.

»Du und ich, wir sind wirklich aus demselben Holz geschnitzt, Tanne. Wir greifen zu, wenn das Leben uns etwas hinhält. Deshalb verstehen wir uns so gut.« Als er ihr das Nachthemd über den Kopf zog, fragte sie sich, was Bror genau damit meinte. Aber jetzt war nicht der richtige Moment, um nachzufragen.

Zurück auf der Farm erfuhr sie, dass ein paar der Totos aus ihrem Haus Schnaps gestohlen, sich betrunken und dann ein Fenster und eine Tür zerstört hatten. Sie müsse jetzt durchgreifen, sagten die Männer zu ihr, also ordnete sie schweren Herzens zum ersten Mal eine Strafe an, die sie nie hatte verhängen wollen: Die Jungen bekamen zwanzig Schläge mit der Kiboko-Peitsche. Tanne stand mit unglücklichem Gesicht daneben und glaubte, den Schmerz auf der eigenen Haut zu spüren.

Bald kehrte auch Bror zurück auf die Farm. Die Freiwilligen waren durch ausgebildete Soldaten aus England ersetzt worden. Doch noch immer verdächtigte man die Blixens der Solidarität mit Deutschland. Tanne schrieb ihrer Mutter, wenn sie die Natives nicht hätten, würde sie sich völlig isoliert fühlen. Sie musste ihre Briefe jetzt auf Englisch statt auf Dänisch schreiben, das verlangten die Zensurbehörden.

Der Krieg setzte ihrer Farm weiter zu. Arbeiter, Wagen und Nutztiere wurden von der Militärverwaltung requiriert, und die restlichen Ochsen starben an der Rinderpest. Die Rodung des Waldes für die Kaffeefelder hatte ihnen eine große Menge Holz gebracht, doch sie konnten es nicht transportieren und daher auch nicht wie geplant verkaufen. Es rottete nicht nur vor sich hin, sondern brachte auch keine Einnahmen. Bror war in Sorge, immer wieder bat er Onkel Aage um Geld, und als ihm eine größere Summe bewilligt wurde, kaufte er heimlich eine zweite Farm, was ihm Aage ausdrücklich verboten hatte. Stattdessen – so die Ansage aus Dänemark – sollte Bror alles tun, um die erste Farm in Gang zu bringen. Doch das war nicht so leicht, zumal eine lang anhaltende Dürre Krankheit und Tod über Menschen und Tiere in Ostafrika brachte, auch auf Mbagathi.

Im Frühling 1915 wurde Tanne erneut krank. Die Symptome waren ähnlich wie im Jahr zuvor, sie hatte Fieber, fühlte sich müde und kraftlos, aber diesmal waren die Schmerzen in den Gelenken und Muskeln viel stärker als beim ersten Mal, und beunruhigt suchte sie Dr. Burkitt in Nairobi auf. Als Farah sie von dort nach Hause fuhr, saß sie reglos im Fond. Besorgt beobachtete er ihr Gesicht im Rückspiegel. Sie war blass, die Augen lagen tief in den Höhlen, die schwarze Umrandung war verlaufen und ließ sie noch kränker aussehen. Tannes Haare klebten ihr am Kopf, sie wich dem Blick ihres Dieners aus, starrte aus dem Fenster und gab sich dem Geschaukel des Wagens hin. Ab und zu stützte sie sich mit den Händen ab, um nicht zur Seite zu kippen. Kaum waren sie auf der Farm angelangt, drückte sie die Tür des Wagens auf und ging mit schweren Schritten zum Haus. Im Bad spritzte sie sich etwas Wasser ins Gesicht, dann suchte sie Bror, der im Büro saß. Er hatte die Füße auf den Tisch gelegt und hielt eine Zigarre in der einen, einen Whiskey in der anderen Hand.

Tanne trat ein, schloss die Tür und lehnte sich dagegen.

»Was ist los?«

Bror war sofort alarmiert, als er ihr Gesicht sah.

»Ich war bei Dr. Burkitt. Er hat gesagt … Bror, ich habe Syphilis.«

»Was? Nein!« Bror sprang auf. »Das kann nicht sein. Ich meine … dann hätte ich es doch auch.«

»Du hast es auch, Bror, woher soll ich es sonst haben?«

Für einen Moment starrten sie sich an, und beide mussten daran denken, was Bror in Narok gesagt hatte: »Wir greifen zu, wenn das Leben uns etwas hinhält.«

Bror wandte den Blick zuerst ab und schenkte ein zweites Glas ein, das er seiner Frau reichte. Sie nahm es, setzte sich auf einen Stuhl neben dem Schreibtisch und stellte das Glas ab, ohne zu trinken. Bror kam zu ihr und hockte sich vor sie.

»Was genau hat der Arzt gesagt? Bist du wirklich sicher?«

»Burkitt ist sich sicher. Meine Symptome sind eindeutig. Er sagt, ich sei todkrank und müsse jetzt genau tun, was er sage.« Sie machte eine Pause und griff sich an den Oberarm. Bror folgte ihrem Blick.

»Was ist mit deinem Arm?«

»Burkitt hat mir eine Spritze gegeben, irgendwas mit Arsen.« Sie nestelte einen Zettel aus ihrer Tasche. »Salvarsan. Aber er hatte nur eine einzige Dosis davon in der Praxis und kann mich nicht weiter behandeln. Außerdem muss ich Quecksilbertabletten nehmen. Bror …«, in ihrem Blick lag tiefe Verzweiflung, »ich muss nach Paris. Sonst werde ich nicht gesund.«

Er stand auf und griff nach ihrer Hand. Dann zog er einen Stuhl heran und setzte sich neben sie.

»Ich verstehe das nicht, wie kann es sein, dass du so krank bist? Ich bin doch nicht krank.«

Sie entzog ihm ihre Hand und schaute ihn wütend an.

»Wie lange sind wir verheiratet, Bror? Etwas mehr als ein Jahr? Und im letzten Frühling ging es mir auch schon so schlecht. Vielleicht war das keine Malaria, sondern der erste Ausbruch, sagt Dr. Burkitt. Also erklär mir bitte: Wo hast du dir das geholt?«

»Tanne, beruhig dich erst mal.« Er legte die Arme um sie, aber sie stieß ihn weg.

»Woher, Bror? Sag es mir!«

»Wie soll ich das wissen?« Bror stand auf und ging zum Fenster. »Ich war hier monatelang allein. Du weißt, wie das ist. So was machen Männer. Aber ich kann nicht glauben, dass es diese Krankheit ist. Ich merke gar nichts. Müsste ich nicht auch etwas merken?«

Tanne stopfte den Zettel zurück in ihre Tasche und holte die Zigaretten heraus. Als Bror ihr Feuer gab, sagte sie leise: »Du hast mir eine schreckliche Krankheit angehängt, und ich müsste dich dafür hassen.« Sie nahm einen tiefen Zug und schaute ihm ins Gesicht. »Burkitt sagt, du merkst möglicherweise gar nichts davon, weil du so … so kraftstrotzend bist. Aber du musst dich trotzdem untersuchen lassen.«

»Ja, natürlich. Also, wenn das wirklich … also, es tut mir leid. Ich … wollte nicht …«

»Ich muss so schnell wie möglich nach Paris und mich dort in ein Krankenhaus begeben. Bror, das ist eine verdammte Schande. Stell dir vor, meine Mutter erfährt davon! Oder deine Eltern, Onkel Aage. Niemand darf es wissen, versprich mir, dass du es niemandem sagst.«

»Natürlich, ich verspreche es.«

Sie schüttelte den Kopf und legte wieder die Hand auf den Oberarm. »Was ich von deinen Versprechen halten kann, weiß ich ja jetzt …« Sie stand auf.

»Tanne, auf keinen Fall werde ich irgendwem davon etwas sagen.«

Sie ging zur Tür und drehte sich noch mal um: »Und weißt du was? Das glaube ich dir sogar.« Als sie auf ihn zukam, glaubte er für einen Moment, sie würde ihn ohrfeigen. Aber sie schaute ihm nur noch einmal tief in die Augen. »Weil es für dich genauso peinlich ist wie für mich. Da hast du deine Braut mit einer tödlichen Krankheit angesteckt, Herr Baron. Das sieht auch nicht so gut aus, oder? Gott, wie konntest du bloß ...?«

»Also, ich weiß noch immer nicht, ob es wirklich ...«

»Geh zu Burkitt und lass dich untersuchen. Und dann kannst du ihn ja selbst fragen, was du mir als Brautgabe geschenkt hast.«

Zum zweiten Mal schritt sie zur Tür, öffnete sie und drehte sich noch einmal um: »Ich lege mich jetzt ins Bett, ich fühle mich so elend, das kann sich jemand wie du gar nicht vorstellen. Buch mir so schnell wie möglich eine Passage nach Europa. Wegen des Krieges wird das schwer genug sein. Aber es ist die einzige Hoffnung, sagt Burkitt. Und hör mir gut zu, Bror: Ich bin noch nicht bereit zu sterben.«

Sie schloss die Tür hinter sich.

Liebe dein Schicksal

Karen Blixen schaut auf ihre Hände und dreht sie langsam, als sähe sie sie zum ersten Mal. Die Finger sind dünn und leicht gekrümmt, knotig treten die Gelenke hervor. Sie sind auf ihre eigene Weise besonders schön, denkt Ruth, weil sie zeigen, dass die Baronin sich nicht davor gescheut hatte zuzupacken, wenn es nötig war.

»Alles, was mich heutzutage quält, ist letztlich eine Folge der Krankheit von damals«, seufzt sie. »Was für ein Irrsinn. Wenn ich daran denke, dass ich später – als es mir gesundheitlich wieder gut ging und ich dachte, die Krankheit sei für immer überwunden – meiner Mutter schrieb, wenn ich wählen müsste, so sei ich lieber krank als arm, dann schäme ich mich noch heute dafür.«

Ruth sagt nichts. Sie möchte wissen, wie es weiterging, deshalb verkneift sie sich jede Frage, die davon ablenken könnte.

»Wollen wir neuen Tee und ein paar Kuchen und Sandwiches bei Frau Carlsen ordern?«, fragt die Baronin. »Ich könnte eine kurze Pause gebrauchen.«

Ruth nickt und verschwindet ins Souterrain. Als sie in die Ewaldstube zurückkehrt, ist Karen Blixen gerade dabei, eine weitere Mappe durchzusehen. Sie hält eine

Postkarte in der Hand und dreht sie um. Die Zigarette liegt qualmend im Aschenbecher, Ruth setzt sich so, dass sie den Rauch nicht in die Augen kriegt.

»Es war schwierig, eine Schiffspassage zu bekommen, denn es herrschte Krieg«, sagt die Baronin, während sie die Karte zurücklegt. »Zunächst konnte ich sowieso nicht fort, weil ich nach der Injektion mit Salvarsan eine Blutvergiftung bekam. Weiß der Teufel, womit Burkitt seine Spritzen desinfizierte. Tagelang lag ich mit hohem Fieber im Bett. Farah wich nicht von meiner Seite. Wir hatten ihm erzählt, ich litte unter einer seltenen Tropenkrankheit und müsse deshalb zu einem Spezialisten nach Paris.«

»Hat er es geglaubt?«

»Ich weiß es nicht. Ganz ehrlich: Ich weiß es nicht.«

Nach ein paar Wochen war Tanne stabil genug, um zu reisen. Farah begleitete sie bis Marseille, wo er das nächste Schiff zurück nach Mombasa nahm, während Tanne in den Zug nach Paris stieg. Sie mietete ein Zimmer in derselben Pension, in der sie fünf Jahre zuvor gewohnt hatte. Das Wochenende verbrachte sie auf dem Bett und quälte sich mit Fragen: Was hatte sich geändert seit dem Frühling 1910? Wie konnte es sein, dass sie jetzt schon fast am Ende ihres Lebens angekommen war?

Nur der Gedanke, dass sie auf die Farm zurückkehren würde, gab ihr Hoffnung. Sie wollte unbedingt wieder bei den Menschen sein, die sie … ja, was? Die sie liebte? War das die richtige Formulierung? Klang es nicht übertrieben oder pathetisch? Alle ging sie in Gedanken durch, Farah und Ismael und Abdullahi und all die anderen ihrer Hausleute, die sie jeden Morgen fröhlich grüßten, die sie anlächelten und ihr Dinge abnehmen und für sie tragen wollten. Sie dachte an die Dorfbewohner, die verletzte Kinder oder Tiere vor ihrer Tür absetzten, weil sie glaubten, sie könne ihnen helfen. Sie liebte auch ihre Totos, die jeden Tag darum bettelten, eine kleine Aufgabe übernehmen zu dürfen, ebenso die Kikuyu-Frauen, die tagsüber auf der Farm die Kaffeebüsche versorgten und am Abend singend auf ihren eigenen Äckern das Unkraut herauszupften.

Sie vermisste ihre Hunde, ihre schöne schwarze Stute und die Zebras, die grasend am Wegesrand standen, wenn sie nach Nairobi fuhr. Sie gäbe viel darum, jetzt dem ohrenbetäubenden Konzert der Webervögel zu lauschen, die zu Tausenden ihre Nester in den Bäumen am Bach bauten. Stundenlang konnte sie solche Erinnerungen wachrufen und wie ein Film an sich vorbeiziehen lassen.

All das wollte sie nicht verlieren, und deshalb, das wurde ihr in diesen Tagen klar, durfte sie sich nicht von Bror trennen. Sie hatte sich gefragt, ob sie mit ihm verheiratet bleiben wollte, nach dem, was er ihr angetan hatte. Er musste die Krankheit auch haben, nur zeigten sich bei ihm bisher keine Symptome. Doch obwohl sie ihn in manchen Momenten hasste, musste sie sich mit ihm arrangieren, denn ohne Bror gab es für sie kein Leben in B.E.A. Und die Vorstellung, allein, geschieden und syphiliskrank nach Rungstedlund zurückzukehren, war so grauenvoll, dass sie sich stattdessen lieber gleich im Meer ertränken wollte.

Tanne dachte an ihren Vater. Hatte sie jetzt die Krankheit, die ihn in den Tod getrieben hatte? Sollte sie sich an ihm ein Beispiel nehmen? Wenn sie Anzeichen von geistiger Zerrüttung an sich wahrnehmen würde, vielleicht würde sie dann … Aber sie fühlte nichts dergleichen, im Gegenteil, ihr Verstand arbeitete messerscharf. Andererseits: Merkte man geistigen Verfall überhaupt früh genug, um dann noch handeln zu können?

Und sie wollte doch leben. Während sie auf den geblümten, nach Mottenkugeln riechenden Bettüberwurf starrte und sich die Hände vor Schmerzen auf den Leib presste, spürte sie es überdeutlich. Sie sehnte sich zurück nach Afrika, in die endlose Weite, sie wollte diese leichte Luft atmen, den hellen Himmel über sich fühlen und die Rufe der Affen hören, die auf dem Dach herumturnten. Ich muss einfach gesund werden, sagte sie sich mit zusammengebissenen Zähnen. Morgen würde sie zum Arzt gehen, den Burkitt ihr empfohlen hatte, und sich diese verdammten Spritzen geben lassen, und irgendwann würde sie die Krankheit überwunden haben.

Sie zwang sich zu einem Lächeln, obwohl es niemand sehen konnte, aber Ismael hatte ihr erzählt, dass ein Lächeln allein schon die Laune verbessern würde, selbst wenn man sich dazu zwingen müsse. Sie schleppte sich zur Rezeption und fragte, ob ihr jemand einen Teller Suppe aufs Zimmer bringen könne. Die Pensionsbesitzerin musterte sie skeptisch: »Fühlen Sie sich nicht wohl, Madame?«

»Ach, die Reise war anstrengend, ich brauche nur ein paar Tage Ruhe«, antwortete sie.

Als die Untersuchung am nächsten Tag beendet war, setzte sich Dr. Fabre mit ernster Miene an den Schreibtisch und notierte seine Beobachtungen, bis sie sich wieder angezogen und ihm gegenüber Platz genommen hatte.

»Madame, Sie sind ernsthaft erkrankt, aber das wissen Sie bereits, nicht wahr?«

Sie nickte.

»Ich muss Ihnen ehrlich sagen, dass ich Zweifel habe, ob Sie es schaffen, diese schwere Krankheit auszukurieren. Aber Sie sollten es unbedingt versuchen. Sie sind noch jung, gerade dreißig.« Er lächelte aufmunternd. »Was Sie brauchen, ist eine langwierige Behandlung mit Salvarsan, das hat Ihnen mein Kollege in Nairobi schon gesagt, hoffe ich?«

»Ja. Ich möchte ... können Sie mich hier medizinisch versorgen? Ich möchte vermeiden ... meine Familie damit zu belasten.«

»Verstehe. Haben Sie Freunde in Paris?«

»Warum? Ist das wichtig?«

»Madame Blixen, das Auskurieren dieser schweren Krankheit ist nicht möglich ohne gute Pflege. Wer versorgt Sie denn im Moment? Sie können sich kaum auf den Beinen halten, das kann ich sehen.«

»Nein, ich habe hier keine ... also ... ich wohne in einer Pension.«

»Allein?«

»Ja.«

»Das geht nicht. Wenn ich Sie mit Salvarsan therapieren soll, werden Sie jemanden in Ihrer Nähe brauchen. Es gibt Nebenwirkungen.«

»Sie meinen, ich werde Haare und Zähne verlieren?«

Er lächelte beruhigend. »Das ist ein Märchen. Das sind die Wirkungen von Quecksilber, aber diese Tabletten brauchen Sie nicht mehr, wenn Sie Salvarsan bekommen.« Sein Gesicht wurde wieder ernst. »Aber Sie werden starke Übelkeit verspüren, Schwäche. Sie müssen nach jeder Spritze ein paar Tage im Krankenhaus bleiben. Dann werden wir die Abstände vergrößern, aber an manchen Tagen werden Sie nicht einmal alleine aufstehen können. Auf keinen Fall können Sie während der Behandlung in einer Pension wohnen, glauben Sie mir. Wo lebt Ihre Familie?« Er blätterte in den Unterlagen. »Sie sind doch Dänin?«

»Meine Familie wohnt in der Nähe von Kopenhagen.«

»Aber das ist gut! Ich habe einen Kollegen im Rigshospitalet, der kann Sie behandeln.« Er schob die Unterlagen zusammen und schaute sie an: »Madame Blixen, fahren Sie nach Hause.«

Nachmittags lag sie in ihrem muffigen Zimmer und starrte an die Decke, musterte die trübe Lampe und die verblassten blauen Blümchen auf der Tapete. Sie hatte keine Wahl, sie musste nach Rungstedlund fahren. Sie würde ihrer Familie das Märchen von der Tropenkrankheit erzählen, genau wie Farah. Bei der Vorstellung, wieder in ihr altes Mädchenzimmer zu ziehen, zurück in das Haus am Rand der Welt, in die düstere Atmosphäre, die

Wohlanständigkeit, zurück zu den endlosen Tiraden von Tante Bess, wollte sie schreien vor Wut. Stattdessen liefen ihr die Tränen lautlos über die Wangen. Sie wischte sie nicht weg, apathisch lag sie da, spürte, wie die Tropfen sich im Kragen sammelten.

Papa, was würdest du mir raten?, dachte sie. Mach allem ein Ende? Hier und jetzt? In einer Pension, so wie du? Ihr Vater war ein Mann der großen Geste gewesen, und sie nahm ihn sich gerne zum Vorbild. Von ihm hatte sie gelernt, dass das Leben einen Preis forderte: Schmerz, Verlust und Tod. Sie konnte sich in diesem engen Zimmer mit der mickrigen Funzel an der Decke umbringen – aber war das nicht feige? In diesem Moment entschied sie: Sie wollte ihr Schicksal, das sie völlig unvorbereitet und unverschuldet heimgesucht hatte, annehmen und mit grimmiger Ruhe jede Krone abzahlen, die das Leben ihr auf die Rechnung setzte. *Amor fati*, hatte Nietzsche es genannt, die Liebe zum Schicksal. Sie würde das schaffen, denn sie wollte sich nicht umbringen. Nicht, solange sie die Hoffnung hatte, in ein paar Monaten abermals nach Afrika zu reisen und ihre Farm wiederzusehen. Sie hatte dort den Platz gefunden, den sie ihr Leben lang gesucht hatte. Einen Platz, an den sie gehörte. Dort wartete das Leben auf sie, und sie wollte es auskosten. Bror und sie waren nicht durch große Liebe miteinander verbunden, das hatten sie sich auch nie eingeredet. Sie waren gute Freunde gewesen, und wie übel hatte er sie verraten, weil er nicht treu sein konnte. Aber sollte sie deshalb ihr neues Leben verlieren? Vielleicht hielt das Schicksal noch etwas anderes für sie bereit, auch wenn es nur ein kleines Abenteuer war? Sie griff nach ihrer Tasche und holte den Zettel hervor, den sie an den Thorntree vor dem New Stanley Hotel gesteckt hatte. Jemand hatte auf ihre Frage nach einem *Sommernachtstraum* geantwortet und etwas auf die Rückseite geschrieben. Es war eine typische Männerhandschrift, glaubte sie. Sie strich das Blatt vorsichtig glatt und las die Antwort, obwohl sie sie auswendig konnte:

Was du wirst erwachend sehn,
Wähl es dir zum Liebsten schön;

Offenbar liebte da jemand Shakespeare so wie sie und kannte den *Sommernachtstraum* gut. Denn darum ging es ja, um das Verlieben und den Zauber. Sie faltete den Zettel zusammen und steckte ihn ein. Wenn sie zurück war, wollte sie einen neuen Zettel an den Baum pinnen:

Wollt Ihr in unsern Ringen ruhig tanzen
Und unsre lustgen Mondscheinspiele sehn,
So kommt mit uns!

Sie musste lächeln, als sie daran dachte, was der Fremde davon halten würde. Wenn sie in Rungstedlund ankäme, wollte sie sich die Ausgabe vom *Sommernachtstraum* schnappen, die in der Ewaldstube stand. Sie war sowieso die Einzige, die sich für dieses Stück begeistern konnte, das war schon in ihrer Jugendzeit so gewesen. Und bevor sie nicht wusste, wer ihr die Nachricht geschickt hatte, wäre es doch schade zu sterben, dachte sie.

Zur selben Zeit sah ich (du konntest nicht)
Cupido zwischen Mond und Erde fliegen
In voller Wehr;

… Das Leben war eine Jagd. Jagen und Lieben. Das gehörte zusammen.

Als Tanne im Frühling 1915 in Rungstedlund eintraf, waren alle erschrocken über ihr Aussehen. Sie war abgemagert und konnte nur wenige Schritte laufen. Dr. Carl Rasch vom Rigshospitalet in Kopenhagen brachte sie freundlicherweise auf der gynäkologischen Station unter, nicht auf der Station für Haut- und Geschlechtskrankheiten. Auf diese Weise konnte Tanne die Wahrheit vor ihrer Familie zunächst verbergen. Zum Glück schlug die Behandlung an, und nach einem halben Jahr waren die Syphilis-Erreger im Wassermann-Test nicht mehr nachzuweisen. Tanne galt als geheilt.

Anfang 1916, zwei Monate nach ihrem letzten Krankenhausaufenthalt, fuhr sie mit ihrem Bruder Thomas nach Norwegen zum Skilaufen. Thomas vertraute ihr an, er wolle sich als Freiwilliger an die Front melden, wagte aber nicht, seiner Mutter davon zu erzählen. Tanne ermutigte ihn dazu, seinem inneren Kompass zu folgen, und weihte ihn in das Geheimnis ihrer Krankheit ein. In der Familie Dinesen waren zwischenzeitlich einige Veränderungen vor sich gegangen. Ihre Großmutter war gestorben, Elle hatte den reichen Rechtsanwalt Knud Dahl geheiratet und Ea einen Landedelmann aus Jütland, Viggo de Neergard.

Im Herbst 1916 kam Bror nach Dänemark, um seine Frau abzuholen. Nächtelang hatte sie gegrübelt, wie sie sich ihm gegenüber verhalten sollte, aber als sie am Kopenhagener Bahnhof sein Gesicht in der Menge entdeckte, war sie einfach nur froh, ihn zu sehen. Bror war braun gebrannt und sah gesund aus. Erst ein paar Tage später erzählte er ihr, er müsse ebenfalls einen Arzt aufsuchen und sich »ein paar Pillen verschreiben« lassen, wie er es herunterspielend formulierte.

Doch davon war bei ihrem Wiedersehen am Bahnhof noch nicht die Rede. Gut gelaunt und zärtlich nahm Bror seine Frau in die Arme. »Ich habe dich so vermisst, mein Liebling«, flüsterte er ihr ins Ohr. »Du warst eineinhalb Jahre fort, eine Ewigkeit!« Dann schob er sie ein Stück von sich weg und musterte sie. »Du siehst gut aus, Gott, bin ich froh, dass du es überstanden hast.«

Mit der Kutsche fuhren sie nach Rungstedlund, wo Bror herzlich begrüßt wurde wie ein lang vermisster Sohn. Er war zuvorkommend, aufgekratzt und zuversichtlich. Der Krieg hatte die Preise für Kaffee auf dem Weltmarkt nach oben getrieben, und nun hoffte Bror, sie könnten davon profitieren. Er hatte auch schon eine Idee, wie. Kaum saßen sie nach dem Essen im Salon, platzte er heraus: »Tanne, wir müssen unbedingt die Farm von Åke Sjögren kaufen. Er ist pleite und will nur noch einen Spottpreis dafür haben. Auf seiner Farm gibt es bereits ausgewachsene Kaffeebüsche, und du weißt ja, wie schön sein Haus ist.«

Tanne war sofort begeistert. »Das mit der großen Veranda?«

»Genau das. Du wirst es nicht glauben, aber Sjögren geht mit dem Preis seit Wochen immer weiter runter, er ist komplett am Ende. Wir sollten nicht zu lange warten, sonst schnappt uns jemand diese Chance weg. Aber …«, er warf seiner Schwiegermutter einen entschuldigenden Seitenblick zu, »dafür bräuchten wir natürlich noch mal eine Anleihe von euch. Doch ich schwöre, es ist eine todsichere Investition.«

»Davon werde ich Aage kaum überzeugen können«, prophezeite Ingeborg Dinesen, die dem Gespräch mit Unbehagen gefolgt war und nur mit Mühe den Tee einschenken konnte, ohne ihn zu verschütten. »Ich glaube, er bereut es ohnehin schon, sich auf die afrikanische Investition eingelassen zu haben. Erst müsste einmal Geld hereinkommen, bevor ihr Neues ausgebt.«

»Mutter, das ist nicht fair. Du weißt, dass die Kaffeebüsche auf Mbagathi frühestens in zwei Jahren Früchte tragen. Und wenn wir das geschlagene Holz hätten verkaufen können …«

»Hätten. Habt ihr aber nicht.« Ingeborg hob abwehrend die Hand. »Nein, lass mich ausreden. Ich kann nicht beurteilen, wessen Schuld das war. Aber Tatsache ist: Ihr habt bisher nicht eine Krone verdient, aber dafür Tausende ausgegeben.«

»Das wird sich jetzt ändern, liebste Schwiegermutter.« Bror nahm ihr seine Tasse ab, lehnte sich zurück und schlug die Beine übereinander. »Das garantiere ich dir.«

»Gut. Dann warten wir das ab, und wenn es gut läuft, könnt ihr immer noch eine zweite Farm kaufen.«

Tanne und Bror schauten sich verlegen an. Sie hatten

bereits vor Tannes Abreise eine zweite Farm gekauft. Aber davon wusste noch niemand, weil Aage es ihnen ganz klar verboten hatte.

Bror wandte ein: »Aber genau deshalb brauchen wir ja die neue Farm, damit sich die Situation überhaupt ändern kann. Mbogani – so heißt Sjögrens Land – ist zehnmal größer als unsere, sie ist eine der größten, die es in ganz Britisch-Ostafrika gibt. Und sie erwirtschaftet bereits reiche Erträge.«

Ingeborg Dinesen legte den Kopf schief. »Warum ist ihr Besitzer dann pleite?«

Tagelang ging es auf diese Weise hin und her zwischen Ingeborg auf der einen und ihrer Tochter und dem Schwiegersohn auf der anderen Seite. Onkel Aage, der in diesen Tagen zu Besuch nach Rungstedlund kam, verstärkte die Partei seiner Schwester. Er war stocksauer, weil er inzwischen vom Kauf der zweiten Farm erfahren hatte. Dafür hatte Bror Geld eingesetzt, das Aage ihm in gutem Glauben für einen anderen Zweck angewiesen hatte. Die Situation war ziemlich verfahren.

Doch am Ende schafften es Bror und Tanne gemeinsam, nicht nur den Frieden in der Familie wiederherzustellen, sondern Onkel Aage dazu zu bringen, ihnen noch einmal vierzigtausend Pfund zu geben, damit sie Sjögrens Farm Mbogani kaufen konnten. Aage hielt zwar nichts von der Erweiterung der Karen Coffee Company, aber er war sicher, die Entwicklung der Bodenpreise spiele ihm in die Hände. Zur Not könnte man die Farm ja mit Gewinn verkaufen, dachte er bei sich. Diesmal steckten nicht nur Aage und Ingeborg Geld in das afrikanische Unternehmen, sondern auch die Ehemänner von Tannes Schwestern, außerdem Daisys Eltern, Brors Eltern und sein Schwager. Tanne und Bror bewirtschafteten nun drei Farmen, die mehr als viertausend Hektar umfassten, das größte Kaffeegebiet in Britisch-Ostafrika zu ihrer Zeit.

Voller Vorfreude und finanziell gut gepolstert machte sich das Ehepaar Blixen-Finecke im November 1916 auf die Rückfahrt nach Afrika. Vorher hatten sie gemeinsam Dr. Rasch aufgesucht, der bei Bror ebenfalls Syphilis diagnostiziert hatte. Da er keine sehr ausgeprägten Symptome hatte, fiel die Prognose des Arztes positiv aus: In einem Jahr könnten sie sogar daran denken, ein Kind zu haben, befand er. Tanne entschloss sich dazu, ihrer Ehe noch eine Chance zu geben.

Wegen des Krieges reisten sie über London. Dort nahmen sie sich einige Tage Zeit und kauften Möbel, Vorhänge, Teppiche und Lampen für das neue Haus. Tanne gönnte sich ein zweites Paar handgenähte Stiefel und etliche schicke Kleider, außerdem erwarb sie Aquarellfarben und eine Staffelei, weil sie wieder malen wollte. Ihre Cousine Daisy, die in London lebte, konnten sie leider nicht treffen, weil sie sich gerade auf einer Südamerikareise befand.

Von England aus ging es auf der RMS *Balmoral Castle* in Richtung Durban. Es gab auf dem Dampfer für die Passagiere der ersten Klasse mehrere elegante Salons, abends spielte ein Orchester zum Tanz auf, und es wurden sogar Bridge-Turniere und ein Kostümball veranstaltet. Tagelang lagen Tanne und Bror an Deck in der Sonne, beobachteten Delfine und Albatrosse. In Durban bezogen sie das teuerste Hotel der Stadt und besuchten eine Reihe von Obst- und Rinderfarmen in der Umgebung. Jeden Abend entwarf Bror neue Pläne für ihre Farm. Er liebäugelte mit einer Schweine-, Hühner- oder Rinderzucht, dachte über die Produktion von Ziegeln nach, träumte von einer Blumenfarm, einer Bierbrauerei oder einer Zuckerrohrplantage.

Als Vorschuss auf die märchenhaften Gewinne, die sie sich von Mbogani erwarteten, leisteten sie sich einen schicken Zweisitzer, und Bror brachte Tanne das Autofahren bei. Im Januar 1917 verluden sie das Auto aufs Schiff und fuhren über Sansibar nach Mombasa. Dort stiegen sie in den Zug nach Nairobi und bezogen ihr neues Zuhause.

Wie lange war sie nicht mehr mit nackten Füßen über taufeuchtes Gras gegangen?, fragte sich Tanne. Es musste Jahre her sein, damals in Dänemark. In Afrika ging man als Europäer nicht barfuß, das lernte man schon am ersten Tag. Aber heute machte sie eine Ausnahme. Als sie wach wurde, hatte sie die Tür ihres Schlafzimmers zur Veranda geöffnet und beobachtet, wie die Tautropfen auf den Grashalmen glitzerten. Da konnte sie nicht widerstehen. Sie stellte das Grammofon an und huschte auf die Wiese. Sie war allein, nur die von der Nachtjagd erschöpfte Eule im hohen Baum zwinkerte noch ein paarmal, bevor sie beschloss, die irrlichternde Gestalt auf dem Rasen sich selbst zu überlassen.

Tanne krallte die Zehen in den Boden, spürte die dünnen, harten Halme unter den Füßen und fühlte die Energie, die aus dem Boden stieg, die Kraft der Erde. Sie trug noch ihr Nachthemd und darüber den cremefarbenen seidenen Morgenmantel, dessen Gürtel sie jetzt löste. Als die warme und weiche Frauenstimme aus dem Grammofontrichter drang, breitete Tanne die Arme aus und begann, sich langsam um sich selbst zu drehen. Der offene Mantel drehte sich träge mit, hob sich im Luftzug und legte sich auf ihre Hüften und Oberschenkel. »Where'er You Walk« war Tannes Lieblingsarie aus Händels Oratorium *Semele*. Sie drehte sich langsam weiter und sang in Gedanken mit.

Wohin du auch wanderst
Sollen sanfte Winde die Lichtung kühlen
Wohin du dich setzest
Sollen sich Bäume über dich beugen und Schatten spenden.

Sie musste zweiunddreißig Jahre alt werden, um zu wissen, dass es das gab, diese vollkommene Zufriedenheit, das sichere Gefühl, mit einem Ort verbunden zu sein, über Geburt und Tod hinaus. Es kam ihr vor, als stamme sie von hier, als sei vor Urzeiten der Keim gelegt worden, der nun zu ihrem Einzug auf dieser Farm geführt hatte.

Mbogani nannten die Kikuyu diesen Ort, Haus des Waldes. Tanne wollte den Namen beibehalten, weil man einen Ort nicht umbenennen sollte, der so viele Menschen beherbergt. Außerdem klang Mbogani in ihren

Ohren so ähnlich wie das Pseudonym ihres Vaters, *Boganis*. Das Leben gab einem ab und an ein deutliches Zeichen, daran hatte Tanne noch nie gezweifelt. Sie drehte sich weiter und jubelte still in sich hinein. Wenn dies das Haus des Waldes war, dann war sie die Elfenkönigin Titania, denn auch der *Sommernachtstraum* barg eine Botschaft für sie. Die Farm war ihr Königreich, das sie nicht aufgeben durfte, sonst würde alles verdorren und sterben. Aus dem Augenwinkel sah sie einen Storch, der langsam über den Weg stakste, in diesem Moment fiel es ihr leicht sich vorzustellen, sie könne zu den Menschen gehören, die zaubern konnten. Vielleicht reichte ihre Kraft nicht sehr weit, vielleicht konnte sie nur ein paar Tieren die Angst vor Menschen nehmen. Und war es nicht genug zu wissen, dass sie mit all den Wesen, die hier lebten, verbunden war? Sie würde nie wieder allein sein, dachte sie jetzt und blieb stehen. Gott oder wer auch immer dahintersteckte, hatte sich erlaubt, ihr noch einmal einen kurzen Blick hinter den Vorhang zu gewähren und ihr damit zu versichern: Du gehörst dazu. Fürchte dich nicht.

Ein Bibelzitat tauchte in ihrem Kopf auf, das sie schon lange kannte, doch noch nie so richtig verstanden hatte: »Ich lasse dich nicht, du segnest mich denn.« War es das, was dieser Morgen sie lehren wollte? Festhalten, kämpfen, sich nicht geschlagen geben, unbeirrt glauben, dass da eine Beziehung zwischen ihr und diesem Stück Land existierte, die niemals aufgegeben werden durfte?

Sie betrachtete ihr neues Haus: Es war aus dicken grauen Steinen erbaut, hatte ein rotes Ziegeldach und wurde von hohen Bäumen bewacht. Es war größer und weitläufiger als das alte, und es besaß an zwei Seiten eine breite Veranda. An der langen Rückseite des Gebäudes lag die große Terrasse, von der man, nachdem Tanne ein paar Bäume hatte fällen lassen, direkt auf die Ngong-Berge blickte. Im Garten nisteten Nachtigallen und Schwalben.

Sjögren hatte beim Bau keine Kosten gescheut, daher galt Mbogani als eines der feinsten Häuser in B.E.A. Die Zimmer besaßen hohe Decken, und im Speisezimmer gab es hoch oben noch eine schmale Fenstergalerie. Die Wände von Speisezimmer und Bibliothek waren holzgetäfelt, und alle Böden besaßen Parkett aus Zedernholz. Sjögren hatte ihnen das Haus mitsamt der Möbel verkauft und ihnen sogar einen Teil seiner Bücher überlassen. Voller Freude hatte Tanne am ersten Abend die leinengebundenen Werke von Kipling, Stevenson, Wilde und Lagerlöf aus dem Regal gezogen. Fast jedes Zimmer verfügte über einen Kamin und besaß Fenstertüren, durch die man direkt auf die Veranda gelangte.

Eine Küche gab es wegen der Brandgefahr nicht im Haus. Sie befand sich ein paar Meter entfernt in einem soliden kleinen Extragebäude aus Stein mit einem Eisenofen, der immer unter Feuer stand. Tanne ließ den Weg zum Küchenhaus mit einem Dach versehen, damit jeder, der hin- und hergehen musste, auch in der Regenzeit trocken blieb.

Das größere Haus verlangte mehr Personal. Zusammen mit Farah waren es jetzt acht Leute, auf die sich die

Arbeit verteilte. Neben ihrem neuen Koch Ali arbeiteten Juma und Esa als Hausdiener, Kebri und Kamau halfen in der Küche und kümmerten sich um die Hunde. Der junge Abdullahi, Tannes persönlicher Diener, folgte ihr auf Schritt und Tritt.

Zu Mbogani, das sich über zweitausend Hektar erstreckte, gehörte ein großes Dorf, in dem Bauern lebten, die an einer festgelegten Anzahl von Tagen auf der Farm arbeiteten. Daneben bewirtschaften sie ihre eigenen *Shambas*, auf denen sie Mais, Bohnen und Süßkartoffeln pflanzten.

Unter den Bewohnern von Mbogani sprach sich schnell herum, dass die neue *Msabu* über Heilkräfte verfügte. Jeden Morgen warteten ein paar Leute vor dem Haus, um ihr vereiterte Finger, verklebte Augen oder hustende Babys zu zeigen. Tannes Sprechstunde fand auf der Terrasse hinter dem Haus statt. Dort gab es einen Tisch, der aus einem Mühlstein bestand, auf dem sie jeden Morgen ihre kleine Apotheke aufbaute. Die Schachteln, Tuben und Röhrchen enthielten zwar keine Wundermittel, und sie selbst war nicht medizinisch ausgebildet, aber sie lernte bald, dass die Hausmittel von Rungstedlund auch hier ihre Wirkung taten. Außerdem hatte sie immer einen Vorrat an Chinin für die Malariakranken parat und wusste, dass sie Ruhr mit Bittersalz in Schach halten konnte. Tanne kam den Menschen bei der Behandlung sehr nahe. Sie berührte sie, streichelte und tröstete sie. Sie strich Salben auf schmerzende Haut und schaute ihr Gegenüber aufmerksam an, las in den Augen das, was jemand vielleicht nicht aussprechen wollte. Schamgrenzen und Schweigen akzeptierte sie. Die Menschen vertrauten ihr, und das gab ihr die Stärke, ihnen zu helfen.

War eine Wunde zu groß oder erschien Tanne eine Krankheit zu gefährlich, um sie selbst zu behandeln, brachte sie die Patienten ins Spital nach Nairobi oder zum Krankenhaus der schottischen Mission nach Kikuyu, etwa zwanzig Kilometer von der Farm entfernt.

Eines Tages fiel ihr Blick auf einen etwa zwölfjährigen Kikuyu, der, ein bisschen entfernt von den anderen, abwartend am Rand des Rasens stand. Seine stöckchendünnen Beine waren mit Wunden bedeckt, das konnte sie sogar auf die Entfernung erkennen. Der Blick des Jungen wirkte stumpf und traurig. Sie trat auf ihn zu.

»Wie heißt du?«, fragte sie und legte die Hand prüfend an seine Stirn, um zu fühlen, ob er Fieber hatte.

Er antwortete nicht.

»Weißt du, wie mein Hund heißt?«

»Dusk.«

»Magst du Hunde? Möchtest du ihn streicheln?«

Der Junge blickte den Hund an und hielt ihm seine Hand hin. Dusk schnüffelte daran, leckte einmal darüber, legte sich dann vor dem Jungen auf den Boden und drehte sich auf den Rücken.

Tanne lächelte. »Er mag dich. Willst du ihm deinen Namen sagen? Dann kann er ihn mir verraten, wenn es dir recht ist.«

»Kamante«, sagte der Junge in Richtung des Hundes.

»Wo wohnst du, Kamante?«

Er zeigte mit dem Kopf in Richtung Dorf, das ein paar

Minuten entfernt im Busch lag. Sie nickte. »Ich hab dich noch nie gesehen, wie kommt das?«

Er schaute sie direkt an, mit einem Blick, der nichts verriet. Sie begriff, dass das keine gute Frage gewesen war. Er war krank, er konnte nicht wie die anderen Totos vor dem Farmhaus spielen und auch keine Arbeiten übernehmen. Sie fragte sich nicht zum ersten Mal, wie es kam, dass ihr das Schweigen der Einheimischen manchmal so beredt erschien. Hatte die Antwort nicht in seinen Augen gestanden? Oder war die Antwort bereits in ihrem eigenen Inneren gewesen?

»Darf ich mir deine Beine anschauen?«

Kamante sah zu Boden, und sie führte ihn zu ihrem Tisch auf der Terrasse, wo sie sich auf den Boden kniete, um seine Wunden genauer zu betrachten. Sie waren nass und eitrig, und sie glaubte nicht, dass der Junge noch lange zu leben hatte. Deshalb nahm sie ein kleines Tütchen mit Zucker, das Ali vorbereitet hatte, und drückte es ihm in die Hand. Er nahm es und schickte sich an zu gehen. Dabei warf er ihr einen so abgrundtief traurigen Blick zu, dass sie sich schämte. »Moment, ich bin noch nicht fertig, Kamante«, sagte sie und griff nach einer Salbe und einer Mullbinde. »Ich werde deine Beine mit dieser Salbe behandeln, doch du musst mir versprechen, morgen wiederzukommen, damit ich den Verband wechseln kann.«

Ein paar Tage lang behandelte sie seine Wunden sorgfältig, aber ohne Erfolg, deshalb brachte sie ihn zur schottischen Mission. Als sie ihn dort nach vielen Wochen wiedersah, stand er geheimnisvoll lächelnd in der

Einfahrt und bat sie, ihn mit zurück auf die Farm zu nehmen. »Aber du trägst noch immer Verbände«, sagte sie, »dann bist du doch noch gar nicht geheilt.«

Da griff Kamante, ohne seine Augen von ihr abzuwenden, an sein rechtes Bein und rollte langsam den Verband ab, bis sie erkannte, dass er zwar Narben, aber keine offenen Wunden mehr hatte. Das linke Bein sah ebenso gesund aus. Kamante strahlte sie an, und sie machte ihm ein Zeichen, dass er in den Fond klettern dürfe. Sie nahm ihn in die Gruppe ihrer Totos auf, und Kamante wurde einer ihrer treuesten Diener. Er begann als Hundepfleger und wurde später ihr Assistent bei der Versorgung der Kranken. Als sie sah, wie geschickt er mit seinen Händen war, bat sie ihren Koch, sich des Jungen anzunehmen. Kamante zeigte sich in der Küche so talentiert, dass Tanne ihn schließlich im Norfolk Hotel, im New Stanley Hotel und im Muthaiga Country Club ausbilden ließ. Jahre später wurde sie von ihren Gästen zu einem der genialsten Köche Ostafrikas beglückwünscht.

Kamante war bald einer der guten Geister ihres Hauses und der Farm. Es gab noch andere, Menschen und Tiere, die über sie zu wachen schienen oder sie zumindest im Blick hatten, vor allem dann, wenn die Farm eine schwere Zeit durchmachte. Seit ihrem Einzug auf Mbogani hatten sich die Probleme gehäuft: Auf sehr frühe Regenfälle folgte eine lang anhaltende Dürre und ruinierte ihre erste Ernte. Ihnen ging das Geld aus, und als ihr Verwalter Åke Bursell kündigte, um den Bankrott der Farm nicht miterleben zu müssen, wie er ihnen ins Gesicht sagte, begannen sie, sich ernsthaft Sorgen zu machen. Tannes Hündin Dawn wurde von einem Leoparden gefressen, Aimable und ein weiteres Pferd starben, und auch die Küken, die sie für eine Hühnerzucht angeschafft hatten, gingen innerhalb weniger Stunden zugrunde. Aus Europa trafen die traurigsten Nachrichten ein: Brors Zwillingsbruder Hans war bei einem Flugzeugabsturz ums Leben gekommen. Kurz danach erfuhren sie, dass Daisy sich umgebracht hatte. Tagelang war Tanne wie gelähmt. Sie wusste, sie mussten weitermachen, die Farm am Laufen halten, sich um die Kaffeepflanzen kümmern, die Felder von Unkraut befreien lassen, dafür sorgen, dass alle etwas zu essen hatten, und einen neuen Verwalter finden. Bror war immer öfter fort, auf Safari und »in Geschäften«, wie er ihr mitteilte. Sie begriff, dass das Farmleben ihn langweilte, und sie fühlte die Last der Verantwortung zunehmend auf ihren eigenen Schultern ruhen.

Eines Nachmittags saß sie müde und von der Hitze erschöpft auf der Terrasse. Schwer ließ sie den Kopf nach hinten gegen die Lehne fallen. Sie hatte gelesen, aber nichts wirklich in sich aufgenommen. Feuchte, dumpfe Luft lag über der Farm. Obwohl die Mimosen nicht nah am Haus, sondern ein Stück weiter unten an der Einfahrt wuchsen, trug der Wind den Duft herüber und trieb ihr Tränen in die Augen. Die letzten Monate waren so bedrückend gewesen, sie hatte gekämpft wie eine Löwin, und doch war ein Rückschlag auf den nächsten gefolgt. Sie stand auf, griff nach ihrem Hut mit den bauschigen Tüllschleifen, den sie heute in Nairobi getragen und auf der Veranda hatte liegen lassen. Sie wollte ihn ins Haus bringen, bevor der Staub ihn gänzlich ruinierte. Als sie zur Tür ging, bemerkte sie eine Bewegung in den Büschen am Rand der Wiese und blieb stehen. Irgendetwas Ungewöhnliches ging dort vor sich, sie kniff die Augen zusammen und glaubte, eine Hand zu erkennen, aber sicher war sie nicht.

Irritiert ging Tanne zum Waldrand und spähte in das dichte Gebüsch. Da bewegte sich wirklich eine Hand, sie gehörte einer Kikuyu-Frau, die sie mit eindeutigen Bewegungen zu sich lockte, einen Zweig zur Seite bog und sie aufforderte, ihr zu folgen. Hinter dem Busch tat sich ein Trampelpfad auf, der in den Wald hineinführte. Ohne nachzudenken, den großen Hut noch in der Hand, folgte Tanne der Frau und staunte über den perfekten Weg.

Er war breit genug für eine Person, schattig und trocken. Sie hatte keine Ahnung davon gehabt, dass es diesen Pfad gab, aber wie oft hatte sie sich schon gewundert, auf welchen Wegen die Leute aus dem Dorf zu ihrem Haus kamen, um dort zu arbeiten, Gemüse zu bringen oder etwas zu verkaufen. Europäer machten sich gerne darüber lustig, dass Afrikaner eine Straße entlanggingen und plötzlich im Busch verschwanden oder – umgekehrt – aus dem Nichts auftauchten. Tanne hatte sich nie Gedanken darüber gemacht, dass auch sie nicht einfach durch dichtes Unterholz gehen konnten. Wie naiv sie gewesen war, dachte sie jetzt. Natürlich hatten die Natives ihr eigenes Netz an Wegen im Busch, sie kannten die Gegend besser als jeder Siedler.

Ohne Angst folgte sie der Frau tiefer ins Dickicht und verlor das Gefühl für Entfernung und Zeit. Ein sanftes Dämmerlicht erhellte den Weg, und es wurde kein Wort gesprochen. Tanne sah manche Abzweigung, hörte ab und zu ein leises Lachen, einen unterdrückten Laut, glaubte das Tappen von kleinen Füßen zu erkennen, die eilig davonrannten, doch sie folgte unbeirrt der Frau vor ihr. Diese trug ein blaues Gewand und schritt mit weicher Eleganz gleichmäßig flott auf nackten Füßen voran. Ihre Zehen standen auseinander wie bei allen Menschen, die immer barfuß liefen. Tanne selbst trug Stiefel und einen langen Rock, darüber eine Bluse, die ihr auf der Veranda noch am Körper geklebt hatte, aber hier im Schatten fühlte sie sich seltsam erfrischt. Sie bewunderte die Frau vor sich, die aussah, als hätte sie frisch gebadet, ihre Haare waren geflochten, und ein paar winzige Strähnen kräuselten sich im Nacken.

Plötzlich blieb sie stehen, betrat einen Seitenweg und stoppte vor dem Eingang einer Hütte. Die junge Frau hob den schweren Stoff für Tanne hoch und wies mit dem Kopf auf das Innere. Tanne bückte sich und trat ein. Die Hütte war geräumiger, als sie erwartet hatte, auch hier war die Luft kühl, und es duftete nach Kräutern. Niemand war zu sehen. Sie stand ein bisschen verloren herum und gewöhnte ihre Augen an die Dunkelheit. Dann erkannte sie ein paar zusammengerollte Decken, Kopfstützen und einen kleinen Tisch mit ein paar Blüten, Perlenbändern und einer Schale. Das war offenbar der Platz, der in dieser Hütte für die Verehrung der Ahnen genutzt wurde. Als sie ein Geräusch hörte, fuhr sie herum und entdeckte, dass sie doch nicht allein war. Eine alte Frau saß auf einer Decke auf dem Boden und sah sie an. Sie murmelte etwas und machte ein Zeichen, Tanne solle sich zu ihr setzen. Tanne nahm zuerst an, die Frau sei krank und wolle von ihr behandelt werden, aber darum ging es nicht. Die Frau sah Tanne ins Gesicht, studierte ihre Züge und strich mit ihrer alten Hand darüber, die sich anfühlte wie ein getrockneter Lederhandschuh.

Dann tippte die Frau auf Tannes Brustbein und wiederholte dabei die Worte: »*Muruthi wa ngaa.*« Sie lächelte, nickte und schloss die Augen. Leise begann sie etwas zu singen und wiegte sich dabei hin und her.

Die junge Frau, die Tanne hierhergeführt hatte, kam herein und reichte Tanne einen Becher. Sie wusste, dass die Regeln der Gastfreundschaft den Kikuyu heilig waren, und probierte ohne Sorge. Das Getränk schmeckte frisch und gut, nach Kräutern. Die alte Frau behielt die Augen weiterhin geschlossen und sang noch immer leise vor sich hin. Tanne hatte das Gefühl, sie sollte sich für die Einladung bedanken, bevor man sie wieder zurückbrachte, und drückte der Älteren den Hut in die Hand, den diese freundlich annahm. Kichernd setzte sie ihn auf und bedankte sich bei Tanne, drückte ihr die Hand auf die Stirn, die Augen, an die Ohren und aufs Brustbein und wiederholte ihre Worte von vorher.

Die junge Frau bewunderte den Hut auf dem Kopf der Alten und lachte dazu, aber es klang freundlich und liebevoll. Die alte Frau streifte ein Lederband mit ein paar Holzperlen ab und legte es Tanne in die Hand. Wieder sagte sie: »*Muruthi wa ngaa.*« Tanne band sich das Band um das Handgelenk und bedankte sich: »*Asante sana.*«

Die junge Frau hob wieder die Decke, die den Eingang der Hütte verschloss, und gab Tanne ein Zeichen, dass es Zeit sei zu gehen. Sie trat heraus und fand den Rückweg ohne Hilfe.

Abends aß sie wie so oft allein auf der Veranda und überlegte, ob sie Farah von dem Erlebnis erzählen sollte. Es kam ihr vor, als habe die alte Frau sie gesegnet, und sie wusste nicht, wie er als Muslim dazu stehen würde. Sie fühlte sich stark und froh genug, um diese Geschichte erst einmal in ihrem Inneren zu bewahren. Aber eine Frage musste sie doch stellen.

»Farah, was bedeutet *Muruthi wa ngaa*?«

»Wie kommst du darauf, *Memsahib*?«, fragte er.

»Jemand hat mich heute so genannt, glaube ich.«

Es war einer der ganz seltenen Momente, in denen Farah lächelte. Tanne war sofort auf der Hut.

»Was ist? Nun sag schon.«

»Das ist ein sehr guter Name für dich, *Memsahib.*«

»Farah, mach's nicht so spannend, was heißt es?«

»Das kannst du selbst enträtseln.«

»Farah!«, rief sie ungeduldig, als es schien, er würde gleich loslachen.

»*Muruthi wa ngaa*, das ist Kikuyu für Löwin, *Lioness*. Der Name passt sehr gut zu dir, *Memsahib*. Du bist eine *Lioness.*«

Karen Blixen zieht an ihrer Zigarette und drückt sie aus. »Es war eine Ehre«, sagt sie leise, und Ruth nickt. »Bald nannten mich alle meine Boys so, *Lioness*. Sie sagten es nur selten zu mir direkt, aber untereinander benutzten sie diesen Beinamen. Kamante mochte ihn auch. Ich war froh, dass meine Leute wussten, wie sehr ich mich für sie anstrengte. Es war so entsetzlich viel Arbeit, eine Kaffeefarm zu betreiben. Erst auf Mbogani habe ich begriffen, dass es das eine war, für eine gute Ernte zu sorgen, wobei wir immer auf Wetter und Glück angewiesen waren. Doch das andere war die Arbeit, die dann erfolgte, und die war sehr mühsam. Zweimal im Jahr konnten wir die reifen Kaffeebeeren pflücken, danach mussten wir die Samenkerne vom Fruchtfleisch befreien. Die Bohnen wurden auf Drahtgestellen in der Sonne getrocknet oder in einer Trommel. Wir sortierten sie nach Größe und entfernten die weißen Häutchen. Erst dann hatten wir die fertigen grünen Kaffeebohnen, die verpackt und verkauft werden konnten.«

Ruth räuspert sich. »Die neue Farm – wurde sie der finanzielle Durchbruch wie erhofft?«

Karen Blixen schaut aus dem Fenster und seufzt. »Nein, nie. Ich sage Ihnen jetzt etwas, das Sie sich merken können: Wir haben nie eine wirklich erfolgreiche Farm geführt. Wir haben nie so viel verdient, dass wir davon hätten leben können, geschweige denn der Familie etwas zurückzahlen. Aber es ging uns da ein bisschen wie den Spielern im Kasino: Wir haben immer darauf gesetzt, dass es im nächsten Jahr besser wird.«

Ruth, die sich gerade ein Sandwich genommen hat, hält inne, legt es vor sich auf den Teller und versucht, ihre Fassungslosigkeit zu verbergen. Sie weiß, dass die

Farm am Ende verkauft werden musste, das weiß jeder, der Karen Blixens Buch *Jenseits von Afrika* gelesen hat. Aber sie dachte immer, die Farm hätte jahrelang gut dagestanden.

Betont beiläufig fragt sie: »Was war der Grund dafür? Sie deuten in Ihrem Buch etwas von Missernten an?«

»Missernten, Dürre, Starkregen, Kälte, Heuschrecken. Wir hatten alle *Shauries*, die man sich vorstellen kann. Mit *Shauries* bezeichnet man Probleme, für die man eigentlich nichts kann. Vor allem war der Boden unserer Farm für Kaffee nicht so geeignet, wie wir gedacht hatten. Die Farm lag etwas zu hoch, und der Boden war zu sauer. Es gab zwar ein paar Jahre mit ordentlichen Ernten, aber die Zahl der Kaffeesäcke lag immer weit unter dem, was wir gebraucht hätten, um wirklich aus den roten Zahlen zu kommen.«

Die Baronin nimmt sich ebenfalls ein Sandwich und pickt sich eine Garnele herunter, die sie sich in den Mund schiebt und konzentriert herunterschluckt, als könne sie im Hals stecken bleiben. »Wir haben es einfach nicht wahrhaben wollen.«

Ruth kritzelt etwas auf ihren Block, aber eigentlich hat sie eine Frage, von der sie nicht weiß, wie sie sie stellen soll. »Sie hatten ja so etwas wie die Leitung einer Farm nicht gelernt, aber Ihr Mann, der kannte das doch, oder?«

»Er hatte zumindest mehr Erfahrung und auch eine Landwirtschaftsschule abgeschlossen. Aber er war hoffnungslos, was Geld betraf.« Sie seufzt. »Wir waren es beide.« Sie greift nach den Zigaretten. »Ich war viel allein auf Mbogani. Bror verbrachte immer öfter Zeit im Club und erzählte seinen Freunden dort von neuen Geschäftsideen, für die wir gar kein Geld hatten. Onkel Aage ermahnte ihn immer wieder, er solle sich konzentrieren auf das, was wir begonnen hatten, aber das war einfach nicht Brors Sache. Und unsere Ehe … wurde löchrig.« Sie nimmt einen tiefen Zug und muss heftig husten. Ruth springt auf, aber die Baronin macht ihr ein Zeichen, sie solle sie in Ruhe lassen. »Schon gut.« Sie hustet eine Weile, greift dann mit zitternden Fingern nach der Teetasse und nippt daran.

»Ich hatte mich entschlossen, bei Bror zu bleiben, aber mein Vertrauen in ihn war erschüttert. Weder für die Farm noch für mich wollte er sich wirklich anstrengen. Als er mir anbot, mich frei zu fühlen, war mir klar, dass es eigentlich um ihn selbst ging. Anfang 1918 lernten wir einen Schwung neuer Leute kennen, und das lenkte uns von uns selbst ab. Wir waren oft tagelang unterwegs. In Kenia muss man, wenn man eine Party in Naivasha besuchen will, Kleidung für mindestens drei Tage einpacken. Wir trafen uns öfter mit William Northrup McMillan und seiner Frau Lucie, die nicht nur das schönste Haus von Nairobi, sondern auch eine große Farm besaßen. Dann lernten wir den schwedischen Baron Eric von Otter kennen. Er war jung, noch keine dreißig, und sehr attraktiv. Außerdem war er ein fantastischer Schütze. Die Natives hatten ihm deshalb den Spitznamen *Risasi Moja* gegeben, was so viel bedeutete wie *eine Patrone*. Weil er nie eine zweite brauchte.«

Hm, denkt Ruth, ein Baron, der gut schießt und dazu

noch gut aussehend ist? Damit war er doch eine passende Beute für die Baronin.

Als Karen Blixen kurz darauf sagt: »Ich verliebte mich ein bisschen in ihn«, muss Ruth ein Grinsen unterdrücken. »Und umgekehrt. Er wusste – wie es alle wussten –, dass Bror untreu war, und er wollte mich trösten. Als Eric mich fragte, ob ich mich scheiden lassen und ihn heiraten würde, dachte ich sogar ganz ernsthaft darüber nach. Aber ich vermisste etwas bei ihm, Leichtigkeit und Lebensfreude. Ich war ja selbst ernst genug, ich brauchte einen Mann, mit dem ich mich auch amüsieren konnte, und plötzlich fiel mir mein anonymer Zettelschreiber ein, den ich insgeheim »meinen Sommernachtstraum« nannte. Ich fuhr zum New Stanley Hotel und ging auf den Thorntree zu, als würde ich ein Orakel befragen. Ein paar Wochen vorher hatte ich geschrieben:

Ich bitte dich, du holder Sterblicher,
Sing noch einmal! Mein Ohr ist ganz verliebt
In deine Melodie;

Nun musste ich wissen, ob es eine Antwort gab. Es gab sie tatsächlich. Auf der Rückseite stand:

Mich wundert's, ob Titania erwachte
Und welch Geschöpf ihr gleich ins Auge fiel,
Worin sie sterblich sich verlieben muß.

Es war nur ein Spiel, aber mein Gegenüber, wer immer es sein mochte, beherrschte es gut. Ich wollte ihn kennenlernen, und mit leichtem Herzen lehnte ich Erics Antrag ab. Als er fortging und Bror an einer Safari teilnahm, war ich wieder allein. Ich hoffte auf den Regen. Für meine Farm und für meine Leute. Und gleichzeitig wartete ich darauf, dass etwas geschehen würde, um Bewegung in mein Leben zu bringen. Und als das tatsächlich geschah, wurde es nie wieder wie zuvor. Mein Sommernachtstraum begann am 5. April 1918.«

Ruth wünscht sich, dass sie weiterspricht. Es ist dunkel geworden in der Ewaldstube. Nur eine Kerze flackert. »Öffnen Sie bitte das Fenster einen Spalt«, sagt die Baronin, »damit die Geister hindurchschlüpfen können.«

Sommernachtstraum

Der Muthaiga Country Club lag ein paar Kilometer nördlich vom Zentrum Nairobis und besaß die noble Eleganz eines Londoner Herrenclubs. Das weitläufige, roséfarben verputzte Gebäude mit den weißen Fensterrahmen und den dorischen Säulen vor dem Eingang lag inmitten eines gepflegten Parks mit hohen Bäumen und strahlte die typisch englische Mischung aus Understatement und snobistischer Arroganz aus. Den Clubmitgliedern standen ein Golfplatz und mehrere Tennisplätze zur Verfügung, dazu ein sorgfältig gestutzter Krocket-Rasen. Es gab Ställe für Polo-Ponys und eine Reihe von hübschen Cottages, die man mieten konnte. Die Mitglieder des Muthaiga rekrutierten sich überwiegend aus adligen Siedlern, die zum Teil ganze Tagesreisen von Nairobi entfernt wohnten und den Club gerne als Dependance nutzten, wenn sie Geschäfte in der Stadt zu erledigen hatten.

Am Abend des 5. April 1918 waren alle Fenster im Erdgeschoss hell erleuchtet, als Bror in die Auffahrt bog.

»Festbeleuchtung für deinen neuen Freund Algy«, mutmaßte Bror, als er den Wagen parkte.

»Er ist nicht mein neuer Freund«, entgegnete Tanne genervt. »Im Gegensatz zu dir bin ich nicht ständig auf der Suche nach einem Abenteuer.«

»Du hattest ja auch gerade eines. Und wie grausam hast du es beendet.«

Bror zog den Schlüssel ab und steckte ihn in die Innentasche seines Dinnerjackets. Er griff seiner Frau unters Kinn und sah ihr spöttisch in die Augen. »Der arme Eric wollte dich vor mir retten, und nun scheint er selbst Rettung zu brauchen. War er so schlecht im Bett? Ehrlich, das war kein Heldenstück von dir, Tanne.«

Unwillig schob sie seine Hand weg. »Das sagt der Richtige. Du weißt genau, dass ich Eric wirklich mag. Aber seine düsteren Stimmungen kann ich nicht ertragen. Reichst du mir die Stola?«

Mit geübt lässiger Geste legte Bror ihr das nachtschwarze Seidencape über die Schultern. »In diesem Fall verstehe ich dich sogar. Eric nimmt einfach alles zu ernst.«

Sie schritten auf das Gebäude zu und betraten die Lobby. Wie immer, wenn sie hier war, fühlte Tanne sich auch heute auf seltsame Weise erregt. Das lag daran, dass die Räume so gediegen wirkten, während das, was man sich über die skandalösen Sitten der Clubmitglieder erzählte, in krassem Gegensatz dazu stand. Ihr Blick glitt suchend umher, als würde sie gleich auf etwas Schockierendes stoßen.

Doch alles sah friedlich aus. Der Parkettboden war frisch poliert und glänzte, an den in dunklem Grün gestrichenen, mit cremefarbenen Streifen abgesetzten Wänden hingen Ölgemälde von englischen Landschaften und schlicht gerahmte Stiche von Pferden und Jagdszenen. In der Lobby und in den angrenzenden Räumen waren gemütliche Ledersessel zu kleinen Sitzgruppen arrangiert, und man konnte jederzeit, wie Gründervater Sir Berkeley Cole es sich gewünscht hatte, mit einer Glocke läuten, um sich einen Drink auf dem Silbertablett servieren zu lassen. Alles im Muthaiga atmete Stil und verhieß das gute Benehmen der Oberklasse. Nichts wies darauf hin, dass der Ort für ausgelassene Trinkgelage berüchtigt war, bei denen die Mitglieder schon mal auf das Mobiliar schossen, was die Geschäftsführung gelassen hinnahm, solange die Verursacher die doppelten Kosten des Schadens bezahlten. Das Begleichen der monatlichen Rechnungen war eine heilige Pflicht, hingegen interessierte es niemanden, wer mit welcher Frau morgens aus einem der Schlafzimmer oder Cottages des Clubs auftauchte. Das Fotografieren im Muthaiga war aus diesem Grund verboten, und Frauen durften offiziell nur auf besondere Einladung im Restaurant und zu ausgewählten Partys erscheinen. Tanne hatte gehört, dass nicht nur Ehefrauen an der Bar anschreiben lassen konnten, sondern auch Töchter und Geliebte, aber Bror hatte dieses Detail dem Reich der Legenden zugeordnet.

Während das Ehepaar Blixen wartete, dass ein livrierter Angestellter nachschaute, ob Algy Cartwright im Restaurant oder in der Bar saß, musterte Bror seine Frau, die gerade den Sitz ihres kleinen schwarzen Huts mit einem Blick in den Spiegel der aufgeklappten Puderdose kontrollierte und an ihren Haaren zupfte.

»Heute wirst du endlich Finch Hatton kennenlernen«, sagte er, »Algy hat ihn eingeladen. Allerdings ist Jessica verrückt nach ihm, also wirst du es schwer haben, mit ihm zu flirten.«

Tanne gähnte undamenhaft. »Ich hab schon so viel von ihm gehört, dass er mich bereits jetzt langweilt.« Sie klappte die Puderdose zu und steckte sie ein. Dann rückte sie Brors Hemdkragen gerade. »Ihr Kerle wisst einfach nicht, was eine Frau wie ich sucht.«

»Dann sag's mir doch, Tanne«, raunte er ihr ins Ohr und legte seine Hand sanft um ihre Schultern.

Sie wand sich aus der Umarmung.

»Ein andermal, Baron Blixen.«

An der Bar trafen sie auf Jessica Belfield, die Tochter des ehemaligen Gouverneurs von B.E.A. Ihr Gastgeber Algy Cartwright, Besitzer einer großen Rinderfarm, sprach gerade mit einem Mann, dem Bror zur Begrüßung kräftig auf die Schulter klopfte. »Denys, immer gut, dich zu sehen. Das ist meine Frau Tanne. Sei nett zu ihr.«

Tanne überhörte Brors Bemerkung und musterte ihr Gegenüber skeptisch. Sie war fest entschlossen, sich von Denys Finch Hatton nicht beeindrucken zu lassen, schon allein deshalb, weil alle ihn in den höchsten Tönen lobten, Männer wie Frauen. Als sie amüsiert feststellte, dass der Mann, den sie sich als kräftigen Draufgänger vorgestellt hatte, wie der Student einer Eliteuniversität wirkte, schlaksig und mit feinen Zügen, glaubte sie sich in Sicherheit. Wenn seine Haare nicht schon etwas licht wären, hätte man ihn kaum auf Anfang dreißig geschätzt.

Sein Gesicht erinnerte sie an die griechischen Gipsstatuen, die sie in der Akademie hatte zeichnen müssen. Er hatte eine lange, gerade Nase, seine Stirn war glatt, und um den Mund mit den sanft geschwungenen Lippen spielte ein Lächeln. Sein Blick war ironisch und zugleich etwas verträumt.

Dass er sportlich und trinkfest war, dass er die Sessel im Club gerne wie ein Stier auf die Hörner nahm, um sich dann mit dem Kopf nach unten darauf fallen zu lassen, hatte man ihr schon öfter erzählt. Aber niemand hatte ihr gesagt, wie attraktiv dieser Mann war. Wahrscheinlich, weil sie keine richtigen Freundinnen in Nairobi hatte. Männer berichteten nun mal andere Dinge übereinander als Frauen. Während er sie zu Tisch führte und sie an sich selbst eine ungewohnte Atemlosigkeit bemerkte, rief sie sich ins Gedächtnis, was sie sonst noch über ihn wusste. Er war der Sohn des 13. Earl of Winchilsea, hatte das College in Eton besucht und in Oxford studiert. Er besaß eine Farm bei Eldoret, im Norden des britischen Protektorats, und eine Reihe von kleinen Läden in verschiedenen Städten. Während des Krieges hatte er unter Berkeley Cole in der Nähe des Kilimandscharo gedient und war mit dem Military Cross ausgezeichnet worden.

»Komm Anfang Mai zu uns, Denys, wir wollen mit Freunden auf die Jagd gehen«, sagte Bror, als sie am Tisch Platz nahmen.

»Mit dem größten Vergnügen«, antwortete Finch Hatton und griff nach seiner Serviette.

Und dann diese Hände, dachte Tanne, die neben ihm

saß, muss denn alles an diesem Kerl so schrecklich vornehm sein?

Als er sie anschaute und ihr mit einem kleinen Lächeln in den grünen Augen gestand, er sei schon lange neugierig darauf gewesen, sie kennenzulernen, weil er glaubte, sie hätten einiges gemeinsam, merkte sie, wie ihr Widerstand in sich zusammenfiel.

Während Jessica sich nun anschickte, Finch Hatton ins Gespräch zu ziehen, ließ Tanne ihre Blicke durch den Raum schweifen. Der Speisesaal war schlicht, aber elegant eingerichtet, die Tafel mit gestärkten weißen Tischdecken, Kerzen, Blumen und Hotelsilber geschmückt. Die schwarzen Kellner trugen weiße Handschuhe, während sie Schüsseln und Platten vorsichtig vor ihnen absetzten. Tanne genoss das Ambiente, sie ließ sich gerne verwöhnen und war immer gespannt, was der Koch des Hauses anzubieten hatte, aber gleichzeitig kam sie sich vor wie auf einer Bühne. Als habe dieser Abend nichts mit dem eigentlichen Leben zu tun.

»Ist etwas nicht in Ordnung, Baronin?«, fragte Finch Hatton leise. »Ihre Miene sagt mir, dass Sie über etwas nachgrübeln.«

Sie seufzte und zog mit der Gabel ein paar Linien auf dem Tischtuch. »Nun ja, ich gleite manchmal aus der einen Welt in eine andere, und dann kann ich den Moment nicht mehr genießen …«

»Das müssen Sie mir näher erklären«, bat er.

Sie hob kurz die Schultern. »Es ist nur … was machen wir hier eigentlich?« Sie deutete in Richtung Kellner. »Schauen Sie sich die Natives mit den Handschuhen an. Die Leute in der Küche bereiten unser Essen mit viel Liebe und mit bloßen Händen zu, aber hier im Saal dürfen sie noch nicht einmal unsere Teller berühren. Das ist doch ... ich weiß nicht ...«

»Verlogen?«

Sie blickte ihn an. Er nickte verständnisvoll.

»Es ist verlogen«, raunte er ihr zu, »wie so vieles andere hier. Wir sind die Eindringlinge, aber wir lassen uns behandeln wie die Herren. Doch so ist es immer, wenn ein mächtiges Land ein anderes regiert. Wir leben nun einmal in diesem Zwiespalt. Das ist der Preis dafür, dass wir in B.E.A. sein dürfen. Sie und ich, wir haben die Regeln nicht gemacht, aber wir müssen sie befolgen.«

Er erzählte ihr von seinem somalischen Diener Billea Issa, den er schon lange in seinem Dienst hatte und dem er sich sehr verbunden fühlte, vor allem seit dem Krieg. »Ich vertraue ihm blind. Aber in den Muthaiga kann ich ihn nicht mitnehmen. Er würde es auch nicht wollen.«

»Farah auch nicht. Das ist unser somalischer Hausdiener. Er ist der gute Geist unserer Farm.«

»Mein Freund Lord Delamere hat einmal gesagt, ein Haus ohne einen somalischen Diener sei wie ein Haus ohne Lampe.«

Sie lächelte. »Das gefällt mir.«

»Lassen Sie uns darauf anstoßen, Baronin. Auf die guten Geister!«

Viel mehr Worte konnte sie mit ihrem Tischnachbarn an diesem Abend nicht wechseln, weil Jessica ihn mit Beschlag belegte. Die letzten Teller waren schon abgeräumt, nur noch ein paar leere Gläser und volle Aschbecher waren geblieben, als sich die kleine Gruppe erhob und zu den Automobilen ging.

»Stellen Sie sich vor, Baronin«, sagte Jessica Belfield etwas nuschelnd und hängte sich schwer bei Tanne ein, »Mr Finch Hatton ist nicht nur Soldat, Jäger und Geschäftsmann, sondern auch ein Gelehrter.« Sie hielt sich die Hand vor den Mund und kicherte. »Er kann ganze Theaterstücke auswendig, hat mir mein Vater erzählt. Sonette oder so was … ist das nicht herrlich?« Sie stolperte, und Tanne musste sie festhalten, doch Jessica strebte ihrem Idol hinterher und rief:

»He, Finch Hatton, wie wäre es mit einer Kostprobe? Haben Sie nicht ein Gedicht für uns?«

Er reagierte nicht, aber Jessica blieb hartnäckig, ihr Vater war Gouverneur gewesen, und sie kannte es nicht anders, als dass man ihr gehorchte. »Ich habe noch nie jemanden getroffen, der Gedichte auswendig kann. Bitte, de… dekla… mieren Sie für uns … oder wie das heißt.«

Er lächelte.

»Ein andermal, Miss Belfield.«

»Warum lernen Sie denn das Zeug überhaupt auswendig, wenn Sie es nicht aufsagen, noch dazu, wenn man extra darum bittet? Huch!« Sie knickte um, und Tanne und Bror zogen sie gemeinsam wieder hoch.

»Wir bringen sie nach Hause«, flüsterte Bror Algy zu, der erfreut war, dieser Mühe enthoben zu sein. Bror schob Jessica sanft in Richtung seines Wagens und half ihr beim Einsteigen.

Tanne wandte sich an Finch Hatton. »Jessica hat mich

neugierig gemacht«, sagte sie und reichte ihm die Hand zum Abschied. »Was sind das für Gedichte, die Sie uns heute nicht vortragen?«

Er hielt ihre Hand fest, schaute sie mit einem ironischen Lächeln an und antwortete nicht. Tanne spürte, wie er ihre Hand drückte, und fühlte eine leichte Nervosität.

»Ich glaube, Sie wissen bereits, welche Art von Literatur ich liebe, Baronin«, sagte Finch Hatton, wandte sich ab und schlug den Weg zu seinem Cottage ein. Er drehte sich noch einmal um und hob kurz die Hand zum Gruß. »Gute Nacht ... Titania.«

Mit schnellen Schritten verschwand er in der Dunkelheit, und sie starrte ihm nach. Also war er es gewesen, mit dem sie die Verse am Thorntree ausgetauscht hatte? Hatte sie deshalb manchmal so lange auf eine Antwort warten müssen, weil er im Krieg gewesen war? Und hatte er, weil er wusste, dass sie sich heute treffen würden, vor Kurzem noch geschrieben:

Nun komm, Gemahlin! Hand in Hand gefügt,
Und dieser Schläfer Ruheplatz gewiegt!
Die Freundschaft zwischen uns ist nun erneut:
Wir tanzen morgen Mitternacht erfreut

Als sie ins Auto stieg, glaubte Tanne für einen kurzen Moment, ihr Herz müsse platzen.

Die Jagdgesellschaft fand sich ein paar Wochen später auf Mbogani ein, und Finch Hatton nahm daran teil. Er nannte Tanne vor allen anderen Tania. Bror und seine Freunde fanden das witzig, weil sie glaubten, Denys habe ihren Spitznamen nur ein bisschen abgewandelt. Nur sie wusste, dass es ein Code war, eine Referenz an die Elfenkönigin Titania aus dem *Sommernachtstraum*, den sie mit ihren Zetteln am Thorntree beschworen hatten. Dieses kleine Geheimnis sorgte für eine Vibration, ein Zittern, eine Vorahnung des Ausbruchs, von dem sie beide wussten, dass er nicht mehr aufzuhalten war. Keiner von ihnen bemühte sich darum, etwas zu forcieren. Als stünden sie Kilometer voneinander entfernt und hielten ein endlos langes Seil, das jeder auf seiner Seite langsam aufwickelte, wodurch sie sich Schritt für Schritt näher kamen. Sie hatten keine Eile, wussten nicht, wann sich das Seil spannen würde, und sie genossen diese Ungewissheit, die köstlich und erregend war.

Die Jagdgesellschaft kam verdreckt und staubig nach Mbogani zurück. Dort aßen und tranken sie alle bis tief in die Nacht. Denys Finch Hatton schlief im Gästezimmer, aber es gab keine Gelegenheit für ihn und Tanne, sich alleine zu unterhalten. Deshalb bot sie an, ihn am nächsten Morgen persönlich nach Nairobi zurückzufahren.

»Wir müssen uns heute verabschieden, Tania«, sagte er, als sie das Gelände des Clubs erreicht hatten und sie den Motor abstellte. »Ich reise morgen nach Kairo und beginne eine Ausbildung zum Piloten. Dann werde ich diese Welt von oben betrachten können. Sie glauben nicht, wie ich das herbeisehne.« Er nahm seine Tasche vom Rücksitz und schaute sie an. »Sobald ich Zeit habe, komme ich nach Nairobi, und wir sehen uns wieder. Auch das kann ich kaum erwarten.«

Sie spielte mit dem Schlüssel und sagte leise: »Passen Sie auf sich auf. Wir wollen nicht immer die besten Männer verlieren.«

Er nahm ihr den Autoschlüssel ab, legte ihn in die Ablage und hielt ihre Hände fest. »Man weiß nie, was passiert, zumal im Krieg. Deshalb habe ich eine Bitte an Sie.« Überrascht sah sie ihn an. »Wenn mir etwas zustößt, würden Sie dann für meinen Diener sorgen? Billea Issa wäre ganz allein und völlig mittellos. Ich habe noch kein Testament gemacht, deshalb kann ich ihm nichts hinterlassen, und momentan laufen meine Geschäfte auch eher schlecht. Aber wenn ich wüsste, dass Sie Billea Issa in Ihren Dienst nehmen, wäre ich ruhiger.«

Sie versprach es ihm, ohne lange nachzudenken. Er küsste ihre Hände, schien dann einen Moment zu überlegen, ob er sie in den Arm nehmen sollte, entschied sich dagegen und stieg aus.

Enttäuscht und bedrückt fuhr sie davon.

Erst am Abend, als sie in einem Brief an ihre Schwester Elle von der neuen Bekanntschaft in ihrem Leben berichtete, wurde ihr klar, dass Denys Finch Hatton ihr ein Pfand hinterlassen hatte. Es war kein Pfand im klassischen Sinn, aber er vertraute ihr seinen liebsten Menschen in Afrika an. Er verknüpfte sie beide für den Fall seines Todes miteinander. Das war keine Liebeserklärung, ganz sicher nicht, aber sie fand, es war ein Bekenntnis.

Das alles erzählte sie Elle nicht, stattdessen schrieb sie

ihr, sie sei gerade ihrem Ideal begegnet. Finch Hatton kennenzulernen, habe sich angefühlt, als hätte sie ein Hammer getroffen.

Auch in diesem Jahr wurde Ostafrika erneut von einer Dürre heimgesucht. Sie übertraf den Schrecken der letzten. Verzweifelt ging Tanne über die Farm und sah, wie vor ihren Augen alles Leben erstarb. Die Blätter der Bäume hingen staubig und braun herab, nur wenige Blumen überlebten die Trockenheit. Der Boden glühte, und jeder Schritt wirbelte Staub auf, der einem in den Mundwinkeln klebte. Das Gras vor dem Haus war verschwunden. Maultiere und Ochsen standen reglos im Schatten, unter ihrem Fell stachen die Knochen deutlich hervor. Die Hunde lagen unter der Veranda oder im Haus, sie hatten aufgehört, sich gegenseitig über die Farm zu jagen. Hühner, in deren Hälsen es vibrierte, fielen manchmal einfach tot um, gebrütet hatten sie schon lange nicht mehr. Die Natur verletzte ihre ureigenste Regel, die Sicherung von Leben durch Fortpflanzung. Zur Sprechstunde am Morgen kam niemand mehr, weil es zu viel Kraft kostete, hungernd und dürstend von der Hütte zum Farmhaus zu gehen, und es auch egal schien, ob Krankheiten behandelt wurden, solange es kaum noch etwas zu essen und zu trinken gab. Oft schreckte Tanne in der Nacht hoch und rannte auf die Veranda und von dort in den Garten. Sie streckte die Hände aus, wollte die ersten Tropfen auffangen, denn sie hatte es doch gehört, das Tropfen und das Rauschen des Wassers auf dem Dach. Aber sie hatte nur geträumt, fühlte sich belogen und an der Nase herumgeführt. Aus Verzweiflung konnte sie nicht einmal mehr weinen, sondern holte sich ein Glas Whiskey und setzte sich damit auf die Veranda, starrte in die Dunkelheit. Dort wartete sie mit grimmiger Miene auf die Schreie, das Wehklagen am Morgen, wenn wieder eine Mutter ein totes Kind zu betrauern hatte. Es starben ja vor allem Kinder, schwarze und weiße. Ohne Gras starben die Kühe, und es gab keine Milch. Die Kikuyu-Frauen standen manchmal wie geborstene Steinskulpturen am Rand der Farm und warteten auf ein Wunder. Tanne richtete in einem ihrer Ställe einen Ort für die Kinderspeisung ein. Dort ließ sie *posho*, Maisbrei, an die Kinder der Farm verteilen. Zuerst erschienen nur fünfzehn Mädchen und Jungen, zwei Tage später waren es schon hundertfünfundsiebzig Kinder. Doch kurz darauf ging ihr der Mais aus, und sie bekam keinen Nachschub. Wegen des Krieges konnte sie nicht in die USA oder nach Australien um Hilfe telegrafieren. Sie wandte sich an die britischen Siedler, um sie dazu zu bringen, gemeinsam mit ihr aktiv zu werden, aber sie fand keine Unterstützer. Tanne tobte vor Wut. Wenn die Briten schon kein Mitgefühl mit den Menschen hätten, schrieb sie ihrer Familie in Dänemark, sollten sie wenigstens zynisch genug sein, sich um ihre Arbeitskräfte zu sorgen.

Bald ging Tanne die Kraft aus. Sie wusste nicht mehr, was sie tun konnte, um den Menschen zu helfen. Der Anblick von Kindern, die bis auf die Knochen abgemagert waren, verfolgte sie. Als Bror den Auftrag erhielt, ein Gelände von achthundert Hektar am Lake Naivasha zu pflügen, ein Job, der Geld bringen würde und den er deshalb unbedingt annehmen wollte, beschlossen sie, gemeinsam zu fahren und ihrer Farm für ein paar Wochen den Rücken zu kehren. Sie schämte sich für den Gedanken, aber sie hoffte, sich am Ufer des Sees, den sie beide liebten, erholen zu können.

»Dusk bleibt hier«, sagte Bror und tätschelte Tannes Lieblingshund den Kopf. »Wir sind in Geschäften unterwegs, vergiss das nicht. Wenn wir in Naivasha und Nakuru fertig sind, bleiben wir noch ein paar Tage bei Lord Delamere auf der Farm, da können wir den Hund auch nicht brauchen.«

Bor und ihr Verwalter Erik von Huth fuhren im Zweisitzer voraus, Tanne folgte zwei Tage später mit dem Zug. Als Farah sie mit dem Maultiergespann an der Bahnstation von Nairobi zum Zug brachte, wollte sie sich von Dusk verabschieden. Doch dann nickte sie ihm spontan zu. Er verstand und sprang im letzten Moment hinter ihr ins Abteil.

»Das wird dem *Bwana* nicht gefallen«, gab Farah zu bedenken, aber Tanne lachte nur.

»Der *Bwana* mag manches nicht. Ich kann den Blick von Dusk einfach nicht ertragen, wenn ich ihn zurücklasse.«

Voller Vorfreude auf Naivasha, wo sie auf Hochzeitssafari gewesen waren, machte Tanne es sich im Abteil bequem. Dusk legte sich ihr wie ein Schatten zu den Füßen und bewies, wie vorbildlich er sich benehmen konnte. Tanne war sicher, der Hund wollte ihr damit sagen, sie werde es nicht bereuen, ihn mitgenommen zu haben.

An der Station Kikuyu, wo sich zwei Zuglinien kreuzten, mussten sie eine Stunde auf Reisende warten, die zusteigen wollten. Tanne öffnete die Abteiltür und ließ Dusk heraus, damit er sich bewegen und das Bein heben konnte. Sie selbst blieb in der Abteiltür stehen und genoss die kleine Brise, die ihr entgegenwehte, wenn sie auch den allgegenwärtigen roten Staub mitbrachte, der sich im Nacken sammelte und die Haut zerkratzte, so oft sie mit dem Taschentuch die Feuchtigkeit wegwischte. Müßig drehte sie den Kopf in Richtung der herannahenden Lokomotive, da sah sie voller Entsetzen Dusk mitten auf den Gleisen stehen und an irgendetwas schnüffeln. Ohne zu überlegen, sprang Tanne aus dem Abteil und rannte zu ihrem Hund. Während das laute Rattern des Zugs die erschreckten Rufe der Menschen um sie herum verschluckte, packte sie den Hund und schleuderte ihn fort von den Gleisen. Die Lok streifte sie, was sich anfühlte, als würde sie von einer Eisenwand abprallen. Dusk jaulte auf, aber er war unverletzt und sie selbst wunderbarerweise auch. Plötzlich waren sie umringt von Menschen, die glaubten, jemand habe sich vor den Zug geworfen. Mit zitternden Händen klopfte sich Tanne den Staub vom Kleid und kletterte mit wackeligen Knien wieder ins Abteil. Dusk baute sich neben ihr auf und setzte sich auf der restlichen Fahrt kein einziges Mal mehr auf die Hinterpfoten. Lord Delamere, der die Szene zufällig aus dem anderen Zug beobachtet hatte, erzählte in den nächsten Wochen jedem, den er traf, das sei die tapferste Rettung gewesen, die er je gesehen habe.

Als die Arbeit auf der Farm am Lake Naivasha erledigt war, fuhren Bror und Tanne mit Dusk im Auto weiter Richtung Nakuru, Erik von Huth begleitete sie auf dem Motorrad. Die Strecke war unwegsam, und ein paar Kilometer vor dem Ziel gab das Auto bei der Durchquerung eines ausgetrockneten Flussbetts den Geist auf.

»Wir nehmen das Motorrad, Tanne«, bestimmte Bror. »Von Huth kann mit Dusk das letzte Stück laufen, und wir schicken jemanden, der das Auto repariert.«

Tanne war nicht wohl bei der Sache, zumal der Hund sie ungläubig und verzweifelt anzuschauen schien. Während sie ihr Kopftuch unter dem Kinn knotete, schärfte sie dem Verwalter ein: »Passen Sie gut auf meinen Hund auf.« Sie drückte ihm die Leine in die Hand, und von Huth setzte sich in Bewegung, aber Tanne hielt ihn noch einmal zurück: »Versprechen Sie mir, dass Sie gut auf Dusk achten. Er ist das Beste, was ich auf der Welt habe.«

Von Huth lachte, und Bror schüttelte den Kopf: »Tanne, mach's nicht so dramatisch.«

Dusk warf ihr einen Blick zu, als wisse er genau, wie nah ihr dieser Moment ging.

Das Ehepaar Blixen verbrachte ein paar Tage auf Lord Delameres Equator Ranch bei Njoro und fuhr von dort wieder mit dem Zug nach Naivasha. Dort erreichte sie die Nachricht, von Huth habe den Hund verloren. Tanne war außer sich vor Sorge. Sie nahm den nächsten Zug zurück nach Nakuru, auch wenn das bedeutete, dass sie an diesem Tag sechzehn Stunden in der Eisenbahn saß. Sie stellte von Huth zur Rede, der noch im Hotel war und nichts unternommen hatte, um den Hund wiederzufinden.

»Es tut mir sehr leid, dass das passiert ist«, lautete sein einziger Kommentar.

Tanne fragte überall nach Dusk und erfuhr von zwei Somali, der Hund sei in der Nacht zu ihrem Lager gekommen, sie hätten ihn jedoch mit Steinen fortgejagt. Am nächsten Morgen habe er wieder dort gesessen und gejault. Tanne mietete sich ein Auto und raste durch die Nacht dorthin, wo die Somali Dusk zuletzt gesehen hatten, aber natürlich war er nicht mehr dort.

Drei Tage lang blieb sie in Nakuru und suchte Dusk überall, unterstützt von Farah, der ihr nachgereist war. Sogar einen Finderlohn setzte Tanne aus. Deprimiert fuhr sie schließlich nach Hause und versuchte sich einzureden, Dusk sei längst von einem Leoparden gefressen, so wie seine Gefährtin Dawn zwei Jahre zuvor. Farah blieb noch in der Gegend und erkundete sie mit einem Maultier. Als er am nächsten Tag allein auf Mbogani eintraf, erkannte Tanne an seinem Blick, dass er schlechte Nachrichten mitbrachte.

»Du hast ihn gefunden«, sagte sie heiser.

»Ja, *Memsahib*. Er lebte noch. Aber jetzt ist er dort, wo auch Dawn ist.«

Tanne griff nach dem Geländer der Veranda. Farah führte sie zu einem Sessel, und zum ersten Mal setzte er sich neben sie.

»Erzähl mir alles. Alles.«

Farah schaute auf seine Hände, seine Füße, zupfte an seinem Turban und sah ihr schließlich doch in die Augen.

»Er lag ein ganzes Stück von der Straße entfernt in den Hügeln, abgemagert und völlig erschöpft. In der Nähe entdeckte ich ein totes Zebrafohlen. Ich glaube, Dusk hat es gerissen, weil er hungrig war. Vielleicht hat die Mutter des Zebras ihn getreten, denn er konnte nur mit Mühe atmen. Als er mich sah, hat er mich begrüßt. Ganz leise. Dann musste er sehr lange husten und spuckte Blut. Die Milch, die ich für ihn mitgenommen hatte, konnte er nicht mehr trinken. Er schloss die Augen und starb.«

»Du hättest ihn nach Hause bringen müssen, Farah«, krächzte Tanne und biss sich auf die Lippen. »Zu mir.«

»Wie denn, *Memsahib*? Auf dem Maultier? Den großen, steifen Hund?«

Tanne legte den Kopf in die Hände.

»*Memsahib*, ich habe ihn unter einen Busch gelegt, damit er seine Ruhe findet. Seine Seele ist doch nicht mehr in diesem Körper, das sagst du doch selbst immer.«

Leise stand Farah auf und ließ sie allein.

Als der Regen endlich kam, schaute Tanne argwöhnisch aus dem Fenster. Sie glaubte, sie habe keine Kraft mehr, ihn zu begrüßen. Aber als sie ihre Leute im Regen singen hörte und sah, dass sie tanzten, hielt es sie nicht mehr im Haus, und sie gesellte sich zu ihnen. Sie fassten sich an den Händen und lachten sich an, redeten in ihren Muttersprachen aufeinander ein, und es störte niemanden, ob jemand verstand, was ein anderer sagte oder nicht. Der Himmel hatte sich geöffnet, und jetzt öffnete sich die Erde und ließ sich von dem Wasser durchdringen.

Nachdem die Hitze wochenlang eine lähmende Stille ausgebreitet hatte, kehrten plötzlich Farben und Geräusche zurück. Wer die Dürre überlebt hatte, fand seine Stimme wieder, um zu jubeln. Nur diejenigen, die ein Kind oder einen anderen geliebten Menschen verloren hatten, blieben stumm in ihren Hütten.

Fast über Nacht wuchs das Gras, und die flach auf den Beeten liegenden Blumen richteten sich auf wie Kinder nach dem Mittagsschlaf. Tanne konnte sich nicht sattsehen an den Nebelwolken, die von der feuchten Erde aufstiegen, von den herumspringenden Affen und dem ganzen Getier, das sich jetzt an ihrem Fluss sammelte. Es herrschte ein aufgeregtes, fröhliches Treiben wie auf einem Marktplatz, auf dem sich die Menschen gegenseitig erzählten, wie sie die Zeit des Mangels überstanden hatten.

Im Herbst erlitt Tanne einen Reitunfall. Ein Schakal sprang ihrem Maultier vor die Hufe, es bäumte sich auf und Tanne stürzte herab. Ihr Bein schlug auf einem Stein auf und färbte sich innerhalb weniger Stunden pechschwarz. Nach ein paar Tagen bildete sich eine Beule, groß wie ein Kinderkopf. Bror brachte seine Frau mit Fieber und Schüttelfrost nach Nairobi. Dr. Burkitt schnitt das Bein vom Knie bis zur Hüfte auf und verkündete stolz, er habe viel totes Fleisch entfernt, das Bein würde bald wie neu aussehen. Doch die Wunde heilte monatelang nicht, sondern brach immer wieder auf. Tanne lag noch im Bett, als sie die Spanische Grippe bekam. Bror wurde ebenfalls krank.

Als im November 1918 der Krieg endete, hatte Tanne sich gerade zum zweiten Mal mit der Grippe angesteckt. Einen Lichtblick gab es: Ihr Bruder Thomas, der in Frankreich für das kanadische Black-Watch-Regiment gekämpft hatte, wurde mit dem Victoria-Kreuz geehrt, der höchsten militärischen Auszeichnung des British Empire. Jetzt überschüttete die feine Gesellschaft von Nairobi das Ehepaar Blixen mit Einladungen, jeder wollte seine Gästeliste mit den Verwandten des berühmten Soldaten schmücken. Bei den jährlichen Pferderennen, der Race Week in Nairobi, saß Tanne neben dem neuen Gouverneur Major Sir Edward Northey.

Anfang 1919 standen ihnen alle Türen offen. Tanne freute sich, wieder unter Menschen zu kommen, aber ihr Zustand war weiterhin fragil, das Bein noch nicht endgültig verheilt. Sie war extrem dünn und gewöhnte sich an, geringe Mengen von Arsenik einzunehmen, um sich besser zu fühlen und ihre Lebensgeister zu stimulieren.

Kurz darauf kam Denys Finch Hatton aus Kairo zurück. Er hatte die Pilotenausbildung abgebrochen, weil man einen Herzfehler bei ihm diagnostiziert hatte. Nun musste er sich dringend um seine Geschäfte kümmern, die Rinderpest hatte seine Farm heimgesucht, und seine Läden liefen schlecht. Deshalb plante er eine längere Reise nach England, um neues Geld aufzutreiben. Vorher wollte er Tanne wiedersehen. Im Muthaiga Club erzählte ihm jemand, Bror sei im Begriff, auf Safari zu gehen, und so entschied Denys, Brors Abreise abzuwarten, bevor er Tanne einen Besuch abstattete.

An dem Tag, als Bror die Farm mit Farah und einem Tross von Leuten verlassen hatte, ging Tanne früh zu

Bett, um sich auszuruhen. Plötzlich hörte sie einen Schuss. Sie wusste, dass ihr Verwalter Thaxton die Angewohnheit hatte, zu dieser Uhrzeit auf seiner Veranda zu sitzen und Raubvögel zu schießen, die sich über seine Hühner hermachen wollten. Daher dachte sie sich nichts bei dem Geräusch und war überrascht, als sie ein paar Minuten später plötzlich Schreie hörte. Thaxton hämmerte verzweifelt an ihre Tür und brüllte, sie müsse sofort kommen, zwei seiner Totos seien schwer verletzt.

Tanne sprang aus dem Bett, warf sich schnell eine Jacke über und hastete zur Tür. Dort stand der Verwalter mit aschfahlem Gesicht und zog sie mit sich. Auf dem Weg zu seinem Haus erzählte er ihr keuchend, was passiert war.

Üblicherweise schloss er die Schrotflinte nachts weg oder nahm die Munition heraus, wenn er zu Bett ging, aber an diesem Abend hatte er es vergessen. Und so kam es, dass sein Küchenjunge sich die Waffe geholt und stolz seinen Freunden gezeigt hatte. Nur zum Spaß hatte er auf die anderen gezielt, sie ein bisschen gejagt und schließlich abgedrückt. Fünf Jungen hatte er getroffen, drei von ihnen waren leicht verletzt und in Panik fortgerannt, aber zwei lagen jetzt wie tot auf dem Küchenboden. Maturri war in den Bauch getroffen worden, Wanjangiri ins Gesicht.

Thaxton hielt die Lampe, als sie die beiden in einer großen Blutlache fanden. Maturri war bewusstlos, aber Wanjangiri stöhnte und wimmerte vor Schmerzen. Tanne kniete sich neben ihn und tastete vorsichtig nach seinem Kopf, um zu sehen, woher die Blutung kam. Voller Entsetzen merkte sie, dass ihre Hände ins Leere griffen, weil dem Kind der Unterkiefer weggeschossen worden war.

Sie zerrte das Tischtuch vom Küchentisch herunter, wies Thaxton an, Verbandzeug zu holen, und versuchte, die Blutung zu stillen. Wanjangiris Weinen kam stoßweise und gurgelnd, und sie bemühte sich, ihn zu beruhigen. »Schschsch, mein Kleiner, nicht sprechen, ich bin ja da. Wir bringen dich zu einem richtigen Doktor ins Krankenhaus, der macht dich gesund.«

Notdürftig wickelte sie ein paar Mullbinden um seinen Kopf, rannte zu ihrem Haus zurück, weckte Kamante und holte das Auto. Zusammen mit Thaxton trugen sie die beiden Jungen in den Wagen und kümmerten sich darum, sie so sicher und bequem wie möglich zu betten. Tanne setzte sich ans Steuer und betete bei jeder Unebenheit, die den Wagen über die Straße hüpfen ließ, dass sie die Fahrt überlebten. Als sie sich über die Augen wischte, roch sie das Blut der Kinder an ihren Händen. Kamante murmelte etwas, das sie nicht verstand, aber sie glaubte, er würde beten.

Als sie alle das Krankenhaus erreichten, war Maturri tot, Wanjangiri aber lebte noch.

Der Arzt schickte sie fort, er könne jetzt niemanden gebrauchen, der im Weg herumstand. Mit einem unguten Gefühl fuhren Tanne, Thaxton und Kamante zur Polizeistation, um ihre Aussagen zu Protokoll zu geben. Auch wenn klar war, dass es sich um einen Unfall handelte, nahmen die Beamten den Vorgang sehr ernst. Thaxton, der mit seinem eigenen Wagen gefahren war, musste noch bleiben, und so fanden sich Tanne und Kamante nachts um drei Uhr allein in ihrem Automobil wieder. Tanne nahm die Straße zum Muthaiga und hielt vor dem Kücheneingang des Clubs. »Hol mir bitte eine Flasche Whiskey. Sie sollen sie auf Brors Rechnung setzen. Bitte, Kamante. Ich werde sonst keinen Moment schlafen können.«

»Warum gehst du nicht selbst *Msabu*?«, fragte er.

Sie hielt ihm ihre dunkelroten Hände entgegen. »Weil ich den Club nicht so betreten kann.«

Kamante nickte, stieg aus und klopfte an die Küchentür. Er wurde eingelassen, und sie hörte sogleich laute Stimmen. Erschöpft lehnte sie den Kopf gegen den Lenker. Alles im Wagen roch nach Blut. Sie hätte gerne geweint, aber ihre Kiefer pressten sich wie im Krampf aufeinander. Was für ein sinnloser Tod für den kleinen, fröhlichen Maturri. Wie sollte sie es morgen seinen Eltern sagen?

Sie suchte im Handschuhfach nach einer Zigarette, fand ein Päckchen und zündete sich eine an. Im Aufflackern des Streichholzes musterte sie kurz ihre Hand, die braunroten Flecken und die schwarzen Ränder unter den Nägeln.

Es schien eine Ewigkeit zu dauern, bis Kamante zurückkam, aber endlich näherte sich jemand ihrem Auto, wenn auch aus einer anderen Richtung. Sie erkannte, dass es nicht ihr Koch war, der neben dem Wagen stehen blieb, sondern Denys. Sie war verwirrt. Wieso war er hier und nicht in Kairo? Oder bildete sie es sich nur ein, dass er dort stand? Ihre Beherrschung geriet ins Wanken.

Denys öffnete die Wagentür und zog sie in seine Arme.

Sie wollte ihn wegschieben, weil sie wusste, wie dreckig sie war, überall klebte Blut, an ihren Händen und Armen, im Gesicht, auf der Bluse und der Hose.

Aber Denys hielt sie fest, drückte sie an sich, und schließlich löste sich der Knoten in ihrer Brust, die verkrampften Kiefer entspannten sich, begannen zu zittern, und Tränen tropften auf sein Hemd.

»Maturri ist tot.«

»Ich weiß«, flüsterte er.

»Und Wanjangiri hat nur noch ein halbes Gesicht …« Sie wurde von einem tiefen Schluchzen geschüttelt.

»Ja, aber er lebt.«

»Sie haben die Schrotflinte in die Finger bekommen. Es sind Kinder.«

Sie presste die Hände auf ihren Mund, um nicht herauszuschreien. Aber Denys zog ihr die Hände weg, und jetzt musste sie wirklich schreien, und er ließ es zu.

Wieder schüttelte es sie, sie drehte sich zum Wagen, beugte sich nach vorne und presste die Hände auf die Augen.

Denys umfasste ihren Rücken und strich ihr übers Haar, richtete sie auf, zog sie wieder zu sich und reichte ihr ein Taschentuch. Während sie sich die Nase putzte und die Augen trocknete, dachte sie, dass er wahrscheinlich der einzige Mann in Ostafrika ist, dessen Taschentücher duften. Er nahm ihre Hand und führte sie um das Haus herum in den Park. Kurz lauschte er in die Stille, es war nicht selten, dass sich das Wild bis hierher wagte, dann führte er sie zu seinem Cottage. Er murmelte Billea Issa etwas zu, der in der Dunkelheit verschwand.

Denys schob Tanne ins Zimmer und drückte sie auf einen Stuhl. Im Licht einer flackernden Petroleumlampe erkannte sie einen einfachen Wohn- und Schlafraum. Denys verschwand und kam mit einer Wasserschüssel und einem Handtuch zurück. Er sah sie an und strich ihr die Haare aus dem Gesicht.

»Wieso bist du überhaupt hier?«, fragte sie, als er das Handtuch in die Schüssel tauchte und ihr damit über das Gesicht fuhr.

Er hielt kurz inne und tupfte vorsichtig über ihre Augen, die sie dankbar schloss, dann wusch er ihre Schläfen, Wangen und die Lippen.

»Ich hab die Ausbildung abgebrochen und fahre nach England. Aber zuerst wollte ich dich sehen.«

Sanft wischte er ihr das Blut von den Händen und achtete darauf, auch die Haut zwischen ihren Fingern zu säubern. Mit einem Messer reinigte er ihre Nägel. Sie musste immer wieder weinen, aber langsam beruhigte sie sich unter den gleichmäßigen Bewegungen seiner Hand.

Als er ihren Hals gesäubert hatte, öffnete er einen Knopf ihrer Bluse, um auch dort mit dem Handtuch die letzten Blutspuren wegzutupfen. Unschlüssig hielt er inne und schaute sie an.

»Was machen wir jetzt?«, fragte er. »Ich habe mir das eigentlich anders vorgestellt.«

»Ich auch«, sagte Tanne. Dann zog sie sich die Bluse über den Kopf.

Sie wollte es eigentlich nicht sagen. Nicht jetzt, nicht in dieser ersten gemeinsamen Nacht. Nicht, nachdem sie sich geliebt hatten, zart und fest, weinend und lachend, stumm und beredt zugleich. Aber es brach einfach aus ihr heraus.

»Ich hatte Syphilis.«

Er setzte sich auf, ungläubig und verwirrt. »Wie um alles in der Welt ...?« Dann las er in ihren Augen und verzog das Gesicht. »Natürlich. Bror.«

Er nahm sie in die Arme. Ein paar Minuten später fragte er: »Bist du sicher, dass es Syphilis war?«

Sie zuckte mit den Schulten. »Burkitt glaubte es. Und die Ärzte in Paris und Kopenhagen auch. Zuerst dachte ich, es sei Malaria. Aber offenbar war es das nicht.«

»Deshalb warst du so lange fort?«

»Woher weißt du das?«

»Das spricht sich rum. Und es hat einmal Ewigkeiten gedauert, bis du wieder geschrieben hast, Tania.«

Nach einer Weile fragte er: »Was haben sie dir gegeben, Quecksilber? Oder Salvarsan?«

Sie verzog den Mund. »Beides. Aber dann nur noch Salvarsan.«

»Es muss die Hölle gewesen sein.«

»War es.«

»Und jetzt? Hast du noch Symptome?«

»Nein. Alle Tests mit gutem Ergebnis bestanden. Der Spuk ist vorbei. Eine Empfindlichkeit im Magen ist geblieben. Das kommt wohl vom Quecksilber.«

»Das wird wahrscheinlich bleiben.«

»Ich weiß.«

Er küsste ihre Hand, die zarte Seite ihres Unterarms, die Innenseite des Ellbogens, den Oberarm und bohrte sein Gesicht in die Kuhle am Schlüsselbein.

»Ich wollte dich etwas fragen, Tania«, murmelte er.

»Frag!«

»Ich möchte mit dir in die Masai Mara fahren. Mit dir allein.«

Sie nahm sein Gesicht in die Hände und strahlte ihn an. »Wirklich? Wann?«

»Eigentlich wollte ich ja zuerst nach England, aber nach der heutigen Nacht denke ich … wir sollten es jetzt tun. Und deshalb also: Muss ich Bror um Erlaubnis fragen?«

Sie lachte auf.

Er bettete sie sanft auf den Rücken und betrachtete sie mit genießerischer Vorfreude.

»Muss ich?«

»Bror ist unterwegs.«

»Weiß ich. Aber was würde er dazu sagen?«

»Gar nichts. Wir haben eine Abmachung. Jeder darf machen, was er will.«

Er atmete erleichtert auf. »Eine moderne Ehe. Das gefällt mir. Dann lass uns in ein paar Tagen aufbrechen. Ich will mit dir allein sein.«

Tanne erwachte bei Sonnenaufgang vom Schrei eines kleinen Tiers, das sich im Todeskampf wand. Zuerst klang es schrill und gequält, dann verzagt und trostlos, schließlich wurden die Schreie leiser und verstummten zuletzt ganz. Solche Töne gehörten zu den Nächten der Wildnis wie das Zirpen der Heupferde, das entfernte Gebrüll der Löwen, das Trappeln von kleinen Hufen, die panisch durch das Gras rasen.

Die Zeltplane färbte sich sanft im rötlichen Schimmer der Morgendämmerung, und Tanne stand sofort auf. Leise glitt sie in die Stiefel und streifte den Morgenrock über. Sie öffnete die Knebel am Zelteingang und trat vorsichtig nach draußen. Niemand nahm von ihr Notiz. Billea Issa war dabei, das Feuer zu schüren und Frühstück vorzubereiten. Tanne huschte schnell hinter eine Baumgruppe. Von dort ging sie durch tiefes Gras zum Bach hinab, der hier eine breite Ausbuchtung mit einem sandigen Ufer hatte, weshalb sie ihr Lager gestern oberhalb dieser schönen Senke aufgeschlagen hatten.

Es war gefährlich, allein und in der Dämmerung zum Wasser zu gehen. Niemand konnte vorhersagen, wer diesen Platz für sich beanspruchte. Tanne wusste das, und als sie eine Bewegung in den Blättern der Büsche am Ufer wahrnahm, blieb sie stehen. Sie sollte nicht hier sein, nicht allein und nicht um diese Zeit. Aber das Gesicht der afrikanischen Wildnis am Morgen, wenn der Tag anbrach und die Gräser noch feucht und die Geräusche klar waren, die Luft frisch, und nicht sumpfig, übte einen unwiderstehlichen Reiz aus. Als sie eine kleine, harmlose Schlange unter einem Busch verschwinden sah, war sie froh, nicht barfuß zu sein. Das würde sie auch niemals mehr machen, Bror hatte es ihr eingeschärft. »Egal, wie warm es ist, wie dreckig und verschwitzt du dich fühlst, geh nie, nie, nie barfuß.« Sie konnte auf Schlangen treffen, Skorpione, Spinnen, Sandflöhe. Dieses Land hielt ein ganzes Arsenal an unangenehmen Bodenbewohnern für Menschen und Tiere bereit.

Sie erreichte den Bach, der sich hier fast zu einem

kleinen Teich verbreiterte, was das Fließen des Wassers verlangsamte. Der Busch am Ufer hing voller trockener Grasbüschel, woran sie erkannte, dass der Bach in der Regenzeit zu einem reißenden Fluss anschwoll. Auf der glatten Oberfläche breitete sich ein blinkender Teppich aus. Tausende kleine schwarze Punkte, Wassermücken und andere winzige Insekten, die leicht genug waren, um über die glatte Fläche zu laufen, lagen wie kleine Tupfen darauf.

Tanne fragte sich, ob sie es nicht doch wagen sollte, kurz ins Wasser zu steigen. Sie wollte ja nicht schwimmen, es war auch nicht tief genug dafür. Sie fühlte sich so lebendig, erhitzt und hungrig, als müsse sie ein Feuer in sich abkühlen.

Gestern waren sie am späten Nachmittag hier angekommen und waren noch zu einer kleinen Jagd in der Dämmerung aufgebrochen, nur sie, Denys und Billea Issa. Denys hatte nicht viele Leute mitnehmen wollen. Neben seinem persönlichen Diener wurden sie nur noch von vier weiteren jungen Männern begleitet.

Er hatte eine Antilope für das Abendessen geschossen, und gemeinsam hatten sie eine Familie von Warzenschweinen beobachtet, die lustig anzusehen gewesen war. Später hatten sie Eintopf mit Fleisch und Gemüse gegessen, Wein getrunken und über Shakespeares *Sommernachtstraum* geredet.

»Ich mag die Verquickung der verschiedenen Welten«, hatte Denys gesagt. »Die klare, rationale Welt der Athener und die triebhafte Welt der Nachtwesen durchdringen einander. So habe ich auch mein Leben immer empfunden. Wie verschiedene Räume eines großen Hauses, die nicht nebeneinanderliegen, sondern übereinander, ineinander verschachtelt.«

Tanne hatte genickt und hinzugefügt: »Mich erinnert die Geschichte an die beiden Familien, die in meinen Eltern zusammengefunden haben. Sie stecken beide in mir, aber sie funktionieren nach verschiedenen Gesetzen. Vernunft und Leidenschaft …«

Denys hatte über ihre Hand gestrichen und zitiert, was Zettel im Stück sagte: »Und doch, die Wahrheit zu sagen, halten Vernunft und Liebe heutzutage nicht viel Gemeinschaft«, und Tanne hatte mit Titania geantwortet: »Du bist so weise, wie du reizend bist.« Sie hatten gelacht, und er hatte Wein nachgeschenkt. Eine Weile war es so weitergegangen, sie hatten Sätze aufgesagt, die sie auswendig wussten, und die Lücken ihrer Erinnerung mit eigenen Erfindungen gefüllt. Es war spät, als sie ins Zelt gehuscht waren. Aber dann hatten sie kaum noch Geduld gehabt, sich gegenseitig die Kleidung auszuziehen, bevor sie sich ineinander krallten, um der afrikanischen Nacht ihre eigene Melodie hinzuzufügen.

Heute Morgen fühlte sich Tanne vor lauter Vorfreude auf den neuen Tag so stark, dass die Vorstellung, es könnte ihr etwas passieren, nicht wirklich in ihrem Kopf Platz fand. Warum sollte sie nicht inzwischen den gleichen Instinkt haben wie Bror oder Denys? Denen passierte ja auch nichts, wenn sie sich alleine in die Wildnis wagten.

Sie schaute sich um, das Licht wurde von Minute zu

Minute heller, alles war ruhig, und im Sandboden gab es keine verdächtigen Spuren zu entdecken. Trotzdem war ihr klar, dass sie sich täuschen konnte. Angestrengt suchte sie die Bäume ab, die am Ufersaum standen. *Cheetahs*, Geparden, saßen gerne erhöht und konnten problemlos mehrere Meter weit springen. Dann zerrten sie ihre Beute auf den Baum, wo sie sich meist in einer Astgabel verhakte, während sie aufgefressen wurde. Die Reste des Kadavers blieben dann in skurrilen Verrenkungen im Geäst hängen. Tanne erinnerte sich an ein gruseliges Impala-Skelett, dass ihr von einem Baum aus zugewinkt hatte. Sie stand darunter und sah zufällig hoch, entdeckte einen Schädel, der sie angrinste, daneben ein Bein mit Huf wie ein hochgereckter Arm. Bror hatte sich ausgeschüttet vor Lachen, aber sie war von diesem Bild lange verfolgt worden.

Dieses Fleckchen Erde scheint aber wie für ein herrliches Morgenbad gemacht, dachte sie. Und behauptete Bror nicht immer, die Natur sei kein Feind für diejenigen, die hart im Nehmen wären? Sie streifte den Morgenrock ab und schlüpfte aus den Stiefeln. Sollte sie den Pyjama einfach anbehalten und danach zum Trocknen aufhängen? Kurz blickte sie sich um, es war niemand zu sehen. Sie streifte die Jacke ab und hängte sie über einen Busch, dann watete sie vorsichtig ins Wasser. Nur bis zu den Waden, nahm sie sich vor. Kurz darauf dachte sie: Nur bis zu den Knien. Es war alles still. Die Welt hielt den Atem an. Wie so oft hatte sie in diesem Land das Gefühl, mit der Natur zu einer Einheit zu verschmelzen. Deshalb konnte ihr nichts passieren, weil sie jetzt ein Teil dieser Welt war, kein Eindringling mehr. Sie versuchte, sich nicht zu bewegen, bis das Wasser so sanft um ihre Beine floss, dass sie keine Wellen mehr verursachte.

Durfte sie einmal kurz eintauchen? Sie wagte es nicht. Stattdessen streckte sie die Hände nach unten und schöpfte Wasser über den Kopf, über den Hals und die Brüste. Es fühlte sich fantastisch an, ein Moment vollkommenen Glücks, nur sie und das Wasser, das um ihre Beine strömte.

Es war ein Schock, als sie plötzlich von zwei Händen nach hinten geschleudert wurde. Im selben Moment tauchte vor ihr aus dem Wasser ein riesiges Krokodil auf, sie erkannte seine bösen kleinen Augen, und jetzt öffnete sich das Maul mit den spitzesten Zähnen, die sie je gesehen hatte. Es wird mich verschlingen, dachte sie noch, als sie nach hinten stürzte, auf den Menschen, der sie mit sich zum Ufer riss. Es war Billea Issa, sie wusste es, ohne ihn zu sehen. Im selben Moment stürzte das Krokodil auf sie zu, sie hörte den Schuss, und das Krokodil flog nach hinten, kippte ins Wasser, der lange Schwanz peitschte im Todeskampf hoch durch die Luft und kratzte ihr im Fallen über die Wange. Die Hände ließen sie los, der junge Somali drehte sich unter ihr weg, lief zurück zu den Zelten, während Tanne sich keuchend aufrappelte und ihm folgte. Aber sie kam nicht weit, weil Denys sie festhielt. Er hatte das Gewehr noch in der Hand und griff mit der anderen nach ihrem Arm, schüttelte sie und brüllte sie an, ob sie völlig verrückt geworden sei. Er hob den Arm, und für einen Moment glaubte sie, er würde sie ohrfeigen, aber er ließ die Hand sofort wieder sinken, drehte sich um und stapfte wütend die Böschung hoch. Sie blickte zu dem toten Krokodil, das auf dem Rücken lag, halb im Wasser, halb am Ufer, und dessen kleine, kalte Augen sie anstarrten. Sie wagte nicht, ihre Stiefel und die Pyjamajacke zu holen, und rannte, die Hände über der Brust verschränkt, zu ihrem Zelt. Schwer atmend ließ sie sich auf die Matte fallen und schnappte nach Luft.

»Ich hätte Lust, nie wieder ein Wort mit dir zu sprechen.«

Denys stand vor ihrem Zelt, sein Schatten zeichnete sich riesig darauf ab. Er ging hin und her, schließlich blieb er stehen. »Tania! Wie kannst du so unfassbar dumm sein?«

Sie erhob sich und stellte sich vor die Zeltwand, dort, wo sein Schatten dunkel und riesig über ihr schwebte. Sie ballte die Fäuste vor Wut über sich selbst, schluckte und sagte: »Es tut mir leid. Das war nicht sehr klug von mir.«

»Nicht sehr klug?«, bellte er. »Völlig übergeschnappt war das. Wer hat dir gesagt, du dürftest allein in einen unbekannten Bach steigen, noch dazu in der Dämmerung? War das Bror? Das glaube ich nicht.«

»Nein, er war das nicht. Niemand hat mir das gesagt. Es war nur so … ich konnte nicht widerstehen.«

»Ach ja? Es gibt schönere Arten zu sterben. Ein Krokodil interessiert sich nicht dafür, ob du tot bist, wenn es dich frisst, es fängt irgendwo an, Hand, Füße, Kopf. Hast du mal gesehen, wie es einen Menschen in die Tiefe zieht? Ich nämlich schon.«

Sie schüttelte den Kopf, ohne dass er es sehen konnte.

Dann merkte sie, dass ihr übel wurde. Sie knickte ein und wollte sich abstützen, aber das Zelt bot keinen Halt, und sie rutschte wimmernd auf den Boden. Die Bilder, die Denys heraufbeschworen hatte, würgten sie in der Kehle.

»Verzeih, aber ich muss das so sagen, damit du es dir merkst. Ich hatte eine Scheißangst um dich.«

»Ich weiß«, flüsterte sie.

»Zieh dich an und komm zum Frühstück. Wir fahren los und vergessen das.«

»Ich kann nicht«, bat sie heiser.

»Natürlich kannst du. Und bedank dich bei Billea Issa. Ohne ihn wärst du jetzt selbst ein Frühstück.«

Sie fuhren eine halbe Stunde schweigend durch die Savanne. Schließlich hielten sie auf einer Anhöhe, von der sie einen grandiosen Blick hatten, und setzten sich nebeneinander auf die Kühlerhaube. Vor ihnen rannte eine Gruppe Zebras in wildem Galopp den Hügel hinab, die Tiere kabbelten miteinander und bissen sich gegenseitig in die Mähne und den Schweif.

»Sie sind so fröhlich«, sagte Tanne trübe.

»Natürlich, sie haben ja auch wieder eine Nacht überlebt. Das ist immer ein Grund zur Freude.«

»Wer überleben will, muss schneller sein als seine Freunde«, sagte sie leise, »das habe ich gleich zu Anfang gelernt.«

»Richtig«, stimmte ihr Denys zu. »Oder er braucht Freunde, die auf ihn aufpassen.«

Sie betrachteten die Zebras, zu denen sich jetzt ein

paar Gnus gesellten, ohne dass die Tiere viel Notiz voneinander nahmen. Im hohen Gras entdeckten sie die Schwanzspitzen der Warzenschweine, die wie Antennen zu peilen schienen, ob die Luft rein war. Denys legte ihr seine Hand in den Nacken, und sie genoss die Wärme, die durch ihren Körper strömte. Er schaute sie nicht an, als er sagte: »Was hätte ich machen sollen, wenn es dich erwischt hätte? Hast du mal darüber nachgedacht?«

Sie schüttelte den Kopf und sagte nichts.

Schweigend fuhren sie weiter, und nur langsam wich die Beklommenheit von ihnen. Sie entdeckten eine Löwin mit einem tapsigen Jungen, die langsam durch das Gras strichen. Beide sahen dürr aus und japsten in der Wärme.

»Sie wird es schwer haben, ihr Kind aufzuziehen«, sagte Denys. »Sie muss ganz allein jagen und scheint nicht mehr viel Kraft zu haben.«

»Was ist mit ihrem Rudel?«

»Das Rudel nimmt Mütter mit Jungtieren nicht mit. Außerdem bedient sich beim Rudel immer zuerst der männliche Anführer, und alle anderen fressen dem Rang nach, was übrig bleibt. Für die Kinderstube bleibt da nichts.«

»Das ist nicht gut eingerichtet«, meinte Tanne.

»Bei den Leoparden ist es genau umgekehrt. Da dürfen zuerst die Jungen fressen, und der männliche Rudelführer ist als Letzter dran. Also, die *Lioness* sollte aufpassen, dass sie kein Junges bekommt, sonst bleibt sie allein.«

Tanne drehte sich blitzschnell zu ihm um, aber Denys war dabei, sein Fernglas einzupacken. Er schien sich bei der Bemerkung nichts Besonderes gedacht zu haben.

Abends saßen sie viele Stunden vor dem Zelt, aßen, tranken Wein und redeten. Denys besaß ein profundes Wissen über Literatur, auch wenn er in Oxford kein besonders gutes Examen gemacht hatte, wie er selbst zugab.

Musik und Kunst gehörten auch zu seinen Leidenschaften, und es wurde Tanne nie langweilig, ihm zuzuhören. Sie bedauerte jetzt, dass sie während ihres dreimonatigen Aufenthalts in Paris 1910 verpasst hatte, Ausstellungen der Künstler zu besuchen, von denen Denys ihr jetzt erzählte, Matisse und Picasso.

»Wieso lebst du überhaupt hier in B.E.A.?«, fragte sie ihn.

Er drehte das Glas in seinen Händen und zuckte mit dem jungenhaften Lächeln, das sie inzwischen so mochte, die Achseln. »Ich wollte etwas wagen«, sagte er dann und schaute zu Boden, als schäme er sich für diesen Satz. »Als zweitältester Sohn werde ich weder den Titel noch das Landgut erben, also musste ich mir eine andere Beschäftigung suchen. Und ein bürgerlicher Beruf, nein, das ist nichts für mich. Als mir ein Schulfreund von Afrika vorschwärmte, wollte ich dieses gelobte Land sehen und trat die Reise in den Süden an. Ich fuhr zuerst durch Südafrika. Das gefiel mir durchaus, aber es war für meinen Geschmack schon zu zivilisiert. Also segelte ich an der ostafrikanischen Küste entlang bis nach Mombasa und bestieg den *Lunatic Train* Richtung Nairobi. Während der Fahrt verliebte ich mich unrettbar in dieses Land. Im Norfolk Hotel stieß ich dann schnell auf ein paar sehr liebenswerte Siedler, wir wurden Freunde, man bot mir eine Farm zum Kauf an, und seitdem bin ich hier. Ich will auch nicht mehr weg. Du etwa?« Er küsste sie.

»Nein. Aber was ist mit deiner Familie? Vermisst du sie nicht? Oder hast du irgendwo Frau und Kind?« Ihre letzte Frage klang arglos und schelmisch, was sie viel Kraft kostete.

»Nein. Ich bin Einzelgänger, und das will ich bleiben. Ich will jederzeit alles in eine Reisetasche werfen und abhauen können. Ich sag's dir gleich, wie es ist, Tania. Aber heute … heute bin ich hier. Und möchte nirgendwo anders sein.«

Er griff nach ihrer Hand und rezitierte:

Blume mit dem Purpurschein
Die Cupidos Pfeile weihn,
Senk dich in sein Aug hinein;

Er hob sie hoch und trug sie zum Zelt. Während er sie auszog, fuhr er flüsternd fort:

Wenn er sieht sein Liebchen fein,
Daß sie glorreich ihm erschein
Wie Cyther im Sternenreihn.

Als sie sich nach zwei Wochen auf den Rückweg nach Nairobi machten, ließen sie die Masai Mara mit Bedauern hinter sich. »Dies alles wird zerstört werden, wenn wir nicht aufpassen«, sagte Denys.

Sie stimmte ihm zu: »Die Einheimischen sollten ihr

Land selbst bewirtschaften, regieren, verteidigen. Zuallererst brauchen sie dafür Bildung. Ich will auf meiner Farm eine Schule bauen.«

»Dafür hast du wahrscheinlich wenig Mitstreiter gefunden.«

»Der Gouverneur hält es für eine Schnapsidee. Aber er denkt auch, ich dürfe auf meinem Land machen, was ich will, und legt mir keine Steine in den Weg. Er nicht.«

»Wer dann?«

»Kinanjui. Er ist dagegen. Ich gebe aber nicht auf.«

»Nein, du bist keine, die aufgibt.« Denys griff mit der Linken nach ihrer Hand und küsste sie. »Du weißt, dass ich in ein paar Tagen nach England muss?« Sie nickte. »Wie lange ich bleibe, kann ich nicht sagen, aber wir werden uns wiedersehen.«

Denys hielt es für klüger, Tanne nicht selbst auf der Farm abzusetzen, sondern diese Aufgabe Billea Issa zu überlassen. Bror saß auf der Veranda, als sie ankam, und hatte offenbar seit Stunden getrunken. Sie begrüßte ihn nur kurz, wusch sich und zog sich um, bevor sie ihm unter die Augen trat. Bror war blass und reagierte zunächst nicht auf ihre Frage, was los sei. Endlich raffte er sich auf und holte einen Brief aus seiner Hosentasche, den er auf den Tisch warf.

»Dein Onkel und der ganze Vorstand der Karen Coffee Company wollen mich entlassen.«

Sie griff nach dem Papier. »Was? Aber warum …« Sie überflog den Brief, las die harten, vernichtenden Worte wie »großer Vertrauensverlust« oder »nicht mehr hinnehmbar« oder »Fass ohne Boden«.

Bror beugte sich vor. »Es ist vorbei, Tanne. Ich habe alles falsch gemacht. Ich werde der Company meinen Rücktritt anbieten. Sie wollen mich ja schon längst loswerden. Ich bin einfach kein Farmer. Und wenn du willst, werde ich auch in eine Scheidung einwilligen.«

Dieses Angebot kam sehr überraschend, und sie dachte blitzschnell nach. Eine Scheidung würde sie frei machen von Bror. Frei für Denys. Aber was sollte sie mit dieser Freiheit anfangen? Denys würde sie nicht heiraten, zumindest jetzt noch nicht. Es hatte doch gerade erst zwischen ihnen begonnen, und niemand wusste, was daraus einmal werden konnte. Nur: Wovon sollte sie als geschiedene Baronin Brixen leben? Sie hatte kein Einkommen, also müsste sie das Land verlassen und nach Dänemark zurückgehen. Aber sie wollte auf keinen Fall fort von Mbogani. Die Farm, das war doch jetzt ihre Familie. Farah und Abdullahi und Kamante und all die anderen, sie gehörten zu ihrem Leben. Aber konnte sie denn die Farm überhaupt alleine führen?

»Was willst du nun tun, Tanne?«

Sie entschied sich für den sicheren Weg: »Lass uns zusammenbleiben, Bror. Als Freunde. Wir stehen das gemeinsam durch und kämpfen um die Farm. Wirklich, ich möchte mit dir verheiratet bleiben.« Dass sie sich damit auch den Weg zu Denys offenhalten wollte, sagte sie ihm nicht. Vielleicht wusste er es auch so.

Dankbar griff er nach ihrer Hand. »Vielleicht könntest du wieder schreiben, Tanne? Oder malen? Du hast so viel mehr Talente als ich. Du bist eine großartige

Frau. Schön und stark, und ich habe dich gar nicht verdient …«

Selten war Bror so demütig gewesen. Aber es dauerte nur einen Moment.

»Ich werde dir nicht im Weg stehen, was immer du auch vorhast, Tanne, das verspreche ich dir. Wir sollten uns beide frei fühlen.«

Sie nickte nur. Da war er wieder, der alte Bror.

Scheherazade

Anfang 1919 fragte unser Nachbar Johnnie van de Weyer, ob wir ihm Mbogani überlassen würden. Er wollte die Farm pachten und zusätzlich zu seiner eigenen bewirtschaften. Bror und ich konnten es nicht fassen. Auf einen Schlag wären alle unsere Probleme gelöst, war unser erster Gedanke. Wir könnten die Verantwortung für die Farm in kompetente Hände abgeben, und die Karen Coffee Company bekäme dafür auch noch Geld. Van de Weyer glaubte, in Mbogani stecke großes Potenzial, und er war sicher, gute Gewinne einfahren zu können. Als der Vorstand der KCC von dem Angebot erfuhr, war er sofort einverstanden. Für ihn bot sich auf diese Weise die Chance, Bror als Direktor der Farm auf elegante Weise loszuwerden. Als wir den Vertrag mit van de Weyer unterschrieben hatten, standen Bror und ich plötzlich ohne eine Aufgabe da. Wir hätten uns jetzt um unsere Zukunft kümmern können oder auch um unsere Ehe. Aber wir hatten andere Pläne. Wir wollten nach Europa reisen und uns endlich wieder etwas gönnen.«

Karen Blixen schaut von ihrer Zigarette hoch, und als sie Ruths hochgezogene Augenbrauen sieht, fragt sie: »Was?«

Ruth setzt eine unschuldige Miene auf. »Nichts.«

»Doch! Sie haben ein Gesicht gemacht, als würden Sie denken, das sei eine verrückte Idee gewesen.«

»Also, Baronin, nein, das ist doch gar nicht meine Angelegenheit«, stammelt Ruth. »Es ist nur …«

»Was? Raus damit!«

Ruth windet sich ein wenig und lächelt entschuldigend. »Es kommt mir … nun ja … ein bisschen so vor wie ein Muster. Dieses … dieses Verdrängen der Probleme, meine ich. Oder sehe ich das falsch?«

Die Baronin lacht. »Soso, Psychologin sind Sie auch noch! Natürlich ist es ein Muster. Wir haben von uns weggeschoben, was uns Angst bereitete. So ist das Leben. Oder besser: So sind Menschen. Wir waren gierig danach, es uns gut gehen zu lassen. Das Jahr davor hatte mich mit so viel Krankheit geschlagen, und die Aussicht auf Paris und London war einfach unwiderstehlich. Außerdem war Denys in England …«

Ruth muss wider Willen auch lachen. »Na dann: Wie war es?«

»Herrlich. Wir reisten wie immer erster Klasse. Unsere Schiffspassagen und die Rechnungen in Europa wurden immer von Rungstedlund bezahlt, von meiner gütigen Mutter. Wir nahmen Abdullahi mit, den jungen Somali, der uns als Hausboy diente. Er war zwölf und freute sich wie verrückt auf die Reise. Wir hatten also unseren kleinen hübschen Pagen dabei …«

Ruth steht abrupt auf. »Ich kann mir das nicht anhören, Baronin Blixen. Das ist einfach … entwürdigend. Dieser Junge, dieser Abdulla …«

»Abdullahi.«

»... war doch nicht Ihr Besitz.«

»Natürlich nicht. Er war eher ein Hausgeist. Er war einfach da. Immer zur Stelle.«

»Manche nennen das Sklaverei!«

»Unsinn. Das haben wir nie so gesehen. Und er auch nicht, übrigens. Meine Güte, Sklaverei! Was für ein großes Wort. Ich habe seine Mutter gefragt, ob er mit uns reisen dürfe. Sie hat sich für ihn über diese Chance gefreut. Abdullahi arbeitete für uns. Und er wurde dafür bezahlt. Wir haben ihn gut behandelt. Für mich war er wie ein ... ein Sohn oder ein Neffe. Ich hatte ihn wirklich sehr lieb.«

»So lieb, dass Sie ihn zur Schule geschickt haben, wie Sie es mit Ihrem Sohn gemacht hätten?«

»Sie werden vielleicht verwundert sein: Ich habe tatsächlich eine Schule auf Mbogani gegründet. Es war die erste in der Gegend, und sie war gut. Dass sie nicht lange existierte, lag nicht an mir.« Sie greift nach einer neuen Zigarette und schaut Ruth streng an. »Setzen Sie sich gefälligst wieder hin.«

Ruth sagt nichts, nimmt aber Platz.

»Hören Sie. Das alles war 1919, es ist also ziemlich genau vierzig Jahre her. Ich würde heute viele Dinge anders machen, sehr viele. Und wollen Sie wissen, was ich zuerst anders machen würde?«

»Sagen Sie es mir.«

»Ich würde einen Beruf erlernen. Irgendwas, mit dem ich unabhängig sein könnte, Geld verdienen und mich als wertvoller Teil einer Gesellschaft fühlen könnte.«

»Sie sind Schriftstellerin, Sie haben einen Beruf.«

»Das ist etwas anderes. Das wurde ich ja erst, als ich alles verloren hatte. Da hatte ich keine andere Chance mehr, als mit dem Schreiben Geld zu verdienen. Was ich meine: Ich habe nie etwas wirklich Brauchbares gelernt, als ich jung war. Ich war überbehütet und ungebildet. Aber wir schweifen ab. Wie gesagt: Es war eine andere Zeit.«

Ruth tippt ungeduldig mit dem Stift auf ihren Block. »Und doch glaube ich, dass viele Menschen – auch im Jahr 1919 – die Dinge anders gemacht haben als Sie.«

»Wie recht Sie haben«, sagt Karen Blixen grimmig. »Die meisten Engländer haben ihre Diener regelmäßig geschlagen. Niemals hätten sie die Kinder ihrer Natives auf den Arm genommen und geherzt, wie ich es getan habe. Ich will mich damit nicht brüsten, ich habe diese Kinder wirklich lieb gehabt. Aber dafür wurde ich von anderen ausgelacht und verhöhnt. Jemand, der wie ich sagte, dass die Afrikaner meine Brüder seien, war der britischen Gesellschaft im Protektorat zuwider. Ein Freund von uns berichtete, er sei in Nairobi darauf angesprochen worden, dass ich, eine Dame von Stand und Kultur, ein ›kleines, dreckiges schwarzes Balg‹ in meinem Wagen mitgenommen hätte. Und was haben mich die Damen abblitzen lassen. Es lag nicht nur an der Tatsache, dass mein Mann Schwede war. Sie haben mich gehasst, weil ich anders war.«

Wütend drückt sie ihre Zigarette aus. Ruth beobachtet sie leicht verdattert. Es fällt ihr schwer, sich eine klare Meinung über ihre Gastgeberin zu bilden. Ihre Haltung scheint oft so widersprüchlich und inkonsequent zu sein, und dann wieder löst sie mit einem Satz alles wieder auf.

Schließlich spricht die Baronin weiter: »Aber wenn es Sie glücklich macht: Ja, andere Leute hätten Abdullahi nicht mit nach Europa genommen. Sie hätten es für falsch gehalten. Auch Denys hielt es für keine gute Idee. Doch Sie wollen wissen, wie mein Leben damals war. Es hat keinen Sinn, wenn ich alles auslasse, an dem Sie vielleicht Anstoß nehmen könnten. Und damit Sie es gleich erfahren: Wir haben Abdullahi eine schicke Jacke nähen lassen und einen Fez gekauft, wir haben ihn für die Reise richtiggehend ausstaffiert.«

»Wie eine Puppe?«, wirft Ruth sarkastisch ein.

»Nein, wie unseren Sohn, auf den wir stolz waren und dem wir eine neue Welt zeigen wollten. So war es. Ich kann es nicht mehr ändern.«

Sie trinkt einen Schluck Tee und hustet eine Weile.

»Können wir weitermachen?«

Als Ruth schweigend auf ihren Block schaut, fährt die Baronin fort: »In Paris gaben wir viel Geld aus, und dafür schäme ich mich viel mehr als für Abdullahis Anwesenheit, weil es das Geld anderer Leute war. Ich kaufte mir teure Kleider, Schuhe, Hüte. Auf der Farm lief ich ja nur noch in bequemen langen Röcken oder in Hosen herum, aber für die Partys wünschte ich mir eine exklusive Garderobe. Und auch wenn es mir gesundheitlich noch so dreckig ging, eines konnte mich immer aufheitern: die Aussicht auf einen neuen Hut.«

Sie schaut Ruth irritiert an. »Warum lachen Sie?«

Ruth zieht die Schultern hoch. »Ich weiß nicht. Es

ist irgendwie absurd. Sie hatten doch eigentlich riesige Probleme … Aber Sie haben sich über einen neuen Hut gefreut?«

»Richtig. Mein Bein wies eine lange, hässliche Narbe auf, die noch nicht gut verheilt war. Die Spanische Grippe hatte mich sehr geschwächt. Meine Ehe war kaputt, mein Geliebter hatte mir von Anfang an klargemacht, dass er frei sein wollte. Meine Farm war verpachtet und schlingerte von einer Krise in die nächste. Mein geliebter Hund war tot, und ich wusste zu diesem Zeitpunkt nicht einmal, ob ich je wieder nach Mbogani zurückkehren könnte. Also prassten Bror und ich und versuchten, unser Scheitern miteinander und aneinander zu vergessen. Von Paris reisten wir bald nach London. Bror und ich erwischten das letzte freie Zimmer im Carlton Hotel, und – bitte kriegen Sie jetzt keinen hysterischen Anfall – Abdullahi musste in der Badewanne schlafen.«

Ruth spielt zum ersten Mal mit dem Gedanken, sich ebenfalls eine Zigarette anzuzünden.

Es regnete in Strömen, als das Taxi vor dem Carlton hielt. Hoteldiener mit großen Schirmen eilten Tanne, Bror und Abdullahi entgegen, um sie trockenen Fußes unter das Vordach und von dort in die Lobby des gediegenen Hotels zu geleiten.

Während Abdullahi den Hotelpagen dabei zuschaute, wie sie das Gepäck ausluden und die Koffer ordentlich nebeneinanderstellten, warf Tanne ihre Pelzstola über einen Sessel und ließ sich erschöpft darauf niedersinken. Sie winkte einen Pagen heran, bestellte Cocktails für sich und Bror und einen Tee für Abdullahi, der neben ihr stehen geblieben war. Außerdem verlangte sie, dass man sofort nachschaue, ob Post für sie gekommen sei. In dem kleinen Stapel, den man ihr reichte, war ein Brief von ihrer Mutter, von ihrem Bruder Thomas – und von Denys. Sie riss das Kuvert ungeduldig auf.

Liebste Tania,
willkommen in Oberons Reich. Ich logiere im Conservative Club in der St. James's Street, nur ein paar Minuten von Deinem Hotel entfernt. Schick mir sofort eine Nachricht, wenn Du angekommen bist, Liebes. Am Wochenende fahre ich zu meiner Familie aufs Land, aber am Montag bin ich zurück.
Denys.

Die Ankunft von Baron und Baronin Blixen sprach sich schnell herum, und als sie ein paar Abende später vor dem Essen einen Drink an der Bar des nicht minder luxuriösen Savoy Hotels nahmen, hatten sich schon ein paar Bekannte eingefunden, und man schmiedete Pläne für die nächsten Wochen.

Auch Denys stieß zu ihnen, und Bror genoss es sichtlich, ihn laut zu begrüßen: »Hallo, mein Freund! Darf ich vorstellen, Denys Finch Hatton, der Liebhaber meiner Frau.«

Tanne wäre rot geworden, wenn sie ihr Gesicht nicht dick gepudert hätte, und Denys lächelte Bror mitleidig an. »Afrikanische Sitten, Blix«, raunte er ihm zu, als er an ihm vorbeiging. »Benimm dich nicht wie ein Bauer …«

Seit diesem Abend ging das Ehepaar Blixen in London verschiedene Wege. Tanne traf sich, so oft es ging, mit Denys, der ihr die Stadt zu Füßen legte. Sie fuhren mit der U-Bahn und spazierten durch Parks, sie besuchten Tearooms, Bars und Restaurants. Endlich öffneten auch die Theater wieder, die seit Beginn des Krieges geschlossen waren, und Denys überraschte Tanne mit Karten für *Hamlet*. Nach der Aufführung nahm er sie mit in die Kantine des Theaters, wo Tanne die Schauspieler aus der Nähe beobachtete und mit Denys über die Inszenierung diskutierte.

»Du beklagst dich, weil du keine Schule besuchen durftest«, sagte er und lächelte sie an. »Aber du hast trotzdem gelernt, ein Thema von allen Seiten zu betrachten und deine Meinung gut strukturiert zu äußern. Ich staune immer wieder darüber, wie viel du weißt. Mehr hättest du auf einer Schule auch nicht gelernt.«

Sie musterte verlegen die Tasse Tee auf dem Tisch. »Vielleicht hätte ich aber das Selbstbewusstsein, das eine gute Schule vermittelt. Du hast nie das Gefühl, zu wenig gelernt zu haben, oder?«

»Sicher nicht«, gab er zurück. »Warum auch? Niemand kann alles wissen, und es macht mir nichts aus, von anderen etwas zu lernen. Warum kannst du nicht gelassener sein, Tania? Du bist wundervoll so, wie du bist, mir fehlt absolut nichts an dir.«

Sie antwortete nicht. Er würde vielleicht nicht verstehen, dass ihn die Geburt in den englischen Adel und in eine Familie, die ihn über alles liebte, mit einem Schutzschild und einer Sicherheit versorgt hatte, die sie nie haben würde. Wie sollte sie ihm erklären, dass der Tod ihres Vaters für sie noch immer eine schmerzende Wunde war und sie in ihrem Herzen niemals die Ruhe und Selbstgenügsamkeit fühlen würde, die Denys empfand? Sie mochte an ihm, dass er nicht nur hochgebildet war und über Poesie, Musik und Kunst sprechen konnte, sondern seine Freude über den Genuss eines Musikstücks oder eines Kunstwerks mit ihr teilen wollte und sie in ihm einen Menschen fand, der ein ebenso reiches Innenleben besaß wie sie selbst.

Es war schön, neben ihm zu sitzen, und doch spürte sie, dass ihre Wirkung auf Denys in dieser Londoner Welt eine andere war als auf Mbogani. Er traf an jeder Ecke auf Bekannte, Freunde oder Verwandte, und obwohl seine Umgangsformen höflich und zuvorkommend waren, hatte sie das Gefühl, sie könne ihm hier nicht so nahe sein wie dort. Und weil sie das traurig machte, sagte sie es ihm.

»Du hast recht«, erwiderte er, als sie spät in der Nacht von seinem Zimmer im Club zum Hotel gingen. Sie nahmen einen Umweg durch die Whitehall Gardens und blickten auf das Glitzern der Themse im Mondlicht. »Ich bin mir selbst auch nicht nah in London. Das geht schon mit dieser Verkleidung los.« Er deutete auf seinen dunklen Anzug. »In meiner Safari-Kluft fühle ich mich wohler. Und du bist fern von Mbogani ebenso nicht dieselbe, stimmt's?«

Sie legte die Hände auf das Geländer und spürte die

Kühle des Metalls, die sie an die kleinen Brücken in Kopenhagen erinnerte.

»Als ich klein war, wollte ich immer in die Stadt«, sagte sie, ohne ihn anzusehen. »Weil ich glaubte, dort würden die Geschichten wohnen. Ich wollte ins Theater und in die Oper, ins Puppenspiel. Aber jetzt bin ich davon überzeugt, dass die Geschichten gar nicht hier in der Stadt wohnen. Sie wohnen im Feuer auf Mbogani, in den Affenbrotbäumen, im Regen, der den roten Sand dunkel färbt.«

»Nein, Tanne, die Geschichten wohnen genau hier.« Er zog sie zu sich heran und tippte mit dem Zeigefinger auf ihr Herz. »In dir. Und wo immer du bist, sind auch die Geschichten, die du erzählen willst.«

»Aber hier habe ich keine Lust dazu.«

»Das ist etwas anderes. Dann lass uns warten, bis wir auf deiner Veranda sitzen und auf die Ngong-Berge schauen.«

Denys nahm sie nie mit auf den Landsitz seiner Familie in Lincolnshire, was Tanne kränkte. Sie wollte ihn jedoch nicht bedrängen und hoffte, er werde irgendwann von sich aus vorschlagen, mit ihr aufs Land zu fahren, um sie seiner Familie vorzustellen. Am Wochenende ging sie deshalb mit Abdullahi ins Ballett oder in den Zoo, während Bror durch die Clubs zog.

Im November brachte Finch Hatton das Ehepaar Blixen und Abdullahi nach Newcastle upon Tyne, wo die drei ein Schiff nach Dänemark bestiegen.

»Vergesst nicht, wieder nach Hause zu kommen«, schärfte er ihnen ein, als sie am Hafen aus seinem Wagen stiegen.

Keiner von ihnen ahnte, dass sie sich erst zwei Jahre später wiedersehen würden.

In Rungstedlund spielten Tanne und Bror ein paar Tage lang das glückliche Paar und lenkten die Blicke der Familie auf Abdullahi, der zum ersten Mal Schnee und Eis kennenlernte. Tanne fand ein paar alte Schlittschuhe und brachte ihm bei, über den zugefrorenen See nahe ihres Hauses zu gleiten. Er hatte große Freude daran, obwohl er natürlich öfter ausrutschte und aufs Eis knallte. Aber er war hart im Nehmen, und bald jagte er gemeinsam mit den Kindern der Nachbarschaft rasant über die Eisfläche.

Nach einigen Tagen hatte er sich erkältet, und Tanne musste ihn ins Bett stecken. Sie stellte ihm einen großen Becher mit dampfendem Kräutertee neben sein Bett, legte ihm ein schweres Plumeau über die Brust, damit er schwitzte, und wickelte ihm einen langen Schal um den Hals. Abdullahi konnte kaum sprechen, war aber stolz auf seine vielen Erlebnisse und bat Tanne, ihm eines der Fotos zu schenken, das Bror von ihm gemacht hatte, damit er es seiner Mutter nach Hause schicken konnte.

Bror reiste bald nach Schweden ab, um seine Eltern zu besuchen, und Tanne saß abends mit ihrer Mutter, den Schwestern und Tante Bess allein vor dem Kamin im Salon. Lähmende Schwere legte sich auf sie, als sie die altbekannten Geräusche wahrnahm: das Klappern von Stricknadeln, das Umblättern von Seiten und das Abstellen einer Teetasse auf dem Holztisch. Warum können nicht wenigstens die Schwager abends da sein, dachte Tanne, damit sie etwas zu reden hätten.

»Warum hast du eigentlich keine Kinder, Tanne?«, fragte Ea.

»Ea, nicht doch«, versuchte Ingeborg Dinesen ihre älteste Tochter zu bremsen.

»Warum darf ich das nicht fragen, Mama? Warum müssen immer alle Rücksicht auf Tanne nehmen? Das war schon beim letzten Mal so. Sie ist ein richtiges Rührmich-nicht-an-Blümchen geworden.«

»Weil ich krank bin«, gab Tanne schroff zurück.

Alle Gesichter wandten sich ihr zu, besorgt und betroffen.

»Du musst uns nichts erklären ...«, begann die Mutter sanft, aber Tanne stand abrupt auf und zündete sich eine Zigarette an.

»Auftritt Tanne«, höhnte Ea, aber ein Blick von der Mutter ließ sie verstummen.

Tanne räusperte sich. »Es ist Syphilis. Das war es auch vor zwei Jahren. Warum sollte ich es euch länger verschweigen?«

Tante Bess schnappte nach Luft, ihre Mutter ließ den Kopf sinken, Ea stand auf und verließ das Zimmer. Elle ging zu Tanne und wollte sie in den Arm nehmen.

»Elle, ich brauche kein Mitleid.« Tanne wand sich aus den Armen der Schwester und ließ diese mit leeren Händen hilflos mitten im Zimmer stehen.

»Bei meinem letzten Besuch in Kopenhagen hieß es, ich sei geheilt, aber seit ein paar Wochen fühle ich mich wieder sehr schwach. Ich muss ins Hospital, sagt Dr. Rasch.«

»Du warst bei ihm? Wann?«, fragte ihre Mutter.

»Gestern.«

»Und dein Mann?«, wollte Ingeborg Dinesen wissen. »Warum ist er nicht hier und bleibt an deiner Seite, bis das ausgestanden ist?«

»Bror?« Tanne lachte bitter auf. »Der hat mir die ganze Sache doch angehängt, Mama. Er ist keinesfalls der treue Ehemann, den ihr in ihm seht. Er hat ständig Affären, und am liebsten würde er nur noch auf Safaris gehen. Die Farm ist ihm doch längst egal. Aber mir nicht.«

»Jag ihn zum Teufel«, kommentierte Tante Bess das Gehörte mit zusammengebissenen Zähnen. »Komm zurück nach Dänemark und lass dich scheiden. Was willst du denn noch da unten?«

Elle setzte sich wieder, unfähig, etwas zu sagen.

Ihre Mutter stimmte Bess zu: »Ich glaube auch, du solltest ihn verlassen. Du bist jung genug, um neu zu beginnen. Wir werden morgen unseren Anwalt anrufen und die Scheidung einleiten. Und dann kannst du hierbleiben, bis ...«

»Nein!«, rief Tanne. »Hört auf! Ich entscheide selbst, ob ich mich scheiden lasse oder nicht. Und im Moment will ich es nicht. Ich will zurück nach B.E.A. und werde dort weiterhin mit Bror leben.«

»Du weißt ja gar nicht, was du da redest«, stieß Tante Bess hervor. »Was willst du denn noch auf der Farm? Gib sie endlich auf. Das ist ein Fass ohne Boden. Die ganze Familie muss für dieses marode Unternehmen zahlen.« Bess hatte sich in Rage geredet und sich dabei ebenfalls erhoben.

Tanne sah die Frauen an, die Mutter, Tante Bess, Elle und auch Ea, die wieder in der Tür stand. Alle glaubten zu wissen, was gut für sie war. Aber sie hatten keine Ahnung. Wie viele Briefe hatte sie ihnen geschrieben und von ihrem Leben auf der Farm erzählt? Und doch hatten sie überhaupt nichts begriffen.

»Nein, ihr seid es, die nicht verstehen. Lasst mich in Ruhe. Ich gehe zurück. Ihr werdet es sehen.«

Ein weiteres Mal wurde Tanne ins Rigshospitalet eingewiesen und mit Salvarsan behandelt, aber diesmal sollte sie zusätzlich Quecksilbertabletten einnehmen. In ihrem Nachttischchen hütete sie zudem ein Döschen mit Arsenikpulver, mit dem sie sich aufputschte, wenn sie sich zu schwach fühlte.

Jeden zweiten Tag kam ihre Mutter zu Besuch und erzählte von Abdullahis Heldentaten. Er hatte einen ganzen Käse gegessen, er hatte sich die Finger am Ofen verbrannt, und er hatte ein Schaf freigelassen, weil er hoffte, es würde nach Mbogani laufen. Thomas hatte Abdullahi schließlich zu Bror nach Schweden gebracht, der ihn mit zurück nach B.E.A. nehmen wollte.

»Dein Bruder hat in Schweden ein paar schreckliche Dinge erfahren, Tanne«, begann ihre Mutter leise. »Bror hat eine Affäre mit der Witwe seines Bruders angefangen, und er hat wohl noch eine weitere Beziehung zu einer anderen Schwedin. Du kannst nicht an ihm festhalten, Tanne, Bror ist als Ehemann nicht mehr vertretbar.«

»Lass das bitte meine Entscheidung sein«, antwortete Tanne schwach.

»Wie du willst. Aber du sollst wissen, dass ich dich immer unterstütze.« Sie holte einen Brief aus ihrer Handtasche. »Der hier kam aus London. Ich habe den Absender gelesen, er ist von diesem Gentleman Mr Finch Hatton. Will er dich besuchen?«

Tanne griff gierig nach dem Brief, riss ihn auf und las. Ihre Mutter beobachtete sie genau.

»Nein, er kommt nicht, aber er hat gute Nachrichten. Ein Freund von ihm will mir Geld leihen. Vielleicht kann ich die Farm selbst kaufen, und dann sind wir alle Sorgen los.«

Die Mutter nahm ihre Hand. »Ist es das, was du willst, Tanne? Du willst wirklich zurück?«

Sie schaute die Mutter an, sah die Sorgenfalten in dem schmalen Gesicht, die Wärme in ihren Augen und zugleich den Zweifel. »Ja, das will ich. Mehr als alles andere.«

Sie las noch einmal den Brief von Denys. Ihre Augen blieben an dem letzten Satz hängen: »Sehen wir uns im Frühling?«

Tanne galt Ende 1920 wieder als geheilt und reiste zusammen mit Thomas nach Afrika. Insgeheim hegte sie die Hoffnung, ihr Bruder würde sich ebenso in das Land verlieben und eine Farm in der Nähe von Mbogani oder vielleicht am Ufer des Lake Naivasha kaufen. Thomas war bereit für ein neues Abenteuer, denn er hatte gerade das traurige Ende einer großen Liebe verkraften müssen, und ihm war alles recht, was ihn auf neue Gedanken brachte.

Tanne hatte es eilig zurückzukommen. Sie wollte die Farm mit dem Kredit von Denys' Freund kaufen, denn die Situation auf Mbogani hatte sich verschlechtert. Van de Weyer konnte die Pacht nicht zahlen, hatte sich auf und davon gemacht, und die Farm stand wieder einmal kurz vor der Pleite. Onkel Aage hatte Geld geschickt, damit der laufende Betrieb aufrechterhalten werden konnte, aber er hatte eine Bedingung daran geknüpft: Tanne sollte dafür sorgen, dass Bror keinen Einfluss mehr auf die Geschäfte nahm. Nur dann würde der Vorstand der Karen Coffee Company sie als alleinige Managerin der Farm akzeptieren.

Besorgt verließen Tanne und Thomas das Schiff in Mombasa, wo sie von Bror und Farah erwartet wurden. Diesmal war keine Suite im Mombasa Club reserviert, sondern nur zwei Zimmer in einem billigen indischen Hotel. Dort saßen die Geschwister mit Bror am Abend nach der Ankunft in einem trostlosen Hinterhof, zwischen ihnen auf einem wackeligen Tisch standen eine Flasche Whiskey und drei Gläser.

»Wo soll ich anfangen?«, sagte Bror mit gepresster Stimme. »Eigentlich könnt ihr das nächste Schiff nach Hause nehmen. Ja, das würde ich euch sogar dringend raten. Es gibt hier keine Zukunft mehr. Für uns alle nicht.«

»Ich wusste nicht, dass du unter die Schwarzseher gegangen bist, Bror.« Thomas' Bemühen, einen Witz zu machen, lief ins Leere. »Vor ein paar Monaten klang das noch anders.«

»Da war die Situation auch noch besser. Aber inzwischen ist der Kaffeepreis um die Hälfte gefallen. Und unsere Büsche trugen vor wenigen Monaten noch viele Blüten, jetzt sind sie verdorrt und die letzten Beeren abgefallen. Es gibt überhaupt kein Geld mehr, um die Farmarbeiter zu bezahlen. Wir haben nicht einmal Mais, damit die Leute ihren *posho* kochen können.«

»Was schlägst du vor?« Thomas bemühte sich um einen sachlichen Ton.

»Fahrt zurück nach Dänemark, es hat keinen Sinn, weiter nach Nairobi zu reisen. Ich schicke dir deine Sachen nach, Tanne.«

Tanne schaute ihn wütend an: »Hör auf damit, Bror, so geht das nicht. Ich will nicht nach Dänemark, ich habe andere Pläne. Und was willst du denn überhaupt tun?«

»Farah und ich verdingen uns als Safari-Begleiter, damit verdienen wir wenigstens etwas Geld. Hier ist jetzt alles anders geworden.«

Sie stand wütend auf und umrundete die kleine Gruppe.

»Farah arbeitet ebenso für mich. Du kannst ihn nicht einfach mitnehmen, wie es dir passt. Und wie kannst du auch nur eine Sekunde glauben, ich würde auf dem Absatz umkehren. Ich will nach Hause. Mbogani ist mein Zuhause.«

Bror zuckte mit den Schultern. »Mach, was du willst, aber warte lieber noch eine Woche, bevor du nach Ngong reist, damit ich dort alles vorbereiten lassen kann. Es ist ...«, er griff nach der Flasche und schenkte die Gläser halb voll, »also, es sieht dort zurzeit nicht so ideal aus.«

Aber als Tanne und ihr Bruder zwei Tage später auf Mbogani ankamen, machte das Farmland einen guten Eindruck auf sie. Was für ein Glück, dass ich mich nicht habe aufhalten lassen, dachte Tanne. Während die Arbeiter aus allen Ecken kamen, um sie zu begrüßen, zeigte sie dem Bruder stolz die fünfzigtausend Kaffeebüsche, die in ordentlichen Reihen standen. Sie hatten zwar in diesem Jahr keine reiche Ernte eingebracht, sahen aber gesund aus.

In der Einfahrt vor dem Haus parkte ein Auto, das Tanne nicht kannte. Die Eingangstür stand offen, ein paar Hühner kamen ihr gackernd entgegen, was sie misstrauisch machte. Von ihrem Personal war nichts zu sehen. Als sie das Haus betrat, knirschten Scherben unter ihren Füßen. Es war dunkel im Flur, überall waren die Vorhänge zugezogen.

»Irgendwas stimmt hier nicht«, sagte sie unsicher. »Wo sind meine Leute?«

Thomas, der hinter ihr ging, legte die Hand auf ihre Schulter. »Vielleicht solltest du besser draußen warten. Riechst du das?«

Sie nickte. Eine dumpfe Mischung aus Alkohol, kaltem Zigarettenrauch, gammligem Essen und Feuchtigkeit lag in der Luft. Sie schob Thomas' Hand weg. »Nein, lass. Ich muss wissen, was hier los ist.«

Mit schnellen Schritten durchquerte sie den Flur, ohne sich weiter um die Scherben zu kümmern. Als sie die Tür zu ihrem Schlafzimmer aufstieß, empfing sie auch hier Dämmerlicht. Aber im Bett bewegte sich etwas. Tanne griff nach dem Kaminbesteck, hob den

Arm, ging zum Fenster und riss an dem Vorhang, der sofort komplett herabfiel. In der zerwühlten Decke wurde ein blonder Haarschopf sichtbar, eine junge Frau schaute sie blinzelnd an. Als sie sah, was Tanne in der erhobenen Hand hielt, stammelte sie: »Was …? Wo ist Tony? Tony?«

»Wer sind Sie?«, fragte Tanne mit äußerster Beherrschung. »Und was machen Sie in meinem Bett?«

»Sie gehört zu mir«, behauptete eine Stimme hinter ihnen, und als Tanne und Thomas sich schnell umdrehten, stand dort ein junger Mann in einem Morgenmantel. Es war Brors Morgenmantel.

»Blix hat uns eingeladen, so lange zu bleiben, wie wir wollen. Und Sie? Was machen Sie hier?«

Tanne war so verblüfft, dass sie einen Moment nicht wusste, was sie sagen sollte. Thomas nahm ihr den Schürhaken aus der Hand und hängte ihn wieder an den Kamin. »Das ist die Baronin von Blixen-Finecke, meine Schwester, und es ist ihr Haus. Sie beide sollten verschwinden. Und zwar schnell.«

Die Frau schaute fragend zu ihrem Freund. »Müssen wir das wirklich, Tony?«

Tanne straffte sich. »Allerdings. Es ist mein Haus. Und meine Farm. Ich gebe Ihnen fünf Minuten, um aus meinem Schlafzimmer zu verschwinden. Sind noch mehr von Ihnen hier?«

»He, Lady, kein Grund, wütend zu sein«, sagte der junge Mann beschwichtigend. »Fragen Sie Blix. Er hat gesagt, das Haus stünde noch ein paar Monate leer. Er wollte sogar Miete von uns haben.«

»Fünf Minuten«, wiederholte Tanne, »sonst bekommen Sie so großen Ärger, wie Sie es sich gar nicht vorstellen können. Ich werde mich an den Gouverneur höchstpersönlich wenden, damit man Sie ins Gefängnis steckt.«

Mit energischen Schritten ging sie ins Wohnzimmer, Thomas folgte ihr. Auch hier traten sie auf Scherben. Als Tanne die Vorhänge aufzog, erkannte sie, dass es ihre Gläser und ihr Geschirr war, das zerbrochen auf dem Boden lag. Möbel gab es in diesem Zimmer nicht mehr.

»Was haben diese Irren gemacht?«, fragte Thomas mehr sich selbst als seine Schwester.

Tanne öffnete die Tür zu Brors Schlafzimmer, wo Tony damit beschäftigt war, seine Sachen zusammenzusuchen.

»Was ist mit meinem Salon passiert?«, fragte sie mit leiser, vor Wut bebender Stimme. »Mit meinen Gläsern und dem Geschirr?«

Tony zuckte mit den Schultern. »Das war schon so, als wir kamen. Die Möbel hat Blix verkauft oder verpfändet, nehme ich an. Er war ein bisschen knapp bei Kasse. Und ich glaube«, er deutete ein Grinsen an, kontrollierte seine Züge aber sofort wieder, »er und seine Safari-Freunde haben hier ein paar Schießübungen gemacht.«

Im Speisezimmer waren die Möbel noch vorhanden, doch der Tisch, auf dem normalerweise ein silberner Aufsatz stand, war leer gefegt. Im Büro roch es nach Hühnerkacke.

Tanne setzte sich mit Thomas auf die Terrasse, wo leere Flaschen und Müll in einer Ecke zusammengefegt worden waren. Ein paar Affen suchten darin nach Essensresten.

»Jetzt weiß ich, warum Bror nicht wollte, dass du direkt zur Farm fährst. Er wollte ja alles ein bisschen ›vorbereiten‹ lassen.« Thomas lachte verächtlich.

»Dieser Feigling. Offenbar ist er komplett pleite.«

»Ich wusste, dass er Schulden hat«, sagte Tanne, »aber nicht, dass er so tief gesunken ist, unser Haus von seinen Safari-Freunden verwüsten zu lassen.«

»Keine Selbstachtung«, ergänzte Thomas und nahm sich vor, seiner Schwester so lange beizustehen, wie sie ihn brauchte.

Plötzlich kam Kamante über die Wiese gelaufen und blieb atemlos vor ihr stehen.

»*Msabu*, gut, dass du da bist. Es war keine gute Zeit hier ohne dich. Der *Bwana* hatte viele Besucher. Aber das waren andere Leute als deine Gäste. Ich sollte kochen. Und dann sollte ich nach Hause gehen. Der *Bwana* war nicht immer freundlich. Ich konnte das nicht verhindern.«

»Ich weiß. Es ist nicht deine Schuld.«

»Soll ich aufräumen?«

»Ja, Kamante, tu das. Wir helfen auch mit. Aber lass uns warten, bis die letzten Gäste des *Bwana* abgefahren sind.«

»Hier ist noch ein Brief«, sagte Kamante und drückte ihn ihr in die Hand. »Er lag auf dem Boden. Deshalb habe ich ihn aufgehoben. Vielleicht ist er wichtig?«

Tanne nickte und öffnete ihn. Dann reichte sie ihn weiter an Thomas.

»Ich bekomme den Kredit nicht. Denys' Freund kann mir nicht helfen.«

Thomas schaute sie an und ließ dann den Blick über die Wiese bis zu den Ngong-Bergen schweifen.

»Dann haben wir eine Menge Arbeit vor uns.«

Während Tannes Aufenthalt in Europa hatte sich in B.E.A. einiges verändert. Das Protektorat war umbenannt worden in *Kronkolonie Kenia,* und Tausende neuer Siedler waren ins Land gekommen, Farmer, Händler, Ärzte, Lehrer, Missionare und natürlich Beamte.

Die Kolonie wurde vom Legislative Council in Nairobi regiert, in dem Europäer, Inder und ein arabischstämmiger Mann saßen. Kenianer waren nicht vertreten, in diesem Punkt folgte die Regierung in London dem Vorbild Südafrikas. Lord Delamere, der zu vielen Einheimischen, speziell zu den Massai freundschaftliche Verbindungen pflegte, war auf politischer Ebene ein Verfechter der Rassentrennung. Erst 1923 forderte die britische Regierung, im Konfliktfall hätten die Interessen der Afrikaner vor denen der Europäer Vorrang.

Auf Mbogani änderte sich durch die neuen Gesetze wenig. Um den Betrieb der Farm aufrechterhalten zu können, brauchte Tanne wieder Geld. Neben ihrer Mutter und Onkel Aage setzte jetzt auch Thomas einen Teil seines Vermögens dafür ein. Im März 1921 kam Aage Westenholz schließlich höchstpersönlich nach Kenia, um sich vor Ort ein Bild zu machen und zu entscheiden, ob es sich lohnte, die Farm zu retten, oder ob man sie endgültig verkaufen sollte. Der Vorstand der Karen Coffee Company in Dänemark hatte sich bereits dafür ausgesprochen, Mbogani loszuwerden. Tanne wusste das und sah dem Besuch des Onkels mit Bangen entgegen. Unterstützt von Farah, der auf die Farm zurückgekehrt war, gab sie sich Mühe, das Haus wieder in Ordnung zu bringen, wenn auch die meisten Möbel noch fehlten. Im Gästehaus richtete sie dem Onkel ein schönes Zimmer neben dem von Thomas ein. Kurz vor dem Eintreffen Aages hatte sie zwei ihrer Totos auf das Dach klettern lassen, damit sie den *Dannebrog*, die dänische Fahne, am Giebel festzurrten, die nun zur Begrüßung im warmen Wind wehte.

Aage Westenholz war ein Mann, der nicht schnell zu begeistern war, aber schon nach wenigen Tagen beschloss er, alles in seiner Macht Stehende für die Rettung der Farm zu tun. Er begutachtete andere Farmen in der Nachbarschaft und fand, dass Mbogani im Vergleich zu diesen sehr gut geführt wurde. Auch schien die nächste Ernte vielversprechend zu werden. Nur die Anlage für die Weiterverarbeitung der Kaffeebohnen wirkte veraltet, daher beauftragte er Thomas mit der Planung einer neuen »Kaffeefabrik«.

Onkel Aage löste die Möbel aus, die Bror verpfändet hatte, und verhandelte mit der Bank über einen neuen Kredit. Täglich fuhr er, korrekt in Anzug und ein blütenweißes Hemd gekleidet, nach Nairobi, und zum Erstaunen aller nahm er dafür meistens das Fahrrad.

Fröhlich pfeifend kam er eines Tages zurückgeradelt und schwenkte eine Flasche Gin, die er in Nairobi gekauft hatte.

»Wir haben etwas zu feiern«, rief er seiner Nichte schon von Weitem zu und bremste so übermütig, dass er in einer großen Staubwolke verschwand. Farah eilte zu ihm, weil er fürchtete, der betagte Herr habe sich verletzt, aber Aage stieg behände vom Rad, drückte es einem Toto in die Hand und kam mit schnellen Schritten die Veranda entlang, um sich neben Tanne in einen der bequemen Rattansessel fallen zu lassen.

»Wir haben einen neuen Kredit und gute Konditionen.« Er sah sich um. »Wo ist Thomas? Er soll mit uns anstoßen. Farah, hol *Bwana* Thomas und bring uns Gläser, Zitrone und Tonic Water.«

Als sie vollzählig waren, beugte sich Aage vor und rieb sich die Hände. Seine Augen funkelten. »Du, Tanne, wirst hiermit zum Managing Director der Karen Coffee Company ernannt. Wir zahlen dir achtzig Pfund im Monat.« Thomas und Tanne wechselten einen raschen Blick. Das war kein sehr hohes Einkommen, aber sie beschlossen stillschweigend, es nicht zu kommentieren. »Wenn du es schaffst, das Geld aufzutreiben, kannst du die Farm nach wie vor kaufen. Wir geben dir dafür ein Jahr Zeit.«

Tanne nickte und schluckte alles herunter, was nach Kritik an diesem Plan hätte klingen können. Sie wusste, dass Aage ein aus seiner Sicht großzügiges Angebot machte. Die Firma hatte noch nie Geld mit der Farm verdient, sondern bisher nur sehr viel eingezahlt. Wenn der Vorstand sich dazu entschied, eines Tages alles an den Meistbietenden zu verkaufen, würde sie nichts dagegen tun können. Also schwieg sie.

Thomas griff nach seinem Glas. »Stoßen wir darauf an, Onkel Aage. Du hast viel erreicht.«

Aage Westenholz lehnte sich zurück. »Moment. Zuerst will ich noch die Bedingungen nennen. Und ich sage gleich: Sie sind nicht verhandelbar. Erstens: Tanne, du schickst uns jeden Monat einen Bericht nach Dänemark. Zweitens: Bror wird keinen Fuß mehr auf die Farm setzen. Drittens: Du wirst aus diesem Haus ausziehen, um es zu vermieten. Dafür bekommst du eine Lehmhütte mit Grasdach, die wir hier in der Nähe bauen lassen.«

Tanne sprang auf. »Nein! Bist du verrückt geworden? Das mache ich niemals.«

»Kind, mäßige dich.«

»Aber du weißt nicht, was du da verlangst, Onkel Aage. Ich kann doch mein Haus nicht aufgeben.«

»Und ob du das kannst. Du wirst sogar noch viel mehr tun müssen, falls die Ernten nicht endlich besser ausfallen. Und mit dem Umzug in die Hütte beweist du mir und dem ganzen Vorstand, dass du ernsthaft gewillt bist zu sparen. Denn, liebe Nichte, wenn sich hier nicht bald etwas ändert«, Aage griff nach seinem Glas, fischte die Zitrone heraus, biss hinein, legte die Schale auf den Tisch und legte den Kopf schräg, »wirst du eines Tages das alles hier verlieren. Und das sage ich nicht, um dir Angst zu machen, sondern weil ich dir helfen will. *Skål!*«

Tanne behielt ihren Unmut für sich, solange Aage auf der Farm wohnte. Aber kaum befand er sich auf dem Weg nach Dänemark, tobte sie sich gegenüber Thomas aus. Ihr geliebtes Haus zu verlassen, kam für sie nicht infrage, und sie beklagte sich auch bei ihrer Mutter über diese Forderung. Doch Ingeborg Dinesen konnte ihr diesmal nicht helfen. Denn außer ihr war der Rest des Vorstands der KCC, der ja überwiegend aus Familienangehörigen bestand, mit Aage Westenholz' eigenmächtiger Rettungsaktion überhaupt nicht zufrieden. Man hätte die Farm lieber heute als morgen verkauft, selbst wenn Verluste damit verbunden gewesen wären. Kaum jemand in Dänemark glaubte noch daran, dass die Farm eines Tages schwarze Zahlen schreiben würde. Der Vorstand weigerte sich außerdem, für das Auslösen der Möbel aufzukommen, und so mussten Aage und Ingeborg diese Kosten alleine stemmen. Dass Tanne nicht in die Grashütte zog, bestätigte die Meinung der Verwandten, es sei ihr nicht ernst mit dem Sparen. Die Familie glaubte zudem nicht, dass Tanne sich ernsthaft gegen Bror zur Wehr setzen würde, sollte er wieder auftauchen. So kam es, dass der Vorstand von Tanne verlangte, sie solle sich sofort von Bror Blixen scheiden lassen. Andernfalls würde man sie von ihrem Posten abberufen, und dann müsse sie Kenia verlassen.

Tanne fühlte sich zutiefst gedemütigt. Dass man im Vorstand ihre privaten Eheangelegenheiten diskutierte, machte sie fassungslos, und ihre nächsten Briefe an die Mutter klangen verbittert. Sie hätte nie in diese Familie gehört, seit dem Tod des Vaters sei alles in ihrem Leben schiefgelaufen. Tanne drohte der Mutter, sie würde nie wieder nach Hause kommen, wenn man sie weiterhin so behandle.

Doch lange hielt Tanne ohnehin nicht an der Ehe mit Bror fest. Als sie erfuhr, dass er bereits seit einiger Zeit ein Verhältnis mit der Engländerin Cockie Birkbeck hatte, gab sie auf und willigte in ein Scheidungsverfahren ein. Kurz darauf erkrankte sie an Typhus.

Sie hatte keine Ahnung, wie lange sie krank gewesen war, Wochen oder Monate? Tanne lag im Bett und schaute zum halb geöffneten Fenster. Der Wind spielte mit dem zarten, cremefarbenen Vorhang und ließ ihn vor ihrem Bett auf und nieder tanzen. Sie schaute ihm zu, ohne sich zu bewegen. Kurz spürte sie in ihren Körper hinein. Zum ersten Mal seit Langem fühlte er sich nicht mehr so schwerfällig und schmerzend an. Ob sie tatsächlich gesund wurde? Wollte sie das überhaupt noch? Sie schloss die Augen und konnte sich nicht entscheiden aufzustehen. Warum auch! Thomas war abgereist, nachdem die neue Kaffeefabrik, die er so mühevoll geplant und errichtet hatte, in einer Nacht abgebrannt war. Bror war aus ihrem Leben verschwunden. Und Denys war noch immer in England, und sie wusste nicht, wann er zurückkommen würde. Sie war allein. Nein, nicht ganz allein, ihre Leute gingen durchs Haus, versorgten sie, sprachen ihr Mut zu, schüttelten ihre Kissen auf, reichten ihr Medizin und sangen abends leise Lieder vor ihrem Fenster. Doch Tanne hatte keinen Mut mehr. Vielleicht sollte sie einfach in diesem Bett liegen bleiben, bis sie starb.

Die Tür öffnete sich, und Farah kam leise herein. Er trug ein Tablett mit einer Kanne Tee, einer Tasse und einem Teller mit Keksen und Obst. Daneben stand auch eine Vase mit einer duftenden, orangefarbenen Gardenie.

Er stellte das Tablett auf ihrem Nachttisch ab. Dann

baute er sich neben ihrem Bett auf und räusperte sich. »*Memsahib*«, begann er, stockte und wiederholte: »*Memsahib*. Trink etwas. Kamante hat dir einen stärkenden Tee gekocht. Denn du musst aufstehen. Wir brauchen dich.«

Tanne sah Farah in die Augen und dachte, dass etwas passiert sein musste, wenn er so mit ihr sprach.

»Was ist los?«

»Du musst aufstehen. Die Farm braucht dich. Du musst die Arbeiten überwachen.«

Tanne drehte den Kopf zur Wand. »Ich kann das nicht, Farah. Ich habe keine Kraft mehr. Und Dickens ist doch da.«

Farah begab sich jetzt an das Fußende des Betts, sodass er ihr Gesicht sehen konnte. »Er ist nur ein Verwalter. Er liebt die Farm nicht so wie du, *Memsahib*. Diese Farm braucht Liebe. Sie braucht dich. Du hast kein Fieber mehr. Du hast die Krankheit überwunden. Und wir helfen dir. Aber du musst die Farm jetzt wieder anschauen. Ohne dich wird alles sterben.«

Sie brauchte ein paar Tage, aber dann kam sie mithilfe ihrer Leute tatsächlich auf die Beine. Sie schob die hübschen Kleider ganz nach hinten in den Wandschrank und trug nur noch Hosen und weite Hemden. Dann stürzte sie sich in die Arbeit. Als Erstes ließ sie sich von Dickens zeigen, wie man Kaffeebüsche beschneidet. Trockene und geschädigte Zweige mussten komplett entfernt werden. Triebe wurden über dem Blattknoten gekappt, damit sich neue Äste ausbilden konnten. Tanne gab ihr Wissen an die Arbeiter weiter, die mit ihr zusammen auf den Feldern arbeiteten. Sie lernte die Lieder der Farmarbeiter und merkte, wie gut es ihr tat, mit ihnen gemeinsam zu singen.

Sie pflanzten neue Kaffeebüsche, während Dickens sich darum kümmerte, die Kaffeefabrik wiederaufzubauen. Dann nahmen sie ein neues Projekt in Angriff und legten einen großen Teich an. Es gab eine breite, grasbewachsene Senke an der Hauptstraße der Farm, in der eine Quelle sprudelte. Sie bauten einen Damm, um das Wasser zu stauen, aber er riss während der starken Regenfälle mehrfach ein, bis sie auf die Idee kamen, Ochsen, Kühe und Ziegen über den Damm zu führen, damit sie die Erde festtrampelten. Als Tanne die Prozession der Tiere beobachtete und sah, wie sich die Silhouetten vor dem Abendhimmel abzeichneten, musste sie an die Arche Noah denken.

Der Teich war sechzig Meter lang und an manchen Stellen bis zu drei Meter tief. Jetzt hatten sie es leichter, die Tiere zu tränken, weil sie mit ihnen nicht mehr bis zum Fluss an der Farmgrenze gehen mussten. Der Teich war bald das Herz der Farm. Die Kinder spielten hier, und wenn die Wasserlöcher in den Ngong-Bergen austrockneten, kamen die Vögel in Scharen: Reiher, Ibisse, Eisvögel und Dutzende Sorten Enten und Gänse. Tanne kaufte lebende Barsche, die sie aussetzte und die sich so gut vermehrten, dass Kamante die Speisekarte um frischen Fisch erweitern konnte. Einmal verirrte sich ein Krokodil in ihren Teich, es muss zwanzig Kilometer weit gekrochen sein, und niemand konnte sich vorstellen, woher es gewusst hatte, dass es hier Wasser gab. Als

Tanne von dem ungebetenen Gast erfuhr, erlegte sie ihn mit einem einzigen Schuss. Es war in diesen Tagen, als Tanne zufällig hörte, wie Farah gefragt wurde, wer sein *Bwana* sei. Er habe keinen *Bwana*, antwortete Farah, er habe eine *Memsahib* aus einem fernen Land, die nie am Ziel vorbeischieße.

Von morgens bis abends war Tanne auf den Beinen und schickte jeden Monat einen Bericht an Onkel Aage. Eines Tages bot sie ihm an, nun doch in die Lehmhütte zu ziehen, sie habe einen Mieter für das Haus gefunden. Doch die Miete war so niedrig, dass Onkel Aage abwinkte. Die gute Absicht genügte ihm, sie dürfe im Haus bleiben, schrieb er.

Im Dezember 1921 betrug die Kaffeeernte fünfundzwanzig Tonnen, was jedoch nur ein Viertel von dem war, was sie brauchten, um über die Runden zu kommen. Aage Westenholz erklärte, wenn Tanne weitere Zuschüsse von ihm benötige, solle sie sich lieber gleich darauf einstellen, die Farm zu verlassen. Daraufhin verkaufte sie ihre Pariser Kleider und all ihre Schusswaffen, bis auf eine, die sie brauchte, um die Menschen auf der Farm zu verteidigen und für sie alle Wildfleisch zu schießen.

Abends saß sie auf der Veranda und dachte an Denys. Sie war stolz auf alles, was sie in den letzten Monaten erreicht hatte, und wollte ihm so gerne die Fortschritte auf der Farm zeigen. Denys teilte ihr in einem Brief mit, er habe im Auftrag eines Londoner Handelshauses eine Geschäftsreise nach Abessinien unternommen, sei dort an der Ruhr erkrankt und völlig entkräftet nach England zurückgekehrt, um sich mehrere Monate lang zu Hause zu erholen. Kaum sei er genesen, habe er einige Zeit in London verbracht und dabei festgestellt, wie sehr sich die Welt seit dem Krieg verändert habe, vor allem die Frauen. Sie besaßen jetzt das Wahlrecht, was er unmöglich fand. Tanne lachte in sich hinein, als sie das las, und murmelte: »Na warte, darüber reden wir noch, Mr Finch Hatton.« Die Engländerinnen würden jetzt Kleider tragen, schrieb er weiter, die ihre Figuren nicht mehr zeigten, sondern weit und locker über die Hüften fielen. Sie rauchten und ließen sich die Haare kurz schneiden. Auch in der Kunst und in der Musik schienen plötzlich keine Regeln mehr zu gelten, alles Gewohnte würde an allen Ecken aufbrechen. »Das ist nicht mehr meine Welt«, bemerkte Denys, »ich werde deshalb so bald wie möglich nach Afrika zurückkehren. Und ich habe eine Frage an dich: Da ich viel unterwegs sein werde, weil ich als Führer von Safaris arbeiten will, brauche ich das Cottage auf dem Gelände des Muthaiga nicht mehr. Was hältst du davon, wenn ich zu dir auf die Farm ziehe? Ich weiß, dass Bror fort ist, und ich wäre ja immer nur für ein paar Tage oder auch mal ein paar Wochen da. Es gibt vieles zu organisieren, zumal die Ansprüche der Leute gewachsen sind. Ich muss Pferdeknechte, Köche, Gewehrträger, Diener, Fahrer, Kutscher finden. Viele Leute wollen jetzt auch mit Automobilen statt mit Maultieren oder Ochsen auf Safari gehen. Zurzeit plane ich eine Safari mit über hundert Trägern. All das werde ich über meine Firma Kiptiget Ltd. abwickeln.

Aber wenn ich aus dem Busch zurückkomme, würde ich gerne Zeit mit dir verbringen. Telegrafiere mir doch, was du davon hältst. Denys.«

Am nächsten Tag gab sie das Telegramm an ihn auf. Es enthielt nur drei Wörter: »Willkommen auf Mbogani.«

Die Farm wurde ein Zuhause für sie beide. Eines Tages kehrte sie von ihrem täglichen Kontrollritt zurück. Ihre neue Stute Rouge trabte langsam über die Auffahrt, als sie Musik vernahm. Sie wusste sofort, woher sie stammte. Jemand hatte das Grammofon in ihrem Salon angestellt und die Fenstertüren geöffnet. Die sanften Töne schlängelten sich wie ein kleiner Rauchfaden über die Veranda, umrundeten einmal den großen alten Baum neben der Auffahrt, hüpften wie kleine Elfen über die Wiese, schmiegten sich zwischen den Büschen hindurch und kullerten vor die Hufe ihres Pferds, von wo aus sie langsam nach oben stiegen und sie einhüllten. Um welche Komposition es sich handelte, wusste sie nicht, offenbar hatte Denys eine neue Schallplatte mitgebracht. Dass er es war, der sie aufgelegt hatte, um ihr zu zeigen, dass er zurück war, wusste sie. Niemand sonst würde das tun.

»Steh, Rouge, steh!« Das dampfende Pferd atmete aus, streckte den Hals nach vorn, als sie die Zügel lockerließ, entspannte sich und stellte die Ohren nach vorn. Tanne reckte sich ebenfalls, hob die Füße aus den Steigbügeln und dehnte ihren Rücken. Auf ihrem Gesicht breitete sich ein kleines Lächeln aus. Es war einer dieser seltenen Momente, in denen sie das pure Glück in sich fühlte. Sie wollte den Augenblick auskosten und, wenn möglich, in die Länge ziehen. Daher schloss sie die Augen und stellte sich die Szene im Haus vor. Im Flur lag Denys' Tasche, fleckig und voller Staub. Die Stiefel hatte er vor der Tür ausgezogen, Billea Issa war vielleicht schon dabei, sie zu putzen. Wenn Denys Wein oder Fleisch im Gepäck hatte, dann lagen diese Dinge bereits im Kochhaus, er brachte sie immer selbst dorthin und beratschlagte sich mit Kamante über die Zubereitung. Zusammen sortierten sie den Wein in das Vorratsregal. Kamante trank keinen Wein, aber er ließ sich den Geschmack neuer Sorten von Denys beschreiben, damit er wusste, zu welchen Gerichten er welche Flasche am besten servierte.

Denys war sicher schon im Salon, wahrscheinlich war er barfuß und lag auf den dicken Bodenkissen, lauschte der Musik und wartete auf sie. Neben ihm auf dem kleinen Schemel stand ein Glas Whiskey, und bestimmt hatte Kamante ihm auch eine Kleinigkeit zubereitet, ein Sandwich oder ein paar geröstete Nüsse. Oder er hatte eine Frucht für ihn aufgeschnitten.

Tanne spürte die Wärme von Rouges Flanken an ihren Schenkeln und fühlte sich so verletzlich, als säße sie nackt auf dem Pferd. Sie zwang sich dazu, ihre Gefühlsaufwallung, wie sie es selbst spöttisch nannte, zu dämpfen. Aber die Freude war so unendlich groß. Denys war da. Er wartete auf sie. Er wollte reden. Er wollte essen, Wein trinken, Musik hören, ihrer Erzählung lauschen. Er wollte mit ihr ins Bett. Sie genoss die Vorstellung, eine Nacht der Vergnügungen lag vor ihr. Den genauen Ablauf kannte sie nicht, das war ja ein Teil der Vorfreude.

Aber sie wusste, dass sie sich nahe sein würden und die Wochen der Einsamkeit vorbei waren. Wenigstens für ein paar Tage, vielleicht sogar für länger. Sie konnte sich nicht entschließen, ihr Pferd wieder anzutreiben, denn sie glaubte, wenn sie sich in Bewegung setzte, würden die Stunden, die sie mit Denys hatte, abzulaufen beginnen. Wenn sie jetzt aber noch etwas stehen bliebe, würde die Zeit anhalten und das Glück sich ausdehnen. Also ließ sie die Augen geschlossen und stand ganz still. Rouge schien zu verstehen, worum es ihr ging. Die Stute verlagerte das Gewicht auf die linke Seite, um ihr rechtes Hinterbein zu entlasten, und schnaubte leise.

Um halb zwei in der Nacht erhob sich Tanne aus den Kissen und schlüpfte in ihren Morgenmantel. Im Salon war das Kaminfeuer erloschen, und sie fachte es wieder an. Sie hatten sich nicht viel mit dem Essen aufgehalten, das Kamante ihnen serviert hatte, obwohl er sich wie immer, wenn Denys da war, viel Mühe gegeben hatte. Sie hatten sich für das Dinner umgezogen. Tanne hatte eines ihrer letzten langen Abendkleider getragen und Denys eine dunkle Hose, ein weißes Hemd und darüber sein Samtjackett. So machten sie es jedes Mal, denn Denys war mit dieser Tradition aufgewachsen. Tanne hatte den Tisch mit großer Liebe und Sorgfalt gedeckt, die letzten zwei Royal-Copenhagen-Teller auf die Tischdecke gestellt und daneben gebügelte weiße Servietten gelegt, Kerzen angezündet und einen Blumenstrauß in der Mitte platziert. Sie waren hungrig gewesen, aber viel hungriger aufeinander als auf das exzellente Mahl. Eigentlich hatte

Tanne gedacht, sie sei nicht besonders sinnlich veranlagt. Sex hatte ihr Spaß gemacht, war ihr aber nie besonders wichtig gewesen, und das Pathos, mit dem andere Menschen, auch ihr Bruder, über die körperliche Liebe sprachen, hatte sie belächelt. Vielleicht lag das daran, dass ihr erster Kavalier sie ohne viel Romantik verführen wollte und ihr Mann sie so bald schon betrogen hatte. Damals hatten sich Liebe und Sexualität gleichsam in verschiedene Boote gesetzt und waren auf verschiedene Ozeane getrieben. Aber, so dachte sie in letzter Zeit oft, das war nun einmal das Wunder der Liebe, dass sie einen Menschen zusammensetzte, der zuvor in verschiedenen Teilen existiert hatte, dass auf einmal alles gleichzeitig in ihr Herz passen wollte. Tanne konnte keinen Teil von sich abspalten, wenn sie in Denys' Nähe war, sie hatte keinen Zugriff auf die Strategien und Künste, die sie früher anwenden konnte, wenn sie Menschen zu etwas bringen wollte. Oder war Denys einfach nur immun gegen ihre Manipulationsversuche? Musste sie sich ein Zauberkraut besorgen, wie Oberon es getan hatte, um ihn auf Dauer an sich zu binden? Sie hockte sich auf ein Bodenkissen und betrachtete den schmalen Goldring, den er ihr aus Abessinien mitgebracht hatte. Sie solle das nicht falsch verstehen, hatte er gleich dazugesagt, das sei nur ein Geschenk und kein Antrag. Sie hatte genickt und ihre Freude im Zaum gehalten. Doch insgeheim war sie sehr gerührt, denn er hatte an sie gedacht und wollte ihr etwas Schönes geben. Wie sollte sie darin nicht ein Zeichen von Liebe erkennen? Sie warf die Haare zurück, die auch sie jetzt kürzer trug, wie die Frauen in London.

Trotzdem verfilzten sie leicht, und sie zog ungeduldig an einzelnen Strähnen, um sie zu entwirren.

Zwei Hände griffen von hinten in ihren Haarschopf und hielten ihre Handgelenke fest.

»Lass sie so. Ich liebe das Durcheinander in deinen Haaren. Lass doch die Vögel darin nisten.«

Denys küsste ihren Hals und legte sich auf die Kissen neben ihr.

»Haben wir noch Wein?«

Er entdeckte die Flasche auf dem Tisch und schenkte ihre Gläser voll.

»Hast du eine neue Geschichte für mich, Tania?«

»Natürlich. Ich habe immer eine Geschichte für dich.«

»Und solange das so ist, komme ich wieder.«

»Also erzähle ich um mein Leben, wie Scheherazade?«

Karen Blixen verfällt in Schweigen. Sie steht auf und geht zum Fenster neben dem Schreibtisch. Dort steht ein gerahmtes Foto von Denys Finch Hatton, das ihn im Profil zeigt. Sie nimmt es kurz in die Hand, stellt es wieder ab und kehrt zurück zum Tisch. Während sie sich schwerfällig setzt, sagt sie: »Mein Bruder hat Denys auch sehr gemocht, obwohl sie sich nur ein paarmal getroffen haben.«

Ruth greift das Thema auf.

»Ihr Bruder wollte sich dann doch nicht in Kenia niederlassen?«

»Nein, leider nicht. Tommy fühlte sich zwar sehr wohl bei uns, und er liebte die Großwildjagd wie kaum ein anderer, aber er war abgestoßen davon, wie die Engländer die Einheimischen behandelten. Während einer Safari wurde er einmal von einem heftigen Gewitter überrascht und holte seine Kikuyu-Träger ins Zelt, damit sie nicht nass wurden. Er war nicht stolz darauf, für ihn war es einfach nur eine freundliche Geste. Aber als er ein paar Wochen später im Muthaiga Club davon erzählte, haben die Herren ihn angestarrt, als ob er verrückt geworden sei. Nach solchen Abenden kam er enttäuscht zurück auf die Farm und sagte, in dieser Gesellschaft könne er niemals Fuß fassen.«

»Das konnten Sie doch sicher verstehen, oder?«

Karen Blixen stöhnt auf. »Was wollen Sie hören? Ja, ich konnte ihn verstehen, aber ich lebte nun schon einige Jahre auf der Farm und hatte mich an dieses Verhalten gewöhnt, auch wenn ich es nicht mochte. Ich hatte inzwischen viele Freunde gewonnen, und selbst wenn wir bei der Beurteilung gesellschaftlicher Regeln oder politischer Entscheidungen nicht immer einer Meinung waren, beeinträchtigte das nicht die gegenseitige Wertschätzung. Um es klar zu sagen: Die Arroganz und Herablassung der Europäer waren für mich kein Grund, das Land zu verlassen. Alle hielten mich für unrettbar *pro-native*. Das war ein Schimpfwort, wohlgemerkt. Aber meine Freunde schlossen mich deshalb nicht aus ihren Kreisen aus. Vielleicht nahmen sie meine Haltung nicht ernst oder hielten mich einfach für exzentrisch.«

Sie denkt einen Moment nach und lächelt dann. »Sicher galt ich als exzentrisch. Vielleicht fand auch mein Bruder Thomas das. Im Grunde waren Tommy und ich uns so nah, wie es nur möglich war zwischen Bruder und Schwester. Abends saßen wir auf der Terrasse und sprachen darüber, ob wir sie nun gefunden hatten, die große Herausforderung. Für mich war es Kenia, für Tommy war es der Krieg. Aber der Krieg war vorbei, und er brauchte einen neuen Prüfstein. Wir sprachen oft über den Tod. Unsere große Schwester Ea war gerade nach einer Totgeburt gestorben, sie wurde nur neununddreißig Jahre alt. Es war grauenvoll, in diesen Tagen nicht bei unserer Mutter, bei Elle und unserem jüngsten Bruder Anders sein zu können. Ea und ich hatten uns nicht immer gut verstanden, wirklich nicht. Aber sie war meine Schwester. Sie hatte sich so auf ihr neues Leben gefreut.«

Karen Blixen streicht mit ihren Händen zitternd über die Augen. Pasop steht auf und schmiegt sich an sie.

»Nun war all das vorbei. Thomas schärfte mir ein, ich dürfe mich niemals umbringen. Er wusste, dass ich diesen Gedanken … ab und zu hatte. Als er fort war, schrieb er mir, wir würden zusammenhalten, gegen die ganze Welt. Niemand habe so viel Mut und Ausdauer wie ich, er liebe mich sehr. Und ich liebe ihn bis heute sehr innig. Auch wenn wir noch immer unsere Differenzen haben.«

»Wie ging es Ihnen, als er fort war?«

»Ich glaubte zuerst, ich würde ein bisschen verrückt werden.« Die Baronin verzieht ihr Gesicht und reibt mit dem dünnen Zeigefinger über die Spitze ihrer Nase. »Vielleicht war ich das sogar. Aber dann zwang ich mich, einen langen Text über ein Thema zu schreiben, das Thomas und ich ausführlich und sehr kontrovers diskutiert haben. Es ging um Liebe und Sexualität, um Geschlechtsmoral. Es war ein sehr langer Essay.«

»Wurde er veröffentlicht?«

»Bisher nicht. Vielleicht ist er auch nicht gut genug. Meine Mutter hat ihn gelesen und auch Tante Bess, mit der ich dann darüber debattiert habe.«

»Das Schreiben hat Ihnen aber geholfen, über die Einsamkeit und diese ständige Drohung, die Farm zu verlieren, hinwegzukommen?«

»Arbeit hat mir immer geholfen, weil sie mich erdet. Weil sie Disziplin verlangt und Konzentration. Aber zum Glück gab es da noch etwas anderes, das mich mit Kraft erfüllte.« Sie atmet tief durch, und wieder wandert ihr Blick in Richtung Fensterbank.

Nicht aus Mitleid

Es war vielleicht die glücklichste Zeit meines Lebens. Denys brachte seine Bücher und seine Gitarre mit auf die Farm, einen Stapel Grammofonplatten und eine Kiste mit seinem Lieblingswein, Château d'Yquem, ein goldfarbener, edelsüßer Wein aus Sauternes. Er hängte seine Anzüge, Hemden und Hosen in den Schrank des zweiten Schlafzimmers. Meine Hausleute nannten ihn Mr Pinja-Hatton. Bald bekam er, wie wir alle, einen Spitznamen, *Bedar*, Glatzkopf. Den hörte er nicht so gerne. In diesem Punkt war er etwas eitel, und damit man nicht sah, wie viele Haare er schon verloren hatte, trug er fast immer einen Hut. Als meine Leute ihn besser kannten, nannten sie ihn *Makanyaga*, was so viel bedeutet wie ›Auftreten‹. Damit zollten sie seinem gewandten Benehmen und seiner besonderen Ausstrahlung Respekt. Sie schätzten Denys, weil er bemerkte, was sie für ihn taten. Ein anerkennender Blick, ein lächelndes Nicken in Richtung der schwarzen Dienstboten, das ist eine Form guter Erziehung, wie sie in der Kolonie nicht verbreitet war. Wenn Denys viele Wochen unterwegs war, kochte Kamante sein Lieblingsgericht, um ihn herbeizuzaubern. Wie hätte ich ihn dafür kritisieren sollen?«

Die Baronin sieht an diesem Morgen sehr gut aus, findet Ruth. Sie wirkt ausgeschlafen und gut gelaunt. Etwas Weiches geht von ihr aus, wenn sie von ihrem Geliebten spricht, und Ruth vergisst immer wieder, sich Notizen zu machen, weil sie ihre Gastgeberin lieber beobachtet.

»Mir ging es so, wie es allen Liebenden geht«, fährt Karen Blixen fort. »Ich konnte mir nicht vorstellen, dass mein Glück mit irgendetwas vergleichbar war. Niemand, so glaubte ich, konnte so von Freude erfüllt sein wie ich, niemand konnte ermessen, wie gut wir zusammenpassten. Diese Woge riss alles mit, Herz, Seele, Körper, Verstand. Ich war durchdrungen von der Liebe zu Denys, fühlte sie von den kleinen Härchen im Nacken bis hinunter in den kleinen Zeh.

Dieses berauschende Gefühl wollte ich mit jemandem teilen, denn auch das hatte ich mit allen Liebenden gemeinsam: Es sollte jemanden geben, der um mich wusste, ich brauchte einen Widerhall. Deshalb schrieb ich Thomas, niemand würde mir annähernd so viel bedeuten wie Denys. Was ich ihm nicht schrieb: Ich wusste von Anfang an, dass meine Gefühle stärker waren als seine. Zwar liebte Denys mich auf seine sanfte und respektvolle Weise, er war ausgehungert, wenn er nach Mbogani kam, suchte das Gespräch mit mir, wollte über Musik reden, über Philosophie und Poesie. Meine Farm war für ihn ein kleines Königreich in der Wildnis, eine Oase, in der es nicht um Instinkte, ums Jagen und ums Töten ging, sondern um die Tiefe des Geistes, um die Freude am Denken und die Liebe zur Kunst. Ich regierte diesen Ort als Herrscherin, wir waren wie Oberon und

Titania, die sich eine eigene Welt schufen. Aber einen wesentlichen Unterschied zwischen uns gab es: Denys konnte gut ohne mich existieren, während ich bald nicht mehr ohne ihn leben wollte. Nur durfte ich ihm das nicht zeigen, um ihn nicht zu erdrücken. Er berief sich gerne auf ein Gedicht von Shelley und betonte, er käme nicht aus Mitleid zu mir, sondern wegen des Vergnügens.

Denys wollte nicht heiraten. Auch nicht, als ich von Bror geschieden wurde. Aber das war nicht so schlimm für mich, denn das, was ich immer befürchtet hatte, dass ich nach der Scheidung Afrika verlassen müsste, trat ja nicht ein. Ich leitete die Farm und tat alles, um sie am Leben zu halten.«

Die Baronin schweigt nun und schließt die Augen. Ihr Gesicht ist plötzlich verzerrt, offenbar hat sie Schmerzen.

»Möchten Sie eine Pause machen?«

Sie nickt und legt stöhnend die Hand auf ihren Magen. Ruth ist alarmiert.

»Baronin? Kann ich etwas tun?«

Karen Blixen schüttelt kraftlos den Kopf und lässt sich, bevor Ruth auch nur Zeit hat aufzustehen, auf den Boden gleiten. Sie dreht sich auf die Seite, zieht die Knie an und stöhnt.

Ruth springt auf und steht einen Moment unschlüssig da. »O Gott, was muss ich tun? Ich hole Hilfe …«

Sie rennt aus dem Zimmer, durchquert Salon und Esszimmer, hastet die Treppe hinunter zur Küche. Frau Carlsen rührt gerade einen Teig an. »Bitte … schnell«, keucht Ruth, »die Baronin … liegt auf dem Boden …«

Frau Carlsen stellt die Schüssel ab und folgt Ruth nach oben, wo sie zum Telefon greift, das im Flur hängt. »Das wird eine ihrer Schmerzattacken sein, die hat sie häufiger. Ich rufe gleich den Arzt. Aber lassen Sie sie bloß auf dem Boden liegen. So hält sie es am besten aus!«

Ruth rennt zurück in die Ewaldstube, wo die Baronin noch immer in Embryohaltung liegt und leise stöhnt. Ihre Finger umklammern die Knie, ihre Zähne klappern. Sie hat die Augen geschlossen. Ruth nimmt ein Kissen in die Hand und steht ratlos vor der kleinen, gekrümmten Frau. Ob sie ihr das Kissen unter den Kopf legen soll? Pasop steht neben der Baronin und leckt ihr Ohr. Als sie die Augen öffnet, muss Ruth an Kühe denken, die in Panik mit den Augen rollen, sodass die Pupillen nach oben rutschen. Sie entscheidet sich, abzuwarten.

Eine Stunde später sitzt Ruth neben Karen Blixen in deren Schlafzimmer unterm Dach. Sie hat sich einen Sessel herangezogen und mustert ihre Gastgeberin besorgt. Bleich hebt sich das schmale, faltige Gesicht vor dem zartblauen Kissen ab, aber die Augen der alten Dame funkeln schon wieder.

»Danke für Ihre Hilfe«, sagt die Baronin, »jetzt wissen Sie, warum ich lieber Hosen trage. Dann kann ich die Beine anziehen, und das muss ich, um den Schmerz einigermaßen aushalten zu können. Es war kein so schlimmer Anfall, aber für Sie sah es wahrscheinlich aus, als würde ich sterben.«

Ruth nickt fast unmerklich. »Ich gehe dann mal und komme morgen …«

»Nein, ich möchte nicht, dass Sie gehen. Wir sind

noch nicht fertig für heute. Nehmen Sie das Kissen dort und stopfen Sie es hinter meinen Rücken. Und helfen Sie mir, mich aufzusetzen. Vorsichtig. Ja, so. Und jetzt ziehen Sie das Tischchen da heran. Ist der Arzt weg? Dann holen Sie die Zigaretten aus der Schublade vom Schminktisch.«

Ruth verkneift sich eine Bemerkung und erledigt alles wie befohlen. Als sie wieder auf dem Sessel Platz nimmt und ihr Heft aufschlägt, dringt ein Winseln von unten zu ihnen. Die Baronin seufzt.

»Herrje, das ist Pasop. Der schafft die Treppe nicht mehr. Und natürlich möchte er nicht alleine sein. Lassen Sie ihn doch in den Garten, dann hat er was zu tun. Und wir machen weiter.« Sie schaut sich um. »Und wenn Sie zurückkommen, bringen Sie die Kiste aus der Ewaldstube mit.«

Wenn Denys sich auf Safari befand, hatte Tanne viel Zeit, um nachzudenken, welche Sorte Mann er war. Er war so gar nicht wie Bror. Wild drauflosstürmen, erobern, unterwerfen – das war nicht seine Sache. Während Bror als Liebhaber begeistert von sich und seiner Kraft war, ging es Denys mehr um den Zusammenklang. Auch gehörte er nicht zu den Fallenstellern, wendete keine Strategien an, um eine Frau für sich zu gewinnen. Das hatte er gar nicht nötig, denn die Frauen mochten ihn. Denys war eher ein Beobachter, fand Tanne. Und es kam ihr manchmal vor, als spiegele sein Blick die Musik, die er hörte, wenn er einen Menschen anschaute. Das Familienmotto der Finch Hattons lautete: »*Je respon-*

deray, ich werde antworten.« Und so war es. Denys reagierte auf alles, was sie sagte oder nicht sagte. Er tat das nicht unbedingt mit Worten, aber sie spürte, dass sie ständig im Austausch miteinander waren.

Oft saßen sie auf der Veranda und lauschten der Musik aus dem Grammofon. Bei Mozarts Klarinettenkonzert in A-Dur leuchteten Denys' Augen besonders warm und lebendig. Aber noch lieber hatte sie es, wenn er die Gitarre zur Hand nahm und für sie spielte. Er hatte sogar »Where'er You Walk« aus *Semele* für sie gelernt.

Denys ermutigte Tanne, wieder zu malen, und sie schickte die Bilder nach Dänemark, um sie von einer Bekannten begutachten zu lassen. Insgeheim hoffte sie, die Gemälde würden ausgestellt und verkauft, aber dazu kam es nicht. Denys fand, Tanne solle die Geschichten, die sie ihm abends am Kamin erzählte, ausarbeiten und aufschreiben. Er korrigierte nicht nur ihre Aussprache, sondern auch ihr Schriftenglisch und gab ihr sogar ein paar Lateinstunden, weil er glaubte, ihr Sprachverständnis würde auf diese Weise verbessert. Darüber hinaus lernte sie von ihm, wie wichtig es war, im Jetzt zu leben. Sie genoss jeden Moment mit ihm. Fast jeden.

Eines Morgens zogen sie um fünf Uhr los, um Tauben zu schießen. Schweigend ritten sie nebeneinander durch das hohe Gras, nur das Knarren der Sättel und das dumpfe Geräusch der Hufe waren zu hören. Die ersten Insekten erhoben sich aus dem Gras und schwirrten um ihre Köpfe. Ein paar Schwalben drehten Loopings. Sie hörten die Rufe der Kikuyu-Frauen, die schon in ihren eigenen

Gärten arbeiteten, bevor sie zu den Kaffeefeldern kamen. Tanne wünschte sich, sie könne mit Denys öfter über die Farm sprechen, ihn für ihre Angelegenheiten interessieren und ihn dazu bringen, nicht nur ihr Haus als seines zu betrachten, sondern sich ebenso für ihr Land zu engagieren. Aber er hatte seine eigenen Geschäfte, und obwohl er ihr aufmerksam zuhörte, wenn sie ihm von den neuesten *Shauries* berichtete, unternahm er nie auch nur die geringsten Anstalten, ihr von der Verantwortung für Mbogani etwas abzunehmen. Sie ließ die Zügel locker, nahm den Hut ab und strich sich die Haare zurück. Mit einem kurzen Blick verständigten sie sich und beschlossen wortlos, weiter in Richtung Ngong-Berge zu reiten, die sich vor ihren Augen kupferrot färbten. Der Morgen war einfach zu schön, und Denys hatte in seinen Satteltaschen etwas Proviant, falls sie hungrig wurden.

In den Bergen stießen sie auf einen flachen Platz, fast wie eine Aussichtsterrasse, von der sie den Mount Kenya und den Kilimandscharo sehen konnten.

»Hier möchte ich einmal begraben werden«, sagte Denys, legte sich ins Gras und breitete die Arme aus. »Was hältst du davon? Wäre das nicht ein passender Ort für uns beide? Verdammt, ich glaub's nicht …«, er setzte sich auf, »man sieht sogar dein Haus von hier oben!«

Tanne ließ sich neben ihm auf den Boden sinken und vergewisserte sich, dass die Pferde ruhig grasten, ein Zeichen, dass kein Wild in der Nähe war. Denys holte eine Apfelsine hervor und schälte sie mit dem Messer.

»Wenn ich in Afrika sterben sollte, kannst du mich hier beerdigen. Willst du dafür sorgen, meine Liebe?«

Sie antwortete nicht. Sie dachte an den gestrigen Abend, als er ihr vorgeschlagen hatte, einen Stern am Himmel auszusuchen, den sie miteinander teilen würden. Wenn ihre Wege sich trennten, bräuchten sie nur in den Himmel zu schauen, um miteinander verbunden zu sein.

»Was ist los, Tania?«, fragte Denys und reichte ihr ein Stück von der Frucht. Er küsste einen Tropfen von ihrem Handgelenk und hielt es fest. »Würde es dir nicht gefallen, wenn wir beide hier oben vereint wären? Ich hoffe natürlich, dass das nicht so bald sein wird, aber irgendwann?«

Sie zog ihre Hand zurück und leckte sich den restlichen Saft von den Fingern.

»Doch, das ist eine schöne Idee. So wie die Idee mit dem Stern, von dem du gestern gesprochen hast …«

»Aber?« Er drehte sich zu ihr.

»Ich will etwas anderes, Denys. Ich will kein Grab mit dir und auch keinen Stern. Ich wünsche mir ein Kind.«

Auf einmal wurde es ganz still. Als ob die Vögel in den Büschen lauschten und die Käfer mit dem Brummen kurz innehalten würden. Dann setzten die Zikaden wieder ein.

»Das geht nicht.«

»Warum?«

»Weil ich kein … keine Familie will.«

»Du hast eine Familie.«

»Eltern und Geschwister. Das ist etwas anderes. Was du willst – dafür eigne ich mich nicht.«

»Woher willst du das wissen? Vielleicht ja doch.«

»Tania, ich weiß es. Ich will kein Kind. Such dir jemand anderen dafür.«

»Sei nicht so brutal.«

»Ich muss es sein, wenn du es anders nicht verstehst.«

»Er könnte Daniel heißen. Ich wünsche mir einen Sohn mit dir, der Daniel heißt.«

»Nenn ihn, wie du willst. Er wird nie existieren. Nicht, wenn ich etwas zu sagen habe.«

»Und wenn ich verspreche, mich allein um Daniel zu kümmern?«

»Er wäre auch mein Kind.«

Sie sagte nichts darauf. Stattdessen konzentrierte sie sich auf seine Hände, die mit ihren langen Fingern die Apfelsine in kleinere Stücke teilten, das Messer glitt weich durch das orangefarbene Fleisch, Tropfen liefen zwischen seinen Fingern hindurch.

Ja, es wäre sein Kind, und genau das war der Grund, warum sie es haben wollte.

»Und was soll ich tun, wenn es einfach passiert?«

»Es gibt Möglichkeiten.«

Sie schluckte.

»Hier sind sie eher begrenzt.«

Denys drehte den Kopf und sah sie an. »Dann müssen wir darüber reden. Entscheide nicht allein. Nicht über mein Leben. Binde mich nicht fest, Tania, das geht schief.«

Er steckte sich die restlichen Fruchtstücke in den Mund, wischte sich die Hände an der Hose ab, stand auf und ging zu seinem Pferd.

Sie hätte ihm an diesem Morgen sagen sollen, dass sie

ein paar Monate zuvor ein Kind – sein Kind – verloren hatte. Aber sie brachte es nicht fertig.

Sie hatte niemandem erzählt, dass sie glaubte, schwanger zu sein. Zuerst hatte sie den Arzt in Nairobi aufsuchen wollen, um sicher zu sein. Dann war sie in der Nacht wach geworden, weil ihr Hund Banja, Dusks und Dawns Sohn, gejault hatte. Unruhig war er zwischen ihrem Bett und der Tür hin- und hergelaufen. Sie wollte ihn nach draußen lassen, setzte sich auf und wurde plötzlich von einem heftigen Krampf erfasst. Sie krümmte sich und stöhnte vor Schmerz. Der Hund drehte den Kopf zu ihr, sie sah den Reflex des Mondlichts in seinen Augen, und sie hörte, wie er sich an die Tür presste. Was geht hier vor?, dachte sie wütend. Warum will mein Hund fort von mir, wenn ich vor Schmerzen schreien möchte? Als sie am Morgen das Blut sah, wusste sie sofort, was passiert war. Ihr Hund hatte es schon vor ihr gewusst. Er hatte den Tod gerochen und instinktiv das Weite gesucht.

Tanne beschloss, die wenigen Tage, die sie mit Denys hatte, zu genießen und sprach nicht mehr von Daniel. Sie ritten zusammen aus und picknickten dort, wo es ihnen gerade gefiel. Einmal brachte er sie an einem sehr heißen Tag an eine flache Stelle am Fluss, die sie beide mochten, und zog sie aus.

»Was hast du vor?«, fragte sie leise und schaute sich um, ob irgendwer sie beobachtete.

»Es ist niemand da«, flüsterte er, hob sie hoch und ging mit ihr zum Wasser. »Ich erinnere mich an eine verrückte Elfenkönigin, die so gerne einmal im fließenden

Wasser baden wollte. Leider hatte sie sich damals die falsche Stelle ausgesucht.«

Sie legte den Kopf zurück und lachte. »Die Elfenkönigin war damals frisch verzaubert. Dann macht man solche dummen Sachen.«

Er nickte und vergrub sein Gesicht kurz an ihrem Hals. Dann schritt er langsam in den Fluss. »Ich hoffe, der Zauber wirkt noch. Für alle Fälle gibt es heute eine zweite Taufe, liebste Tania, damit du für alles gewappnet bist.« Er tauchte sie sanft ins Wasser und hob sie wieder hoch. »Keine bösen Dinge sollen dir geschehen ...«, flüsterte er.

Sie schloss die Augen und fühlte das Kitzeln der Tropfen, die über ihren Körper rannen. Er küsste sie auf den Mund und tauchte gemeinsam mit ihr ins Wasser, bevor er sie wieder ans Ufer trug. Er beugte sich über sie, und das Wasser aus seinen Haaren tropfte auf ihr Gesicht. Sie sah in seinen Augen, dass er sie liebte. In diesem Augenblick und auf seine Weise. Das muss mir doch genügen, dachte sie. Und es genügte auch.

Wenn Denys da war, konnte Tanne die Ängste um die Farm für kurze Zeit verdrängen. Manchmal reichte es schon, die Post aus Dänemark ein paar Tage liegen zu lassen, bevor sie sie öffnete. Aber kaum war Denys wieder fort, fielen die Schatten über sie her. Onkel Aage hatte ihr in einer Mischung aus Wut und Bitterkeit geschrieben, er und seine Schwester hätten inzwischen eine halbe Millionen Kronen in das afrikanische Unternehmen gesteckt. Was ihn betraf, war das bereits mehr als das Erbe eines seiner Kinder. Das Geld versickerte auf Mbogani wie Wasser im Wüstensand. Der Onkel drängte auf größere Einsparungen. Ob Tanne nicht auf die Hälfte ihres Gehalts verzichten könne? Sie müsse doch auch mit vierzig Pfund monatlich auskommen können. Tanne schrieb ihm einen wütenden Brief zurück. Nein, sie könne nicht mit weniger Geld auskommen, stellte sie klar. Zum einen wollte sie nicht weniger verdienen als ihr Verwalter, zum anderen musste sie doch in der Lage sein, Geschäftspartner und Freunde zum Essen einzuladen. Immerhin gehörten der Gouverneur der Kolonie und andere hohe Beamte zu ihren Gästen. Außerdem wollte sie ihren Arbeitern unter die Arme greifen, ihnen Vorschüsse oder kleine Kredite gewähren können, wenn sie in Not gerieten. Aage Westenholz hatte dafür kein Verständnis und drohte ihr, den Vorsitz im Vorstand abzugeben, womit ihr wichtigster Fürsprecher in der Karen Coffee Company seinen Einfluss verlieren würde. Sie einigten sich schließlich auf ein Gehalt von fünfzig Pfund pro Monat.

Tanne suchte Trost bei Thomas. Armut könne sie nicht aushalten, ob er ihr Geld leihen würde? Thomas, Anders und ihre Mutter schickten ab und zu kleine Beträge, mal zwanzig Pfund, mal zehn, und sie war für jede Gabe dankbar. Ihre Mutter nannte es »Zigarettengeld«.

Gleichzeitig kämpfte Tanne verbissen weiter. Die ganze Mühe würde sich doch irgendwann auszahlen, hoffte sie, die nächste Ernte musste einfach besser werden.

Und dann geschah das Wunder: 1924 erwirtschaftete Tanne zum ersten Mal, seit sie in Ostafrika war, einen

Überschuss. Siebenundsiebzig Tonnen Kaffee hatten sie geerntet. Das war zwar nur die Hälfte von dem, was sie in einem Jahr eigentlich hätten haben müssen, aber da der Kaffeepreis auf dem Weltmarkt gerade wieder in die Höhe geschossen war, konnten sie tatsächlich einen Gewinn einstreichen. Tanne wusste, dass die Schulden, die auf der Karen Coffee Company lasteten, noch immer das Zehnfache dieses Überschusses betrugen, doch für den Moment war ihr das egal. Die Farm war vorerst gerettet.

Nun sollte ihre Mutter endlich einmal nach Kenia kommen. Tanne hatte ihr in den letzten Jahren so oft Vorwürfe gemacht, aber dabei nie einen Zweifel daran gelassen, dass sie Ingeborg Dinesen über alles liebte. Sie schickte ihr eine lange Liste mit Dingen, die sie sich wünschte. Sie wollte ihr Tafelservice von Royal Copenhagen wieder aufstocken, nachdem Bror es mit seinen Freunden zerschossen hatte, sie wünschte sich Kleider und Blusen aus Paris, eine Flasche ihres Lieblingsparfums Rue de la Paix von Guerlain, Bücher, Bridgekarten und Farben zum Malen. Aber das Allerwichtigste, so bettelte sie wie ein Kind, seien Stiefel mit hohen Absätzen aus Wildleder von Hellstern in Paris.

Ingeborg Dinesen, die gemeinsam mit ihrem Sohn Thomas nach Kenia reiste, zählte mit ihren achtundsechzig Jahren für die Einheimischen bereits zu den sehr alten Menschen. Sie nahmen die Mutter der *Lioness*, die stets schwarze Kleidung trug, herzlich in ihrer Mitte auf, nannten sie *Msabu mzee*, »die älteste weiße Frau«, und erwiesen ihr großen Respekt, wie das in ihrer Kultur gegenüber dem Alter üblich war. Als Tanne ihrer Mutter einmal vor dem versammelten Personal die Haarnadeln aus dem Knoten zog und die weißen Haare wie ein Schwall bis auf die Hüften fielen, waren alle sehr beeindruckt.

Das Erste, das Tanne ihrer Mutter zeigte, war die neue Schule.

»Ich bin gespannt, was du davon hältst, dass ausgerechnet ich, die ich kaum eine Schule von innen kenne, selbst eine gegründet habe.«

Sie nahm Ingeborg an der Hand und spazierte mit ihr zu dem großen Schuppen mit Wellblechdach, den sie nahe des Teichs hatte errichten lassen. Als sie eintrafen, saßen etwa fünfzig Kinder auf dem nackten Boden und blickten zur Tafel, auf der ihr Lehrer ein paar Wörter geschrieben hatte und mit einem Stock darauf zeigte. Als sie die beiden Frauen bemerkten, standen die Kinder auf und begrüßten Tanne im Chor. Dann winkten sie und setzten sich wieder hin.

»Gibt es keine Möbel?«, fragte ihre Mutter leise.

»Wir bekommen Bänke und Tische, aber das wird noch etwas dauern. Doch Bücher habe ich schon. Die schottische Mission hat mir Bibeln geschenkt. Aber ich möchte auch Rechenbücher und Fibeln anschaffen. Hundert Kinder können wir hier unterrichten.«

Frau Dinesen betrachtete die eifrigen Gesichter der Kinder, die mit Griffeln auf kleine Tafeln malten, die sie vor sich auf den Beinen liegen hatten. »Da hast du eine gute Sache ins Leben gerufen«, sagte sie. »Kommen die Kinder freiwillig?«

»Aber ja, sie stehen schon vor Unterrichtsbeginn vor

dem Tor und warten, dass es endlich losgeht. Manche malen die Buchstaben, die sie am Tag zuvor gelernt haben, morgens in den Sand. Stell dir nur vor, wie viel schöner es ist, etwas zu lernen, als Unkraut zu jäten oder Wasser zu tragen.«

»Und was sagen deine Freunde dazu?«

Tanne zuckte mit den Schultern. »Die meisten halten mich für verrückt. Viele von ihnen glauben, wenn Afrikaner lesen und schreiben lernen, würde dadurch das Machtgefüge der Kolonie gestört werden. Sie glauben, je ungebildeter jemand ist, desto leichter lässt er sich beherrschen.«

»Was wahrscheinlich stimmt.«

»Natürlich stimmt es, darum geht es ja. Doch wir müssen in die Zukunft schauen. Soll das hier immer so weitergehen, dass die Engländer alle anderen beherrschen? Ich finde, dass die Kenianer sich so viel Bildung wie möglich aneignen sollten, damit sie ihr Land selbst verwalten und regieren können. Wir merken das auch auf der Farm. Wir brauchen Arbeiter, die mit Maschinen umgehen können, die Aufzeichnungen lesen und rechnen können. Bildung ist der Schlüssel, mit dem sich die Frauen und Männer in Ostafrika eines Tages von der Herrschaft der Kolonialherren befreien können.«

»Und was willst du dann machen? Kannst du dann noch bleiben?«

»So schnell wird sich hier nichts ändern. Bis die Natives das Heft in die Hand nehmen, bin ich schon lange tot. Und wenn nicht, dann hoffe ich, dass es einen friedlichen Übergang gibt.«

»Glaubst du daran? An das friedliche Ende einer Kolonie?«

»Nein. Aber ich wäre gerne Teil einer guten, historischen Entwicklung. Lieber, als dass ich Teil einer verkrusteten, arroganten Gesellschaft bin.«

Tanne und Thomas reisten mit Ingeborg Dinesen zum Lake Naivasha, sie machten Picknick in den Ngong-Bergen, aßen im New Stanley Hotel zu Mittag und besuchten den Gouverneur in seiner Residenz.

Ingeborg Dinesen war beeindruckt davon, welchen Respekt ihre Tochter genoss und welchen illustren Freundeskreis sie sich aufgebaut hatte. Aber was sie noch viel mehr beeindruckte, war der herzliche Umgang ihrer Tochter mit den Kindern auf der Farm. Sobald sie mit dem Automobil in die Einfahrt bogen, kam ihnen eine kleine Schar Kinder jubelnd entgegengelaufen. Sie rissen die Tür des Wagens auf, überfielen Tanne mit Neuigkeiten, vor allem, was die Hunde betraf, wollten wissen, ob sie in der Stadt etwas eingekauft hätte, und fragten, ob es heute Zucker für sie gäbe.

Tumbo und Mahu, Sohn und Tochter von Tannes Hausdiener Juma, sahen in Tanne eine Art gute Fee, die für die höchsten Genüsse des Lebens zuständig war. Als Mahu fünf wurde, schenkte ihr Tanne ein Kalb und ein Halsband. Die beiden Kinder spielten auf der Wiese vor dem Haus gerne *Ngoma* und tanzten, während Tanne sie von ihrem Arbeitszimmer aus beobachtete. Obwohl sie anfällig gegen Lärm war, wenn sie arbeitete, empfand sie das Lachen und Rufen der Kinder nie als störend. Es war wie ein Streicheln auf der Haut, drang von dort in ihr Herz und wärmte es.

Ingeborg Dinesen wunderte sich, wie heiter ihre Tochter war, wenn die Kleinen nachmittags auf Tannes Schoß kletterten und sie deren Hände in die ihren nahm, um ihnen die Fingerspiele beizubringen, die sie selbst von ihrer Mutter gelernt hatte. »Weißt du, Tanne«, sagte sie eines Abends, als sie die Jungen und Mädchen nach Hause geschickt hatten, »es ist nicht wichtig, ob diese Kinder nun deine eigenen sind oder nicht. Nähe und Vertrauen entstehen durch das, was ihr miteinander erlebt.«

Tanne nickte, fragte sich aber insgeheim, ob die Mutter ahnte, dass sie sich ein Kind wünschte. Sie hatte ihr nicht davon erzählt, dass sie und Denys, der zurzeit unterwegs war, ein Paar waren, und es schien einfacher zu sein, ihn nur als guten Freund zu erwähnen, der bei ihr wohnte, wenn er nicht auf Safari war. Aber sie freute sich über jede Gelegenheit, über den Geliebten zu sprechen, und die Mutter hatte ihr gerade ein gutes Stichwort geliefert.

»Ich muss dir von Abdullahi erzählen.«

Das Gesicht ihrer Mutter hellte sich auf. »Aber den kenne ich doch, er war mit dir in Rungstedlund, wie geht es ihm?«

»Er ist nicht mehr Page, sondern arbeitet auf der Kaffeefarm. Aber um ihn geht es nicht. Farah hat einen Bruder mit demselben Namen. Er war zehn Jahre alt, als Farah ihn aus Aden anreisen ließ und als Pagen in unser Haus brachte. Ich fand Farah manchmal zu streng mit dem Jungen und stellte mich dann auf seine Seite. Abdullahi kam oft zu mir ins Bett gekrochen, wenn er Angst hatte, er war mir gegenüber ganz ohne Scheu. Ich habe ihn gemalt, weil er so ein hübsches, rundes Gesicht und so einen verletzlichen Blick hat. Es ist das Porträt, das ich euch im letzten Jahr geschickt habe.«

Ihre Mutter nickte.

»Als er älter war, merkte ich, wie begabt dieser Junge war.«

Abdullahi hatte die Aufgabe, Denys Finch Hatton und Berkeley Cole mit Getränken zu versorgen, wenn sie im Salon von Mbogani gegeneinander Schach spielten. Den beiden Männern fiel auf, wie konzentriert der Junge ihre Spielzüge verfolgte.

»Verstehst du überhaupt, was wir hier machen?«, fragte ihn Berkeley.

»Ja, *Bwana* Cole.«

»Hast du schon einmal gespielt?«

»Nein, *Bwana*. Aber ich weiß, wie die Regeln sind.«

Denys stand von seinem Sessel auf und machte eine einladende Geste.

»Dann schau doch mal, ob du den *Bwana* Cole schlagen kannst.«

Abdullahi sah unsicher von einem zum anderen. Tanne, die am anderen Ende des Zimmers mit einem Buch in der Hand saß, blickte auf und sah Abdullahis flehentlichen Blick auf sich gerichtet.

»Was ist los?«

Denys nahm sich eine Zigarette und kam zu ihr rüber.

»Abdullahi soll gegen Berkeley Schach spielen. Er sagt, er kennt die Regeln.«

»Dann wird es so sein.«

Sie schaute den jungen Mann an. »Nur los, zeig, was du kannst.«

Abdullahi schluckte und schob den Stuhl zur Seite.

»Nein, nein«, sagte Denys und kam zurück an den Tisch, »du kannst nicht im Stehen spielen. Setz dich *Bwana* Cole gegenüber. Sonst hast du schon verloren.«

Er schob den Sessel zurück und drückte Abdullahi sanft darauf.

Der junge Somali gewann. Einmal, zweimal. Jetzt wollte auch Denys gegen ihn spielen, und er verlor ebenso wie Berkeley.

Als Farah ins Zimmer kam, sah er seinen Bruder entsetzt auf dem Sessel sitzen und zischte ihm ein kurzes Kommando zu. Der Junge floh sofort aus dem Salon.

»Ich entschuldige mich ...«, begann Farah, aber Tanne fiel ihm ins Wort.

»Farah, wir haben Abdullahi ausdrücklich dazu aufgefordert, sich zu setzen und die Partien zu spielen. Er hat nichts falsch gemacht.«

»Er sollte seinen Platz kennen«, knurrte Farah.

»Bitte, bestrafe ihn nicht. Er hat uns nur gehorcht. Er konnte gar nicht anders.«

Farah antwortete nicht und verließ den Raum. Tanne seufzte.

Sie fand Abdullahi am nächsten Tag hinter dem Haus. Er putzte sämtliche Schuhe. Es sah nach Strafarbeit aus.

»Tut mir leid, Abdullahi. Du hast uns wirklich beeindruckt.«

Denys kam dazu. In der Hand hielt er ein aufgeschlagenes Buch, das *Oxford Handbuch der Rechenkunst.* Er blätterte ein bisschen darin herum und stellte Abdullahi ein paar kniffelige Fragen. Der Junge wusste die Lösungen immer.

»Du solltest ihn auf eine Schule schicken, Tania«, sagte Denys. »Nicht deine Farmschule, es müsste schon eine richtige sein.«

Sie machte eine bedauernde Geste. »Es gibt keine Schule für somalische Kinder, das weißt du genauso gut wie ich, setz dem Jungen keine Flausen in den Kopf.«

Abdullahi putzte verbissen weiter und tat so, als habe er nicht zugehört.

»Doch«, widersprach Denys, »es gibt eine. In Mombasa.«

Er schlenderte weiter, und sie fragte den Jungen, ob er eine Schule besuchen wolle.

»Ja, *Memsahib*«, sagte Abdullahi schlicht. »Aber ich weiß, dass es unmöglich ist.«

»Das ist es. Ich habe leider kein Geld, um dich nach Mombasa zu schicken. Es tut mir leid.«

Sie sprach mit Denys darüber, aber auch er wusste keinen Rat. »Vielleicht fällt dir doch noch etwas ein«, sagte er, als er sich für die nächste Safari verabschiedete und sie in die Arme nahm.

Sie fand ein Buch neben seinem Bett, das ihre Neugier weckte: *Der junge Archimedes*, eine Novelle von Aldous Huxley. Tanne zog sich mit dem schmalen Büchlein an den Kamin zurück und las es in einem Zug durch. Die Geschichte handelte von einem extrem begabten Jungen, der von seiner ignoranten Ziehmutter daran gehindert wurde zu studieren und sich schließlich verzweifelt in den Tod stürzte. In der folgenden Nacht wachte Tanne voller Panik auf und wusste, dass sie irgendwas für Abdullahi tun musste. Sie zählte ihr Erspartes, und es gelang ihr, das Geld zusammenzukratzen, um ihn nach Mombasa zu schicken, wo er gute Fortschritte machte, wie seine Lehrer ihr Jahr für Jahr versicherten.

Die Harmonie, in der Tanne und ihre Mutter lebten, wurde ausgerechnet von Thomas gestört. Er hatte es sich zur Aufgabe gemacht, zu ergründen, warum die Ernten auf Mbogani nicht üppiger ausfielen, warum sie immer weit unter dem Ertrag blieben, der veranschlagt worden war. Thomas besuchte andere Farmen, prüfte deren Lage und die Böden und ließ sich Zahlen zeigen. Er kam zu der Erkenntnis, dass die Farm seiner Schwester zu hoch lag, denn im Winter waren die Kaffeebüsche heftigen Temperaturstürzen ausgesetzt. Unumwunden schlug er vor, Mbogani so bald wie möglich zu verkaufen, um damit wenigstens einen Teil des Familienvermögens zu retten. Aber davon wollte Tanne nichts hören.

Anfang Januar 1925, Tannes Mutter und Thomas waren gerade wieder abgereist, kam ein Brief von Bror, der ihr mitteilte, die Scheidung sei jetzt rechtskräftig. Er berichtete ihr, er arbeite inzwischen als Führer für Großwildsafaris, habe kaum noch Zähne, wenige Haare und sehr viele Falten. Offenbar hatte die Krankheit, die sie miteinander teilten, ebenfalls bei ihm Spuren hinterlassen, wenn es ihm auch nie so schlecht gegangen war wie Tanne. Sie wusste von Denys, dass Cockie mittlerweile geschieden war, zum Glück lebte sie in England. Bei der Vorstellung, Bror könne wieder heiraten, grauste es Tanne. Denn dann gäbe es plötzlich zwei Baroninnen Blixen – und Tanne fand, sie solle die einzige sein.

»Ich verstehe nicht«, sagt Ruth nachdenklich, »wie das alles zusammenpasst: Sie liebten die Kinder Ihrer Hausangestellten und ließen sie im Haus spielen. Und zur selben Zeit umgaben Sie sich mit der britischen Aristokratie, mit Snobs, die Sie als *pro-native* beschimpft haben. Sie richteten in Ihrem Speisezimmer Dinner aus, für die sich die besten Häuser Londons nicht geschämt hätten, Sie tranken Champagner und kleideten sich sogar mit Ihrem Freund vor dem Abendessen um, ganz in der Tradition englischer Herrenhäuser, und gleichzeitig stapften Sie in derber Arbeitsmontur über die Farm und legten eigenhändig Hand an Ihre Kaffeebüsche. Sie verachteten das Bürgertum, aber es war doch der Reichtum Ihres eigenen bürgerlichen Familienzweigs, der die Farm finanzierte und Ihnen half, Sie Jahr für Jahr vor dem Bankrott zu retten. Also frage ich mich: Wie passt das alles zusammen?«

Karen Blixen schaut Ruth mitleidig an. »Gar nicht. Es passt gar nicht zusammen. Warum sollte ich als Mensch nicht die Freiheit haben, Dinge zu tun, die nicht zusammenpassen? Wer hat jemals behauptet, Menschen seien in dem, was sie tun, konsequent und berechenbar?«

»Aber ich dachte, Menschen folgen … nun ja … ihren Werten.«

»Und? Das tat ich doch auch. Wer legt denn fest, welche Werte zusammengehen und welche nicht? Und wissen Sie was? In Erinnerung daran gönnen wir uns jetzt ein Glas Champagner. Laufen Sie doch schnell zu Frau Carlsen, und lassen Sie auch den armen Pasop wieder rein.«

Als die Baronin ein paar Minuten später den ersten Schluck nimmt, noch immer im Bett sitzend, aber doch schon wieder etwas frischer wirkend, schaut sie versonnen auf das Glas. »Herrlich! Wir nannten es damals ›Schaum‹. Man sollte immer eine Flasche kalt stehen haben, merken Sie sich das. Und ich habe noch zwei Ratschläge, die ich jeder jungen Frau mit auf den Weg gebe. Auch Ihnen, wenn Sie wollen.«

»Ich höre«, sagt Ruth amüsiert.

»Erstens: Jede Frau sollte sich die Haare kurz schneiden lassen, weil ihr das mehr Bewegungsfreiheit und mehr Zeit verschafft. Wissen Sie, wie lange wir früher für unsere komplizierten Hochsteckfrisuren brauchten? Zweitens: Jede Frau sollte Autofahren lernen, auch das gibt ihr Freiheit.«

Ruth greift sich in ihre kinnlangen Haare und nickt zustimmend. »Gilt Treckerfahren auch?«

Frei lebt, wer sterben kann

Im Frühling 1925 fuhr Tanne nach Paris, wo es so kalt war, dass sie die Mutter darum bat, ihr einen Blaufuchspelz zu kaufen und direkt ins Hotel zu schicken. Ingeborg Dinesen erfüllte den Wunsch postwendend. Tanne bedankte sich herzlich und schrieb, ihre Sehnsucht nach Roggenbrot, Krabben und norwegischem Ziegenkäse sei inzwischen so groß, dass sie sogar nachts davon träume.

Kurz nach ihrem vierzigsten Geburtstag im April erreichte sie Rungstedlund und genoss das Zusammensein mit der Familie zum ersten Mal seit Jahren wieder in vollen Zügen. Im Vergleich mit der Plackerei auf Mbogani fühlte sich das Leben in Dänemark leicht und fast heiter an. Doch als Denys ihr schrieb, sie solle bald zurückkehren, bekam sie Heimweh. Weihnachten 1925 schiffte sie sich in Antwerpen ein. Im Laderaum stapelten sich Kisten mit Glas, Porzellan, Möbeln und einer Kuckucksuhr, von der sie wusste, dass sie vor allem den Kindern auf der Farm Spaß machen würde. Auch einen jungen schottischen Hütehund hatte sie dabei, Heather.

Kaum erreichte sie die Farm am 1. Februar 1926, bekam sie Fieber und musste sich ins Bett legen. Sie erholte sich nur langsam. Denys war unterwegs, und die erste Besucherin, die sie empfangen konnte, war Lady Lucie McMillan, die Ehefrau von Sir William Northrup McMillan. Doch Sir William war im vergangenen Jahr gestorben, und Lady Lucie fühlte sich einsam. Die beiden Frauen kamen sich näher, auch wenn der Altersunterschied zwischen ihnen gut fünfzehn Jahre betrug.

»Was haben Sie nun vor?«, fragte Tanne, als sie zusammen auf der Veranda saßen und in Gedenken an Sir William eine Flasche Champagner tranken. Die Witwe schüttelte die ondulierten blonden Locken und blickte traurig über die Wiese vor dem Haus.

»Ich weiß es nicht. Das Haus in Nairobi kommt mir riesig vor, und auf unserer Farm kann ich es allein zurzeit nicht aushalten. Ich möchte im Land bleiben, nur weiß ich nicht, womit ich mich beschäftigen soll. William fehlt mir so sehr.«

Tanne legte ihre Hand auf den Arm der Freundin und sagte leise: »Lassen Sie sich Zeit, und entscheiden Sie jetzt nichts. Das wird sich alles finden.«

Lucie stellte ihr Glas ab und nestelte ein Taschentuch aus ihrer Tasche. »Das denke ich auch. Ich möchte dafür sorgen, dass die Menschen meinen William nicht vergessen. Er hat so viel für die Kolonie getan. Ich weiß noch nicht, wie ich sein Andenken ehren kann, aber es wird mir etwas einfallen.« Sie straffte sich und zwang sich zu einem Lächeln. »Und bis dahin … zeigen Sie mir die Schätze, die Sie aus Europa mitgebracht haben. Ich habe noch nie eine Kuckucksuhr gesehen!«

Das Jahr hatte mit einer Dürreperiode begonnen. Bald war der Teich auf Mbogani ausgetrocknet und die Früchte auf den *Shambas* verdorrt. Dass die Regierung in London ausgerechnet jetzt eine neue Kopfsteuer verhängte und von jedem Schwarzen zwanzig Shilling verlangte, machte Tanne fassungslos. »Liegt Kenia denn komplett außerhalb aller Gesetze und jeglichen Rechts?«, schrieb sie ihrem Bruder Thomas. »Wenn der höchste Jahresverdienst eines Natives hundertfünfundfünfzig Shilling beträgt, wie soll er dann diese Steuer zahlen können? Und wie kann es sein, dass im Augenblick so viele Kenianer hungern müssen, während der Gouverneur sich für achtzigtausend Pfund eine neue Residenz bauen lässt und ein Lord Delamere zu einem Fest in Nakuru zweihundertfünfzig Gäste einlädt, die insgesamt sechshundert Flaschen leeren? Du kannst mir glauben, dass die Zahlen stimmen, ich habe sie aus einer sehr guten Quelle, von Lady Lucie, und die weiß solche Dinge immer ganz genau. Wenn mir noch ein einziges Mal eine der ›feinen‹ Damen in Nairobi erklärt, Afrikaner sollten doch Weizen oder Reis kochen, wenn sie keinen *posho* mehr hätten, bekomme ich einen Wutanfall. Weißt du, woran mich das erinnert? An Marie Antoinette und ihre dumme Bemerkung, Arme sollten Brioche essen, wenn sie kein Brot mehr hätten.« Tanne stopfte den Brief so wütend ins Kuvert, dass Thomas beim Öffnen an den vielen Knicken noch fühlen konnte, wie aufgebracht sie gewesen war.

»Haben Sie auch Ihren Freunden in Afrika gesagt, was Sie über die Politik der englischen Regierung denken?«, fragt Ruth. Sie und die Baronin sitzen am nächsten Tag wieder in der Ewaldstube und trinken Tee.

Karen Blixen zögert und blickt auf ihre Hände. »Manchen Leuten habe ich meine Meinung sehr deutlich gesagt. Aber ich habe mich bei Besuchen im Government House oder im Muthaiga Club zurückgehalten. Sie dürfen nicht vergessen, dass ich aus Sicht der englischen Siedler eine Ausländerin war. Ich musste aufpassen, dass man mich nicht aus der Gesellschaft ausstieß, das hätte ich nicht überlebt. Man ist aufeinander angewiesen in dieser Welt. Wenn ich angefangen hätte, den Leuten zu predigen, was ich für richtig hielt, hätte ich den wenigen Einfluss, den ich durch den simplen Umstand besaß, dass Menschen gerne bei mir diniert haben, auch noch verloren. Ich konnte nur versuchen, ein Beispiel zu geben, wie man sich als Farmerin verhalten konnte.«

»Das ist nicht viel.«

Karen Blixen zuckt mit den Achseln. »Ich habe nie behauptet, eine Heldin gewesen zu sein. Ich tat, was ich konnte, im Rahmen meiner Möglichkeiten. Ich hatte eine Schule eröffnet, ich kümmerte mich um die Kranken auf der Farm, ich unterstützte die Frauen und Kinder meiner Leute, und ich zeigte den Afrikanern, dass ich wusste, wie sehr ihr Schicksal mit meinem verbunden war. Ich freundete mich mit vielen Menschen auf meiner Farm an.«

Es waren die Somali-Frauen, mit denen Tanne einen besonders herzlichen Umgang pflegte. Als Farah bei einem Besuch in seiner Heimatstadt Aden zum dritten Mal geheiratet hatte, brachte er seine Frau Fatima, deren Mutter, eine Schwester, eine Cousine und ein weiteres mutterloses Mädchen aus seinem Clan mit auf die Farm. Tanne ließ ein Haus für sie bauen und besuchte sie dort oft. Sie bewunderte Fatimas dickes, glänzendes schwarzes Haar und ihr warmes Lächeln, das sie ihren beiden Söhnen vererbte. Bei ihrem ersten Besuch musterte sie beeindruckt den großen Wohnraum, dessen Boden mit Teppichen bedeckt war. An den Wänden hingen kunstvoll bestickte Stoffe, nur Möbel gab es kaum. Stattdessen stapelten sich Kissen um ein Tablett mit Tee und Schalen mit Süßigkeiten. Aus einem Topf in der Ecke des Raumes stieg ein feiner, würziger Duft auf, eine besondere Sorte Weihrauch, wie sie wusste.

Tanne setzte sich, und Fatima reichte ihr ein Glas Tee, der mit Kardamom gewürzt war.

»Wir richten uns so ein, dass wir innerhalb kurzer Zeit alles einpacken und den Ort verlassen können. So wie es unsere Vorfahren schon gemacht haben«, erklärte Fatima auf Swahili.

»Dann verzichtet ihr also darauf, euer Haus mit Schätzen zu füllen?«, fragte Tanne.

»Unsere Töchter sind unsere Schätze. Wir kleiden sie in kostbare Stoffe und schenken ihnen Schmuck«, erklärte Fatimas Mutter freundlich. Sie goss ihrer Besucherin selbst den Tee nach und bewegte sich dabei in ihrem langen, prachtvollen Gewand sehr elegant. Die Haare waren unter einem Schleier verborgen, aber Tanne sah, dass sie um den Hals eine silberne Kette mit vielen kleinen silbernen Glöckchen trug. »Ein Mann kann auch auf diese Weise zeigen, wie viel er besitzt. Wie ist es in Ihrer Welt? Stimmt es, dass Eltern ihre jungfräulichen Töchter verheiraten, ohne etwas dafür zu verlangen? Empfinden Sie das nicht als beschämend?«

Lange tauschten sie sich über die verschiedenen Gepflogenheiten ihrer Kulturen aus. Und wenn sie auch insgeheim die Traditionen der jeweils anderen ablehnten, so waren sie zu höflich, um es zu zeigen. Stattdessen gingen sie bald zu weniger heiklen Themen über, tauschten Rezepte und sprachen über Handarbeiten. Eines Tages versuchte Tanne, Fatima und den anderen Somali-Frauen das Stricken beizubringen, und löste damit helles Gelächter aus. Es war, erzählte sie ihrer Mutter später, als habe sie den Frauen ein Kasperletheater vorgespielt.

Denys kam zurück auf die Farm, konnte aber nur wenige Tage bleiben, weil sein Vater in England schwer erkrankt war.

Kaum war er zwei Wochen fort, merkte Tanne, dass sie wieder schwanger war. Ihre Brüste fühlten sich schwer an, und ihr Körper schien sich innerhalb kürzester Zeit zu runden. Obwohl sie wusste, wie Denys über ein Kind dachte, schickte sie ihm ein Telegramm, um ihn zu fragen, was sie tun solle. Vielleicht hat er seine Meinung angesichts der Krankheit seines Vaters ja geändert, dachte sie hoffnungsvoll. Um den Klatsch im Telegrafenamt nicht zu befeuern, verschlüsselte sie ihre Botschaft und schrieb, Daniel würde zu Besuch kommen. Was er davon halte?

Denys antwortete umgehend, er riete dazu, den Besuch abzusagen.

Da hatte sie es schwarz auf weiß, die brutale Wahrheit, die sie eigentlich längst kannte und nur nicht hatte wahrhaben wollen. Gekränkt telegrafierte sie zurück, sie habe weder seine Erlaubnis noch seine Hilfe erbeten. Was nicht stimmte, weil sie genau beides von ihm wollte. Einen Tag später kabelte Denys, sie solle tun, was sie für richtig hielte. Er würde Daniel willkommen heißen, wenn er eine Partnerschaft anbieten könnte, aber genau das sei ihm nicht möglich.

Bevor Tanne entschieden hatte, wie sie mit der Situation umgehen sollte, verlor sie auch dieses Kind.

Monatelang vergrub sie sich auf der Farm und schickte keine einzige Zeile mehr an den Geliebten. Schließlich war er es, der den Faden wieder aufnahm. Er sehne sich nach den Ngong-Bergen, schrieb er, und frage sich, warum sie nichts mehr von sich hören lasse.

Tanne reagierte nicht. Erst als Denys ein weiteres Mal von seinem Heimweh nach Mbogani berichtete, spürte sie, dass sie ihr Ziel erreicht hatte: Er war es, der sich darum bemühte, die Beziehung zwischen ihnen lebendig zu erhalten. Er sei auf dem Rückweg, teilte er ihr mit, wolle aber noch ein paar Tage an der Küste bleiben, um ein Stück Land zu kaufen. Es sei immer sein Traum gewesen, ein Haus am Meer zu besitzen. Sie schickte ihm einen liebevollen Brief nach Mombasa, und Denys antwortete postwendend. In seinem Gepäck befänden sich ein neues Grammofon und neue Schallplatten für sie. Doch das eigentliche Geschenk steckte in seiner Anrede.

Denys nannte sie *Honourable Lioness*, verehrte Löwin. Er hätte ihr keine größere Freude machen können.

Das Jahr 1927 wurde eines der glücklichsten Jahre für Tanne auf Mbogani. Nicht nur, weil sie zum zweiten Mal einen Überschuss erwirtschaften konnte und der Vorstand der KCC sie als »gute Direktorin« lobte. Es fügten sich auch andere Dinge ineinander. Tanne hatte die Traurigkeit über den Verlust des zweiten Kindes überwunden und trug Denys deshalb nichts nach. Ihre Mutter besuchte sie ein weiteres Mal in Kenia, und diesmal erlebte sie ihre Tochter zusammen mit dem Geliebten. Sie hatte Tanne noch nie so ausgeglichen und zufrieden gesehen. Als Ingeborg Dinesen nach ein paar Wochen wieder abreiste, glaubte sie ihre Tochter in guten Händen.

Denys und Tanne wuchsen in diesem Jahr zusammen. Ihre Verbundenheit beruhte auf Vertrautheit und auf der besseren Kenntnis ihrer Eigenarten. Wenn Denys von einer Safari zurückkehrte, hatte er wochenlang täglich mit fremden Leuten reden und freundlich sein müssen, hatte sich haarsträubende Ausreden angehört, wenn seine Auftraggeber schlicht nicht schießen konnten, und hatte geschwiegen, wenn ihm jemand schlaumeierhaft erklärte, wie man die Einheimischen eigentlich behandeln müsse. Zurück auf der Farm, versank er tagelang in Schweigen und war unerreichbar für Tanne. In diesen Phasen weigerte er sich, mit ihr nach Nairobi zu fahren, um ein Fest oder ein Konzert zu besuchen. Tanne hingegen ließ nur ungern eine Party im Muthaiga Club aus oder sagte eine Einladung ab, weil sie ohnehin so viel allein war. Nachdem sie Denys zuliebe ein paarmal auf der Farm geblieben war und sich insgeheim darüber geärgert hatte, fuhr sie beim nächsten Mal allein in die Stadt und fand beim Heimkommen einen Zettel auf dem Tisch: »Entschuldige meine schlechte Laune.«

Aber auch Denys musste lernen, mit Tannes Persönlichkeit klarzukommen, vor allem mit ihren jähen Stimmungsumschwüngen und ihren panikartig einsetzenden Ängsten. Außerdem war ihre Gesundheit fragil, sie war oft krank und litt unter starken Schmerzen, während Denys eher zu den Unverwüstlichen gehörte.

Ihre Beziehung hatte den Reiz des Neuen verloren, dafür aber an Tiefe und Verbindlichkeit gewonnen. Als ihre Mutter fragte, ob sie nicht doch nach Europa zurückkehren wolle, sagte Tanne nur: »Ich würde sterben, wenn ich dies alles aufgeben müsste.«

Denys und Tanne besuchten oft ihren Lieblingsplatz in den Ngong-Bergen, den er einmal zu seiner Grabstätte erkoren hatte. Dort saßen sie im Gras und betrachteten die im warmen Wind schwebenden Reiher, als er sie mit einer Ankündigung überraschte.

»Ich möchte keine Jagd-Safaris mehr organisieren«, sagte er unvermittelt. »Am liebsten würde ich es sofort lassen. Aber das geht natürlich nicht.«

Tanne sah ihn alarmiert an. »Und was willst du stattdessen machen? Du willst doch nicht etwa das Land verlassen?«

Sie bemühte sich, gelassen zu klingen, aber er spürte

ihre Angst und ergriff ihre Hand. »Aber nein, so schnell wirst du mich nicht los.«

Sie atmete auf, sagte aber nichts. Er kam zu ihr, setzte sich hinter sie und umschlang ihren Körper mit seinen Armen. Während er ihre Haare mit den Fingern kämmte, fuhr er fort: »Weißt du, ich will nicht mehr Teil dieser hemmungslosen Massenjagd sein. In London habe ich mit einem Redakteur der *Times* gesprochen. Er will einen Artikel von mir haben, darüber, wie es hier zugeht. Die Leute in England haben keine Ahnung, wie wenig heroisch die Jagd oft ist. Ich soll davon berichten, wie diese blutgierigen Idioten mit ihren Automobilen durch den Busch rasen, um alles abzuknallen, was ihnen vor die Flinte läuft.« Denys streckte seine Arme aus und drehte die Hände vor Tannes Augen hin und her. »So viel Blut klebt daran, Tania. Ich will das nicht mehr. Ich werde mich für Schonzeiten einsetzen und für die Einschränkung der Vergabe von Jagdlizenzen. Ich möchte die Natur schützen. Kannst du das verstehen?«

Sie dachte darüber nach. Sie selbst war schon lange nicht mehr auf einer Safari gewesen. Ihre Waffen hatte sie bis auf eine verkauft, und sie schoss nur noch Tiere, die den Bewohnern der Farm zur Ernährung dienten. Außerdem musste sie Raubkatzen, Krokodile und andere gefährliche Feinde erlegen können.

»Aber was willst du stattdessen machen? Gehst du wieder unter die Züchter?«, wollte sie wissen, ohne dass sie seine Frage beantwortet hatte.

»Nein, aber ich würde gerne Foto-Safaris organisieren. Es gibt schon ein paar Anfragen. Immer mehr Menschen wollen Tiere fotografieren oder sogar filmen, statt sie zu töten.«

»Dann willst du überhaupt nicht mehr jagen?«

»Doch, natürlich. Ich bin nicht prinzipiell gegen die Jagd, ich will nur, dass es strengere Regeln gibt. Dass wir mit Augenmaß jagen. Außerdem muss ich ja nicht nur die Träger schützen, sondern auch meine Auftraggeber. Selbst wenn sie das Wild nur fotografieren wollen, werden die Nashörner das nicht wissen und auf sie losgehen. Ich habe nichts gegen die Jagd, wenn es um gefährliche Tiere geht oder um den Kochtopf. Aber die Masse an Wild, die hier geschossen wird, das weißt du selbst, das ist einfach zu viel.«

»Hauptsache, du bleibst hier«, sagte sie und lehnte ihren Kopf an seinen. »Ich habe auch eine neue Geschichte für dich.«

»Das ist gut. Worum geht es?«

»Wart's ab.«

»Du kannst doch jetzt schon mal anfangen.«

»Kann ich nicht.«

Abends verstand er, was sie gemeint hatte. Nachdem er alle Kissen des Hauses vor den Kamin im Salon gelegt und sie beide es sich darauf bequem gemacht hatten, zog Tanne den antiken französischen Wandschirm zu ihnen heran. Darauf waren in zarten Farben verschiedene Szenen gemalt. Chinesische Prinzen, Sultane, Sklaven, Reisende und schöne Damen tummelten sich in grünen Hainen und unter Palmen. Das Flackern des Feuers hinter dem transparenten Schirm schien die Figuren in Bewegung zu bringen. Tanne deutete auf eine Gruppe von drei Männern.

»Das sind die Träumer. Wie du siehst, tragen zwei von ihnen Turbane, einer nicht. Sie sitzen auf dem Achterdeck einer Dhau unter einem Dach.« Ein üppig wallender Stoff war über vier Pfähle gespannt. »Das Zelt schützt sie tagsüber vor der Sonne, aber jetzt, da meine Geschichte beginnt, ist es Nacht. Der Monsun weht feuchte Luft über das Meer. Die Träumer segeln von Lamu nach Sansibar, immer an der Küste entlang, etwa eine Seemeile vom Land entfernt. Der Mond scheint so hell, dass man meinen könnte, das Licht strahle aus dem Wasser heraus. Wir schreiben das Jahr 1863. Die Dhau hat eine wertvolle Fracht geladen, Elfenbein und Rhinozeroshorn. Über den Köpfen der Männer baumelt eine kleine Lampe, und wenn das Boot sich in die Wellen bohrt, tanzen Schatten über ihre Gesichter. Der erste Mann heißt Said Ben Ahamed, und sein Herz ist mit düsteren Rachegedanken erfüllt. Der zweite ist Mira Jamar, ein berühmter Erzähler, dem das Leben jedoch alle Geschichten fortgenommen hat. Der dritte im Bund ist ein Engländer, Lincoln Forsner. Er trägt zwar arabische Kleidung, aber sein Backenbart und seine helle Haut weisen ihn als Weißen aus. Er ist der Einzige, der die Reise genießt. Deshalb beginnt er das Gespräch mit einer sehr persönlichen Frage, und nur widerwillig lassen die anderen sich darauf ein zu erzählen, welches Feuer in ihnen brennt …«

Denys lauschte aufmerksam und merkte bald, dass Tanne weit ausholte. Es würde mehrere Abende brauchen, bis diese Geschichte ihr Ende erreicht haben würde. Er schloss die Augen und streckte die Beine von sich. Jeder der drei Männer trauerte um eine Geliebte, und je mehr sie einander von dieser Frau anvertrauten, umso sicherer glaubte Denys zu erahnen, dass es sich um ein und dieselbe Geliebte handeln könnte, was die Geschichte tatsächlich sehr interessant machte.

Die nächste große Safari, die Denys organisierte, wurde von einem Amerikaner namens Patterson in Auftrag gegeben, der das Wild tatsächlich nur fotografieren wollte und sich weigerte, selbst eine Waffe zu tragen. Es war eine Herausforderung für Denys, dem Kunden die besten Perspektiven zu verschaffen, ohne seine Sicherheit zu gefährden, und als plötzlich ein Wasserbüffel direkt auf Patterson zulief, konnte er das Tier nur in letzter Sekunde durch einen Schuss aus seinem Gewehr stoppen.

Als Denys zurückkam, war er abgemagert und müde. Er hatte sich überanstrengt, las seine Post mit banger Vorahnung und war zutiefst niedergeschlagen, als er die Briefe zur Seite legte. Sein Vater war gestorben, und er hatte nicht an der Beerdigung teilnehmen können.

Tanne bemühte sich nach Kräften, den Geliebten aufzupäppeln, aber gerade als sie und Kamante damit begannen, die leckersten Dinge für ihn zu kochen, beschloss Denys, eine Weile zu fasten. Erst Mitte Dezember gab er den Vorsatz auf. Sie verbrachten einen romantischen Weihnachtsabend zu zweit und gingen am Silvesterabend lange vor Mitternacht ins Bett.

Am 1. Januar standen sie im ersten Morgenlicht auf

und fuhren in Richtung Narok. Auf dem Rücksitz saß Denys' neuer Fahrer Kanuthia, neben ihm stand ein gut gefüllter Picknickkorb. Die drei Frühaufsteher fühlten sich wie die einzigen Menschen auf der Welt, vor ihnen lag die gewundene Straße, in der Ferne zeichneten sich die hohen Berge blaurot vor der aufgehenden Sonne ab. Bald fanden sie sich von Wild umringt: Hunderte Elenantilopen, Zebras und Grant-Gazellen grasten friedlich neben der Straße und hoben nur kurz die Köpfe, als ihr Wagen sich näherte.

Plötzlich deutete Kanuthia nach vorn: »*Simba!*«, sagte er leise.

Vor ihnen im Staub erkannten sie eine tote Giraffe. Ein Löwe thronte auf ihrem massigen Körper, hielt im Fressen inne, senkte den Kopf und starrte sie an. Sein Maul war blutverschmiert bis zu den Ohren. Tanne und Denys wechselten einen kurzen Blick und nickten sich zu. Die Massai, auf deren Gebiet sie sich hier befanden, klagten immer über Raubkatzen, die ihr Vieh rissen. Also griff Denys zum Gewehr und erledigte den Löwen kurz entschlossen. Er fiel wie ein Stein neben die Giraffe, und sie deckten ihn mit Zweigen zu, um ihn später abzubalgen und das Fell mitzunehmen.

Als sie nach Stunden diese Stelle erneut passierten, trauten sie ihren Augen kaum: Ein zweiter Löwe stand jetzt auf dem Bauch der Giraffe, diesmal war es ein besonders großes, prachtvolles Exemplar. Auch diesen Löwen erlegte Denys. Er und Kanuthia zogen beiden das Fell ab. Danach suchten sie sich einen schönen Platz für ein Picknick, weit genug entfernt von den drei Kadavern.

Bei Brot und Käse, Mandeln und Rosinen stießen sie mit Rotwein auf das neue Jahr an und fanden, es habe gut begonnen.

»Die Löwen laufen uns praktisch hinterher, *Honourable Lioness*«, sagte Denys und hob sein Glas.

Kanuthia widersprach: »Die *simbas* haben euch doch erwartet, das ist viel gefährlicher. Ihr müsst gut aufpassen. Und ihr dürft nie sorglos sein.«

Sorglos sein. Darüber dachte Tanne in den nächsten Wochen viel nach. Wie mochte es sich anfühlen, wirklich sorglos zu sein? Kannte sie dieses Gefühl überhaupt? Gab es nicht immer nur kurze sorglose Momente im Leben, kleine Inseln, auf denen manchmal eine einzige Stunde Platz fand oder auch mal eine halbe Nacht? War ein Ritt in die Berge der Inbegriff für Sorglosigkeit oder das vergnügte Lachen eines der Farmkinder? Tanne saß in ihrem Büro, als sie diese Überlegungen anstellte. Von hier aus blickte sie über die gepflasterte Terrasse und den Rasen. Links von ihr lagen die Berge und rechts der Wald. Da trat wie eine Antwort auf ihre Fragen eine Gestalt zwischen den Bäumen hervor und schritt langsam auf sie zu. Es war eine kupferfarbene, zierliche Antilope, gefolgt von einem Kitz auf so dünnen Beinen, dass man sich fragen musste, wie sie den Körper überhaupt tragen konnten.

Wie in Zeitlupe stand Tanne auf, bewegte sich rückwärts zur Tür, ohne den Blick vom Fenster abzuwenden. Sie schritt ins Esszimmer und drehte vorsichtig den Knauf der Fenstertür, kauerte sich auf die Terrasse und wartete, dass die beiden Tiere näher kamen. Während die Antilope vorsichtig einen Huf vor den anderen setzte, weitete sich etwas in Tannes Herzen, und sie wusste, dass Sorglosigkeit überhaupt kein erstrebenswerter Zustand war. Es ging doch im Leben nicht darum, ohne Sorgen zu sein, es ging darum, neben den Sorgen und Ängsten, die das Leben einem bereitete, das Glück spüren zu können und es in sich hineinströmen zu lassen. Als Denys leise hinter sie trat und sich neben sie hockte, flüsterte sie: »Es ist Lullu. Sie hat ein Kind und will es mir zeigen.«

Sie verharrten reglos und beobachteten Lullu, die jetzt den Kopf hob und witterte. Scheinbar lässig drehte sie sich nach ihrem Kitz um, obwohl sicherlich jeder Nerv ihres Körpers auf das kleine Tier ausgerichtet war. Dann näherte sich Lullu weiter dem Haus, und als sie nur noch ein paar Meter von der Terrasse trennten, drehte sie sich, sodass Tanne und Denys sie von der Seite bewundern konnten. Sie hatte ein paar weiße Tupfen auf Rücken und Flanke und an den Beinen ein paar Flecken, die aussahen, als wären ihre braunen Strümpfe voller Löcher. Ihr Kopf war schmal, ein schwarzer Strich lief in der Mitte darüber bis zur Nase. Daneben hatte sie helle Streifen, und auch in den großen beweglichen Ohren leuchteten helle Flecken. Das Kitz war etwas dunkler als seine Mutter und besaß noch keine ausgeprägte Zeichnung, nur ein paar weiße Tupfen auf dem Hinterleib. Wie auf ein geheimes Kommando hin verschwanden schließlich beide Tiere mit einem leisen Rascheln zwischen den Bäumen.

Tanne stand auf und sah, dass Kamante hinter ihr

in der Tür stand. »Lullu ist immer noch Teil von Mbogani«, sagte er und ging zurück in die Küche.

»Lullu?«, fragte Denys. »Das war also die berühmte Buschbock-Dame, die uns gerade besucht hat?«

Tanne nickte, noch ganz gefangen von der Begegnung. »Ja, ich habe sie schon so lange nicht mehr gesehen und dachte, sie sei tot.«

Er setzte sich auf die Bank vor dem Haus und klopfte neben sich. »Erzähl mir von ihr.«

Mit dem Blick auf die Ngong-Berge gestand sie: »Ich habe Lullu zweimal verleugnet, bevor ich sie in mein Haus aufgenommen habe, aber manchmal gibt einem das Leben sogar eine dritte Chance.« Sie atmete tief durch. »Ich war auf dem Weg nach Nairobi, als ich auf halbem Weg auf ein paar Totos traf, die mir Zeichen machten, ich sollte anhalten. Einer von ihnen hielt ein winziges Buschbock-Kitz in seinen Armen. Er hatte seine vier Beinchen gefesselt und fragte mich, ob ich es kaufen wollte.«

»Aber du wolltest nicht?«

Sie nickte.

»Ich hatte an dem Tag tausend andere Dinge im Kopf, ich war auf dem Weg zur Versicherung, mit der ich wegen irgendeines Schadens verhandeln musste. Ich sagte den Kindern, ich hätte kein Interesse, zumal ich noch nie dafür war, ein wildes Tier im Haus aufzunehmen.«

»Du meinst, so ein wildes Tier wie die Eule, die du mal hattest?«

»Das war etwas anderes, die bekam ich von den Kindern geschenkt …«

»Oder den Storch, der hier lange Zeit herumspazierte, oder der Reiher …«

»Hör schon auf. Willst du wissen, wie Lullu zu uns kam, oder nicht?«

»Auf jeden Fall«, sagte er und lachte.

»Als ich am Abend aus der Stadt nach Hause fuhr, standen die Kinder noch immer an derselben Stelle. Sie hatten das Kitz offenbar an niemanden loswerden können und hielten es mir erneut entgegen, inzwischen hing es nur noch schlaff in den Armen des großen Jungen. Ein zweites Mal fuhr ich vorbei, ohne mich um das kleine Wesen zu kümmern. Doch in der Nacht schreckte ich hoch, weil ich das Gefühl hatte, jemand würde mir die Kehle zudrücken. Ich sah das Kitz vor mir und glaubte, es müsse gestorben sein, weil ich so hartherzig gewesen war. Ich fühlte mich wie eine Sünderin, die gleich zweimal einem hilflosen Lebewesen die elementarste Zuwendung verweigert hatte.«

»Aber Tania, du bist nicht für alles verantwortlich, was andere Menschen falsch machen, zumal Kinder.«

»Vielleicht nicht, aber hier hatte ich ja wirklich die Chance gehabt, das Tier freizukaufen. Und ich hatte es nicht getan. Ich fühlte mich schrecklich. Und«, sie seufzte, »wie so oft, wenn eigentlich ich einen Fehler gemacht hatte, tyrannisierte ich andere. Ich weckte meinen gesamten Haushalt und befahl allen, das Tier bis zum Morgen herbeizuschaffen, sonst würde ich sie alle entlassen. Sag nicht, dass das verrückt und unfair war, ich weiß es selbst.«

Denys strich ihr über die Wange. »Du bist tatsächlich

manchmal verrückt. Deine Leute machen ganz schön was mit.«

Sie hielt seine Hand fest und drückte ihre Stirn hinein. »Du hast recht. Aber ich hatte Erfolg. Denn als Farah mir am nächsten Morgen den Tee ans Bett brachte, wurde er von Juma begleitet, der das Kitz in seinen Armen hielt. Es war nur so groß wie eine Katze, hatte violette Augen, eine Nase schwarz wie ein Trüffel und die hübschesten Ohren der Welt. Wir nannten sie Lullu.«

»Perle.«

»Ganz genau.«

»Wie habt ihr sie aufgezogen?«

»Kamante übernahm das Füttern mit einer Babyflasche, und sie lebte sich schnell ein. Sie hatte so winzige Hufe, auf denen sie sich ganz vorsichtig bewegte, wie eine Chinesin mit geschnürten Füßen. Auf den glatten Holzböden rutschten ihre streichholzdünnen Beine auseinander, weshalb wir Teppiche in die Flure legten. Nachts sperrten wir sie ein, damit die Leoparden sie nicht holten. Außerdem hängte ich ihr ein Glöckchen um den Hals, damit wir immer wussten, wo sie war.«

»Und deine Hunde? Haben sie Lullu akzeptiert? Ich stelle es mir nicht so leicht vor, eine Antilope in den Haushalt aufzunehmen.«

»Sie waren rührend. Lullu benahm sich nämlich wie eine exzentrische Dame, schubste die Hunde von ihren Näpfen weg und vertrieb sie von den warmen Plätzen vor dem Kamin. Sie war extrem launisch, trat mein Pferd oder sprang auf dem Rasen herum, als wolle sie einen Kriegstanz aufführen. Als sie ausgewachsen war, verschwand sie, und wir waren sehr traurig. Ich dachte, sie sei von einem Leoparden gerissen worden, aber Kamante wusste es besser. Er hatte zerstoßenen Mais hinter das Küchenhaus gestreut und beobachtete Lullu im Morgengrauen, wenn sie kam, um sich die Leckerei zu holen. Einmal warteten wir gemeinsam auf sie, und richtig, sie kam ganz selbstverständlich auf die Wiese, tippelte zu den Maiskörnern, beäugte uns kurz und fraß, was Kamante ihr hingeworfen hatte. ›Schau, *Msabu*‹, flüsterte er mir zu, ›Lullu hat geheiratet.‹ Er deutete auf den Saum des Waldes. Dort stand, kaum zu erkennen zwischen den Bäumen, ein dunkler männlicher Buschbock mit schönen geschwungenen Hörnern und wartete. Er bewachte seine Frau, war aber zu scheu, um selbst zum Haus zu kommen. Das war das letzte Mal, dass ich sie sah, es ist Monate her. Und nun hat Lullu ein Kind, das sie uns zeigen wollte.«

Ein paar Monate später meldete Tannes Verwalter Dickens, zwei Löwen hätten je einen Ochsen gerissen und in die Kaffeeplantage verschleppt. Den einen hätten sie bereits aufgefressen, den anderen würden sie sich bestimmt bald holen. Die Farmarbeiter und ihre Familien hatten große Angst, ihre Hütten zu verlassen. Dickens bat Tanne darum, in Nairobi Strychnin besorgen zu dürfen, um die Löwen zu vergiften. Tanne hielt das für unsportlich, hatte aber Verständnis für Dickens, der sagte, als Familienvater dürfe er sich keinem Risiko aussetzen.

Mit dem Schlachtruf »Frei lebt, wer sterben kann« gingen Denys und Tanne in der folgenden Nacht zusammen mit Farah auf Löwenjagd. Es war keine einfache Aufgabe, auf dem unübersichtlichen Gelände der Plantage, noch dazu im Dunkeln, zwei Löwen zu erlegen. Die drei mussten sich hundertprozentig aufeinander verlassen können, sonst wären sie selbst die nächsten Opfer. Aber der Coup gelang, und als sie beide Löwen erwischt hatten, kamen die Menschen aus allen Ecken der Farm und jubelten. Sogar die Kinder tanzten fröhlich um sie herum, weil es nun zwei gefährliche Feinde weniger gab. Tanne und Denys baten Kamante, ihnen eine Flasche »Schaum« zu servieren, und sie tranken ihn – dreckig, wie sie waren, mit Schlamm und Blut bespritzt – stehend vor dem Kaminfeuer im Salon. Sie schauten sich an und fühlten, dass sie in diesem Moment eine Einheit bildeten. Keiner von ihnen musste etwas sagen.

Die Baronin schweigt einen Moment und schaut aus dem Fenster. »Heute verkneifen wir uns den Champagner, sonst wollen wir ihn jeden Tag haben. Man wird so schnell abhängig von etwas, das einem guttut. So wie ich Denys damals brauchte. Aber ich hatte mit den Jahren auch andere Freunde gefunden. Manche starben früh wie Sir William oder Berkeley Cole. Aber es traten immer wieder neue Menschen in mein Leben. Auf der Nachbarfarm, die einmal van de Weyer gehört hatte, wohnte jetzt die Australierin Felice Bruce-Smith mit ihrem Mann. Es kam häufig vor, dass Felice abends mit einem Kürbis-Pie bei mir auf der Veranda stand. Von ihrem Personal wusste sie, wann Denys auf Safari ging, und sie tauchte auf, wenn ich allein war. Ihr Mann hatte eine Brücke über den Mbagathi-Fluss gebaut, und auf diese Weise war der Weg zwischen unseren Häusern um einiges kürzer geworden.

Eine Freundschaft ganz anderer Art verband mich mit Gustav Mohr, einem Norweger, der eine große Sisalfarm im Süden von Nairobi bewirtschaftete. Wandern, Bergsteigen, Angeln und Fotografieren waren seine Leidenschaften, außerdem war er ein Intellektueller, der das Bedürfnis hatte, über Politik, Religion und Literatur zu sprechen. Wenn er in seiner Schrottkarre vorfuhr, wusste ich, dass ich an diesem Abend erst lange nach Mitternacht ins Bett kommen würde. Manchmal saß ich auf dem Traktor, wenn Gustav mich besuchte, und da er wusste, dass ich das Feld erst zu Ende pflügen würde, kletterte er auf den Sitz neben mir und redete auf mich ein. Sehr laut tat er das, um das Tuckern des Traktors zu übertönen, während ich die Maschine, auf die ich sehr stolz war, vorsichtig lenkte, damit ich gerade Furchen zog. Gustav hatte niemanden, mit dem er sich austauschen konnte, und er tauchte immer dann auf, wenn er kurz davor war zu platzen. Eine Zeit lang trafen wir uns jeden Montag um zwölf Uhr mittags in der Bar des New Stanley Hotel zu einem Glas Wermut. Dorthin schleppte er dann Bücher und Zeitschriften, die ich unbedingt lesen sollte.

Inzwischen war ich mit über vierzig schon so alt, dass ich von jungen Frauen als Ratgeberin betrachtet wurde, etwa wie eine Tante. Beryl Markham war eine dieser Frauen, die von mir getröstet werden wollten, sie war Mitte zwanzig. Ich sage das nicht gerne, aber sie war eine Schlange, der man den Kopf so oft abschlagen konnte, wie man wollte, er wuchs immer wieder nach.«

Ruth spürt eine unterdrückte Wut hinter diesen Sätzen und fragt sich, ob sie diese ignorieren soll. Schließlich fragt sie gespielt unbekümmert nach: »An den Namen kann ich mich gar nicht erinnern, sie kommt in Ihrem Buch über Afrika nicht vor, oder?«

»Nein, und das aus gutem Grund«, stößt Karen Blixen verächtlich hervor. »Es kommen ja viele Menschen nicht vor, weil es wenig Sinn gehabt hätte, alle, die ich kannte, dort aufzuführen. Aber Beryl – nun, sie war hinterhältig und verlogen, ihr Name sollte am besten nie mehr genannt werden. Lassen Sie sie weg.«

Verunsichert streicht Ruth den Namen auf ihrem Block durch und schweigt. Die Baronin stützt das Kinn auf die Hände und scheint mit ihren nächsten Sätzen in ihren schmerzhaften Erinnerungen herumzustochern wie mit einem Feuerhaken.

»Sie war hinter Denys her. Natürlich waren viele hinter ihm her, aber Beryl … Gut, warum soll ich Ihnen nicht von ihr erzählen, sie kann mir jetzt nichts mehr wegnehmen.«

Die Baronin macht eine Pause und gibt sich dann einen Ruck.

»Sie tat mir leid, weil sie eigentlich immer unglücklich war. Beryl war die erste weibliche Pferdetrainerin in Kenia, eine fantastische Reiterin und bildhübsch. Doch sie schlitterte von einer Ehe in die nächste, und überall hinterließ sie Schmerz und Erbitterung. Außerdem hatte sie ständig Affären, einmal sogar mit zwei Mitgliedern des britischen Königshauses zur selben Zeit. Deshalb musste sie England verlassen, erhielt aber eine ganze Stange Geld vom Hof, damit sie verschwand. Sie kam nach Kenia, wo sie aufgewachsen war, und heulte sich bei mir aus. Immer fühlte sie sich als Opfer. Wie so viele ihrer Freunde in Gilgil.«

Bei der Nennung dieses Ortes wird Ruth hellhörig.

»Gilgil? Sprechen Sie von dem *Happy Valley Set*? Kannten Sie diese Leute gut?«

»Nur zum Teil, denn ich hatte wenig mit ihnen zu tun. Gilgil lag einige Stunden von meiner Farm entfernt, noch hinter Naivasha in Richtung Nakuru. Die Leute aus dem *Happy Valley* waren ein munteres Völkchen und sehr reich. Sie tranken wie verrückt, nahmen Kokain und Morphium einfach zum Spaß und nicht, weil sie Schmerzen hatten. Sie wollten die freie Liebe leben und veranstalteten regelrechte Orgien. Dafür fühlte ich mich zu alt, ich war auch kein Typ für Seitensprünge. Natürlich traf ich diese Paradiesvögel in Nairobi, wenn sie den Muthaiga Club heimsuchten. Sie waren wild, verwöhnt und schnell gelangweilt. Grenzen akzeptierten sie nicht. Ich mochte aus ihren Reihen eigentlich nur Alice de Janzé gern, die man auch die *wicked Madonna* nannte, nun ja. Sie wurde wegen ihrer Eskapaden 1928 als ›unerwünschte Ausländerin‹ aus Kenia verwiesen und wohnte bis zu ihrer Ausreise bei mir auf der Farm.« Die Baronin grinst. »Wenn ich daran denke, dass zur selben Zeit, als ich Alice bei mir einquartiert hatte, Lady Lucie McMillan zu Besuch kam und ein paar sehr prüde Amerikanerinnen im Schlepptau hatte ... Denen fielen fast die Augen heraus, als sie begriffen, wer Alice war. Ich habe mich jedenfalls amüsiert.«

Die Baronin ist jetzt in Fahrt und beugt sich zu Ruth über den Tisch: »Wissen Sie was? Holen Sie uns doch eine Flasche Schaum aus der Küche. Frau Carlsen sieht das nicht gern, Sie müssen sich also durchsetzen.«

»Bringt mich zurück zu den Ngong-Bergen«

Tanne zerknüllte Brors Brief und warf ihn in den Papierkorb. Er hatte Cockie also im August 1928 geheiratet. Sie würden nicht in Kenia, sondern in Tanganjika leben, hatte er geschrieben, deshalb sei es unwahrscheinlich, dass sie sich zufällig auf der Straße begegnen würden. Tanne war trotzdem wütend. Was sollte sie tun, wenn sie eines Tages der zweiten Baronin Blixen gegenüberstehen würde? Sie selbst ließ sich weiterhin als Baronin ansprechen, aber wie lange würde das noch möglich sein? Musste sie sich irgendwann wieder Karen Dinesen nennen? Diesen Namen wollte sie nicht mehr tragen. Sie fühlte sich viel mehr als Tania Blixen, wie Denys sie nannte. Für ihre Ohren klang das richtig, und sie schrieb den Namen ein paarmal mit Füller auf ein Blatt Papier.

Als lautes Gejaule zu ihr drang, erhob sie sich vom Schreibtisch und suchte nach der Ursache des Lärms. Auf der Wiese hinter dem Haus hatten sich ihre Totos versammelt, um alle Hunde zu waschen. Tanne musste lachen, als sie sah, wie Heather und ihre anderen Vierbeiner versuchten, dem Einseifen zu entgehen.

Tumbo rief ihr zu: »*Bwana Bedar* kommt heute zurück, da sollen sie alle sauber sein!«

Tanne lobte ihren Eifer, dann suchte sie Kamante im Küchenhaus auf. »Gouverneur Griggs und seine Frau wollen am Sonntag mit uns essen. Was tischen wir ihnen auf?«

Kamante überlegte einen Moment, während er Süßkartoffeln schälte. »Hühnchen Marengo, das mag *Msabu* Grigg so gerne, dazu Risotto, gebackener Blumenkohl und zum Dessert Beeren mit Sahne.«

Tanne ließ sich das Menü einen Augenblick lang durch den Kopf gehen. »Klingt perfekt. Mach eine Liste von den Dingen, die wir besorgen müssen. Jetzt laufe ich zu Fatima und schaue, wie es ihr geht. Wenn es nicht besser wird, muss ich den Doktor holen, damit er sie bei der Geburt unterstützt.«

Fatima lag schon lange in den Wehen und wurde immer schwächer, daher raste Tanne mit dem Wagen nach Nairobi, um den Arzt zu holen. Er hatte nicht sofort Zeit für sie, und als er schließlich kam, war Fatimas Kind bereits gesund auf der Welt. Tanne betrachtete es immer als große Freude, wenn ein Kind auf der Farm geboren wurde, und sie machte den Müttern zu diesem Anlass jedes Mal ein schönes Geschenk.

Die Baronin unterbricht sich, und Ruth schaut fragend von ihren Notizen auf. »Ich weiß nicht, warum, aber es gab Momente wie nach der Geburt von Fatimas Sohn, in denen ich mich nach einem langen Ritt sehnte. Ich machte dann oft einen Abstecher zu meinen

Nachbarn, den Massai, deren Reservat an mein Land grenzte. Manchmal traf ich kleine Gruppen von Männern, die mit ihren Speeren und den roten Gewändern sehr vornehm wirkten. Die Massai sind hochgewachsen und schlank. Während die Kikuyu eher runde Köpfe haben, sind die Gesichter der Massai schmal. Sie bewegen sich leicht, schnell und wendig wie Raubkatzen.«

Ruth wirft ihren Stift auf den Block. »Sie wissen schon, dass Sie die Massai gerade mit Tieren vergleichen?«

»Ja, und?«

»Das ist eine eindeutige Abwertung. In Ihrem Buch kommen auch solche Vergleiche vor. Kleine Jungen werden mit Äffchen verglichen. Schöne Frauen haben Augen wie Gazellen und so weiter.«

»Bitte? Was soll daran abwertend sein, die Augen einer Frau mit denen einer Gazelle zu vergleichen?«

»Weil eine Gazelle ein Tier ist.«

»Unsinn! Tiere sind auch Geschöpfe dieser Erde. Warum sollten die Vergleiche mit ihnen schlecht sein?« Karen Blixen schaut Ruth verständnislos an.

»Einen Menschen zu beschreiben wie ein Tier, zeigt doch, dass Sie ihn als inferior betrachten«, sagt Ruth.

Karen Blixen ist perplex. »Wie kommen Sie denn darauf?«

Ruth reagiert kühl. »Ich habe ein Seminar besucht, in dem wir Tiermetaphern in der Literatur untersucht haben. Dabei habe ich festgestellt, dass der Vergleich mit Tieren besonders oft herangezogen wird, wenn es darum geht, Menschen zu beschreiben, die nicht europäischer Abstammung sind.«

»Ernsthaft? So etwas untersuchen Sie? Aber Schriftsteller vergleichen Menschen immer mit Tieren. Das machen wir doch nicht nur bei Natives. Kühe, Katzen, Ziegen, Puten, o mein Gott, wie oft habe ich das schon gelesen oder geschrieben? Wenn ich eine dänische Magd mit Kuhaugen beschreibe, ist das dann weniger abwertend?«

»Muss man überhaupt Menschen mit Tieren vergleichen?«

»Natürlich, denn es sind sehr sprechende Vergleiche, jeder weiß sofort, was gemeint ist. Wir leben seit Tausenden von Jahren mit Tieren zusammen, daher haben wir doch überhaupt erst diese Ideen. Schon in der Bibel kommt das vor. Im Hohelied der Liebe werden die Augen der Geliebten mit Tauben verglichen, wussten Sie das? Wir vergleichen Menschen übrigens auch mit Pflanzen.« Ruth rollt die Augen, und die Baronin insistiert: »Wirklich, ich finde, wenn ein Schriftsteller das so sieht, soll er es auch so schreiben. Wir suchen nach Metaphern, um etwas deutlich zu machen. Und kleine Jungs – egal, welche Farbe ihre Haut hat – erinnern uns doch oft an kleine Äffchen, nicht wahr? Schauen Sie mal, wie ein kleines Kind sich an seine Mutter klammert.«

Als sie merkt, dass Ruths Gesichtsausdruck noch immer starr und ablehnend ist, sagt sie: »Herrgott noch mal, gibt es an Ihrer Universität eine Sprachpolizei? Als ich vor ein paar Wochen dort war, hat mir Arthur Miller nichts davon gesagt. Bisher hat sich auch noch niemand an meinen Vergleichen gestört.«

»Wenn niemand etwas gesagt hat, heißt das nicht,

dass sich niemand daran gestört hat, Mrs Blixen. Wie viele Afrikaner waren überhaupt in Ihren Lesungen?«

»Einige.«

Sie schaut Ruth an. »Wollen wir weitermachen, oder wollen wir jetzt noch diskutieren, ob ich einer Kikuyu-Mutter eine gluckenhafte Haltung verpassen darf? Sie haben jetzt übrigens gerade einen Blick wie ein Habicht. Und das meine ich nicht abwertend, denn ich liebe Vögel.«

Ruth muss gegen ihren Willen lächeln.

Als Tanne und Denys mit Edward und Joan Grigg in ihrem Esszimmer saßen und Kamante das Menü auftrug, platzte der junge Gouverneur, er war erst Anfang dreißig, gut aussehend und ein ehrgeiziger Politiker, mit einer Neuigkeit heraus: »Habt ihr es gehört? Ihre Majestät, Edward VIII., der Prince of Wales, wird in einigen Wochen während seiner Ostafrikareise zu einem offiziellen Besuch nach Nairobi kommen und bei uns im Government House wohnen.«

Bevor Tanne etwas sagen konnte, fügte seine Frau Joan hinzu: »Wir sind schon ganz erschöpft von den Vorbereitungen. Unter anderem müssen wir den Ballsaal bis zu dem Besuch komplett renovieren lassen.«

»Ihr beide seid natürlich zum Galadinner eingeladen«, ergriff der Gouverneur wieder das Wort und wandte sich an Denys: »Kannst du dich außerdem bereithalten, wenn der Prinz in den Süden will? Er hat zwar bisher kein Interesse an einer großen Safari angekündigt, aber ein bisschen Abenteuerluft wird er schon schnuppern wollen. Und ich wäre froh, wenn ich wüsste, dass du die Reise organisierst.«

Als Denys nickte, rieb sich der Gouverneur die Hände.

»Sehr gut. Wie wäre es, wenn ihr beide in der ersten Woche der Feierlichkeiten bei uns im Government House wohnt?«

Tanne fühlte sich geehrt und bedankte sich, während Denys schwieg. Ein Mitglied der königlichen Familie durch den Busch zu führen, gehörte nicht zu den Dingen, auf die er besonders scharf war. Und noble Bälle, Empfänge und Dinner langweilten ihn eher. Daher zog sich Tanne nach dem Essen mit Joan in den Salon zurück, um ein bisschen Klatsch auszutauschen und zu überlegen, was sie zum Galadinner anziehen sollten.

»Alle Damen in Nairobi sind völlig aus dem Häuschen«, berichtete Joan. »Ich denke, jede von uns wird ihren Kleiderschrank auf den Kopf stellen, um zu sehen, ob sie etwas Passendes hat. Nur die Leute aus Gilgil haben ohne Frage genügend Auswahl. Leider können wir sie nicht ausschließen, was ich liebend gerne tun würde, denn man muss immer damit rechnen, dass sie für einen Skandal sorgen.« Sie senkte die Stimme: »Der Prinz soll auch ein versierter Verführer sein, habe ich gehört.« Sie greift nach ihrer Tasse. »Trotzdem hoffe ich, dass er sich meinen Ideen nicht verschließt. Wir müssen die medizinische Versorgung der Kenianer verbessern, und dafür brauche ich seine Unterstützung. Mein Mann will noch immer nichts davon hören, dass ich ein neues Entbindungsheim bauen lassen will. Er glaubt, mit seiner strengen Gesetzgebung gegen die Beschneidung von

Mädchen genug für die Gesundheit der Natives getan zu haben.«

In den nächsten Tagen durchstöberte Tanne die besten Geschäfte in Nairobi und entschied sich schließlich für ein goldenes Kleid, in das sie eine Krinoline einsetzen ließ, die sie vor Jahren aus Dänemark mitgebracht hatte. Das verlieh ihrer Robe etwas Märchenhaftes. Natürlich brauchte sie noch andere Kleider für die vielen Veranstaltungen, die zu Ehren des Prinzen gegeben würden, Pferderennen, Sektfrühstücke und Konzerte, daher bat sie ihre Mutter um ein bisschen »Zigarettengeld«.

Am Ende, so schrieb sie nach Dänemark, sei sie viermal auf den Prinzen getroffen, zweimal sei Edward ihr Tischherr gewesen, und dabei hätte sie ihm nicht nur erzählt, wie ungerecht ihrer Meinung nach die neuen Kopfsteuern für Einheimische seien, sondern sie hätte auch voller Bewunderung und Wärme von den Kikuyu auf ihrer Farm gesprochen. Auch die Tanzfeste erwähnte sie, und der Prinz, angesteckt von ihrer Begeisterung, erklärte schließlich spontan, er wolle sie in ein paar Tagen auf der Farm besuchen und freue sich darauf, eine solche *Ngoma* zu erleben.

Tanne verbrachte eine schlaflose Nacht, in der Vorfreude und Schrecken sie gleichermaßen wachhielten. Wieder einmal musste sie innerhalb weniger Tage ein exquisites Dinner zaubern und die Kikuyu dazu bringen, eine außerplanmäßige *Ngoma* zu veranstalten. Beides gelang ihr dank der beherzten Unterstützung von Kamante in der Küche und Farah als Fürsprecher im Dorf. Da die *Lioness Blixen* im Ruf stand, alles für ihre Farmleute zu tun, revanchierten sie sich und versprachen, mit Hunderten Tänzerinnen und Tänzern, Sängerinnen und Sängern zu erscheinen. Die Hütten wurden frisch gekalkt, auch wurde ein großer Stapel Holz aufgeschichtet. Am Nachmittag des festgesetzten Tages trafen die jungen Leute in großer Zahl ein, die Frauen festlich gekleidet und die Männer in prachtvoller Bemalung. Tanne sorgte dafür, dass die Feuer nicht nur um den Tanzplatz herum brannten, sondern dass auch der Weg von der Straße bis zum Farmhaus für die Gäste mit Fackeln und Laternen markiert war.

Die Tischgesellschaft auf Mbogani bestand aus sieben Personen: Neben dem Prinzen, Denys und ihr selbst waren noch der Adjutant und der Sekretär des Prinzen und zwei junge Damen ihrer Bekanntschaft dabei, eine von ihnen war Beryl Markham. Sie tranken zuerst einen Kaffeecocktail nahe der *Ngoma* und aßen danach im Speisezimmer. Kamante hatte sich wieder einmal selbst übertroffen und verwöhnte die Gäste mit einem reichhaltigen Menü, das in die Geschichte ihrer Farm eingehen sollte: klare Brühe mit Markklößchen, Fisch aus Mombasa mit Hollandaise, Schinken mit Cumberlandsauce, Spinat und glasierte Zwiebeln, Rebhuhn mit Erbsen, Makkaronisalat, Rahmsauce mit Trüffeln, Teigkörbchen mit Pilzen sowie Rumkuchen mit Früchten.

Prinz Edward erklärte, es sei das beste Abendessen seines gesamten Aufenthalts in Kenia gewesen, und Denys fand, er habe überhaupt noch nie zuvor in seinem

Leben so gut gegessen. Tanne war ihm dankbar dafür, auch weil er den Wein beigesteuert und für Zigarren gesorgt hatte.

Gemeinsam gingen sie nach dem Essen zurück zu den Tänzerinnen und Tänzern, und der Prinz begrüßte zur Überraschung aller die anwesenden Clan Chiefs höflich auf Swahili. Der Abend war eine Sternstunde für Tanne und ihren gesamten Haushalt.

Doch schon der folgende Tag trübte ihr Glück. Sie aß mit dem Prinzen und ausgewählten Gästen im Muthaiga Country Club, doch obwohl Edward auch diesmal ihr Tischherr war, konnte sie den Abend nicht genießen. Denys war nicht mitgekommen, weil er keine Lust auf den royalen Zirkus hätte, wie er sagte. Empört weckte sie ihn auf, als sie nachts zurückgekehrt war, um ihm von den Vorfällen zu berichten.

»Du machst dir keine Vorstellung davon, wie peinlich sich Delameres neue Frau benommen hat«, schnaubte sie wütend. »Sie wollte unbedingt die Aufmerksamkeit des Prinzen auf sich ziehen und beschoss ihn mit Brotkügelchen. Mich hat sie auch getroffen, schau mal, was sie angerichtet hat.« Schlaftrunken richtete sich Denys auf und begutachtete Tannes Auge, das am Rand blau verfärbt war. »Nach dem Essen schnappte sie sich den Prinzen und wälzte sich mit ihm auf dem Boden. Wenn ihnen die Musik nicht gefiel, warfen sie die Schallplatte aus dem Fenster.« Tanne machte ein angewidertes Gesicht. »Ich habe mich wirklich geschämt für ihr Benehmen. Der Höhepunkt kam dann aber erst, als irgendwer aus dem *Happy Valley* so dreist war, dem Prinzen

Kokain verkaufen zu wollen. Immerhin bekommt der Mann jetzt wohl Hausverbot im Club.«

Denys unterdrückte ein Gähnen. »Dann war meine Entscheidung, hierzubleiben, offenbar goldrichtig. Komm schnell ins Bett.« Bevor er sich wieder hinlegte, fiel ihm noch etwas ein. »Ach herrje, und in ein paar Tagen muss ich mit der ganzen Entourage auf Safari gehen …«

Sie hörte den Wagen selbst noch gar nicht, aber sie erkannte an Heathers Ohren, dass er sich näherte. Die Hündin, die friedlich neben ihr im Salon geschlafen hatte, hob ruckartig den Kopf und stellte die Ohren auf. Für einen Moment sahen sie sich an, Tanne und Heather. Dann sprang die Hündin auf und jagte den Flur entlang zur Haustür. Wie immer geriet sie, als sie um die Ecke bog, auf dem glatten Boden ins Rutschen, fing sich aber und galoppierte mit großen Sprüngen die Auffahrt entlang, wie verrückt bellend. Tanne huschte noch schnell ins Schlafzimmer, um einen Blick in den Spiegel zu werfen. Ihre Haut hatte einen zarten Schimmer, der nicht aus einem der Tiegel auf dem Schminktisch rührte, sondern von der Arbeit in der Sonne und der Vorfreude auf den Geliebten. Ihre Augen leuchteten, und sie legte den schwarzen Kajalstift rasch wieder weg. Dafür war jetzt keine Zeit. Auch sie begann zu laufen, zupfte dabei an ihrer Bluse und glättete die Hose. Da bog Denys' Wagen schon in die Auffahrt, und als die Reifen knirschend zum Stillstand kamen, sprang er heraus und nahm sie in die Arme. Er strich ihr das Haar aus dem Gesicht, hielt ihren Kopf einen Moment lang fest in seinen Händen, küsste sie auf den Mund und drückte sie wieder an sich.

»Gut, wieder zu Hause zu sein bei meiner *Lioness*«, sagte er, und die Freude nahm ihr fast den Atem.

Gemeinsam mit Kanuthia lud Denys das Gepäck aus und erteilte den herbeigeeilten Männern Anweisungen, wohin die Kisten mit seiner Ausrüstung gebracht werden sollten. Aneinandergeschmiegt gingen Denys und Tanne zum Haus, wo Kamante sie strahlend in der Haustür erwartete. Tanne bat um Cocktails und ein Sandwich für *Bwana* Finch Hatton.

Ein leichter Wind wehte Staub auf die Terrasse, als sie sich nebeneinander auf den Stühlen mit den verblichenen Kissen niederließen, Denys griff nach ihrer Hand und richtete den Blick auf die Ngong-Berge, während Tanne ihn froh betrachtete. Heather jagte ihre Runden über die Wiese, beglückt, dass ihr Rudel wieder komplett war.

Denys nahm den Hut ab und fuhr sich mit der Hand über die kahle Stelle, als müsse er prüfen, ob sie sich vergrößert hatte.

Juma brachte ihnen die Getränke, und Denys griff dankbar danach.

»Nun erzähl schon, wie ist es gelaufen? Hat der Prinz alles geschossen, was er wollte?«

»Zum Glück«, antwortete er und lehnte sich zurück. »Ich wusste ja, was von mir erwartet würde. Edward hatte zwar keine Lust auf eine richtige Jagd, aber eine ordentliche Trophäe wollte er dann doch mit nach Hause nehmen, also mussten wir ihm einen Löwen vor die Flinte schubsen. Der erste *simba* verdrückte sich, noch bevor der Prinz überhaupt sein Gewehr anlegen konnte, aber am zweiten Tag fanden wir ein braves, altes Männchen. Das stellte sich sogar quer, sodass er einfach treffen musste. Gott sei Dank.« Er setzte sein Glas ab.

»Ein Gottesgeschenk für den Königssohn«, kommentierte Tanne. »Also waren die nächsten Tage gerettet, und ihr konntet schon früh anfangen zu trinken, hab ich recht? Wie machten sich die anderen?«

»Ganz ordentlich. Jeder traf mal was. Und wir hatten wirklich Spaß. Das war vor allem Cockie zu verdanken. Blind wie ein Huhn, sag ich dir. Sie würde nicht mal einen Elefanten treffen, wenn er fünf Meter vor ihr …«

»Cockie? Cockie Birkbeck?« Tannes Stimme klang schrill.

Denys stutzte und schaute sie an. Als ihm dämmerte, dass er einen Fehler gemacht hatte, griff er wieder nach dem Cocktail.

»Ich denke, sie heißt jetzt Cockie Blixen, oder? Ich meine, sie sind ja verheiratet.«

Tanne stand auf und ging ein paar Schritte in Richtung Wiese. Dann drehte sie sich um und stemmte die Hände in die Seiten. Ihre Augen waren schmal.

»Was um alles in der Welt hatte Brors Flittchen auf deiner Safari zu suchen?«

Ihre Stimme klang ruhig, aber die Spannung, die von ihr ausging, war so groß, dass sogar Heather stehen blieb und den Kopf senkte, während sie ihr Frauchen fixierte.

Denys gab sich betont unbeeindruckt. »Der Prinz hat

sie eingeladen, ich hatte damit gar nichts zu tun. Sie ist auch wirklich nicht besonders helle, das weißt du doch. Aber lustig ist sie schon, und ich glaube, das mochte der Prinz.«

Sie räusperte sich und fragte mit drohendem Unterton: »Wo hat denn der Prinz die lustige Cockie kennengelernt?«

»Na, bei Bror, wo sonst? Wir waren in Arusha und jagten in der Nähe seines Hauses. Übrigens, Tanne, das ist eine richtig primitive Hütte mit Wellblechdach. Genau das, was dein Onkel dir immer verpassen wollte. Es war völlig absurd. Cockie hatte keine Ahnung, dass wir kommen würden, und es gab nichts, aber auch gar nichts zu essen. Dann fragte der Prinz nach Eiern, und sie ...«

»Denys!« Jetzt schrie Tanne ihn an. »Stell dich nicht so dumm! Was hatte Bror auf deiner Safari zu suchen?«

Denys schaute sie ungläubig an. »Hör auf, mich anzuschreien. Bror war der zweite Jäger. John konnte nicht mit, und da hab ich Bror gefragt.«

Tanne ballte die Fäuste. »Bist du verrückt geworden? Wie konntest du das tun?«

Kamante erschien und stellte einen Teller vor Denys ab. Er wollte etwas sagen, verdrückte sich aber schnell nach einem Blick auf Tannes Gesicht. Denys langte nach dem Sandwich, biss hinein und kaute einen Moment.

»Du weißt genau, dass ich bei einer solchen Safari einen zweiten Jäger haben muss. Noch dazu mit dem Prinzen. Bror wohnte in der Nähe, und er hatte Zeit. Außerdem: Der Prinz wollte Bror auch dabeihaben, er hatte in England schon von ihm gehört.«

»Ich glaub dir kein Wort.«

»Dann lass es.«

»Gib zu, es war einfach nur bequem. Deshalb hast du ihn gefragt. Du hättest hundert andere nehmen können.«

»Unsinn! Dafür war gar keine Zeit. Erklär mir nicht, wie ich meinen Job zu machen habe.«

»Von allen *white hunters*, die wir kennen, musst du ausgerechnet Bror engagieren? Meinen geschiedenen Mann! Warum hast du mich nicht vorher gefragt? Hast du mal eine Sekunde darüber nachgedacht, was du mir damit antust?«

»Meine Güte, jetzt mach doch kein Drama daraus. Wir waren nur auf der Jagd. Sonst nichts.«

»Du bist wirklich ein Oberon geworden. Falsch und voller Hinterlist, um mich zu hintergehen.«

»Aha, also jetzt doch ein Drama, ja?«

»Und dann auch noch Cockie! Jetzt wird der Prinz doch sie für die Baronin Blixen halten.«

Denys schluckte den letzten Bissen hinunter und wischte sich den Mund ab. »Tja, weißt du, Tania, das ist sie doch eigentlich auch, oder?«

Am Abend lachten beide darüber, so absurd kam ihnen dieser Streit auf einmal vor. Erst später wurde Tanne klar, dass es mehr gewesen war als eine Meinungsverschiedenheit. Sie war enttäuscht, dass Denys sich unsolidarisch und herzlos verhalten hatte. Er war erschrocken über ihre Wut und sah darin einen Besitzanspruch, den er nicht akzeptieren wollte. Aber sie übergingen das Thema, so gut sie konnten, weil Denys schon bald wieder nach England reiste und sie hofften, der Riss zwischen ihnen würde wieder zusammenwachsen.

Im Jahr 1929 sah es aus, als seien die Tage von Mbogani endgültig gezählt, und das lag an der Firma Gilliat. Das britische Handelshaus verkaufte den Kaffee von Tannes Farm an der Londoner Börse und zahlte dafür einen monatlichen Vorschuss, mit dem der laufende Betrieb finanziert wurde. Nun gab Gilliat zum ersten Mal und noch dazu ohne Ankündigung wegen der schlechten Prognose im Voraus keinen Geldbetrag, und Tanne stand völlig ohne Mittel da. Sie konnte ihrem Verwalter Dickens nur die Hälfte seines Lohns geben, und für die Arbeiter hatte sie überhaupt kein Geld mehr. Trotzdem machten alle weiter, was Tanne sehr rührte. Onkel Aage half noch einmal aus, aber es war Tanne, die ein anderes Handelshaus von der Zusammenarbeit mit Mbogani überzeugen konnte. Aage Westenholz war stolz auf seine Nichte, und als die nächste Ernte wieder besser ausfiel, schöpften sie Hoffnung, obwohl ihnen klar war, dass sie die Zinsen für die horrenden Schulden nicht bezahlen konnten, wenn nicht bald ein Wunder geschah. Doch stattdessen kamen die Heuschrecken.

Tanne war gerade zu einem kleinen Laden geritten, der ein paar Kilometer von der Farm entfernt lag, um etwas für Kamante zu besorgen, als ein Mann in den Verkaufsraum stürzte und rief: »Sie sind da! O mein Gott!« Tanne warf einen kurzen Blick zur Tür und sah, dass sich das Licht draußen verändert hatte, als habe jemand ein Tuch über eine Lampe geworfen. Irritiert trat sie hinaus. Am Horizont ballte sich eine dunkle Wolke zusammen, sie warf einen lang gezogenen Schatten auf die Erde, als ob in der Ferne eine Stadt brennen würde, von der Rauch aufstieg.

In wildem Galopp jagte sie nach Hause, doch bevor sie den Stall erreichte, fielen bereits die ersten Heuschrecken vor ihr auf den Weg, und Rouges Hufe zertraten sie knackend. Auf der Farm hatten ihre Leute bereits damit begonnen, mit brennenden Reisigbündeln um sich zu schlagen, um den Schwarm davon abzuhalten zu landen. Doch es war zu spät. Irgendwann hatte es keinen Zweck mehr zu kämpfen, die großen tonfarbenen Insekten fielen auf sie nieder, verhedderten sich in den Haaren und kletterten ihr in den Kragen. Entsetzt schlug Tanne um sich, lief ins Haus, schloss die Tür und klopfte wie wild die letzten Insekten von ihrem Körper ab. Voller Wut zertrat sie sie und rief Juma, damit er sie auffegte.

Im Salon schloss sie die Vorhänge, um nicht sehen zu müssen, wie die Heuschrecken gegen die Fensterscheiben flogen und daran herunterrutschten. Zitternd verbrachte sie den Abend vor dem Kamin, bis das Geflatter draußen verstummte. Warum bloß war Denys nicht da? Sie hatte Angst, denn sie wusste, dass die Heuschrecken in einer Nacht alles vernichten konnten. Am nächsten Morgen, als sie einen Blick aus dem Fenster warf, hatte die Welt eine andere Farbe angenommen. Sie war hellbraun, die Heuschrecken bedeckten alles. Dickens fuhr mit dem Wagen vor und schlitterte dabei, als würde er durch Schneematsch steuern. Sie sah, wie er die Hände um das Lenkrad krallte und sich nicht entschließen konnte auszusteigen. Die Scheibenwischer seines Wagens schleuderten einzelne Tiere durch die Luft. Plötzlich geriet der Boden in Bewegung, wie ein Tuch, das ausgeschüttelt wird. Die Heuschrecken breiteten ihre Flügel aus, ein Brausen und Sirren hob an, die Luft flirrte und glitzerte – und sie flogen davon.

Ein paar Minuten später war alles vorbei, und Tanne trat auf die Veranda, um festzustellen, was die gefräßigen Tiere angerichtet hatten. Vor ihr lag eine tote Landschaft. Blumen, Früchte, Gras, Sträucher – alles war abgefressen. Nur die Kaffeepflanzen waren wegen der harten, dicken Blätter verschont geblieben. Tanne ging zum Dorf und sah die Kikuyu mit hängenden Köpfen vor ihren *Shambas* stehen. Nichts war mehr da. Alle wussten, dass ihnen erneut eine Hungersnot bevorstand, und Gouverneur Grigg erklärte den Ausnahmezustand für die Region.

Bevor Tanne die Schäden aber ganz begutachtet hatte, musste sie überstürzt nach Dänemark reisen, alarmiert von der Nachricht, ihre Mutter sei schwer krank. Als sie in Rungstedlund ankam, hatte Ingeborg Dinesen sich jedoch schon wieder erholt. Thomas, der inzwischen verheiratet war, versuchte in den nächsten Wochen seine Schwester zum Bleiben zu überreden, aber sie wollte unbedingt zurück auf die Farm. Sie hatte einen neuen Plan: Wenn Denys ihr zehntausend Pfund leihen würde, könnte sie sich von der Bank unabhängig machen und die Farm selbst retten.

Denys hielt sich in Bristol auf, weil er nun doch den Flugschein machen und sich nach einem eigenen Flugzeug umschauen wollte. Er hatte sich überlegt, dass große Herden viel leichter aus der Luft aufgespürt werden könnten und sich daraus ein einträgliches Geschäft machen ließe. Jäger und Safari-Führer würden von ihm wertvolle Tipps erhalten, egal, ob sie die Tiere schießen oder nur fotografieren wollten, und sie müssten dafür bezahlen.

Finch Hatton bestand die Prüfung im September mit Bestnoten, und Tanne reiste zu ihm. Er zeigte ihr sein Elternhaus in Haverholme, und jetzt lernte sie endlich seine Familie kennen. Doch es waren keine glücklichen Tage. Seine Verwandten verhielten sich reserviert, was nicht zuletzt daran lag, dass sie Denys gerne zurück in England sehen wollten und ihnen klar war, dass Tanne ihn nach Ostafrika lockte. Auch dass sie ihn um Geld gebeten hatte, war durchgesickert. Nur wenn Tanne mit Denys allein war, spürte sie etwas von der Verbundenheit zwischen ihnen, in Anwesenheit seiner Angehörigen kam er ihr distanziert und fremd vor.

Er versprach, ihr das Geld zu leihen und durch seine Firma Kiptiget Ltd. anweisen zu lassen. Neun Prozent Zinsen würde er ihr berechnen, und er stellte eine Bedingung: Sie selbst müsse die Farm als Direktorin weiterführen. Später schrieb er, sie habe dies hoffentlich so verstanden, wie es gemeint war: Sie solle zurück nach Mbogani kommen. Er unterzeichnete den Brief mit *»My best love, Denys«*.

Tanne hielt sich noch in Dänemark auf, als die Weltwirtschaftskrise auch diesen Rettungsplan für Mbogani zerstörte. Ende Oktober 1929 brachen die Kurse an der

New Yorker Börse ein. Geschäftsleute auf der ganzen Welt verloren viel Geld oder gleich ihr ganzes Vermögen. Denys schrieb Tanne Anfang November, er müsse seine Kreditzusage zurückziehen, wolle ihr aber trotzdem helfen, damit die Farm nicht in fremde Hände fiele. Doch was konnte er tun?

Sie hatte keine Idee mehr. Ihr konnten nur noch Geld helfen oder ein paar fantastische Ernten, woran sie nicht mehr glaubte. Erneut stand sie vor dem Abgrund. Sollte sie jetzt aufgeben, wo sie der Lösung doch so nah gewesen war? Im Januar 1930 reiste sie zurück nach Afrika und wusste, alles hing davon ab, wie die letzte Ernte ausgefallen war, die ihre Leute auf Mbogani gerade gepflückt hatten. Farahs ernste Miene am Kai von Mombasa sagte ihr alles, was sie wissen musste. Die Ernte betrug nur vierzig Tonnen.

Wie in Trance bewegte Tanne sich auf der Farm. Sie würde das alles verlieren, es gab nichts mehr, was sie tun konnte, um Mbogani zu retten.

Denys kam zurück, packte aber gleich wieder seine Tasche, um für ein paar Tage ins Government House zu ziehen. Prinz Edward war wieder in Kenia und wollte zu einer Safari aufbrechen, die Denys leiten sollte. Ganz selbstverständlich hatte Denys auch diesmal Bror Blixen als zweiten Jäger verpflichtet. Der Prinz habe ihn ausdrücklich darum gebeten, erklärte er Tanne, aber sie glaubte, er hätte die Dinge anders regeln können, wenn er gewollt hätte. Bror und Cockie waren ebenfalls eingeladen, im Government House zu wohnen, solange Prinz

Edward sich in Nairobi aufhielt. Wie demütigend diese Situation für die geschiedene Baronin Blixen sein musste, war sogar dem Thronfolger bewusst, der sich extra Zeit nahm, sie auf Mbogani zu besuchen, um Tee mit ihr zu trinken. Spontan schlug er vor, er könne doch auf der Farm wohnen, statt im Government House, was Tanne stolz und froh gemacht hätte. Aber das royale Protokoll ließ einen solchen Plan nicht zu. Tanne fühlte sich kaltgestellt. Als Denys aufbrechen wollte, um nach Nairobi zu fahren, stand er unschlüssig vor ihr und wusste nicht, wie er sich verabschieden sollte. »Es tut mir leid, dass ich keine Hilfe bin, Tania. Zweitausend Pfund ist alles, was ich lockermachen kann. Mehr habe ich nicht. Aber ich denke, es wird schon irgendwie werden.«

Sie antwortete so leise, dass er sich zu ihr hinunterbeugen musste, um sie zu verstehen. »Kannst du die Dinge nicht von meiner Seite aus sehen? Warum kannst du mir nicht helfen?«

Er floh vor ihrer Verzweiflung, aber der Gedanke an sie verfolgte ihn, und so schrieb er, bevor er ins Bett ging, ein paar Zeilen an sie: »Ich sehe die Dinge doch von deiner Seite, nur kann ich wirklich nicht mehr tun. Und ich glaube auch, du siehst die Dinge zu schwarz.«

Als Tanne diese Worte las, wusste sie, dass Denys ihr nicht mehr nahe war und es vielleicht auch nicht mehr sein wollte.

Im Frühjahr 1930 schlug Aage Westenholz bei der Bank in Dänemark zwölf Monate Aufschub für die Zahlung der Zinsen heraus. Obwohl Tanne klar war, dass das

Ende danach unwiderruflich kommen würde, machte sie einfach stur weiter wie bisher. Sie beschnitt die Kaffeebüsche, führte die Farmschule, empfing die Menschen morgens zur Sprechstunde hinter dem Haus und trank Tee mit ihren Nachbarn. Sie fühlte sich wie in einer Burg, verbarrikadiert hinter der hochgezogenen Zugbrücke, schrieb sie der Mutter. Aber dieses Leben zehrte sie aus. Sie magerte ab, war oft krank, wirkte nervös und in sich gekehrt. Auf Partys in Nairobi erschien sie nicht mehr, und Alkohol mochte sie auch nicht mehr trinken.

Von Denys sah und hörte sie wenig. Gemeinsam mit der Entourage des Prinzen war er nach England zurückgekehrt, wo er mehrere Monate blieb. Die Kluft zwischen ihnen vertiefte sich. Zwar schrieb er ihr regelmäßig, aber seine Worte erreichten sie nicht mehr. Er sei auf der Suche nach einem Flugzeug, teilte er ihr mit, und legte ihr die verschiedenen Vor- und Nachteile von Modellen dar, die er begutachtet hatte. Das Flugzeugprojekt schien ihn ganz auszufüllen. Vielleicht gab er, weil er sonst nichts zu sagen wusste, Klatschnachrichten aus der englischen High Society an sie weiter: Alle hätten Angst davor, zu verarmen, während sie gleichzeitig rauschende Feste feierten und Geld ins Ausland transferierten, um Steuern zu sparen. In London habe er den *Parzival* gehört, und er habe auch eine neue Schallplatte gekauft, die sie zusammen auf Mbogani hören konnten.

Tanne merkte, dass ihre Gefühle für Denys sich wandelten. Sie konnte ihm nicht verzeihen, dass er aus ihrer Sicht nicht alles getan hatte, um ihr den so dringend benötigten Kredit zu verschaffen. Und sie rechnete damit, nach der Farm auch ihn zu verlieren. Instinktiv begann sie damit, sich gegen den Schmerz zu wappnen, der irgendwo in der Zukunft auf sie lauerte. Deshalb erzählte sie ihren Freunden und Bekannten, es sei ihr egal, ob Denys zurück nach Afrika käme oder nicht. Wie es ihre Absicht gewesen war, wurden ihm diese Äußerungen zugetragen, und er schrieb ihr, es sei hoffentlich nicht wahr, was man ihm erzähle. Er wisse nicht, was er getan habe, um solche Gefühle bei ihr auszulösen. Was ihn betraf, sei es wie immer: Er freue sich auf sie.

Und dann traf Denys Finch Hatton an einem kühlen Morgen wieder auf Mbogani ein, hupte so lange, bis sie nach draußen in die Einfahrt gerannt kam, und machte ein geheimnisvolles Gesicht. »Komm mit, Titania, ich zeige dir dein Königreich«, sagte er und hielt ihr die Tür auf. Spontan sprang sie zu ihm in den Wagen.

Sie fuhren ein paar Minuten in Richtung Massai-Reservat, bis sie ein Stück offenes Buschland erreichten, auf dem sein Doppeldecker stand.

»Darf ich vorstellen«, sagte er und reichte ihr eine Pilotenbrille und eine Fliegerkappe, »das ist meine Gipsy Moth. Ich habe sie nur gekauft, um mit dir in die Lüfte zu steigen.«

Sie glaubte ihm nicht, aber sie freute sich trotzdem. Und als sie auf den vorderen Sitz kletterte und sich anschnallte, beschloss sie, sich noch einmal auf diesen Mann einzulassen und das, was er ihr von der Welt zeigen wollte.

Sein neuer Diener Hamisi warf den Propeller an und

rannte zur Seite. Langsam rollten sie los und starteten Richtung Westen, den Ngong-Bergen entgegen.

Zum ersten Mal sah Tanne die Weite Ostafrikas von oben und verfolgte das Spiel der Wolken, die im raschen Wechsel Licht und Schatten auf die Landschaft warfen. Unter ihnen galoppierten Hunderte Impalas und Zebras. In der Ferne entdeckten sie eine Büffelherde. Als sie die Berge erreichten, gerieten sie in einen Hagelschauer, eiskaltes Wasser peitschte ihnen ins Gesicht. Der Wind riss an der Maschine, und Denys musste sie mehrfach schräg legen, um sich gegen diese starke Kraft zu stemmen. Tanne dachte an Hans Christian Andersens Märchen »Der Reisekamerad«, in dem die Prinzessin, kurz bevor sie von dem Helden bezwungen wird, durch die Luft fliegt und laut ruft, niemals sei sie solch einem Wetter ausgesetzt gewesen.

Als sie in ruhigere Gefilde kamen, fiel ihr das Märchen von den »Wilden Schwänen« ein. Auch darin reiste ein Mädchen durch die Luft und erkannte in der Landschaft unter sich ein Gemälde, prächtiger als alles, was es je zuvor gesehen hatte.

Was Tanne aber am meisten bewegte, war das Gefühl, in drei Dimensionen unterwegs zu sein. Wenn das Flugzeug sich auf die Seite legte, waren das Oben und das Unten aufgehoben. Die Landschaft erschien ihr wie von Angesicht zu Angesicht. Es sei ein göttliches Spiel, die Welt auf diese Weise zu betrachten, schrieb sie ihrer Familie später, der Schöpfung so nahe zu kommen und sie in ihrer ursprünglichen Form zu erleben. Tanne fühlte das Bedürfnis, laut zu jubeln. Und sie lachte, als sie über eine Herde rennender Zebras flogen und ihren eigenen Schatten über den Tieren beobachtete. Sie drehten ab, entwischten dem Wind, als es sie gen Himmel zog, sausend und schnurrend. Zuletzt drehte Denys noch eine Runde über Mbogani, und ihr schossen die Tränen in die Augen. Vielleicht ist das der endgültige Abschied, sagte sie sich insgeheim, aber es könnte ebenso gut der Beginn einer neuen Zeit sein.

Denys hatte nur drei Tage und zwei Nächte Zeit, bevor er wieder fortmusste. Sie flogen jeden Tag, und dann träumte Tanne sich zurück in die Zeit, als ihre Liebe zueinander neu und stark gewesen war. Solange sie über den Dingen schwebte, fühlte sie sich geborgen in ihrer Fantasiewelt, doch wenn sie landete, warteten der Schmerz und die Angst vor der Zukunft bereits am Rand der Piste auf sie.

Als Denys sie am letzten Tag absetzte, um weiter nach Nairobi zu fliegen und von dort auf Safari zu gehen, nahm er sie in die Arme, aber er hielt sie nicht fest.

»Seitdem wir fliegen, verstehe ich dich besser«, sagte sie. Er schob sie ein Stück von sich weg und schaute sie fragend an. Sie fügte hinzu: »Du bist ein Wesen der Luft.«

»Findest du?«

»Wie Ariel.«

»Der Luftgeist?«

»Wir hätten vielleicht zusammen *Der Sturm* lesen sollen. Denn der *Sommernachtstraum* ... ist vielleicht vorbei?«

Denys seufzte und nahm ihr die Brille ab. »Tania. Was

wird das hier? Ein Grundsatzgespräch? Wenn du mir etwas sagen willst, dann sag es einfach.«

»Du bist wie Ariel, ein Wesen des Himmels, durchschaubar und klar. Du bewegst dich frei in drei Dimensionen, und wir anderen, wir Erdenwesen, kleben am Boden, an Gärten und Blumen. Du aber gehörst niemandem, du bist ehrlich und …«, sie drehte sich von ihm weg und ging in Richtung ihres Wagens, »du bist ohne ein Herz.«

Denys schaute ihr kurz nach, anschließend stieg er ins Cockpit und flog davon.

Sie wartete, bis er in der Luft war, starrte in den Himmel und legte die Hand über die Augen. Sie wusste, dass sie recht hatte. Ihre beste Zeit war vorbei. Obwohl sie das Fliegen mit Denys als großes Glück empfand, spürte sie, dass es sie zugleich von ihm entfernte. Das war jetzt seine große Leidenschaft. Nur dafür plante er. Sie dachte über die Gerüchte nach, von denen Lady Lucie ihr erzählt hatte. Sie besagten, Denys habe eine Affäre mit Beryl. Es hatte Tanne in den letzten Tagen viel Kraft gekostet, ihn nicht danach zu fragen. Und sie wusste nicht, wie lange sie das noch schaffen würde.

Im November 1930 teilte Aage Westenholz seiner Nichte mit, die Karen Coffee Company würde jetzt endgültig aufgelöst. Die Farm solle verkauft und das Mobiliar versteigert werden. Aage trat als Vorstandssitzender ab und gab den Posten an ihren Schwager Viggo de Neergaard weiter.

Tanne fühlte sich gefällt wie ein Baum. Als sie Denys davon erzählen wollte, war er nicht da. Sie hatte nichts von ihm gehört oder gesehen und wusste nicht, ob er auf Safari war oder lieber im Club übernachtete. Dann tauchte er plötzlich auf, als sie gerade mit Farah auf der Veranda stand, und an der Art, wie er aus dem Auto ausstieg, erkannte sie, dass etwas geschehen war. Mit schweren Schritten ging er zum Haus, sie hörte, wie er die Tür zu seinem Schlafzimmer hinter sich schloss. Als sie sein Zimmer betrat, sah sie, dass er seinen Koffer packte.

»Was ist los, wohin fährst du?«

Er drehte sich nicht um, sondern holte einen weiteren Stapel Kleidung aus dem Schrank und legte ihn in den Koffer.

»Denys. Ich rede mit dir.«

Er drehte sich um und setzte sich aufs Bett.

»Du weißt doch, was ich hier mache. Ich ziehe aus.«

Sie hatte es geahnt und befürchtet, sie hatte es wie eine schmerzende Stelle in ihrem Herzen befühlt und versorgt, aber mit seinen Worten riss er die vielen Pflaster und Verbände ab, die sie daraufgelegt hatte.

»Was? Aber warum?«

»Wir wissen es doch schon länger, Tania. Es geht nicht mehr. Ich brauche meine Freiheit. Ich ersticke hier.«

Sie war nicht überrascht. Wochenlang hatte sie versucht, den Schmerz unter Kontrolle zu halten. Aber jetzt tat sich der Boden unter ihr auf, und mit ihrer Beherrschung war es augenblicklich vorbei. Sie schrie ihn an, warf ihm vor, schon lange eine Affäre mit Beryl zu haben. Er leugnete es nicht, bestätigte es aber auch nicht. Er ließ sich überhaupt nicht auf ein Gespräch mit ihr ein, sondern bat sie nur, nicht alles zu zerstören, was sie Gutes zusammen gehabt hätten. Er wolle weiterhin ihr Freund sein. Sie hätten doch eine schöne Zeit gehabt.

»Was hatten wir denn zusammen?«, brüllte sie ihn an. »Du hattest deine Freiheit, die hast du ja immer am meisten geliebt. Und ich? Was hatte ich? Was bedeutete das alles denn für dich? Was bedeutete das hier?« Sie hielt ihm den Ring hin. Er griff nach ihrer Hand, verdutzt überließ sie ihm ihren Finger, aber er zog ihr nur den Ring ab und steckte ihn an seinen eigenen kleinen Finger. Sie schnappte nach Luft. Es fühlte sich an, als habe er die *Lioness* getötet.

»Ich habe dir gesagt, dass du mich nicht festbinden darfst«, sagte er traurig. »Ich bin mit niemand anderem zusammen, also brauchst du auch keinen Hass auf Beryl zu haben. Ich will einfach wieder mein eigener Herr sein. Ich will fliegen, wann und wie lange ich will, und niemand soll auf mich warten.«

»Und wohin ziehst du jetzt?«

»Zu einem Freund. Meine Wohnung im Muthaiga ist vermietet.«

»An wen?«

»Tanne, ist das nicht egal?«

Sie wusste, dass es Beryl war, die in seiner Wohnung wohnte. Sie waren ständig zusammen, mehrere Bekannte hatten ihr davon erzählt. Aber sie wollte es von ihm hören, er sollte die Schärfe des Messers selbst spüren. Aber Denys entzog sich, schloss den Koffer, ging damit zu seinem Wagen und fuhr ohne ein weiteres Wort davon. Nur seine Bücher blieben zurück.

Sie verloren sich nicht aus den Augen. Denys schrieb ihr weiterhin von seinen Reisen, er sorgte sich um sie, korrespondierte mit Freunden darüber, wie man Tanne helfen könne, und ab und zu besuchte er sie. Hilfe konnte er ihr nicht anbieten, und gegen ihre körperlichen Schmerzen hatte er nur den Rat, sie solle Arsenik nehmen.

Es waren qualvolle Monate. Die Farm und das Haus wurden an Remy Martin verkauft, einen Investor, der auf ihrem Land eine Vorstadt für Reiche bauen wollte. Er wollte sie Karen nennen.

Wie im Traum stolperte Tanne über die Farm, unfähig zu begreifen, wie sie ein so riesiges Unternehmen abwickeln sollte. Was war als Erstes zu tun, was war überhaupt noch zu tun? Es zeigte sich, dass ihre Gläubiger die meisten Dinge selbst in die Hand nahmen. Was ihre Möbel betraf, so bot Lucie McMillan an, die schönsten davon zu kaufen. Sie war gerade dabei, im Andenken an ihren Mann die *McMillan Memorial Library* in Nairobi zu errichten, und konnte die Sessel und Tische, Kommoden und Schränkchen dafür gut gebrauchen.

Am Ende gab es nur noch eine Aufgabe für Tanne: Sie musste die Menschen versorgen, für die sie sich verantwortlich fühlte. Hundertdreiundfünfzig Familien lebten auf der Farm, genau wie Tanne verloren sie mit dem Verkauf des Landes die Heimat und würden im schlimmsten Fall irgendwohin zerstreut werden. Die Kikuyu wollten aber zusammenbleiben und auch nicht weit fortziehen. Tanne sammelte ihre letzten Kraftreserven und stürzte sich in den Kampf mit den Behörden, die ihr zunächst nur kaltschnäuzig mitteilten, es sei völlig unmöglich, die

Dorfbewohner von Mbogani in der Umgebung anzusiedeln. Wochenlang schrieb Tanne Listen, auf denen sie jeden Dorfbewohner mit Frau und Kindern verzeichnete, dazu das Vieh, das ihm gehörte, und die Zahl der Jahre, die er schon hier lebte. Täglich fuhr sie in die Stadt, wurde in den Büros der Kolonialverwaltung vorstellig, forderte, bettelte, argumentierte. Sie mobilisierte jeden Freund, jeden Kontakt, den sie hatte. Und schließlich gelang es ihr doch: Das Dorf konnte in der Nähe der Farm im Kikuyu-Reservat neu errichtet werden.

Tanne schrieb ihr Testament und bedachte darin alle, mit denen sie gelebt hatte und denen sie sich verbunden fühlte: Farah, Juma, Kamante, Ali, Kamau, Abdullahi und die vielen anderen, die sie vermissen würden.

Aber wenn nun die Farm und damit ihre ganze Welt verschwinden würde, fragte sie sich, warum sollte sie dann selbst noch weiterleben? Sollte sie nach Dänemark zurückkehren, ruiniert und gescheitert? Ihrem Bruder Thomas schrieb sie, sie ziehe den Tod einem bürgerlichen Dasein vor.

Gustav Mohr besuchte sie regelmäßig und fand sie oft apathisch vor, verzweifelt und zu schwach, um auch nur ein paar Schritte zu gehen. Er tauschte sich mit Denys aus, und beide schrieben an Thomas, er solle sie persönlich abholen und nach Hause bringen. Aber Tanne wehrte sich gegen diesen Plan.

Weil sie nachts nicht mehr schlafen konnte, begann sie zu schreiben. Sie erinnerte sich an die Geschichten, die sie Denys erzählt hatte, und fand Ablenkung und Trost darin, neue Welten zu erschaffen, komplizierte Konstruktionen und verwickelte Beziehungsmuster. Beim Schreiben vergaß sie die Schrecken des Tages, hier war sie wieder die Herrin, die alles kontrollierte.

Morgens dachte sie jedes Mal, sie sei am tiefsten Punkt ihres Lebens angelangt, aber es gab noch eine Treppenstufe weiter nach unten, mit der sie nicht gerechnet hatte.

Denys und Tanne trafen sich am 6. Mai 1931 zum Mittagessen auf der Farm.

»Ich fliege morgen an die Küste, um zu sehen, wie die Arbeiten an meinem Haus vorangehen. Du solltest es dir bald einmal anschauen, Tania, es wird dir gefallen«, lud er sie ein. Er sagte ihr nicht, dass er daran dachte, sich ganz dort niederzulassen, um die Safaris von Mombasa aus zu führen. Warum auch? Sie würde das Land ohnehin bald verlassen, daran hatte er keinen Zweifel. Er war dankbar für die gute Zeit, die sie zusammen verlebt hatten und wollte mit ihr im Frieden leben.

Als er sich verabschiedete, versprach er, eine Woche später zum Frühstück zu kommen. Auf dem Weg zu seinem Wagen fiel ihm plötzlich ein Gedichtband ein, den er schon seit Längerem wieder einmal in die Hand hatte nehmen wollen. »Weißt du, wo das Buch von Iris Tree ist, das du mir einmal geschenkt hast? Ich muss immerzu an das Gedicht von den Wildgänsen denken, vielleicht, weil du mir von dem Märchen erzählt hast nach unserem ersten Flug. Ich würde es gerne mit auf die Reise nehmen.«

»Deine Bücher sind in der Bibliothek, ordentlich sortiert in den Regalen, die ich extra für sie habe einbauen lassen«, antwortete sie mit einer Mischung aus Selbstbewusstsein und Gekränktheit. Wie konnte er glauben, dass sie nicht wusste, wo eines seiner Bücher war, die er ihr anvertraut hatte? »Du wirst einen neuen Platz für sie finden müssen, wenn das alles hier vorbei ist.«

Aber Denys hatte den letzten Satz schon nicht mehr gehört, weil er ins Haus gelaufen war. Nach ein paar Minuten kehrte er zurück und blätterte im Gehen den Band von Iris Tree durch. Tanne stand neben seinem Auto, als er ihr den Anfang des gesuchten Gedichts vorlas:

Graugänse sah ich über das Flachland fliegen,
Wildgänse zitternd in der hohen Luft –
in gerader Bahn von Horizont zu Horizont –,
mit der Seele kühn in ihren Hälsen,
ich sah ihr graues Weiß den großen Himmel streifen
und das Sonnenrad über den gebrochnen Hügeln.
Fühlte mein Leben in ihren Kehlen erstarren.

Er klappte das Buch zu, warf es auf den Beifahrersitz und stieg ein. »Danke fürs Essen und fürs Aufbewahren meiner Bücher. Bis nächste Woche«, rief er und fuhr davon.

Denys Finch Hatton erschien am 14. Mai 1931 nicht wie verabredet auf der Farm. An diesem Tag stürzte er mit seinem Flugzeug ab und verbrannte wie sein somalischer Begleiter Hamisi in den Trümmern. Die Nachricht traf vormittags in Nairobi ein und sprach sich sofort herum, aber niemand traute sich, Tanne davon zu berichten. Sie hatte lange auf Denys gewartet, und als er nicht kam, war sie nach Nairobi gefahren, wo sie bei Lady Lucie zum Mittagessen eingeladen war.

Wie ein Geist ging Tanne durch die Stadt, vorbei an Bekannten, die ihrem Blick auswichen. Als sie mit einer kleinen Gesellschaft im Haus von Lady Lucie speiste, sprach ebenfalls niemand über den Unfall. Erst als das Schweigen für alle unerträglich geworden war, nahm Lady Lucie Tanne an der Hand, führte sie in einen angrenzenden Salon und erzählte ihr, was passiert war. Tanne saß einfach nur da, sprach kein Wort, weinte nicht und rührte sich nicht. Farah holte sie ab und brachte sie nach Hause. Erst dort, allein und in der Abgeschiedenheit ihres Schlafzimmers, konnte sie weinen.

Tanne wurde von allen behandelt wie eine Witwe, trotz der Trennung ein paar Monate zuvor. Freunde und Bekannte schickten Kondolenzschreiben oder Telegramme. Sogar Bror meldete sich aus Arusha und meinte, für sie sei dieser schreckliche Tod sicher am schlimmsten. Tanne nahm die Rolle der Witwe an und kümmerte sich um die Beerdigung in den Ngong-Bergen, genau an der Stelle, die Denys sich ausgesucht hatte.

Es nieselte, als Tanne, Gustav Mohr und Farah das Plateau erreichten. Im dichten Nebel war es fast unmöglich, den richtigen Platz zu finden, und Farah hielt die ganze Zeit das Gewehr fest in der Hand, weil er fürchtete, in eine Büffelherde zu geraten. Endlich entdeckten sie einen flachen Platz, markierten ihn, ließen das Gras schneiden und Erde ausheben. Mohr ging zur Straße, um Tannes

Leuten die Richtung zu zeigen, damit sie den Weg so gut wie möglich planierten.

Am frühen Nachmittag kam der Leichenwagen den Hügel heraufgerumpelt, und etwa vierzig Freunde von Denys folgten in ihren Automobilen. Der in den Union Jack eingewickelte Sarg wurde in die Erde gelegt, ein Pastor las den Psalm 121: »Ich hebe meine Augen auf zu den Bergen.«

Eine Woche lang saßen die Safari-Begleiter von Denys auf der Farm und trauerten. Auch Billea Issa, der inzwischen verheiratet war und in Naivasha lebte, erschien und blieb eine Weile bei ihnen.

Tanne fuhr oft zum Grab in den Bergen. Die Straße wand sich über fünfundzwanzig Kilometer, aber Luftlinie betrug die Strecke nur neun Kilometer. Nach ein paar Tagen kaufte sie ein großes Stück weißen Stoff. Gemeinsam mit Farah schlug sie hinter der Grabstelle drei Pfähle in den Boden und nagelte den Stoff daran fest. Jetzt konnte sie von ihrer Terrasse aus den hellen Fleck im Grün der Berge deutlich erkennen. Stundenlang saß sie da und starrte dorthin, wo der Geliebte ruhte.

Sie wollte nun ebenfalls sterben, denn sie hatte keine Kraft mehr, keinen Mut für einen Neuanfang. In einem Abschiedsbrief an Gustav Mohr bat sie darum, neben Denys in den Ngong-Bergen begraben zu werden. Ihr Stein solle diesen Namen tragen: »Tania Blixen.«

Doch ihr Selbstmord missglückte, sie wurde gefunden, gerettet und ins Krankenhaus gebracht. Als der Arzt ihr eröffnete, sie leide an Amöbenruhr, einer sehr ernsten Krankheit, berührte sie das nicht.

Bis zuletzt blieb sie auf Mbogani und sah zu, wie sich das Haus leerte, wie Gras und Unkraut an der Veranda heraufkrochen, wie die Blumen verdorrten. Das Tor zur Schule stand seit Wochen offen, die Kinder waren fort, die Hütten des Dorfs leerten sich.

Sie verschenkte ihre beiden Hunde und ritt auf Rouge zur Bahnstation von Nairobi, verlud die Stute in einen Güterwaggon, der sie zu einem Freund brachte, und ließ sich zur Farm zurückfahren.

Am 26. Juli 1931 nahm sie zum letzten Mal den Zug von Nairobi nach Mombasa. Nur wenige Freunde hatten sich am Gleis eingefunden. Drei Vertraute begleiteten sie bis zur Küste und nahmen erst auf dem Schiff von ihr Abschied: Farah, Juma und sein Sohn Tumbo.

Thomas Dinesen erkannte seine Schwester zunächst nicht in der schattenhaften Gestalt, die am 19. August 1931 in Marseille von Bord ging. Ihr Gepäck bestand aus fünfundzwanzig Kisten, die sie erst dreizehn Jahre später öffnen würde.

In ihrem Koffer lagen zwei Erzählungen, die sie in den letzten Wochen wieder und wieder überarbeitet hatte, wenn sie nicht schlafen konnte. Eine davon hieß »Die Träumer«.

TEIL III

Dänemark

Die Träumer

Dunkelheit senkt sich über das Haus und verwischt die Konturen der Dinge in der Ewaldstube. Ruth betrachtet die Speere der Massai, die Messer und das Gewehr der Baronin, und sie beschließt, heute nichts mehr zu fragen. Karen Blixen sitzt starr wie eine Puppe auf ihrem Stuhl, die geisterhaft schwarz umrandeten Augen scheinen nach innen gerichtet. Sie schalten kein Licht ein, sitzen schweigend da, tief in Gedanken versunken. Erst als ihr kalt wird, steht Ruth auf, legt ein paar Scheite in den Ofen, facht die Glut an und fragt leise: »Ein Glas Schaum, Baronin?« Karen Blixen nickt, ohne sie anzusehen, und Ruth verlässt leise das Zimmer. Sie muss Frau Carlsen diesmal nicht überreden, die Haushälterin wirft bei der Frage nur einen Blick auf Ruths Gesicht und stellt kommentarlos ein Tablett zusammen.

Beim Anstoßen sagt Karen Blixen mit einem winzigen Lächeln und zitternden Händen: »Sie könnten heute in Claras Zimmer übernachten, damit Sie nicht im Dunkeln mit dem Fahrrad fahren müssen.«

Ruth nickt.

Als es im Zimmer wärmer wird und sie für jede von

ihnen ein warmes Tuch geholt hat, greift die Baronin den Faden plötzlich wieder auf.

»Mein Bruder fuhr mit mir nach Montreux, wo er mich in einer Klinik angemeldet hatte. Ich hatte fünfunddreißig Pfund abgenommen, und Thomas fürchtete um mein Leben. Was aber konnte mir schon passieren, da ich fast alles, was mir wichtig gewesen war, verloren hatte? Teilnahmslos sah ich aus dem Fenster, während Thomas mich vorsichtig über gewundene Straßen kutschierte. Den herrlichen Bergen gönnte ich keinen Blick. Mir war alles egal, dachte ich, aber ich hatte mich geirrt. Als die Ärzte mir ein paar Tage später eröffneten, es sei nicht die Amöbenruhr, die für das ständige Erbrechen, den Schwindel und die beißenden Magenschmerzen verantwortlich sei, sondern die Syphilis, merkte ich, dass ich irgendwo in einem Winkel meines Herzens die Hoffnung gehegt hatte, ich würde gesund werden und meinen Lebensmut wiederfinden. Nun begriff ich, dass ich niemals mehr richtig genesen würde. Die Syphilis ist eine böse Krankheit, weil sie nicht nur grauenvolle Schmerzen verursacht, sondern völlig unberechenbar ist. Wochen oder Monate können vergehen, ohne dass man etwas merkt, man wähnt sich in Sicherheit, und dann schlägt sie auf einmal wieder zu. Ich fühlte mich einem Schicksal in den Rachen geworfen, das mich nach Lust und Laune zerkauen würde. In diesem Moment spürte ich, was mich mit dem Leben verband: Da war die Liebe zu meiner Mutter und zu meinen Geschwistern, die Liebe zu Dänemark, und trotz aller Vorbehalte war Rungstedlund eine Heimat für mich. Aber da war noch etwas anderes, das mich ans Leben fesselte wie Odysseus an den Mast seines Schiffs: Ich wollte meine Geschichten erzählen und sie in die Welt schicken. Thomas war begeistert, als ich sie ihm vorlas. Meine Zukunft, so glaubte er, läge im Schreiben, genau wie Tante Bess es einmal prophezeit hatte. Ich war nicht sicher, ob er recht hatte, aber ich freute mich über diese Ermutigung. Nach einigen Wochen in Montreux, in denen ich etwas zu Kräften kam, fuhren wir nach Dänemark. Zurück in dieses Haus.

Es war ein warmer Herbstnachmittag, als Tanne und Thomas auf den kleinen Vorplatz von Rungstedlund einbogen. Alle hatten sich auf der Treppe vor dem Haus versammelt: Ihre kleine Mutter, wie immer ganz in Schwarz, wirkte liebevoll besorgt. Neben ihr Tante Bess, aufrecht in weißer Bluse und mit einem Fransentuch über den Schultern. Sie hatte einen abwartenden, skeptischen Blick, doch sie war bereit, die Nichte herzlich zu empfangen. Hinter den beiden stand Elle, die älter aussah, als sie eigentlich war, und beunruhigt schien. Als Tanne die Frauengemeinschaft erblickte, in die sie sich würde einreihen müssen, als seien die letzten zwanzig Jahre nicht gewesen, als sie sich vorstellte, dass sie Teil eines Gewebes sein sollte, dessen Farben und Muster von anderen Menschen bestimmt wurden, fühlte sie ihren Unterkiefer hart werden, als ob sie sich übergeben müsse. Kaum war sie ausgestiegen, glaubte sie, aufschreien zu müssen. Sie wollte das nicht, wollte nicht wieder Kind sein, Nichte, Schwester. Sie war Herrin einer Farm mit über tausend Arbeitern gewesen, sie hatte mit Prinzen und Gouverneuren gespeist, niemals würde sie jetzt die verlorene Tochter spielen und sich Ratschläge oder gar Ermahnungen anhören können.

Steif ließ sie sich kurz von der Mutter umarmen, strich Tante Bess über den Arm, nickte Elle zu, dann eilte sie ohne ein Wort um das Haus in den Park, öffnete den Mantel und schritt kräftig aus.

Sie ging am Teich entlang, der dunkel und schweigsam zwischen den Sträuchern lag. Farbige Blätter trieben langsam in Richtung Bach, als wollten sie ihr bedeuten, sie käme zu spät. Tanne blickte zum Himmel, wo die Gänse sich bereits in Richtung Süden aufmachten. Pilze schossen am Wegesrand in die Höhe und verbreiteten einen erdig-würzigen Duft. Die Luft in Dänemark ist so schwer, dachte sie, in Kenia ist sie leicht, sodass man sich angeregt und beschwipst fühlt. Aber hier schien die Schwermut des Nordens sich schon in der feuchten Luft zu konzentrieren, die sie einatmen musste.

Im Blumengarten leuchteten ihr die Dahlien in satten Rottönen entgegen. Tanne öffnete das Gatter, lauschte auf den vertrauten Klang des Riegels beim Schließen und ging zu den Beeten, auch wenn ihre dünnen Schuhe in die Erde sanken. Sie schnitt mit ihrem Taschenmesser einen ganzen Arm voll Sonnenhut, Rittersporn, Dahlien, dazu noch Herbst-Eisenhut und Hohe Fetthenne. Als sie ihre Nase in die Blüten drückte, nahm sie die herbstliche Frische war. Nein, sie wollte nicht ungerecht sein. Es war ein vertrauter, guter Duft, und sie hatte ihn vermisst. Langsam ging sie zurück. Wie würde es sein, hier zu leben? Würde sie sich wieder eingeengt und bevormundet fühlen? Sie betrachtete das Haus von der Gartenseite aus. Das hohe Wirtschaftsgebäude und daran gewachsen das niedrige Wohnhaus, von Wein überwuchert. Die Glasscheiben der kleinen Fenster waren an den Rändern verformt, und kurz bildete sie sich ein, das Haus würde sie aus vielen kurzsichtigen Augen kritisch fixieren. Ihre Schritte auf dem Sandweg knirschten, sonst war kein Geräusch zu hören, nur aus weiter Ferne dröhnte das dumpfe Signal eines Schiffs. Es gibt nur eine Möglichkeit, dieses Haus zu bewohnen, ohne verrückt zu werden, dachte Tanne. Ich muss mir eine eigene Welt erschaffen. Ich werde in meine Geschichten fliehen. Sie werden mich wie eine Rüstung, wie ein Panzer umgeben. Ich werde mir eine Welt ausdenken, die mich vor dem Geist dieses Hauses und vor seinen Bewohnerinnen schützt, die ich zwar liebe, die mich aber niemals verstehen werden.

Abends saßen sie alle im Salon, jetzt war auch Elles Mann Knud dabei, und Thomas hatte seine Frau Jonna mitgebracht. Ihr Bruder Anders war wie fast immer in seinem Haus auf Jütland und kam nur selten nach Rungstedlund. Das Hausmädchen servierte Likör in kleinen, geschliffenen Gläsern.

Ingeborg Dinesen erhob ihr Glas: »Auf Tanne! Und dass sie wohlbehalten wieder bei uns ist«, sagte sie, und ihr Schwiegersohn ergänzte: »Glücklich von einer langen Reise heimgekehrt.«

Knud war um einiges älter als Elle, er war sehr reich und benahm sich oft so herablassend, dass Tanne den Impuls verspürte, ihm zu widersprechen. »Ich bin nicht von einer Reise zurückgekehrt«, meldete sie sich mit fester Stimme zu Wort, »ich hatte ein langes, herrliches Leben jenseits der Ngong-Berge. Ich leitete eine Farm und trug Verantwortung für viele Menschen.«

Alle schauten betreten auf ihre Gläser, nur Knud beugte sich vor. »Richtig. Du hast eine Farm geleitet, die deine Familie bis aufs Letzte ausgesaugt hat, liebe Schwägerin. Weißt du eigentlich, dass deine Mutter viel Land verkaufen musste, um dein Leben in Afrika zu finanzieren?«

»Knud, bitte nicht«, mahnte Elle und legte ihre Hand auf seinen Arm.

Ingeborg Dinesen räusperte sich und lächelte Tanne verlegen an. »Es war eine Familiensache, und ich habe es gerne getan.«

»Aber nun ist dein Erbe aufgebraucht, Tanne«, fuhr Knud unerbittlich fort. »Und wir müssen wohl einmal darüber reden, wovon du jetzt leben willst.«

»Aber doch nicht am ersten Abend«, versuchte Elle ihren Mann zu bremsen. »Lass sie doch erst mal ankommen und sich einleben.«

»Ich werde für dich sorgen, Tanne«, mischte sich Thomas ein. »Ich habe mir überlegt, dass ich dir ein monatliches Taschengeld anweise. Damit bist du unabhängig. Kosten für Essen und Wohnen fallen ja nicht an.«

Tanne senkte den Kopf und biss sich auf die Lippen. Ein Taschengeld, dachte sie bitter. Thomas weiß genau, dass ich niemals mit einem kleinen Betrag auskomme. Ich habe es ihm wieder und wieder gesagt, ich kann nicht arm sein. Warum sagt er so etwas?

In den nächsten Wochen ging sie wie ein Gespenst durch das Haus. Es kam ihr vor, als berührten ihre Füße den Holzboden und die Teppiche nicht, als könne sie nichts in die Hand nehmen. Diese Welt erschien ihr nicht real. Sie ging von Zimmer zu Zimmer, rauchte und schaute aus dem Fenster. Ihre Mutter beobachtete sie. Es tat ihr weh, ihre Tochter so leiden zu sehen, und sie fühlte sich hilflos. Aber sie sah keinen Sinn darin, Tanne wie eine Kranke zu behandeln, und sagte etwas schärfer, als sie es eigentlich beabsichtigt hatte: »Kannst du bitte die Türen hinter dir schließen, Liebes? Wir haben ohnehin Mühe, die Räume zu heizen, und wenn du ständig für Durchzug sorgst, ist jedes Feuer im Ofen umsonst.«

»Entschuldige«, sagte Tanne, und ihre Stimme klang hochmütig. »Ich bin es gewöhnt, dass einer meiner Boys das macht. Seit zwanzig Jahren habe ich keine Tür mehr selbst geschlossen.«

»Nun, dann wirst du es wieder lernen müssen, so schwierig ist es nicht, wie du merken wirst«, entgegnete Ingeborg gelassen.

»Ihr wisst nichts über mein Leben, gar nichts. Ihr wisst nicht, was ich verloren habe, wonach ich mich sehne«, stieß ihre Tochter mit erstickter Stimme hervor.

»Doch, ich weiß es«, sagte ihre Mutter, »ich war ja zweimal dort. Aber keiner von uns kann dir diesen Verlust ersetzen. Komm mit, ich will dir etwas zeigen.«

Sie ging voraus in die Ewaldstube.

»Du sollst Wilhelms Arbeitszimmer haben, wenn du möchtest. Thomas hat mir erzählt, dass du ein paar fertige Erzählungen mitgebracht hast.«

Tanne sah sich um. Das Zimmer zeigte zum Sund, es war zugig und kalt, aber es gab einen Ofen. Sie hätte hier ein Reich für sich. Dankbar drückte sie die Hand ihrer Mutter und nickte stumm.

Ein paar Tage später stieg sie auf den Dachboden, wo ihre Kisten auf sie warteten. »Baronin von Blixen-Finecke« stand in der ordentlichen Handschrift Farahs darauf, »Nairobi – Mombasa – Marseille – Kopenhagen«. Farah hatte die Kisten höchstpersönlich zugenagelt und die Frachtpapiere ausgefüllt. Sie konnte es im Moment nicht über sich bringen, alles auszupacken, aber sie hatte Thomas gebeten, die Nägel aus dem Deckel einer einzigen, von Farah markierten Kiste herauszuziehen. Sie hob den losen Deckel ab und entdeckte die mit Messing beschlagene Kiste, die Farah ihr aus Sansibar mitgebracht hatte. Sie war schwerer als gedacht, und sie musste die Muskeln anspannen, um sie hochzuheben und auf den Boden zu stellen. Dann hockte sie sich daneben und öffnete sie. Als Erstes sah sie die Zweige der afrikanischen Federblume, die Farah für sie hineingelegt hatte. Die gelben Blüten waren vertrocknet und die Stängel braun, doch der Duft, eine Mischung aus Heu und Vanille, durchwob sich mit dem Geruch von Holzwolle und Sackleinen. Sie schob die Zweige vorsichtig zur Seite und griff nach den Stücken, die ihr so am Herzen lagen, dass sie sie jetzt bei sich haben musste. Das gerahmte Porträt von Denys. Die Mannlicher, ihre erste Waffe. Ihr Exemplar vom *Sommernachtstraum*, ein paar Briefe, Muscheln, Gewürzdöschen und das Lederband, das die alte Kikuyu-Frau ihr geschenkt hatte.

Karen Blixen steht auf und öffnet die Schublade ihres Schreibtischs. »Sehen Sie?« Sie hält etwas Buntes hoch und lässt es hin und her baumeln. »Ich habe auch so ein Lederband mit Perlen, wie Sie es dem armen Pasop an den Hals gebunden haben. Ich kann es nur nicht mehr tragen, weil ich schon einmal damit hängen geblieben bin, als ich einen Schwächeanfall hatte. Ich musste meinem Arzt versprechen, keine lockeren Armbänder mehr zu tragen.« Sie zuckt mit den Schultern und legt es zurück in die Schublade. »Es gibt Schlimmeres.«

Karen Blixen geht zurück an den Tisch und setzt sich vorsichtig auf den Stuhl.

»Als ich mich in der Ewaldstube eingerichtet hatte, den Schreibtisch vor das Fenster gerückt, meine Erinnerungsstücke an die Wand genagelt und Denys' Fotografie auf die Fensterbank gestellt hatte, begann ich mit dem Schreiben. Ich arbeitete wochenlang wie besessen, denn ich wollte dieses Buch unbedingt fertigbekommen. *Sieben phantastische Geschichten*. Kennen Sie es?«

»Natürlich. Aber …« Ruth räuspert sich, weil sie nicht weiß, wie sie ihre Frage stellen soll. »Ich wüsste gerne: Wie sind diese Geschichten entstanden? Vielleicht ist das eine dumme Frage, aber ich habe keine Ahnung, wie ich mir das vorstellen muss. Haben Sie sich zuerst einen Plan von der Handlung gemacht?«

Die Baronin schüttelt den Kopf und hält Ruth das Glas hin, damit sie es nachfüllt. »Alles beginnt mit einem Detail. Vielleicht ist es ein Bild, ein Haus, eine Landschaft oder ein Erinnerungsfetzen. Um dieses erste Motiv herum wächst die Erzählung wie eine Perle in der Muschel, Schicht um Schicht. Das kann Jahre dauern. Manche Motive trage ich lange mit mir herum, andere reifen schneller. Die Erzählungen aus meinem ersten Buch gehen zum Teil auf Entwürfe zurück, die ich noch vor meinem Umzug nach Afrika zu Papier gebracht hatte. *Die Träumer* hatte ich auf Mbogani bereits fertiggestellt.«

»Und warum spielen Ihre Geschichten in der Vergangenheit? Ihre Figuren leben vor hundert Jahren oder noch davor.«

Die Baronin trinkt einen Schluck und stellt ihr Glas ab.

»Weil ich mich dann freier fühle und nicht darauf achten muss, was man heutzutage für plausibel hält. Und keiner will wissen, ob ich das alles etwa selbst erlebt hätte. Das Leben in der Zeit, die wir heute die Romantik nennen, drehte sich oft um Geister, um spirituelle Erfahrungen. Das hat mir gefallen.«

»Tragen Ihre Geschichten eine spezielle Botschaft?«

Die Baronin lacht leise. »Nein. Es sollen einfach nur gute Geschichten sein. Das bedeutet, dass die Figuren ihren Charakteren entsprechend handeln, sie können nicht anders.«

»Und ist alles erfunden?«

»Nichts ist ganz erfunden, unser eigenes Erleben spielt immer mit hinein, nur sollte man es so gut verstecken, dass die Leser davon nicht abgelenkt werden.«

»War es schwierig, einen Verlag zu finden?«

»Allerdings, denn zuerst wollte wirklich niemand meine Geschichten haben, und ich war kurz davor, aufzugeben. Im Frühling 1933 war mein Manuskript fertig, und ich reichte *Sieben phantastische Geschichten* unter dem Pseudonym Isak Dinesen ein, damit es nicht gleich abgelehnt wurde, nur weil ich eine Frau war. Denn der Inhalt ist ja streckenweise ... nun ja, unmoralisch, und ich dachte, das akzeptiert man bei einem Mann eher als bei einer Frau. Ich bekam trotzdem reihenweise Absagen. Dann bot mir Lady Islington, die Mutter meiner Freundin Joan Grigg aus Nairobi, an, ein Treffen mit dem Putnam-Verleger Constant Huntington in London zu arrangieren. Ich packte sofort meinen Koffer!«

Wie oft hatte sie den versilberten Salzstreuer in die Hand genommen und wieder abgesetzt? Tannes Geduld näherte sich dem Ende. Dieses Treffen hatte sie sich anders vorgestellt. Seit einer halben Stunde saß sie mit Lady Islington in einem der nobelsten Londoner Restaurants und wartete auf den Verleger, der nicht kam. Ihre Füße taten weh. Sie war es nicht mehr gewohnt, große Strecken auf klappernden Absätzen zu laufen, aber Lady Islington, die selbst natürlich bequeme Schuhe unter ihrem altmodischen langen Kleid trug, hatte behauptet, es sei nur ein Katzensprung von ihrem Stadthaus in der St. James's Street zum Restaurant. Dann waren sie mehr als dreißig Minuten lang durch windige Straßen gegangen, wobei Tanne sich ständig zur Ordnung rufen musste, um nicht an Denys und ihre gemeinsame Zeit in London zu denken. Stattdessen konzentrierte sie sich auf die Zeitungsverkäufer, die heute offenbar kein anderes Thema als die Nazis hatten, die in Deutschland gerade an die Macht gekommen waren.

Nun saß sie hier und lauschte Lady Islingtons Klagen über das Wetter in England, das sie krank mache. In Neuseeland, wo sie ein paar Jahre gelebt hatte, weil ihr Mann dort Gouverneur gewesen war, sei es viel schöner gewesen. Dabei sah sie aus wie das blühende Leben, ihre Haut hatte die Farbe von Vanillecreme, in der ihr kleiner, dunkelrot geschminkter Mund wie eine Kirsche thronte, und man sah ihr nicht an, dass sie gut fünfzehn Jahre älter war als Tanne.

Immerhin war das Rules ein wirklich passender Ort, um sich mit einem Verleger zu treffen. Durch die hohen Fenster fiel weiches grünliches Licht, die holzgetäfelten Wände waren grün gestrichen, die Stühle mit rotem Samt bezogen. Alles atmete Tradition, Kultur, Reichtum. Doch dass sich Huntington verspätete, nahm sie ihm übel.

Endlich trat ein schmaler, hochgewachsener Mann im dunklen Anzug an ihren Tisch, fuhr sich mit der Hand verlegen durch die zurückgekämmten Haare und verbeugte sich kurz, bevor er ihnen beiden die Hand küsste und sich setzte. »Es tut mir furchtbar leid«, sagte er gleich, »aber wir hatten einen Notfall im Verlag.« Seine Stimme klang angenehm dunkel, und man erkannte an seiner Aussprache, dass er Amerikaner war.

»Und was genau stelle ich mir unter einem solchen Notfall vor?«, fragte Tanne und zwang sich zu einem Lächeln.

»Fehler im Satz. So etwas darf eigentlich nicht sein, aber es passiert eben doch. Huxley war zum Glück selbst da und hat es gemerkt. Aber …«, er fuhr sich wieder mit der Hand durch die Haare, »es war knapp. Alle Maschinen abstellen und … na, egal, das wird Sie nicht interessieren.«

»Oh, das interessiert mich durchaus«, sagte Tanne, »denn mit Maschinen hatte ich viel zu tun auf meiner afrikanischen Farm.« Inzwischen wieder gut gelaunt, erzählte sie, wie ihnen einmal fast die Trommel zum Trocknen der Kaffeebohnen um die Ohren geflogen war. Huntington lachte schallend, und nachdem sie ihr Menü bestellt hatten, fragte er sie nach weiteren Geschichten. Tanne gab noch ein paar Anekdoten zum Besten, sekundiert von Lady Islington, die aus den Briefen ihrer Tochter ebenfalls ein paar Skurrilitäten aus dem Alltag in Kenia beisteuern konnte.

»Darüber sollten Sie ein Buch schreiben«, sagte Huntington zu Tanne, »das wollen die Leute lesen.«

»Mit Vergnügen«, entgegnete sie und griff nach dem Paket unter ihrem Stuhl. »Aber zuerst habe ich ein anderes Buch geschrieben, das ich Ihnen geben möchte. Es heißt *Sieben phantastische Geschichten.*«

Huntington wich unwillkürlich zurück. »Worum geht's?«

»Es sind Erzählungen, in denen Dinge passieren … die vielleicht nicht immer so erwartbar sind, fantastische Dinge eben.«

»Geht es um die Zukunft?«

»Im Gegenteil. Die Geschichten finden in der romantischen Epoche statt, zwischen 1781 und …«

»Auf keinen Fall«, unterbrach Huntington sie und hob abwehrend die Hände, als sie ihm das Paket erneut hinhielt. »Ich werde das nicht lesen.«

Tanne fand ihn aufreizend und unhöflich. Warum weigerte er sich, ihr Paket in die Hand zu nehmen?

»Sie machen Spaß«, sagte sie schelmisch.

»Oh, gar nicht, Baronin Blixen, ich versichere Ihnen, mit solchen Anfragen erlaube ich mir nie einen Spaß. Aber meine Nase«, er tippte sich mit einem Finger seiner gepflegten Hand an dieselbe, »sagt mir, dass das kein Buch für uns ist. Schreiben Sie einen Roman. Schreiben Sie über Afrika. Das würde ich sofort lesen, versprochen.«

Den Rest des Essens verbrachten sie alle drei damit, ihre jeweiligen Gefühle mit wenig Erfolg vor den anderen zu verbergen. Tanne war wütend, Huntington fühlte sich in die Falle gelockt, und Lady Islington war peinlich berührt. Als Tanne zwei Tage später nach Dänemark zurückkehrte, war ihr Zorn noch nicht abgekühlt.

»Dieser Idiot, dieser unverschämte Ignorant«, schimpfte sie, als sie Thomas davon erzählte. »Nicht einmal lesen wollte er es. Ach was, lesen, er wollte das Paket nicht einmal anfassen!«

Thomas saß auf dem Sofa in der Ewaldstube und schaute fragend zu seiner Schwester, die aufgebracht vor ihm durchs Zimmer lief.

»Das begreife ich nicht. Was hatte er zu verlieren?«

»Er wollte nicht, dass ich glaube, es missfalle ihm. Er würde es aber auf jeden Fall ablehnen, weil das Genre nichts für den Verlag sei. Was für eine dämliche Ausrede. Und dafür bin ich nach London gereist. Und habe dein Geld ausgegeben.«

»Lass doch Tanne, das …«

»Knud wird sich freuen.«

»Nein, du tust ihm unrecht.«

»Ich kann nicht mehr, Thomas.« Sie ließ sich neben ihn auf das Sofa fallen und verbarg das Gesicht in den Händen. »Ich kann nicht immer und immer wieder kämpfen.«

Thomas nahm sie in die Arme und legte seine Stirn an ihre. »Hör zu, ich habe noch eine andere Idee«, sagte er in ihr leises Weinen hinein. »Erinnerst du dich an diese amerikanische Freundin von Tante Bess? Sie hat uns oft von ihr erzählt, eine Schriftstellerin, gar nicht mal erfolglos, glaube ich. Als sie uns besuchte, warst du schon in Afrika und hast sie daher nicht kennengelernt, aber ich habe sie vom Flughafen abgeholt und nach Folehave gebracht. Sie heißt Mrs Fisher. Nette Person.«

Tanne hob abrupt den Kopf und sah ihn an. »Mrs Fisher … natürlich. Aber sie hieß noch irgendwie anders? Warte … genau: Dorothy Canfield Fisher. Ja, sie hat viele Bücher geschrieben, gute Bücher. Und sie ist durchaus berühmt. Sicher kennt sie viele Verleger und könnte mir helfen. Was für eine geniale Idee, Thomas.«

Tanne wischte sich über das Gesicht, und Thomas reichte ihr sein Taschentuch. Während sie sich die Nase putzte, plante er den nächsten Schritt.

»Wir bitten Tante Bess, an Mrs Fisher zu schreiben, dass sie dein Manuskript lesen möge.«

Auf Tannes Gesicht erschien ein feines Lächeln. »Nein, das machen wir anders. Wir schicken ihr das Manuskript selbst. Du schickst es ihr.«

»Warum ich? Und warum sollten wir Bess übergehen? Das ist doch nicht sehr klug, Tanne.«

Tanne setzte sich an den Schreibtisch und holte ein Blatt Papier und einen Stift hervor.

»Doch. Wir übergehen sie. Wir müssen es tun. Tante Bess kennt das Buch nicht, und ich werde es ihr nicht geben.«

»Aber warum nicht, Tanne? Nur weil sie vielleicht ein paar kritische Bemerkungen ...«

Tanne schoss von ihrem Stuhl hoch und stellte sich vor den Bruder. »Sei doch nicht so naiv. Du weißt genau, was Bess sagen wird. Sie wird es hassen. Sie wird es als obszön und freizügig kritisieren. Ich kann sie fast schon hören!«

Thomas blickte unglücklich zu seiner Schwester, die jetzt wieder auf und ab lief und dabei ihre Fäuste ballte.

»Sie gehört eben zu einer anderen Generation«, versuchte er zu beschwichtigen. »Und hör auf, hin- und herzulaufen, das macht mich nervös.«

»Eines ist doch klar«, Tanne blieb stehen, »Tante Bess wird dieses Buch nicht mögen, und deshalb kann sie es auch nicht empfehlen. Also wirst du es tun. Und in dem Brief, den wir jetzt gleich aufsetzen, wirst du dich auf Tante Bess berufen, dass du ihr Neffe bist und ...«

»Aber Tante Bess wird verletzt sein«, wandte Thomas kläglich ein.

»Ja und? Darauf kann ich jetzt keine Rücksicht nehmen. Es geht hier nicht nur um ein Buch. Es geht um meine Zukunft.«

Dorothy Canfield Fisher war dann so begeistert von den Erzählungen, dass sie das Manuskript gleich ihrem Nachbarn weiterreichte, dem Verleger Robert Haas. Das

Buch sei es wert, veröffentlicht zu werden, stimmte er ihr zu, wenn er sich auch nur einen geringen Gewinn davon versprach. Deshalb wollte er auch keinen Vorschuss zahlen, bevor nicht ein paar Tausend Exemplare verkauft waren. Tanne ließ es darauf ankommen und schloss mit Harrison Smith and Robert Haas ihren ersten Buchvertrag ab.

Karen Blixen fröstelt und zieht das Tuch enger um sich. »Das Buch erschien im Januar 1934 und wurde ein Riesenerfolg. Das hat uns alle überrascht. Kurz nach Erscheinen wurde es in den USA zum Buch des Monats gewählt. Ich muss dazu sagen, dass Dorothy Canfield Fisher zum Auswahlkomitee gehörte und sich sehr dafür eingesetzt hat.«

»Dann erschien Ihr Buch zuerst auf Englisch und danach erst auf Dänisch?«, fragte Ruth verblüfft.

»Richtig. Und weil ich es unter dem Pseudonym Isak Dinesen veröffentlicht hatte, wusste in Dänemark zunächst niemand, dass ich die Autorin war. Aber sie bekamen es schnell heraus, und mehrere Verlage bewarben sich darum, das Buch auf Dänisch herauszugeben. Ich vergab die Rechte an den Reitzel Verlag, der meinem Schwager Knud gehörte.« Sie seufzt. »Aber dieses unerfreuliche Kapitel besprechen wir morgen. Jetzt bin ich wirklich müde. Es ist weit nach Mitternacht.«

Ruth steht sofort auf und führt die Baronin die Treppe hinauf. Oben angekommen, dreht sich Karen Blixen zu ihr um und zeigt ein charmantes, etwas spitzbübisches Lächeln.

»So gehen wir beide durch die Zeit, durch die Hölle und die Höhen. Ich danke Ihnen für die Begleitung durch mein Leben. Es tut mir gut, noch einmal alles in Ruhe anzuschauen. Schlafen Sie gut. Frau Carlsen hat Ihnen schon gestern das Bett in Claras Zimmer bereitet. Morgen beginnen wir etwas später, Sie können also noch in der Frühe zur Pension fahren und sich umziehen. Machen Sie sich hübsch. Wir haben etwas vor. Um elf Uhr fahren wir los.«

Ruth steigt die Treppe hinunter und setzt sich einen Moment zu Pasop, der auf einer Decke liegt und sie traurig anschaut. Sie tätschelt ihn sanft. »Mach dir keine Sorgen, hier unten kannst du auch sehr gut auf dein Frauchen aufpassen und alle bösen Einbrecher verscheuchen.« Sie schaut nach oben. »Und heute Abend sind auch keine bösen Geister in diesem Haus.«

Ich hatte eine Farm in Afrika

Die Baronin erscheint am nächsten Tag in einem schwarzen Wollkostüm mit weißer Seidenbluse und einem schicken Hütchen. Über ihrem Arm baumelt eine Blaufuchsstola, die sie sich lässig um den Hals wirft. Ruth ist einen Moment lang gebannt von der mondänen Ausstrahlung ihrer Gastgeberin.

»Wir fahren in die Stadt und gehen essen«, sagt Karen Blixen und kramt in ihrer kleinen Tasche nach Zigaretten und Feuerzeug, »Petersen fährt gleich das Auto vor. Ich kann es nicht glauben, dass er auf die neunzig zugeht. So sieht er nicht aus, oder?«

»Überhaupt nicht«, antwortet Ruth, »ich hätte ihn für gut dreißig Jahre jünger gehalten.«

»Er war immer hier, solange ich denken kann. Und stets hat er diesen freundlich-besorgten Gesichtsausdruck. In meiner Kindheit saß er auf dem Kutschbock und nun hinter dem Steuer.«

Sie stehen zusammen im Flur, und Karen Blixen sieht rauchend aus dem Fenster. »Früher ging man in den Kopenhagener Hotels essen, weil das Essen dort am besten war, und ich liebe bis heute das d'Angleterre, auch wenn die Austern im A Porta besser sind.« Sie raucht ein paar Züge und mustert ihren Gast. Ruth trägt ein dunkelrotes Etuikleid mit einer schwarzen Jacke und dazu schwarze Pumps mit halbhohen Absätzen. Die Baronin kommentiert diesen Aufzug mit keinem Wort, nickt aber anerkennend.

Als Petersen hupt, führt Ruth die Baronin zum Wagen, hilft ihr beim Einsteigen und setzt sich neben sie auf die Rückbank.

»Ich bin so gerne unterwegs«, sagt Karen Blixen und schaut sehnsüchtig aus dem Fenster, als sie auf den Strandvej biegen. »Eigentlich will ich immer neue Orte entdecken. Aber kaum bin ich fort von zu Hause, sehne ich mich zurück. Und jetzt klebe ich wie eine vergessene Fliege an diesem alten, dunklen Haus, bis der Tod mich eines Tages von der Fensterscheibe kratzt.«

Ruth antwortet nicht. Die Baronin redet sehr oft vom Tod, und sie hat nicht das Bedürfnis, etwas dazu zu sagen.

»Als mir klar wurde, wie sensationell die Verkaufszahlen meines Buchs in den USA waren, glaubte ich, die finanziellen Sorgen lägen für immer hinter mir. Im Glücksrausch reiste ich gleich noch einmal nach London, diesmal unter günstigeren Vorzeichen. Denn jetzt wollte Huntington mein Buch natürlich doch in sein Verlagsprogramm aufnehmen. Ich habe ihn oft in seinem Haus am Hyde Park besucht, wo ich H. G. Wells kennenlernte, Stefan Zweig und vor allem Aldous Huxley, den ich sehr verehrte. Auch George Bernard Shaw traf ich dort. Ich muss zugeben, die Aufmerksamkeit und die vielen Einladungen stiegen mir etwas zu Kopf, und ich spielte mit dem Gedanken, ganz nach London zu ziehen. Dabei hatte ich längst ein anderes Ziel: Ich wollte zurück nach Kenia, um im Massai-Reservat ein Krankenhaus zu bauen. Deshalb habe ich Albert Schweitzer, der sich zur selben Zeit in London aufhielt wie ich, um ein Treffen gebeten. Er war sehr freundlich, und wir tauschten uns lange über unsere Erfahrungen in Afrika aus. Von meinem Projekt riet er mir allerdings entschieden ab.« Die Baronin wischt sich einen nicht vorhandenen Fusel vom Ärmel, und Ruth interpretiert diese Geste inzwischen völlig richtig als Anzeichen von Verlegenheit.

»Er glaubte, ich hätte zum einen nicht genügend Kraft, um ein so großes Vorhaben durchzuführen, und zum anderen fehle mir seiner Ansicht nach die Vorstellung davon, wie viel Geld es kosten würde. Mit beidem hatte er recht. Spätestens als ich den Scheck über achttausend Dollar aus den USA bekam, verstand ich, dass ich meinen Plan mit dem Krankenhaus endgültig aufgeben musste. Ich hatte meine Möglichkeiten überschätzt. Um mich zu trösten, reiste ich mit einer Freundin nach Genf, wo wir an den Beratungen des Völkerbunds teilnehmen durften.« Als sie Ruths verblüfftes Gesicht sieht, ergänzt sie: »Natürlich nur als Gäste auf der Zuschauertribüne. Es war trotzdem sehr aufregend: Mussolini war in Äthiopien einmarschiert, der Völkerbund verurteilte die Aktion und verhängte Sanktionen gegen Italien.«

Im Hotel d'Angleterre werden sie höflich empfangen und zu einem Tisch am Fenster gebracht. Karen Blixen geht langsam und aufrecht durch das Restaurant und nickt den Gästen zu, die sie erkennen und ihr zulächeln.

Sie bestellen einen Aperitif, Schaum natürlich, und danach Austern, Suppe und gedünsteten Fisch, von dem die Baronin fast nichts zu sich nimmt.

»Sie wollten mir von einer unerfreulichen Sache erzählen, was die dänische Ausgabe Ihres ersten Buchs betrifft«, hakt Ruth mit schlechtem Gewissen nach, weil die Baronin gerade so gute Laune hat.

»Ach, das«, antwortet sie mit resignierter Stimme und stellt ihr Glas ab.

Die dänische Ausgabe von *Sieben phantastische Geschichten* machte Tanne keine Freude. Zuerst hatte sie ständig mit ihrem Schwager Knud darüber diskutieren müssen, ob der Übersetzer, den er beauftragt hatte, seiner Aufgabe gewachsen war. Schon als sie die ersten Seiten las, dachte sie, es würde eine Katastrophe werden, sollte es so weitergehen. Ein zweiter Übersetzer wurde engagiert und nach ihm ein dritter. Tanne korrigierte, machte Vorschläge, schickte Seite um Seite zurück an Knud, der nicht verstand, worüber sie sich so aufregte. Als Tanne beschloss, ihr Buch selbst zu übersetzen, was einer Neuschöpfung gleichkam, nahm Knud das zähneknirschend hin und sagte nur: »Bilde dir nicht ein, dass du dafür ein Honorar erhältst.« Als der Text fertig war, reiste sie nach London und von dort nach Genf und überließ es dem Verlag, das Erscheinen ihres Buchs in Dänemark vorzubereiten. Im September 1934 wurde es veröffentlicht – und fiel durch.

»Das ist deine Schuld, Knud«, warf Tanne ihm vor, als sie ein paar Wochen später beim traditionellen Sonntagsessen im Speisezimmer von Rungstedlund Platz nahmen. »Du hast die Presse nicht richtig informiert.«

»Ich?« Knud sah empört auf. »Ich soll schuld daran sein, dass die Kritiker dein Buch nicht mögen? Also, das ist die Höhe! Du hast überhaupt keine Ahnung.«

Während Elle ihn sanft beschwor, sich zu beruhigen, griff Tanne nach ihrer Serviette und schüttelte sie so heftig aus, als säßen giftige Käfer darin. Ihre Mutter und Tante Bess, Jonna und Thomas schwiegen bedrückt. Knud legte seine geballten Fäuste neben den Teller und machte ein finsteres Gesicht.

Leiser, aber nicht weniger wütend, fuhr er fort: »Wenn sie es nicht mögen, dann liegt das einzig und allein an deinem Buch. Was glaubst du denn, wie ich sie hätte umstimmen können?« Er schloss kurz die Augen und räusperte sich. »Entschuldigt, Ingeborg und ihr alle, aber das kann ich nicht auf mir sitzen lassen.« Wieder schaute er Tanne an, die gerade betont neugierig einen Deckel nach dem anderen von den Schüsseln hob, als würde sie sich brennend für deren Inhalt interessieren. Knud fuhr fort: »Außerdem: Wo warst du denn eigentlich, als wir die Veröffentlichung vorbereitet und die Informationen an die Presse versandt haben?« Er blickte in die Runde, aber keiner sagte etwas. »Ach ja, ich weiß es wieder: Die Baronin Blixen war verreist. In wichtiger Mission beim Völkerbund. Und natürlich war sie auch bei ihrem englischen Verleger. Das war alles ja viel wichtiger, als dabei zu sein, wenn ihr Buch in ihrem Heimatland erscheint, hab ich recht?«

Tanne nahm sich von dem aufgetragenen Fisch und

entgegnete seelenruhig: »Es ist geschmacklos, wenn sich Schriftsteller selbst verkaufen und der Presse hinterherlaufen. Solche Gespräche muss der Verleger einfädeln. Fisch, Thomas?«

Knud sprach weiter, als habe er sie nicht gehört: »Begreifst du eigentlich, was dir die dänischen Kritiker vorwerfen? Dass du dich nicht für ihre Lebensrealität interessierst?«

»Na und? Was hat mein Buch mit der Lebensrealität der Dänen zu tun?«, fragte Tanne schneidend.

»Eben. Nichts! Weißt du, wie viele Dänen keine Arbeit haben? Vierzig Prozent, das sind zweihunderttausend Menschen. Und dann kommst du mit deinen seltsamen – pardon –, mit deinen *Phantastischen Geschichten* aus längst vergangenen Zeiten. Welcher Däne soll sich dafür begeistern?«

»Und genau hier lag doch deine Aufgabe, werter Schwager«, entgegnete Tanne. »Du hättest ihnen erklären können, dass meine Geschichten zeitlos sind, dass sie von menschlichen Abgründen erzählen, die jederzeit …«

»Abgründe? Ist das dein Ernst? Männer, die Männer lieben! Frauen, die keine Kinder wollen! Dein Buch präsentiert eine Ansammlung von Verrückten. Das sind keine normalen Menschen. Sicher, du hast das alles sehr schön und plastisch beschrieben, aber wenn du dir mal die Mühe gemacht hättest, in einer Buchhandlung zu schauen, welche Bücher die Dänen zurzeit lieben, dann wüsstest du, dass sie etwas über Menschen lesen wollen, die so sind wie sie. Normale Menschen!«

»Oho, du bist also auf einmal ein Vertreter des sozialen Realismus. Tja, tut mir leid, zu dieser Gattung zählt mein Buch tatsächlich nicht. Offenbar hätte ich mir einen anderen Verleger suchen müssen.«

»Mach das auf jeden Fall für dein nächstes Werk. Du weißt ja auch so viel besser, wie alles zu laufen hat. Und ich werde froh sein, wenn ich deine Nörgelei nicht mehr ertragen muss.«

Tanne knallte Messer und Gabel auf den Teller und stand auf. Ihre Augen brannten, und sie spürte eine solche Wut in sich, dass sie nicht mehr klar denken konnte. Mit majestätischem Stolz schritt sie zur Tür und sagte, ohne einen Blick zurückzuwerfen: »In Zukunft, Knud Dahl, werde ich nur noch über meinen Anwalt mit dir korrespondieren. Guten Tag alle zusammen.«

Sie verließ das Zimmer und schloss die Tür mit Nachdruck hinter sich.

Tanne hatte längst ein zweites Buch in Angriff genommen. Jetzt wollte sie endlich über Ostafrika schreiben, über ihr Leben am Fuß der Ngong-Berge, über die Menschen, die Natur und die Gefahr, in der sich diese Welt befand. Wenn man sie fragte, warum sie das nicht früher gemacht habe, sagte sie: »Ich brauchte Abstand. Man kann nicht über ein Kind am Tag seiner Beerdigung schreiben.«

Jenseits von Afrika war kein Roman, sondern eine Mischung aus Skizzen, autobiografischen Aufzeichnungen, Reisebeschreibungen und Betrachtungen. Der Text gründete auf achtzehn bewegten Jahren mit Höhen und Tiefen, hatte aber nicht den Anspruch, ein vollständiges

Bild zu liefern. Sie hatte vieles zusammenfassen und die zeitlichen Abläufe auflösen müssen. Für manche Themen nahm sie sich viel Zeit, wie die Rechtsstreitigkeiten unter ihren Farmarbeitern und ihre eigene Rolle bei der Beilegung der Konflikte. Auch die Geschichte des tragischen Schusses aus der Schrotflinte ihres Verwalters, durch den ein Kind gestorben, ein anderes schwer verletzt und der Schütze – ebenfalls ein Kind – von der Farm verschwunden und später wieder aufgetaucht war, hatte sie ausführlich erzählt. Auf der anderen Seite erwähnte sie die finanziellen Schwierigkeiten der Farm erst am Ende des Buchs, als habe es sie zuvor nicht gegeben. Und viele Menschen, die mit ihr dort gelebt hatten, wie Bror, ihre Mutter oder Onkel Aage, fanden gar keinen Platz in ihm. Tanne hatte ihre innig geliebte und für immer verlorene Welt neu erschaffen, nicht nur für die Leserinnen und Leser, sondern auch für sich selbst. Sie wollte sich mit diesem Buch in die Geschichte Kenias einschreiben und sich einen Platz sichern, fast so, als würde sie sich selbst ein Denkmal setzen.

Manchmal, beim Erwachen in ihrem schmalen Bett unter dem Dach in Rungstedlund, presste das Heimweh nach Mbogani einen tonnenschweren Fels auf ihre Brust. In solchen Momenten fiel ihr das Atmen schwer, und sie fühlte eine Panikwelle durch ihren Körper jagen. Dann krallte sie die feuchten Hände in den Leinenstoff der Bettdecke und drehte sich langsam unter ihrem Gewicht auf die Seite. Sie dachte an das taufeuchte Gras vor ihrem Schlafzimmerfenster auf Mbogani und daran, wie sie dort einmal im Nachthemd zu »Where'er You Walk« getanzt hatte. Wenn sie sich vorstellte, dass dort, wo ihre Farm gewesen war, jetzt Häuser und Straßen gebaut wurden, dass Kamante, Juma und Farah fortgezogen waren, dass ihre Blumen und Sträucher und Tausende Kaffeepflanzen untergepflügt wurden, ergriff sie großer Jammer.

Sie setzte sich auf und legte die Hände vors Gesicht. Oft fragte sie sich in diesen Morgenstunden, ob sie überhaupt weiterleben wollte ohne dieses Leuchten, das sich in ihr Herz gebrannt hatte. Warum konnte sie nicht einfach liegen bleiben, schlafen, nie mehr aufstehen, eingehen in die Erde, wie Denys es bereits getan hatte?

Was war es, dass sie dazu trieb aufzustehen und sich vor das Fenster zu stellen, auf den Sund zu blicken, auf das Wasser, das seit Ewigkeiten in kleinen Wellen ans Ufer schwappte? Welche Langmut das Meer doch besaß! Es vollzog immer und immer wieder die gleichen Bewegungen und wurde ihrer nie überdrüssig. Es folgt seiner Bestimmung, die Erde zu tränken und an den Rändern einladend zu gluckern, die Menschen herbeizulocken, sie dazu zu verführen, zu schwimmen, zu segeln und neue Welten zu entdecken.

Tanne zog ihren Badeanzug an, streifte ein Kleid über, griff nach einem Handtuch und den Holzsandalen und schlich barfuß leise die Treppe hinunter, um ihre Mutter nicht zu wecken. Zwei Minuten später schwappten die ersten Wellen um ihre Waden, und als sie sich mit den Händen Wasser auf die Schultern spritzte, zitterte sie vor Kälte. Zugleich spürte sie die belebende Kraft des

Wassers, ließ sich hineingleiten, tauchte unter, schwamm ein paar Züge, drehte sich auf den Rücken und legte den Kopf in den Nacken. Die Morgenröte ließ die Welt am dänischen Sund in einem anderen Rot erstrahlen als in Afrika, aber es war doch dieselbe Sonne, dieselbe Erde. Sie, Tanne, war dieselbe. Sie trug die Liebe zu Kenia in sich, unter ihrer Haut. Noch immer konnte sie die Stimmen hören. Nichts hatte sie vergessen, auch wenn sie inzwischen Tausende Kilometer jenseits der Ngong-Berge lebte. Seit Monaten arbeitete sie an ihrem Text, sie hatte nicht geahnt, wie beglückend es sein würde, Mbogani, die Savanne und die Menschen zu beschreiben. Sie hatte entdeckt, dass sie sich die Vergangenheit auf besondere Weise zu eigen machen konnte. Und das Beste war: Denys konnte sich ihr nicht mehr entziehen. Als Schriftstellerin besaß sie die Macht über ihre gemeinsame Geschichte und hielt ihn fest an ihrer Seite.

Wie hatte ihr Vater es vor vielen Jahren gesagt: Manchmal muss man die Wahrheit erfinden, um etwas zu retten.

Eine Möwe hoch über ihr stieß einen spitzen Schrei aus, und Tanne antwortete mit einem eigenen Jubelschrei, ausgelöst von dem Wissen, dass sie den größten Schatz, ihre Erinnerung, in sich trug und dass ihr beim Schreiben niemand hineinreden konnte. Keiner würde sagen können, wie es seiner Meinung nach wirklich gewesen war, denn was sie erzählte, war ihre Wahrheit. So wie sie in den Erzählungen die Macht besaß, die Welt nach ihrem Willen zu formen, konnte sie es auch in ihrem Afrika-Buch tun. Natürlich wollte sie nicht lügen und Dinge bewusst verfälschen, aber sie hatte das Recht, ihre eigene Version aufs Papier zu bringen.

Das ganze Jahr 1936 verbrachte sie mit der Arbeit an dem Buch. Krankenhausaufenthalte sorgten für zwei längere Unterbrechungen. Offiziell litt sie beim ersten Mal an einem entzündeten Kieferknochen, beim zweiten Mal musste sie sich einer Gallensteinoperation unterziehen. Nur die engste Familie wusste, dass Tanne sich jetzt im Tertiärstadium der Syphilis befand. Sie war erst einundfünfzig Jahre alt, aber sie hatte das Gefühl, sich beeilen zu müssen, um das Buch fertig schreiben zu können.

Auf ihrem Schreibtisch stapelten sich Bücher, Zeitungsartikel, Fotos und Notizen. Sie hatte sich außerdem die Schilderungen erbeten, die sie ihrer Familie aus B.E.A. geschickt hatte, und las noch einmal die gesamte Korrespondenz, die sie selbst während ihrer Aufenthalte in Europa bekommen hatte. Als sie in Farahs Kiste auf Denys' Briefe stieß, zögerte sie und schob sie nach unten. So weit war sie noch nicht und würde es vielleicht nie sein. Dann vertiefte sie sich in die Post von Farah, Kamante und Juma. Von den dreien hatte nur Farah schreiben gelernt, die beiden anderen hatten ihre Nachrichten einem Schreiber diktiert. Ihre Briefe kamen ihr vor wie Vögel, die, in einen Käfig eingesperrt, verzweifelt umherflatterten und versuchten, zu ihr vorzudringen. Sie spürte die Zuneigung darin und auch die Hoffnung, die *Lioness* könne eines Tages zurückkehren.

Zuerst ging es mit dem Buch gut voran, aber nach ein paar Monaten geriet sie ins Stocken. Sie merkte, dass sie gegen etwas anschrieb, sie wusste nur nicht, wogegen. Wie eine Schiffbrüchige fühlte sie sich, die hektisch rudernd in einem kleinen Boot dem Sturm trotzt, ohne zu ahnen, in welcher Richtung das Ufer liegt. Bis zu dem Moment, an dem sie verstand, wo ihr Fehler lag. Sie brauchte nicht gegen diese Kraft anzukämpfen, sondern konnte sich der Flut ergeben, sich treiben, mitreißen, untergehen lassen. Ihr Afrika-Buch war klug und farbig, es fand sich viel Licht darin, Liebe und Wertschätzung für ihre Freunde, für die Schwarzen und die Weißen, Menschen, die für sie und mit ihr gearbeitet hatten, und auch die vielen seltsamen Gäste, die plötzlich aufgetaucht und ein paar Tage oder Wochen bei ihr geblieben waren. Sie hatte so viele Dinge in dem Buch erzählt, von *Ngomas* und Safaris, von Lullu und ihren Hunden. Aber eines hatte sie die ganze Zeit über vermieden: den tiefen Schmerz über den Verlust von Mbogani in Worte zu fassen. Das war eine Privatangelegenheit, ebenso wie die Krankheit, ihre Trennung von Bror oder das unglückliche Ende ihrer Beziehung zu Denys. Diese Dinge gingen niemanden etwas an. Vor lauter Angst, man könne ihr Leid trotzdem spüren, blieb sie an manchen Stellen distanzierter als nötig, zeigte sich nur als leidenschaftliche Farmherrin und Fürsprecherin der Einheimischen und verbarg zugleich ihr Herz. Doch damit fehlte ihrem Buch etwas wie der Grundton, der Basso continuo. Dann wusste sie plötzlich, wie es ihr gelingen konnte, ihrem Text einen zarten Schleier von Traurigkeit überzustreifen, ohne ins Detail gehen zu müssen. Die Leser würden es vielleicht gar nicht merken, nur ihr

Unterbewusstsein würde es registrieren. Tanne griff nach ihrem Manuskript und notierte einen neuen ersten Satz, in dem sich ihr ganzer Schmerz konzentrierte: *»Ich hatte eine Farm in Afrika am Fuße der Ngong-Berge.«*

Wer hellhörig war, würde erkennen, dass dieses Buch von einem verlorenen Paradies erzählte, auch wenn die Zustände alles andere als paradiesisch gewesen waren.

Tannes Afrika-Buch erschien 1937 unter dem Titel *Out of Africa* in England und ein Jahr später in den USA, auch diesmal unter dem Pseudonym Isak Dinesen. In Dänemark kam es 1937 unter ihrem richtigen Namen Karen Blixen als *Die afrikanische Farm* in die Buchhandlungen, in Schweden hieß es *Afrikanische Pastorale.* In Deutschland erschien das Buch unter dem Titel *Afrika. Dunkel lockende Welt*, und die Autorin wurde als Tania Blixen bezeichnet, also mit dem Namen, den Denys für sie gewählt hatte und der auf ihrem Grabstein gestanden hätte, wenn man sie neben ihm beerdigt hätte.

Leserschaft und Kritiker waren überall begeistert, auch in Dänemark, wo man jetzt davon überzeugt war, dass die Autorin tatsächlich Mitgefühl und Realitätssinn besaß.

Überglücklich reiste Tanne nach London, wie sie es inzwischen jedes Jahr machte, um sich feiern zu lassen. Kaum war sie dort, wurde ihre Mutter krank, und sie kehrte zurück. Ingeborg Dinesen starb im Frühjahr 1939 mit fünfundachtzig Jahren. Tanne betrauerte sie lange und wurde von Schuldgefühlen verfolgt. Hatte sie die Mutter nicht zu oft kritisiert und außerdem ihr ganzes Vermögen ausgegeben?

Nach der Beerdigung kam es zum Streit zwischen Tanne und Thomas, der nach Rungstedlund ziehen wollte, was doch ihr gemeinsames Erbe sei. Tanne fand, er sei mit dem Hof Folehave gut versorgt. Ihr Bruder Anders hatte ein Haus auf Jütland geerbt, und Elle war reich verheiratet. Sie fand, dass Rungstedlund ihr allein gehören sollte, und die Geschwister gaben nach.

Als sie nach dem Essen im d'Angleterre zurückfahren, kann Ruth beobachten, wie Karen Blixen mit jedem Kilometer, den sie sich Rungstedlund nähern, in sich zusammensackt. Offenbar hat der Ausflug sie sehr erschöpft.

Mit ihrer dünnen Hand wischt Karen Blixen einen Fleck von der Scheibe und lehnt den Kopf daran. »Für die Leser meines Buchs von der Farm verschwammen damals die Grenzen zwischen mir und der Erzählerin. Alles nahmen sie für bare Münze. Und ich glaube, manchmal ging es mir selbst auch so. Ich zog mir die Geschichte an wie eine zweite Haut und vergaß manches von dem, was ich nicht geschrieben hatte. Deshalb war es wichtig für mich, mit Ihnen zu sprechen. Damit meine echte, alte Haut wieder durchscheinen kann. Das tut weh, aber auch wohl.« Sie schließt die Augen. Als sie Rungstedlund erreichen, ist sie eingeschlafen, und Herr Petersen trägt sie nach oben.

Ruth wartet unschlüssig, ob sie helfen soll, aber Petersen steigt kurz darauf die Treppe herunter. »Ich schicke Frau Carlsen noch hoch, dann bringe ich Sie zur Pension. Sie brauchen morgen erst am Nachmittag zu erscheinen. Clara wird da sein und mit der Baronin die

Post durchgehen und Rechnungen bezahlen. Vielleicht braucht Clara auch das Fahrrad, deshalb soll es hierbleiben.«

Um Punkt fünfzehn Uhr steht Ruth am nächsten Tag im Hof von Rungstedlund. Pasop steigt vorsichtig die Treppenstufen vor dem Haus herab und trottet ihr mit wedelndem Schwanz entgegen. Sie beugt sich hinunter und streichelt ihn liebevoll. »Was wirst du tun, wenn dein Frauchen nicht mehr da ist?«, sagt sie leise und drückt ihn einen Moment lang an sich.

Im Haus geht es geschäftig zu. Clara kommt ihr mit einem Stapel Post und Zeitschriften entgegen. »Guten Morgen, Ruth, wie geht es Ihnen?«, fragt sie freundlich. »Kommen Sie mit in den Salon, dort ist heute Ihr Platz.«

Ruth hat bisher noch nie im Salon gesessen, ihn aber schon oft durchquert, um in die Ewaldstube dahinter zu gelangen. Die Baronin sitzt bereits auf dem Sofa vor dem Kamin, in dem aber kein Feuer brennt. Sie deutet auf das zweite Sofa ihr gegenüber. Ruth schaut sich in diesem Raum zum ersten Mal genauer um. An den blassblau gestrichenen Wänden hängen Porträts von sorgenvoll blickenden Vorfahren in runden, goldenen Rahmen. Es gibt noch eine zweite Sitzgruppe im Zimmer, und in der Ecke steht der berühmte Ofen mit den Schuhen, von dem die Baronin ihr erzählt hat. Jetzt erkennt sie auch die messingbeschlagene Truhe, das Abschiedsgeschenk von Farah. Eine große Vase mit einem riesigen Blumenstrauß steht darauf, daher hatte sie die Truhe bisher nicht wahrgenommen.

Die Fenstertüren des Salons führen zu einer kleinen Veranda und stehen einen Spaltbreit offen. Wenn der Wind hindurchstreicht, bauschen sich die Spitzengardinen, die für diese Fenster viel zu lang sind und noch ein ganzes Stück über den Boden fließen. Ruth weiß, dass die wertvollen Vorhänge, genau wie die Öfen, aus den Schlössern von Verwandten der Baronin stammen und sie es nicht übers Herz brachte, sie kürzen zu lassen.

Karin Blixen beobachtet Ruth, während diese sich umsieht. Dann deutet sie auf die Kanne Tee, und Ruth schenkt ihr ein.

»Nach dem Tod meiner Mutter musste ich mich um niemanden mehr kümmern, nur um mich selbst«, beginnt die Baronin. »Ich hatte genügend Geld und wollte reisen. Farah und ich hatten oft davon geträumt, gemeinsam nach Mekka zu fahren, wenn wir einmal reich sein würden.«

»Sie standen sich wirklich nah, Farah und Sie«, wirft Ruth spontan ein.

»Wir haben viel zusammen erlebt. Bei allen *Shauries* stand er an meiner Seite. Er war mein treuester Freund auf Mbogani«, lautet die schlichte Antwort.

»Aber wieso ausgerechnet Mekka? Wollten Sie nicht lieber nach Kenia zurück?«

»Schon. Aber Mekka spukte schon lange in meinem Kopf. Farah und auch mein Freund Eric von Otter haben mir so viel Positives über den Islam erzählt, dass ich diesen heiligen Ort gerne einmal sehen wollte. Farah hatte ihn ja auch noch nie besucht, und eigentlich ist die Pilgerfahrt einmal im Leben für jeden Muslim

Pflicht. Also nahmen wir uns vor, zusammen zu reisen, ich natürlich nur als Beobachterin. Richtig reich waren wir zwar noch immer nicht, deshalb bewarb ich mich um das Tagea-Brandt-Reisestipendium, das an Frauen vergeben wurde, die sich im Bereich von Wissenschaft, Kunst, Literatur, Musik oder Theater ausgezeichnet hatten. Ich war erfolgreich, und ich versuchte im Vorfeld der Reise gleich noch ein paar Reportagen an eine Zeitung zu verkaufen.

Doch dann platzten meine Träume, denn die Deutschen begannen den Zweiten Weltkrieg und eine Reise in den Orient schien mir nicht mehr ratsam. Ich wollte trotzdem eine Weile fort aus Dänemark, und gesundheitlich fühlte ich mich Anfang der Vierzigerjahre auch stabil genug dafür. Also besorgte ich mir einen Termin bei einem Redakteur von *Politiken* und bat ihn um einen Auftrag außerhalb des Landes. Wir einigten uns darauf, dass ich je einen Monat in Berlin, Paris und London leben sollte, um die Stimmung in den jeweiligen Ländern einzufangen. Meine Artikel sollten in ganz Skandinavien erscheinen. Weil ich Paris und London schon gut kannte, reiste ich als Erstes nach Berlin.«

»Sie waren während des Krieges in Deutschland? Gibt es Ihre Artikel noch?«

»Ja, aber sie wurden bisher nicht ins Englische übersetzt.«

»Schade. Ich würde wirklich gerne lesen, was Sie von dort berichtet haben.«

»Ich weiß nicht ...«, die Baronin greift nach einer neuen Zigarette, »ich bin nicht sehr stolz darauf.«

Als Ruth sie fragend anschaut, fährt sie fort: »Ich habe dem Redakteur aufrichtig erklärt, von Politik würde ich nicht viel verstehen und ich hätte auch kein politisches Gespür. Aber als vorurteilsloser Laie könnte ich natürlich beschreiben, welche Situation ich vorgefunden hätte. 1940 musste man mit einem dänischen Pass noch aufpassen, was man öffentlich über Deutschland sagte, mein Land hatte sich für neutral erklärt, und darauf musste ich Rücksicht nehmen.«

»Bitte? Auf die Nationalsozialisten Rücksicht nehmen? Was bedeutete denn das Wort ›vorurteilsfrei‹ in diesem Zusammenhang?«

Auf Ruths Gesicht breitet sich Widerwillen aus. Die Baronin fixiert sie kühl und entgegnet: »Wir waren ja nicht im Krieg mit Deutschland. Was glauben Sie denn, wer mich durchs Land kutschiert und mir alle möglichen Interviewpartner verschafft hat? Das Propagandaministerium hatte einen kompletten Ablauf meiner Reise zusammengestellt und brachte mich natürlich nur mit begeisterten Nazis zusammen. Das war mir ja vorher klar, aber ich war auch der Meinung, ich könne nicht über Leute herziehen, in deren Haus ich zu Gast war.«

Ruth starrt auf ihren Block und malt Kringel. Sie weiß nicht, was sie davon halten soll. Hätte sie eine solche Reise gemacht? Natürlich. Für eine Journalistin war das eine Chance. Aber Karen Blixen war keine Journalistin. Und natürlich hätte sie sich vorher überlegen müssen, wie viel Rücksicht sie nehmen wollte.

»Meine vier Artikel aus Berlin, die ich *Briefe aus einem Land im Krieg* genannt habe, kann man aus heutiger Sicht sicher kritisch sehen. Aber ich stehe dazu. Ich wollte die Deutschen verstehen. Wenn ich ehrlich bin, habe ich sie beobachtet wie Tiere im Zoo. Ich formulierte ironisch, amüsiert, distanziert. Ich bewunderte ihr Tempo und ihr Organisationstalent, ihre Liebe zu Zahlen. Ich verglich den Nationalsozialismus sogar mit dem Islam, ja, wirklich, das habe ich getan, aber ich hatte immerhin die Hellsicht, zu erkennen, dass ein Rassenkult keine Zukunft hat und dass die Deutschen sich selbst im Licht standen.«

Ruth ist noch dabei, diese Informationen zu verdauen, als die Baronin weiterspricht. »Ich zog mir allerdings den Unwillen meiner Bewacher zu, als ich auf eigene Faust nach Bremen fuhr, um Generalmajor von Lettow-Vorbeck zu besuchen, den ich seit 1913, seit meiner ersten Reise nach Mombasa nicht mehr gesehen hatte.«

»Ausgerechnet den«, knurrt Ruth mühsam beherrscht. »Ich wollte das schon vor ein paar Tagen fragen: Wissen Sie eigentlich nicht, was dieser Mann angerichtet hat?«

»Was meinen Sie?«

»Er war ein brutaler Ausbeuter und ging buchstäblich über Leichen.«

Die Baronin seufzt. »Natürlich. Alle, die im Krieg anderen befehlen, Menschen zu töten, machen sich schuldig«, sagt sie kühl. »Aber wissen Sie, dass er in England bis heute verehrt wird? Von seinen Gegnern, wohlgemerkt.« Sie lehnt sich zurück.

»Und warum?«, stößt Ruth hervor, die jetzt aufsteht und Tränen in den Augen hat. »Weil er immer weitergemacht hat, auch wenn er zahlenmäßig deutlich unterlegen war. Natürlich bewundern die Veteranen in England so einen … einen ›Helden‹! Aber wer hat denn den Preis für diese angeblichen Heldentaten bezahlt? Doch nicht die Deutschen! Die Askaris waren es, die er in den sicheren Tod schickte. Tausende Afrikaner sind dafür gestorben, dass Lettow-Vorbeck den Engländern keine Ruhe lassen wollte, obwohl er wusste«, sie schreit die nächsten Wörter heraus, »genau wusste, dass er auf Dauer niemals gewinnen konnte.«

Karen Blixen ist einen Moment lang sprachlos. Ruth wischt sich über die Augen und bleibt schnell atmend vor dem Tisch stehen.

Dann senkt die Baronin den Kopf. »Selbstverständlich. Heute muss man das anders beurteilen. Aber damals … damals habe ich nicht darüber nachgedacht … Woher wissen Sie das alles?«

Ruth setzt sich. »Ich habe einen Vortrag besucht, in dem jemand aus den Erinnerungen eines Arztes zitierte, der mit Lettow-Vorbeck in Ostafrika gewesen ist. Er war auch ein Bewunderer des Generals, und trotzdem gab er zu, Menschen wie er hätten für Zerstörung und Hunger gesorgt. Sie seien keine …«, Ruth legt die Hand auf ihre Augen und versucht sich zu erinnern, »keine Botschafter der Kultur gewesen, sondern sie hätten eine Spur aus Tod, Plünderung und zerstörten Dörfern hinter sich hergezogen. Er verglich ihr Wirken sogar mit dem Dreißigjährigen Krieg!«

Es wird still im Salon, eine Weile sagt keine der beiden Frauen etwas, und nur das Geschrei der Möwen dringt vom Sund herüber.

Schließlich bricht die Baronin das Schweigen. »Nur ein paar Tage nach meiner Rückkehr aus Berlin marschierten die Deutschen in Dänemark ein. Ich vergrub meine vier Artikel in einer Schublade, beschloss aber, sie aufzuheben, auch wenn mir sofort klar war, dass man sie kritisieren würde. Acht Jahre später habe ich sie dann auf Anfrage einer literarischen Zeitschrift veröffentlicht. Und zwar so, wie sie waren, ohne eine einzige Änderung. Es war mir wichtig, zu dem zu stehen, was ich geschrieben hatte, auch wenn im Nachhinein nicht alles klug war.«

Hitler ließ den Dänen zunächst ein paar Freiheiten. Sie behielten ihren König, ihre Polizei, ihr Parlament und ihr Militär. Dänemark sollte das Musterbeispiel eines deutschen Protektorats sein und im Gegenzug für gute Behandlung die Nahrungsmittel liefern, die Deutschland dringend brauchte. Die Nationalsozialisten erklärten die Dänen zu einem verwandten Volk, betrachteten sie als Arier oder Germanen. Die Kommunisten im Land wurden brutal verfolgt, wie in allen von den Nazis besetzten Ländern, aber die dänischen Juden ließen sie zunächst in Ruhe.

Tanne kam es trotz dieser »Freiheiten« vor, als lebe sie im Gefängnis. Auslandsbesuche waren kaum noch möglich, und sie flüchtete sich ins Schreiben. »Wenn ich schon nicht mehr richtig verreisen kann«, erklärte sie Thomas, »dann will ich wenigstens durch die Zeit reisen.« 1942 war ihr drittes Buch fertig, *Wintergeschichten*. Auch in diesen Erzählungen ging es um Schicksal und Schuld. Den Hintergrund bildete die dänische Landschaft, zu der Tanne ihre Liebe wiederentdeckt hatte. Sie beschrieb die Moore Jütlands und die perlfarbenen Felder nach der Ernte oder die am frühen Morgen von Tau triefenden Wälder. Die Menschen kämpften darum, das eigene Schicksal mit erhobenem Kopf anzunehmen, wie es der alte Patriarch in der Erzählung »Leidacker« forderte. »Frei lebt, wer sterben kann« – mit diesem Schlachtruf war Tanne vor Jahren auf die Löwenjagd gegangen, und jetzt verwob sie ihn in den *Wintergeschichten*.

Thomas, der sie als Erster lesen durfte, war begeistert. »Du fängst etwas ein, was ich ganz tief in mir fühle«, sagte er. Sie gingen eingehakt über die Felder von Schloss Gyldensteen, wo Tanne seit ein paar Wochen bei ihrem Cousin Erich Graf Bernstorff-Gyldensteen zu Besuch war. Er war kein naher Verwandter, sondern mit einer Cousine von Daisy verheiratet, aber Erich und Tanne mochten sich, und sie kam jeden Sommer für ein paar Wochen hierher.

»Wenn es so ist, bin ich zufrieden«, reagierte Tanne auf das Lob des Bruders und zeigte auf das große Stoppelfeld, an dem sie entlanggingen. »Das Feld hier stand Pate für die Geschichte der alten Mutter, die einen ganzen Acker allein erntet, um das Leben ihres Sohnes zu retten. Weißt du, wir Dänen sind mit den Nazis nicht verwandt, wie diese so gern behaupten, und wir lassen uns nicht unterdrücken. Wir sind stolz auf unser eigenes Land, unsere eigene Geschichte und unsere Mythen. Die Sehnsucht ist unsere Triebkraft, glaubst du nicht? Ich kann überhaupt nur leben und arbeiten, weil ich Sehnsucht verspüre.«

Thomas sah sie ernst an. »Dieser Gedanke steckt auch in deinem neuen Buch. Es muss unbedingt veröffentlicht werden. Aber was ist mit einer englischen oder amerikanischen Ausgabe? Du darfst zurzeit kein Manuskript nach London schicken.«

Tanne grinste ihn schelmisch an. »Cousin Erich brachte mich auf eine Idee. Die Botschaften besitzen noch immer besondere Postrechte. Also habe ich mich letzte Woche zu einem kleinen Abenteuer auf den Weg gemacht.«

»Tanne! Du hast dich hoffentlich nicht in Gefahr gebracht?«

»Nicht wirklich.« Sie lachte, ließ seinen Arm los, breitete die Arme aus und lief ein paar Schritte voraus. »Aber für das eigene Buch muss man auch mal etwas wagen«, rief sie übermütig. Sie wartete, bis er sie einholte. »Nachdem ich die Originalfassung sicher im Verlag Gyldendaal wusste, habe ich die Übersetzung in eine Tasche mit Wollpullovern gestopft und mich von Petersen nach Helsingør fahren lassen.«

»Was? Und dann hast du dich nach Schweden übersetzen lassen? Mit einem englischen Manuskript in der Tasche? Das war leichtsinnig, dafür hätten sie dich ins Gefängnis werfen können.« Kopfschüttelnd blickte Thomas auf seine Schwester herab und holte tief Luft. »Ich hätte dir das niemals erlaubt.«

»Und deshalb habe ich dich auch nicht gefragt. Jedenfalls hat niemand das Manuskript gefunden, weil die

Pullover … hm, etwas streng nach Schaf rochen. Das war Frau Carlsens Idee. Frag Petersen, ob er nicht versucht hat, die komplette Reisetasche aus dem Fenster zu werfen. Er behauptet, der Wagen stinke noch immer.«

Thomas grinste. »Du bist unglaublich.«

»Von der Fähre ging ich direkt zum Bahnhof, kaufte eine Zugfahrkarte nach Stockholm und kam gerade noch rechtzeitig vor Schließung bei der englischen Botschaft an. Um den Botschafter dazu zu bringen, mein Manuskript mit der Diplomatenpost per Kurier nach England zu senden, musste ich mich auf alle mächtigen Männer berufen, die ich kenne: Außenminister Anthony Eden und Diplomat Duff Cooper. Sogar Winston Churchill habe ich ins Feld geführt. Am Ende hatte der Botschafter den Eindruck, wenn er mein Buch nicht sofort nach England schicken ließe, würde er eine Staatskrise auslösen. Nun liegen die *Wintergeschichten* bei Putnam, und ich hoffe, dass Constant Huntington sie weiter nach New York zu Random House schickt, so wie ich ihn gebeten habe. Für die jeweiligen Verleger liegt ein Brief mit identischem Inhalt bei: ›Ich kann keinen Vertrag unterschreiben und keine Korrekturen lesen etc. Ich lege das Schicksal meines Buchs in Ihre Hände.‹«

Thomas nahm seine Schwester in die Arme und drückte sie an sich. Er strich ihr übers Haar und sagte leise: »Du bist wirklich eine *Lioness* …«

Als die *Wintergeschichten* 1942 in Dänemark erschienen, schrieb der Kritiker, der ihr erstes Buch besonders schlecht besprochen hatte, Karen Blixen sei endlich nach Dänemark zurückgekehrt. Die ersten achttausend Exemplare waren nach nur drei Wochen verkauft, viertausend wurden nachgedruckt. Zu dieser Zeit lag *Die afrikanische Farm* in Dänemark bereits in der achten Auflage vor.

In England und in den USA erschien das neue Buch fast zeitgleich, aber weil der internationale Zahlungsverkehr unterbrochen war, bekam Tanne kein Geld. Sie musste wieder einmal sparen, ernährte sich von dem, was ihr Garten hergab und was Freunde und Verwandte ihr schenkten. Das Auto blieb wegen der Benzinkosten in der Garage, und Tanne gewöhnte sich an, Fahrrad zu fahren.

Seit 1943 kam es zu einer Reihe von Aktionen gegen die deutschen Besatzer, was wiederum zu verstärkten Repressalien führte. Die dänische Armee wurde entwaffnet, und alle, die im Verdacht standen, zum Widerstand zu gehören, wurden verhaftet und deportiert. Jetzt erstellten die Nazis zum ersten Mal Listen mit den Namen jüdischer Bürger in Dänemark und planten deren Deportation.

Das Nachmittagslicht warf glitzernde Punkte auf den Teich. Die letzten Wasserläufer drehten sich träge im Kreis, bevor die Herbstkälte sie aufs Land jagte, wo sie bis zum Frühjahr im Dickicht ausharren würden. Tanne stand an das Brückengeländer gelehnt und schaute zu, wie die federleichten Insekten ihre Beine sacht auf das Wasser setzten und wieder anhoben, als wollten sie sich strecken. Auch ein paar Furchenschwimmer und Ruderwanzen konnte sie erkennen. Sie alle schienen den nahenden Herbst nicht zu spüren, obwohl bereits Buchenblätter in verschiedenen Gelb- und Rottönen auf dem Wasser trieben. Spürten die Insekten das Ende des Sommers denn nicht? Bald würden sie in der Kälte erstarren und zu Staub zerfallen, wenn sie sich nicht früh genug in die Erde bohrten. Aber die Insekten flogen, krabbelten oder schwammen unbeirrt durch ihre kleine Teichwelt, ganz so wie die Nazis, die nicht zu ahnen schienen, dass Europa nun bald von ihnen befreit sein würde. An allen Fronten mussten die Deutschen zurückweichen, und ihr Verbündeter Italien hatte sich bereits den Alliierten ergeben. Rückzüge und Niederlagen machten einen Gegner jedoch nicht weniger gefährlich. So wie ein angeschossenes Tier plötzlich auf ungeahnte Kraftreserven zurückgreifen kann, verstärkten die Nazis in Dänemark den Druck auf die Menschen, verhängten Todesstrafen und verlangten die Abgabe sämtlicher Waffen. Tanne hatte ihre Mannlicher von der Wand genommen und tief im Keller unter leeren Kisten verborgen. Die Speere hat sie an der Wand hängen lassen, was man ihr kaum als böswillige Geste auslegen konnte, obwohl es genau das war. Und nun hatten die Nazis es also auf die dänischen Juden abgesehen, Tanne hatte die Gerüchte gehört, wusste aber nicht, was sie davon halten sollte. Viele Leute – auch viele Juden – glaubten nicht, dass man gegen sie vorgehen würde, und weigerten sich, das Land zu verlassen, was ohnehin legal nicht mehr möglich war.

Tanne schlenderte den Weg zur Ewaldshöhe hinauf und genoss das Gefühl, von den alten Buchen am Wegesrand behütet zu werden. Kinderlachen drang an ihr

Ohr, und sie bog spontan in den Wald ab, um zu sehen, wer dort so fröhlich war. Wald und Wiesen von Rungstedlund waren für die Öffentlichkeit zugänglich, aber es kamen zurzeit selten Menschen hierher, zumal Kinder. Als sie den Waldrand erreichte, sah sie zwei Mädchen auf der Wiese spielen und blieb stehen. Sie waren etwa acht und zehn Jahre alt, trugen Strohhüte, helle Kleider und jagten einander durch das hohe Gras. Übermütig warfen sie die Arme in die Luft, als wollten sie den warmen Sonnenschein einfangen. Dann fassten sie sich an den Händen und drehten sich im Kreis. Tanne musste an die Wasserläufer denken. Die ganze Welt will sich heute im Kreis drehen und nicht begreifen, welche Bedrohung über uns schwebt, dachte sie. Sie wollte die Kinder nicht ansprechen und damit riskieren, sie zu erschrecken, denn sie wusste, dass sie in ihrer weiten Flanellhose mit zwei Pullovern und einem schwarzen Schal um den Hals verschroben wirkte. Ihre Haare steckten zu einem Zopf gebunden unter einem altmodischen Schlapphut. Die Kinder winkten jetzt einer Frau zu, die ein paar Meter entfernt von ihnen nach etwas Ausschau hielt. Mit der Hand schirmte sie die Augen vor der tief stehenden Sonne ab und drehte sich ebenfalls langsam um die eigene Achse. Tanne kam immer gerne mit Fremden ins Gespräch, die über ihr Land spazierten, und ging lächelnd auf die Frau zu.

Doch die nahm, sobald sie Tanne erblickte, die Hand herunter und rief ihren Töchtern scharf zu, sie sollten sofort kommen. Hektisch griff sie nach ein paar Kleidungsstücken im Gras und entfernte sich mit schnellen

Schritten. Die Mädchen rannten hinter ihr her, das größere drehte sich im Laufen zu Tanne um, und dabei flogen seine Haare wie ein großes schwarzes Spitzentuch um den Kopf. Tanne blieb stehen und sah ratlos hinter ihnen her.

»Es sind in diesen Tagen viele Leute unterwegs, die meisten wollen nach Gilljeje.« Energisch rührte Frau Carlsen das Pflaumenmus um, während Tanne die heiß ausgespülten Gläser ordentlich auf die Handtücher stellte, das auf dem Tisch ausgebreitet lag. Das Hausmädchen war mit dem Entkernen weiterer Berge von Pflaumen beschäftigt, deshalb hatte Tanne beschlossen zu helfen. Seit Wochen kochten sie ein, was immer sie kriegen konnten, der Vorratskeller war fast bis unter die Decke gefüllt mit eingelegtem Gemüse, Obst und Fisch. Fleisch gab es kaum noch, sie hatten aber ein paar geräucherte Würste und Trockenfleisch geschenkt bekommen, die sie für besondere Tage aufbewahrten. Seit das meiste Fleisch nach Deutschland transportiert wurde, hielten sie keine Kühe und Schafe mehr, nur noch ein paar Hühner.

»Sie meinen die Juden?«, fragte Tanne nach. »Dann verlassen sie doch das Land?«

Frau Carlsen nickte und schaute sich um, als könne es hier unten in der Küche einen heimlichen Lauscher geben. »Es heißt, die Deutschen würden am 2. Oktober zuschlagen. Und dann alle abholen.«

»So bald schon? Das ist nächste Woche. Und alle am selben Tag?«

»Damit niemand den anderen vorwarnen kann. Die Listen mit Namen und Adressen der Juden kursieren schon. Es gibt Helfer, die klappern diese Adressen ab und bieten den Leuten an, sie zu verstecken oder in Richtung Gilljeje zu bringen. In Kopenhagen drücken manche Leute einem ihnen völlig fremden Juden auf der Straße ihren Wohnungsschlüssel in die Hand, nennen ihm die Adresse und ziehen selbst für ein paar Tage zu Freunden. Hauptsache, die Leute sind am 2. Oktober nicht zu Hause, wenn die Nazis vor der Tür stehen.«

Tanne holte neue Gläser aus einem Korb und spülte sie mit heißem Wasser aus, bevor sie sie zu den anderen stellte. »Das sind die Dänen, wie ich sie mag.« Sie lächelte, dann hielt sie inne und drehte sich zu Frau Carlsen: »Und wir? Wir sind an der Küste. Wir könnten Flüchtlinge aufnehmen, die über den Sund wollen.«

Frau Carlsen hielt ihr einen Löffel mit einem Klecks Mus hin. »Die Flucht nach Schweden wird über Gilleleje organisiert, dort gibt es Fischer, die Flüchtlinge übersetzen. Aber erst mal müssen sie bis dorthin kommen. Wir könnten eine Zwischenstation sein, so wie andere in Rungsted.«

Tanne nickte, fragte aber nicht nach, wer diese anderen waren. Niemand wollte in diesen Zeiten Namen ausplaudern. Sie stellte die letzten Gläser auf und stieg hinauf ins Erdgeschoss. In ihrem Schreibtisch lag der Ersatzschlüssel zur Hintertür, sie steckte ihn in ihre Handtasche und fuhr mit dem Fahrrad in Richtung Dorfmitte. Ein paar Minuten später stand sie vor der Praxis ihres Arztes Mogens Fog und klingelte.

Am nächsten Morgen ging Tanne zum hinteren Winterstall, in dem sie früher die Schafe eingepfercht hatten. Das alte Holzgebäude stand schon länger leer, deshalb wollte sie prüfen, ob man Flüchtlinge darin für eine Nacht unterbringen konnte. Mit Mogens Fog, der jetzt den zweiten Schlüssel zu ihrer Verandatür besaß, hatte sie besprochen, dass sie bis zu vier Personen im Haus verstecken konnten, aber für den Fall einer Razzia ein Notquartier brauchten. Da war ihr der Stall eingefallen, der ein paar Gehminuten vom Haus entfernt und noch dazu versteckt hinter hohen Büschen lag.

Als sie am Schafstall ankam, wunderte sie sich, dass der Riegel nicht vorgeschoben war. Sie benutzten den Stall nur noch als Abstellplatz für Geräte, die niemand reparieren wollte, und für Früchte, die auf großen Brettern trocknen mussten, bevor man sie weiterverarbeiten konnte. Dass die schiefe Holztür beim Öffnen nicht knarrte, war ebenfalls ungewöhnlich.

Tanne betrat den Vorraum, durch dessen staubverklebte Fenster nur wenig Licht fiel, und lauschte. Die Stille kam ihr unnatürlich vor, nicht einmal Mäuse raschelten am Boden. Sie stieß die Tür zum Stall auf und trat in den großen Raum, der ebenfalls im Dämmerlicht lag. Ganz hinten gab es eine Tür zu der ehemaligen Isolierstube, in der sie kranke Tiere von der Herde abgesondert hatten. Entschlossen ging sie darauf zu, und jetzt hörte sie doch etwas. Es klang wie ein unterdrücktes Husten. Sie öffnete die Tür und bekam einen Schreck, als ihr plötzlich drei Augenpaare entgegenstarrten. Es waren die beiden Mädchen und die Frau, die sie tags zuvor auf der Wiese gesehen hatte. Sie saßen auf Decken, und die Frau zog schnell mit jedem Arm eines der Mädchen an sich.

»Bitte«, sagte sie, »bitte.«

Tanne dachte kurz nach. Es waren also bereits Flüchtlinge genau an dem Ort, den sie inspizieren wollte. Was waren das für Leute? Gehörte die Frau zum Widerstand? War sie Kommunistin? Jüdin? Aber – war das nicht egal?

»Keine Angst«, sagte Tanne schnell, »ich will Ihnen helfen.« Ihr Blick fiel auf einen leeren Korb, in dem wahrscheinlich etwas zu essen gelegen hatte. »Haben Sie Hunger?«

Die Frau schüttelte den Kopf, die Mädchen nickten.

Tanne musste lächeln und kam vorsichtig näher. Die Frau stand auf und reichte ihr die Hand.

»Ich heiße Hannah. Wir werden nicht bleiben, wir warten nur auf meinen Mann. Dann gehen wir fort.«

Tanne verstand. »Dann ist es also wirklich wahr? Die Nazis wollen alle …?«

Hannah warf einen Blick auf ihre Töchter und zuckte die Achseln. »Niemand weiß etwas Genaues, aber es gibt Gerüchte über einen Tag, an dem sie auftauchen werden. Mein Mann ist sicher, dass es stimmt. Er wollte uns gestern mitnehmen, aber er erschien nicht.« Sie blickte zu Boden.

»Wollen Sie telefonieren? In meinem Haus? Ich wohne ganz allein.« Sie blickte auf die Kinder. »Sie müssen nicht im Stall schlafen.«

Hannah lehnte entschlossen ab. »Danke, aber wir bleiben lieber hier. Ich kann ihn nicht anrufen. Ich weiß gar nicht, wo er ist. Aber er wird uns finden.« Sie lächelte ihren Töchtern zu.

Tanne nahm den Korb und ging zurück zum Haus. Sie füllte Käse und Milch, Brot, Marmelade, eingelegtes Obst und Äpfel hinein. Zuletzt legte sie noch ein Bilderbuch und eine Puppe dazu. Sie brachte alles zum Stall und ließ die drei allein. Am nächsten Morgen waren sie verschwunden.

Am 2. Oktober 1943 schlugen die Nazis tatsächlich zu. Ihr Plan, alle dänischen Juden aus ihren Häusern und Wohnungen zu holen, um sie in Konzentrationslager zu deportieren, schlug jedoch fehl. Denn die Menschen waren fort. Versteckt, untergetaucht oder nach Schweden geflohen. Von achttausend Menschen, die auf den Listen der Nazis standen, fanden sie nur zweihundertfünfundsiebzig, wenn auch zweihundertfünfundsiebzig zu viel. Die Dänen waren stolz auf den Erfolg ihrer Rettungsaktion, auch wenn sie bedauerten, dass sie nicht alle Menschen hatten beschützen können. Manche hatten von den Gerüchten nichts mitbekommen, andere waren verraten worden. Die Deutschen fühlten sich gedemütigt und durchkämmten nach dem 2. Oktober Häuser und Wälder im ganzen Land, die Gefahr war noch lange nicht vorbei.

Sie kamen nie zur selben Zeit, aber sie hatten eine besondere Art, an die Tür zu klopfen, sodass man sofort wusste, dass sie es waren. Es kreuzten immer zwei deutsche Soldaten zusammen auf, und sie durchsuchten die

Häuser am Strandvej von Rungsted jedes Mal in einer anderen Reihenfolge. Die Nachbarn hatten verschiedene Wege gefunden, sich gegenseitig zu warnen. Mal schickte einer ein Kind mit einer Botschaft, mal war es ein Telefonanruf, der immer abbrach, mal war es ein Hahn, der seltsam krähte.

Doch wenn die Razzia bei einem selbst begann, musste alles schnell gehen. Als Tanne begriff, dass die Deutschen an ihrer Vordertür standen, zog sie die Klingel, die bei Frau Carlsen unten in der Küche läutete, und vertraute darauf, dass die Haushälterin den Flüchtlingen half, das Haus durch den Hinterausgang zu verlassen. Von dort mussten sie noch zwanzig Meter laufen, bis Bäume ihnen Schutz boten und sie noch tiefer in den Wald vordringen konnten, um an einer verabredeten Stelle auf den Fluchthelfer zu treffen. Denn der Winterstall war ihnen nicht sicher genug. Tannes Aufgabe war es, die Offiziere so lange wie möglich im Haus zu beschäftigen. Als Erstes ließ sie sie ein wenig ausharren. Sie rief: »Moment, ich komme, ich muss nur meine Pantinen finden!« Dann klapperte sie mit den Schranktüren an der Garderobe und wartete, bis die Deutschen ungeduldig klopften. Da stand sie dann schon hinter der Tür und riss sie so heftig auf, dass die beiden Männer unwillkürlich zurückfuhren. Tanne sah sie streng an.

Die beiden bellten zuerst auf Deutsch und dann in einem ungelenken Dänisch, sie müssten das Haus durchsuchen. Tanne nickte, doch bevor sie die Tür freigab, brüllte sie aus Leibeskräften in Richtung der Männer: »Pasop!« Die Offiziere duckten sich erschrocken und drehten sich um, um zu sehen, woher ihnen Gefahr drohte. Als sie nichts entdecken konnten, fragten sie, wütend und beschämt über die eigene Schreckhaftigkeit, was sie sich dabei gedacht hätte, sie so anzuschreien.

»Ich habe nur nach meinem Hund gerufen«, antwortete Tanne scheinheilig und rief erneut: »Pasop!«

Wieder zuckten die Männer zusammen, blieben aber diesmal aufrecht stehen. »Sie wollen uns doch nicht weismachen, dass Ihr Hund so heißt. Das ist ein deutscher Name.«

Jetzt kam Pasops große Stunde. Mit seinen zehn Monaten war er schon groß, aber noch lange nicht ausgewachsen. Er sprang an Tanne hoch und leckte ihre Hand, dann betrachtete er die beiden Herren neugierig und hechelte.

»Pasop. Zu mir«, sagte Tanne kurz. Der Hund spürte ihre innere Spannung und begann leise in Richtung der Fremden zu knurren.

Sie zuckte entschuldigend die Achseln. »Er ist noch nicht fertig mit der Ausbildung. Aber er versteht schon viel und ist ein guter Wachhund. Er beschützt mich vor Bösewichten. Sagt man Bösewichte?« Sie sah die beiden fragend an.

»Wir werden jetzt Ihr Haus durchsuchen«, sagte der eine und ging an ihr vorbei.

»Moment, meine Herren. Wir wollen doch die guten Manieren nicht ganz vergessen. Ihr Propagandaminister persönlich hat mir versichert, deutsche Soldaten seien höflich. Ach, Sie wussten nicht, dass ich sein Gast war?«

Die beiden Männer blieben überrascht stehen und ließen Tanne vorgehen.

»Ich freue mich, dass Sie sich für mein Haus interessieren, es ist schon lange im Besitz der Familie. Früher hat ein berühmter dänischer Dichter hier gewohnt, Johannes Ewald, kennen Sie seine Bücher?« Sie öffnete eine Tür und machte eine einladende Handbewegung. »Das ist die Grüne Stube.« Tanne begann, einzelne Bilder zu erklären. Wenn Frau Carlsen sich zu ihnen gesellte, wusste sie, dass die Flüchtlinge in Sicherheit waren, und sagte: »Meine Haushälterin wird Ihnen alles Weitere zeigen, ich glaube, ich muss mich einen Moment ausruhen.« Danach ließ sie die drei allein, gefolgt von dem tapsigen Pasop.

Die Baronin tätschelt den Kopf ihres alten Hundes, der sich neben ihrem Sessel ausgestreckt hat. »Es war Pasops bester Auftritt, nicht wahr, mein Freund?« Pasop öffnet die Augen nur kurz und gibt ein wohliges Grunzen von sich. »Wir haben zusammen die Nazis gefoppt. Das war ein guter Tag. Und die Flüchtlinge, die bei uns waren, haben es nach Schweden geschafft.«

Ruth schreibt immer noch auf ihren Block und blickt mit roten Wangen hoch. »Dann ist Dänemark das einzige Land, dass seine jüdischen Mitbürger gerettet hat.«

»Fast alle wurden gerettet. Viele Menschen haben sich dafür in große Gefahr gebracht. Leider ließen sich manche für diese Hilfe sehr gut bezahlen, es gibt immer ein paar schwarze Schafe. Aber Sie haben recht. Es war eine große Sache, und jeder von uns war stolz, wenn er einen kleinen Teil dazu beitragen konnte.«

Hemingways Geschenk

Clara Svendsen kommt herein und will sich verabschieden. »Wie weit seid ihr?«

»Es bleibt nicht mehr viel«, sagt die Baronin. »Kannst du uns noch die letzten Bücher bringen, oder musst du schon zum Zug?«

»Das schaffe ich noch«, antwortet Clara und eilt aus dem Zimmer. Kurz darauf legt sie einen kleinen Stapel auf den Tisch. »In zwei Tagen komme ich zurück, Khamar.« Sie reicht Ruth die Hand und ist verschwunden.

»Khamar?«, fragt Ruth.

»Das ist ein alter Witz zwischen uns. Es gibt eine Ballade über ein Pferd namens Khamar, die wir lieben.«

»Sie lieben das Spiel mit den Namen.«

»Und wie! Damit sind wir schon bei meinem nächsten Buch. Ich habe es 1944 unter dem Pseudonym Pierre Andrézel veröffentlicht.« Karen Blixen greift nach dem obersten Band auf dem Stapel. »*Die Rache der Engel* ist so etwas wie ein romantischer Schauerroman. Mir war langweilig, und ich brauchte eine neue Aufgabe. Der Krieg hatte uns alle so gebremst in unserer Energie, also schrieb ich eine Geschichte nur zu meinem eigenen Vergnügen, ohne literarischen Anspruch.«

»Worum geht es? Ich kenne sie leider nicht.«

Die Baronin lehnt sich zurück und rattert in ironischem Tonfall herunter: »Zwei Freundinnen, jung, schön und arm, geraten in die Fänge von Mädchenhändlern, ein englischer Pfarrer und seine Schwester. Sie schweben in großer Gefahr, schaffen es aber am Ende, sich zu befreien und den Bösen das Handwerk zu legen. Und natürlich findet jede von ihnen nebenbei einen liebenswerten, reichen Ehemann.«

Ruth schmunzelt.

»Lachen Sie nicht«, sagt die Baron gut gelaunt, »das Buch hatte so viel Erfolg, weil die Menschen glaubten, es sei auf die deutschen Besatzer gemünzt.«

»Und? War es das?«

»Vielleicht ein wenig. Man kann immer Bezüge finden, wenn man sie sucht.«

»Wann wurde das Pseudonym enttarnt?«

Die Baronin greift zu einer Zigarette und setzt ein süffisantes Lächeln auf. »Das dauerte eine Weile und heizte den Verkauf noch mehr an. Zwar hatte mich schon bald jemand als mögliche Autorin ins Spiel gebracht, aber ich stritt es in mehreren Interviews vehement ab. Das war ein Spaß!«

Sie grinst über das ganze Gesicht bei der Erinnerung. Dann fällt ihre Fröhlichkeit abrupt in sich zusammen. »Aber ein Jahr später, nach meinem sechzigsten Geburtstag und kurz vor Kriegsende, wurde ich wieder krank. Ich hatte so starke Schmerzen, dass man mir in einer großen Operation mehrere schmerzleitende Nervenstränge durchtrennte. Im selben Jahr starb Bror bei einem Unfall.« Die Baronin steht auf und geht zu der Fenstertür, die sie weit öffnet, als müsse sie ihren Schmerz hinauslassen. »Ich dachte«, fährt sie fort, »meine Zeit auf Erden sei nun ebenfalls vorbei, aber«, sie dreht sich zu Ruth um, und in ihrem Gesicht ist eine Art ungläubiges Staunen zu sehen, »das Schicksal wollte mich noch auf die Probe stellen. Es sandte mir noch einmal einen ... einen Freund.«

»Oh.« Ruth weiß nicht, was sie sagen soll, ihr ist diese Ankündigung ein bisschen peinlich.

»Es war eine komplizierte Beziehung, und sie war nicht glücklich, weil Thorkild Bjørnvig dreiunddreißig Jahre jünger war als ich. Ein sehr begabter Dichter. Wir haben keinen Kontakt mehr. Deshalb möchte ich auch nicht viel über ihn sagen. Im Grunde war es auch banal. Ich wollte ihn fördern und genoss seine Bewunderung. Wir schlossen einen Pakt. Vier Jahre lang war er so etwas wie ein Jünger, der tun sollte, was ich ihm sagte. Ein bisschen verrückt war das schon, und am Ende waren wir alle deprimiert, Thorkild, seine Frau und ich. Wir haben uns gegenseitig nicht gutgetan.«

Karen Blixen setzt sich wieder und zündet sich erst jetzt die Zigarette an, die sie in der Hand gehalten hat.

»Mitte der Fünfzigerjahre war ich auf einmal richtig berühmt, bekam Preise und Ehrenmitgliedschaften, und jeder wollte mit mir fotografiert werden. Das verdankte ich Ernest Hemingway. Als man ihm 1954 mitteilte, er würde mit dem Nobelpreis für Literatur ausgezeichnet, sagte er, es gäbe Autoren, die den Preis ebenso verdient hätten wie er. Einer davon sei Isak Dinesen. Sie können sich vorstellen, wie glücklich ich war, als mir diese Nachricht überbracht wurde.«

Ruth nickt und sagt nichts. Sie kennt eine andere Version der Geschichte, aber warum sollte sie der Baronin die Freude verderben? Diese sprach auch schon weiter: »Als Hemingway aus dem Glücksrausch – der sicherlich auch ein Alkoholrausch war – wieder auftauchte, erklärte er seinen Freunden, er habe das gar nicht so gemeint, eigentlich habe er nur etwas Nettes über die Frau von Blix sagen wollen, der ja leider schon in der Hölle schmore. Die beiden waren zusammen auf Safari gewesen.«

Ruth macht ein verlegenes Gesicht.

»Haben Sie etwa gedacht, ich wüsste das nicht? Sie sollten mich niemals unterschätzen. Aber einerlei, warum Hemingway das über mich gesagt hat, wichtig war: Er hat es gesagt. Das gab meinen Büchern Auftrieb, und mein Name wurde ab da jedes Jahr genannt, wenn es um den Nobelpreis ging. Ich freue mich bis heute darüber. Mit dem Preis habe ich nie gerechnet. Was soll's.«

Sie hustet eine Weile und krächzt dann: »Meine Krankheit schritt voran. 1955 musste ich die Feier meines siebzigsten Geburtstags verlassen, weil ich solche Schmerzen hatte. Inzwischen war zum Glück schon Clara bei mir. Die Ärzte hatten mir die Schmerzstränge im Rückenmark durchtrennt und einen Teil des Magens herausgenommen. Seitdem habe ich mich nie wieder richtig gesund gefühlt. Und essen kann ich auch fast nichts.« Sie greift nach zwei Büchern auf dem Stapel. »Ich habe *Letzte Erzählungen* geschrieben, während ich mit anderthalb Füßen im Grab stand. Es folgten die *Schicksalsanekdoten* letztes Jahr. Darin findet sich auch die Erzählung ›Babettes Fest‹, die viele Menschen so lieben. Ich weiß gar nicht, warum. Aber ich hatte Freude beim Schreiben. Alles, was ich nicht mehr essen konnte, servierte Babette der Gemeinde. Ich habe überhaupt immer die Dinge gemacht, an denen ich Freude hatte. Deshalb habe ich sogar einem Fototermin mit Richard Avedon zugestimmt, obwohl ich da schon aussah wie eine Mumie …« Sie kichert, und Ruth lehnt sich erwartungsvoll zurück.

Petersen parkte vor dem eleganten Eingang des Hotel d'Angleterre in Kopenhagen, eilte um den Wagen und öffnete Tanne die Tür. Sie trug ein elegantes schwarzes Kostüm und hielt einen Pelzmantel über dem Arm. Clara Svendsen stieg ebenfalls aus und ließ sich von Petersen einen Koffer und eine Hutschachtel aus dem Kofferraum heben. Beide Frauen waren aufgeregt vor der Begegnung mit dem berühmten Fotografen Richard Avedon. Truman Capote hatte geschrieben, Tanne könne Avedon vertrauen. Er selbst werde bei der Fotosession, wie er sie nannte, zwar nicht dabei sein, aber er würde zu dem Porträtband Avedons die Texte schreiben.

Damit war es entschieden. Tanne hatte Capote erst ein paar Monate zuvor kennengelernt, mochte ihn aber auf Anhieb. Der Autor machte auf seiner Reise nach Russland in Dänemark Station und hatte höflich angefragt, ob sie einen ihrer größten Fans wohl in Rungstedlund empfangen würde. Tanne war hingerissen von seinem jungenhaften Charme und dem scharfen Verstand. Nachdem sie ihm das Haus gezeigt hatte, das er »exquisit« fand, saßen sie auf der Veranda, rauchten und tranken Schaum.

»Ich habe Ihr Buch *Andere Stimmen, andere Räume* mehrfach gelesen, Mr Capote, ich mag es sehr. Sie besitzen Talent. Gefährden Sie es nicht.«

»Wie meinen Sie das?«

»Man muss sich auf seine Arbeit konzentrieren. Und dem Körper dabei das geben, was er braucht. Ihr Kopf allein kann die Arbeit nicht machen, Sie müssen gesund sein, auf Ihre Kräfte achten.«

Capote lachte amüsiert auf. »Glauben Sie mir, Baronin, die Zeitungen übertreiben, ich lebe nicht so ungesund, wie Sie vielleicht denken. Ich mache das, was alle tun, ich rauche, trinke und gehe spät schlafen, genau wie Sie. Na und?«

»Der Unterschied zwischen uns ist: Ich bin über siebzig und habe schon mit Sokrates gespeist, wussten Sie das?«

»Wirklich? Nein, das ist mir neu. Wie ist der alte Knabe denn so?«

»Trocken, sehr trocken. Also, Sie sind nur etwas über dreißig. Und ein besessener Partylöwe. Sie werden sich ruinieren.«

»Aber nein, liebe Baronin, das gesellschaftliche Leben inspiriert mich. Sagen Sie nicht, dass es Ihnen nicht auch so geht.«

»Natürlich. Aber Sie müssen sich Ruhepausen zum Schreiben schaffen, sonst brauchen Sie bald Schlaftabletten oder Schlimmeres.«

Er lachte wieder, aber sie sah, wie es in seinem Gesicht zuckte, und wusste, dass sie ins Schwarze getroffen hatte. Abhängige erkennen einander, dachte sie. Capote wechselte das Thema.

»Baronin Blixen ...«

»Nennen Sie mich Karen.«

Er neigte kurz den Kopf. »Ich fühle mich geehrt, verehrte Karen, ich liebe *Jenseits von Afrika*. Es ist das Beste, was ich seit Langem gelesen habe. Aber Ihre Erzählungen gehen mir auch nicht aus dem Kopf, und ich möchte ein Drehbuch über *Die Träumer* schreiben. Darf ich?«

»Nur zu. Ich habe nichts dagegen.«

»Vortrefflich! Schreiben Sie im Gegenzug ein Vorwort für die dänische Ausgabe von *Frühstück bei Tiffany*? Ich wäre überglücklich, wenn Sie es täten.«

»Selbstverständlich.«

»Und kommen Sie bitte nach Amerika!«

Sie hatten die halbe Nacht miteinander geredet und sich gegenseitig von ihren Liebesabenteuern erzählt. Dann war Capote weitergereist und hatte ein paar Wochen später im Namen von Richard Avedon um einen Fototermin gebeten.

Nun schritt Tanne auf den Eingang des Hotels d'Angleterre zu. In der Lobby wartete ein Assistent von Avedon und begrüßte sie freundlich. Welche Wünsche sie habe, wollte er wissen, Champagner, Kaffee, Tee? Die Umstehenden drehten sich zu ihnen um. Tanne fühlte sich wie eine Königin.

Champagner sei gut, sagte sie. Clara fügte hinzu, sie hätte gerne einen Kaffee. Tanne hatte Clara ganz vergessen und ergriff schnell den Arm ihrer Sekretärin, um sich zur Suite geleiten zu lassen.

Sie fuhren mit dem Aufzug nach oben, und Richard Avedon, der gerade dabei war, das Licht einzurichten, begrüßte sie herzlich. Sie plauderten ein paar Minuten, dann fragte Tanne: »Soll ich mich umziehen? In welchem Kleid würden Sie mich gerne fotografieren?«

»Sie sehen fantastisch aus, Baronin Blixen«, sagte Avedon, »dieses Kostüm ist ein Traum. Kommen Sie, nehmen Sie hier Platz, damit wir diese Frage besprechen können. Darf ich fragen, was Sie sonst noch an Kleidern dabeihaben?«

Clara öffnete den Koffer und holte nacheinander alle Schätze heraus, die eine junge Frau, die ihnen als Jenny vorgestellt wurde, an einen Kleiderständer hängte. Tanne saß bereits in einem tiefen Sessel und sah ihr zu.

»Wissen Sie, Mr Avedon«, sagte sie und lehnte sich rauchend zurück, »meine Kleider tragen alle einen Namen. So hat Clara es leichter, mir das zu holen, was ich will. Das Tüllkleid, das Ihre Assistentin gerade in der Hand hält, haben wir *Bergère brune* getauft, die *brünette Schäferin*. Und ich habe auch den *Petit Diable* einpacken lassen, ein schwarzes Kleid, zu dem eine Kappe mit zwei Schleifen an der Stirnseite gehört, die man tatsächlich für Hörner halten könnte.« Alle lachten und traten näher, um das Kleid zu bewundern. Tanne war in ihrem Element. »Ich besitze auch ein sehr braves Kleid im Stil von Schulmädchen-Uniformen, es heißt *Claudine*, nach der Romanheldin von Colette, aber das haben wir nicht dabei.«

»Wie schade.« Avedon setzte sich zu ihr. »Das hätte ich doch gern gesehen.«

»Beim nächsten Mal vielleicht. Zu Hause bleiben musste auch *Sober Truth* …«

»Oh«, sagt Avedon, und alle warteten gespannt auf die Erklärung.

»Ein Reisekostüm aus Tweed. Sehr praktisch.«

Die Crew amüsierte sich köstlich.

»Clara, haben wir den *Sterbenden Schwan* eingepackt?«, fragte Tanne.

Es wurde gekichert.

»Nein, Baronin, leider nicht«, gestand Clara mit gespieltem Bedauern. »Er passte nicht in den Koffer.«

»Ein sehr, sehr großer Hut«, Tanne riss die Augen auf und senkte die Stimme, »mit langen weißen Federn.«

Avedon klatschte in die Hände und beendete damit die Vorstellung. »Für heute beginnen wir mit dem, was Sie tragen. Nur den Hut sollten Sie wechseln.«

»Was haben Sie gegen ihn? Er heißt *Rose Noir* …« Sie drehte kokett ihren Kopf, sodass man die Rose im Nacken erkannte.

Aber Avedon hatte jetzt genug von dem Spiel. »Ich möchte, dass Sie etwas anderes auf dem Kopf tragen, damit ich Ihr Gesicht besser sehen kann. Warten Sie … Was ist damit?«

»Meine Strickmütze? Nun, wenn Sie meinen!«

»Hat sie einen Namen?«

»Nein …«

»Dann geben Sie ihr einen …«

Das Gesicht der Baronin wirkt resigniert. »Die Fotos von Avedon … nun, sie sind schrecklich. Ich sehe aus wie ein Monster. Er fotografierte mich im Pelzmantel von unten, und … also, wenn ich gewusst hätte, was dabei herauskommt, wäre ich sofort wieder gegangen. Allein die Großaufnahme von meinen Händen – mein Gott, wie die Krallen eines Marabus! Aber da ich so eitel gewesen war, mich ablichten zu lassen, sind diese schlimmen Bilder von mir in der Welt. Zuerst war ich sehr wütend auf Avedon und auf Capote ebenfalls, denn er hatte mir das ja eingebrockt. Ich fand, Avedon hätte großzügiger sein müssen, gnädiger. Aber das ist natürlich keine Kategorie, in der ein Fotograf denkt. Ich selbst bin als Schriftstellerin auch nie gnädig. Also habe ich ihnen beiden verziehen.

Mein Hut *Rose Noir* wurde trotzdem berühmt, denn ich trage ihn auf dem Foto, das Cecil Beaton in New York von mir gemacht hat. Es ist mein Lieblingsbild, und ich glaube, es ging um die halbe Welt. Und damit bin ich bei meinem vorerst letzten großen Abenteuer angelangt: meiner Reise in die USA.«

Die Baronin legt den Kopf schräg und schaut Ruth erwartungsvoll an. Die nickt und fragt: »Zeit für eine Flasche Schaum?«

»Sie haben schnell gelernt.«

Zehn Minuten später haben es sich die beiden Frauen gemütlich gemacht. Frau Carlsen hat ihnen noch den Kamin angeheizt, Pasop liegt schlafend zu Karen Blixens Füßen. Sie stoßen an, und die Baronin beginnt zu erzählen.

»Einmal im Leben wollte ich in die USA reisen. Es waren die Leserinnen und Leser dieses Landes, die zuerst an mich geglaubt haben, ihnen verdanke ich alles, und deshalb wollte ich sie persönlich kennenlernen. Da ich nicht viel Geld hatte, mussten wir die Reise mit Vortragshonoraren finanzieren, was uns einigermaßen gelang. Und so stiegen Clara und ich am 4. Januar in New York aus dem Flugzeug. Es begann eine herrliche, verrückte Zeit. Wir wurden herumgereicht und zogen immer einen kleinen Schwarm Fotografen und Journalisten hinter uns her, so wie Pasop im Sommer von einer kleinen Wolke Mücken verfolgt wird. Gleich am ersten Tag gab es einen Empfang für die Presse bei Random House an der Madison Avenue, und Clara hatte Tränen in den Augen, als wir vor dem großen Gebäude aus dem Taxi stiegen. ›Wie oft habe ich diese Adresse auf Umschläge getippt, und nun stehen wir wahrhaftig davor‹, sagte sie gerührt. Clara hatte alle meine Termine in ihrem Kalender notiert und lotste mich sanft und unerbittlich von einem zum anderen. Es war ein enormes Pensum, Lesungen, TV-Aufnahmen, Vorträge. Aber das wissen Sie ja«, sagt die Baronin mit einem hintergründigen Lächeln, und Ruth nickt mit gesenkten Augen, als müsse sie dringend etwas notieren.

»Abends haben wir uns nicht etwa ausgeruht, sondern gingen in die Oper und ins Ballett. Wir hörten sogar die Callas. Ich trug an dem Abend einen neuen Turban aus erdbeerfarbenem Samt, den wir *Prince Calender* nannten, und in der Zeitung stand, es habe im Foyer der Carnegie Hall einen Verkehrsstau gegeben, weil das Publikum Isak Dinesen sehen wollte. Ich gebe zu, ich habe es geliebt, die Aufmerksamkeit, die Liebenswürdigkeit der Menschen. Wir lernten, dass ein ›zwangloses‹ Essen in den USA auch ein Dinner mit Schildkrötensuppe und Champagner sein konnte. Die meisten Köstlichkeiten konnte ich nicht mehr zu mir nehmen, eigentlich vertrug ich nur angerührte Pulvernahrung und Austern. Trotzdem wollte ich keine einzige Einladung auslassen, obwohl ich mich schon zwei Tage nach meiner Ankunft sterbenselend fühlte. Clara war richtig böse, weil ich nicht im Bett bleiben und mich ausruhen wollte. Aber es kam für mich nicht infrage, einen der bezahlten Vorträge oder Lesungen abzusagen, denn wir brauchten ja das Geld. Und ich wollte auch niemanden enttäuschen, der uns zu einer Premiere oder in ein Restaurant eingeladen hatte. Die meisten Menschen waren höflich, nur einer von hundert benahm sich penetrant und unverschämt, aber genau diese Leute kosteten uns am meisten Kraft. Sie drängelten sich in Gespräche, stellten indiskrete Fragen, hielten sich nicht an Absprachen und waren beleidigt, wenn ich ein Treffen früher als geplant verlassen musste, weil ich mich nicht mehr auf den Beinen halten konnte. Aber wie gesagt, das waren Ausnahmen.

Nach meinem Vortrag an der American Academy of Arts and Letters habe ich beim Abendessen im Scherz die Bemerkung fallen lassen, ich wünschte mir, Marilyn Monroe kennenzulernen. Dass ihr Mann Arthur Miller nur ein paar Tische weiter saß, wusste ich nicht, aber er arrangierte Anfang Februar ein Treffen mit seiner Frau. Wir würden uns bei der Schriftstellerin Carson McCullers in deren Haus treffen, schrieb er mir. Miller und Monroe wollten uns abholen.

An dem besagten Tag saßen Clara und ich pünktlich, mit Hut, Handschuhen und Mantel bekleidet, im Foyer des Cosmopolitan Club und warteten. Die Presseleute holten für alle Kaffee und Sandwiches. Es sei normal, dass Marilyn Monroe zu spät käme, sagten sie mir. Ich konnte das nicht glauben, aber tatsächlich warteten wir eine geschlagene Stunde auf die beiden. Endlich bog ihr kleiner englischer Wagen hupend um die Ecke und hielt vor dem Eingang. Ich nahm im Fond Platz, neben Marilyn. Clara fuhr in dem zweiten Auto mit, in dem auch eine Vertreterin der American Academy of Arts and Letters und zwei Agenten saßen. Die Presseleute folgten uns in ihren eigenen Fahrzeugen.

Tanne sah neugierig zu Marilyn hinüber und fühlte sich nervös. Mit dreiundsiebzig sollte mir das eigentlich nicht passieren, dachte sie, aber offenbar war es nun einmal so. Die weltberühmte Schauspielerin trug ein dunkles Kostüm, und ihre goldenen Haare waren perfekt frisiert. Viel Make-up hatte sie nicht aufgelegt, aber ihre Lippen glänzten in einem schmelzenden Rot. Sie war die schönste Frau, die Tanne je gesehen hatte, und verstohlen hob sie ihre dürre Hand an ihren eigenen Mund, um sicher zu sein, dass er nicht offen stand. Im Vergleich zu den ebenfalls blendend aussehenden Frauen des kenianischen *Happy Valley* in Gilgil war Marilyns Ausstrahlung jedoch eine ganz andere: unschuldig und auf eine fast rührende Weise frisch und duftig.

Die Fahrt von New York bis nach Nyack, wo Carsen McCullers wohnte, dauerte fast zwei Stunden, und Tanne bemühte sich, ein Gespräch in Gang zu bringen. Marilyn Monroe drehte gerade *Manche mögen's heiß*, hatte aber nicht viel mehr dazu zu sagen, als dass die Arbeit am Set sie sehr anstrenge und es unbedingt ein guter Film werden müsse.

»Aber natürlich wird es ein guter Film, Darling«, rief ihr Mann von vorne über die Schulter.

Tanne sah, wie die Schauspielerin schluckte, und es tat ihr leid, dass sie sich so unter Druck fühlte. Mitfühlend sagte sie: »Ich verspüre bei jedem Lob eines Buchs von mir nicht nur Freude, sondern auch die Sorge, ob ich die Erwartungen mit dem nächsten Werk einlösen kann. Meistens fürchte ich, nie wieder etwas Gutes schreiben zu können.«

»Ach ja? Dann verstehen Sie mich?«, bemerkte Marilyn überrascht und warf einen Blick zu ihrem Mann. Mit einem Zittern in der Stimme fügte sie leise hinzu: »Nett, dass Sie das sagen, denn Arthur versteht meine Ängste nicht.«

Tanne fragte sich, ob die junge Frau neben ihr gleich zu weinen anfangen würde, und ergänzte aufmunternd: »Die meisten Künstler kennen die Angst, ihr Niveau nicht halten zu können. Das gehört zum Schaffensprozess und ist für viele auch ein guter Ansporn.«

Betrübt musterte Marilyn ihre Hände und nestelte an den Knöpfen der Handschuhe. »Vielleicht ist das bei Ihnen so. In Europa. Ich kenne nur Leute, denen es anders geht.«

Tanne beugte sich vor und flüsterte: »Aber das sind Männer, oder?«

In den Augen von Marilyn Monroe leuchtete ein winziges Lächeln auf. Sie zog eine ihrer perfekten Augenbrauen hoch. »Da könnten Sie recht haben«, sagte sie und schaute aus dem Fenster.

»Was meinst du, Darling?«, fragte Arthur Miller.

Die beiden Frauen sahen sich an und zwinkerten sich zu.

Carsen McCullers empfing sie herzlich an der Tür ihres schönen großen Hauses, musste sich dann aber gleich in den Rollstuhl setzen. Sie hatte mit zweiundvierzig Jahren schon eine Reihe von Schlaganfällen hinter sich und war nicht mehr sicher auf den Beinen. Trotz ihrer gesundheitlichen Probleme wirkte sie fröhlich und voller Ideen. Auch wenn sie an ihren frühen Ruhm nicht mehr anschließen konnte, schrieb sie weiter. Sie beschäftigte eine Haushälterin und eine Pflegerin und hatte eine Reihe von Verwandten um sich, die sie unterstützten. Heute war ein Cousin von ihr mit von der Partie.

Sie nahmen an einem großen Tisch aus hellem Marmor Platz, auf dem kein Tischtuch lag, was Tanne ungewöhnlich fand. Trotzdem wirkten die Teller mit den gestärkten Servietten und dem Silberbesteck vornehm, und sie nahm sich vor, ihren Tisch in Rungstedlund einmal ähnlich zu decken.

»Ich kann leider nicht kochen«, erklärte Marilyn Monroe übermütig, als ein Dienstmädchen ihnen kleine Vorspeisen anreichte, »und ich würde doch so gerne wenigstens Makkaroni zubereiten können wie Arthurs

Mutter. Ein einziges Mal habe ich es versucht, aber es wurde ein Desaster.«

Auf einmal verwandelte sich die Schauspielerin in eine glänzende Erzählerin, die ein Gefühl für perfektes Timing besaß und genau wusste, wie sie kleine Pausen, übertriebene Seufzer und Achselzucken einsetzen musste, um ihre Geschichte gut zu präsentieren.

»Es klingelte, und Arthur ließ die Gäste bereits ein, während ich in der Küche noch dabei war, die Makkaroni mit dem Föhn zu trocknen.«

Alle lachten und taten so, als würden sie die Fotografen nicht bemerken, die im Salon nebenan saßen und ungeniert herüberstarrten, was Tanne sehr unhöflich fand. Sie war überrascht, dass ihre amerikanischen Bekannten sich nicht von ihnen gestört fühlten.

Nach dem Essen sollte es ein Gruppenfoto für die Zeitung geben, und auch das Dienstpersonal fragte, ob man ein paar Schnappschüsse machen dürfe. Marilyn blickte sich hektisch um, und Carson McCullers deutete in die Richtung, in der sie den *Powder Room* finden würde. Sie verschwand, und Tanne ging an Claras Arm hinterher, schickte ihre Sekretärin an der Tür aber wieder weg. Als sie eintrat, fand sie sich in einem behaglichen Raum wieder, der sie an eine Künstlergarderobe im Theater erinnerte. Eine ganze Wand wurde von einem breiten Spiegel beherrscht, vor dem ein Schminktisch stand, der mit Papiertüchern, Puderquasten und sonstigen Utensilien bestückt war, die man brauchte, um sich für ein Foto zurechtzumachen. Marilyn war dabei, sich das Gesicht zu pudern, und lächelte Tanne im Spiegel zu.

»Wir wollen keine glänzenden Nasen haben, nicht wahr?«, sagte sie und tupfte weiter.

Tanne nickte und setzte sich in einen der kleinen schicken Sessel, die dem Spiegel gegenüberstanden. Sie staunte immer wieder, was man hierzulande an Aufwand für nötig hielt, um gut auszusehen. Nicht mal auf den Schlössern ihrer Verwandten hatte es solche Räume gegeben. Dort hatte man bei großen Bällen nur ein oder zwei Schlafzimmer zu Damengarderoben umfunktioniert, in denen die Zofen mit Nähzeug und warmen Tüchern auf ihre Herrschaft gewartet hatten.

»Ich bewundere Sie sehr, Mrs Blixen«, sagte Marilyn, während sie einen Lippenstift aus ihrer großen Handtasche holte und ihn aufschraubte.

Tanne protestierte. »Aber nein, Sie sind der Star. Sie schenken den Menschen Träume und lassen uns für ein paar Stunden alles andere vergessen. Vor allem die eigene Durchschnittlichkeit.« Kurz fragte sie sich, ob man das falsch verstehen könne, aber Marilyn zog nur konzentriert die Lippen nach, nahm ein Tüchlein und tupfte es auf den Mund.

»Genau wie Sie«, sagte sie mit ihrer weichen Stimme und steckte den Lippenstift wieder ein. Sie holte eine Bürste aus der Tasche und begann, ihre goldenen Locken in Form zu bringen. »Mit dem Unterschied, dass Träume, die ein Buch in uns auslöst, ein Leben lang halten. Träume, die ein Film uns schenkt, verwelken rasch wie Blumen und müssen ständig neu gepflückt werden. Ich habe *Jenseits von Afrika* noch nicht durchgelesen – aber Sie haben mir jetzt schon eine ganze Welt geschenkt, eine Welt, die ich mir selbst ausmale. Ein Film liefert nur Bilder, die fertig sind, sie sind flach und für alle gleich.«

Tanne wusste nicht, was sie darauf sagen sollte, und erwiderte: »Es ist vielleicht nicht ganz fair, Filme und Bücher gegeneinander antreten zu lassen.«

Marilyn kramte in ihrer Tasche und nahm eine Tablette heraus, die sie schluckte. »Ist nur was gegen Kopfschmerzen«, sagte sie schnell. »Wissen Sie, wenn ich zehn Jahre älter bin, will mich niemand mehr sehen. Sie hingegen können sogar jetzt noch ...« Sie verstummte verlegen.

Tanne stand auf und stellte sich neben sie. Sie griff nach Marilyns Hand, die sie unerwartet schmal und fest fand.

»Und ich dachte eigentlich«, sagte Tanne leise, »ich müsste Sie beneiden.«

Sie merkte sofort selbst, wie brutal der Satz klang. Marilyns wunderschöne blaue Augen füllten sich mit Tränen. Sie standen einen Moment ratlos nebeneinander, die schönste Frau der Welt und eine Dreiundsiebzigjährige, deren Gesicht von Alter und Krankheit zerfurcht war.

Marilyn nahm sich ein Papiertaschentuch und tupfte vorsichtig die Tränen aus ihren Augenwinkeln, um ihr Make-up nicht zu verwischen.

»Fällt es Ihnen schwer, auf Ihren Analytiker zu verzichten?«, fragte sie Tanne. »Soll ich Ihnen jemanden in New York empfehlen?«

Erleichtert über den Themenwechsel, lachte Tanne auf. »Nein, glauben Sie mir, ich habe noch nie mit einem Analytiker gesprochen.«

»Aber wie … ich meine, wie bewältigen Sie Ihr Leben?«, fragte Marilyn zaghaft.

Tanne zupfte an ihrer engen Mütze und betrachtete ihr Gesicht im Spiegel. Es war gar kein Themenwechsel, begriff sie jetzt. Was konnte sie antworten, das ihr Gegenüber nicht verletzte? Sie entschied sich für eine ehrliche Antwort.

»Ich schreibe.«

Marilyn kramte in ihrer Tasche herum. »Ich würde gerne einmal nach Afrika fahren«, sagte sie in dem Bemühen, munter zu wirken. »Glauben Sie, ich könnte dort etwas Sinnvolles tun? Würden Sie mir helfen? Nur kann ich leider nichts.« Sie kicherte albern.

»Aber das ist eine gute Idee.« Tanne klang in ihren eigenen Ohren übertrieben enthusiastisch. »Sie können dort sehr viel tun. Kenia wird bald unabhängig sein, und dann wird es Menschen brauchen, die eine neue, eine gerechte Gesellschaft aufbauen. Wir Weißen werden dort nicht mehr die Herren sein, aber wenn wir gefragt werden, sollten wir helfen und beraten. Und natürlich muss die Botschaft von einem neuen freien Land in die Welt getragen werden, damit die Menschen es unterstützen. Kenia wird viel Geld brauchen.«

Marilyn nickte. »Eine Botschafterin wäre ich gerne, aber ich fürchte, niemand wird mir diese Aufgabe zutrauen. Also wird das nichts.« Mit einem lauten Klacken schloss sie ihre Handtasche und setzte eine unbekümmerte Miene auf.

Der Moment der Aufrichtigkeit war vorbei, und Tanne fragte sich, ob sie ihn gut genutzt hatte.

Sie gingen zurück zu den anderen, die inzwischen im Salon saßen. Einer der Fotografen gab ihnen Anweisungen: »Mrs Blixen, Sie nehmen bitte in der Mitte Platz und Mrs Monroe bitte links daneben. Auf der anderen Seite Mrs McCullers. Und alle anderen stellen sich bitte dahinter.« Tanne bekam eine Mappe mit Fotos von Marilyn Monroe in die Hand gedrückt, und als man sie dazu aufforderte, blätterte sie darin herum.

Die Fotografen verließen das Haus, und endlich wurde es ruhig im Zimmer, Carson McCullers hatte sich für eine halbe Stunde zurückgezogen, die anderen saßen schläfrig herum. Clara sprach mit Arthur Miller über ihre Lampedusa-Übersetzung. Marilyn stand vor dem Fenster und schaute in den Garten. Die Bäume waren kahl, aber es gab ein paar immergrüne Hecken, und hier und da leuchtete eine helle Skulptur hervor. Mit vor der Brust verschränkten Armen verlagerte sie das Gewicht von einem Fuß auf den anderen, als wisse sie nicht, wie man auf zwei Beinen steht. Tanne beobachtete sie von der Seite und fand, sie wirke sehr einsam. In ihrer Erinnerung suchte sie nach einer Figur aus einer ihrer Erzählungen, in der etwas von dieser Frau und ihrer Einsamkeit steckte. Aber sie fand keine. Marilyn fehlt alles, was ich für meine Frauengestalten brauche, befand sie. Sie besitzt Tragik, aber keine Tiefe.

»Den Rest kennen Sie«, sagt die Baronin und erhebt sich mühsam. »Ich wurde so krank, dass ich die Reise abbrechen musste, und flog wieder nach Hause. Nun gibt es nur noch einen Platz, den ich Ihnen zeigen will.«

Karen Blixen hängt sich bei Ruth ein, als sie langsam über die Brücke in Richtung der Ewaldshöhe gehen. Sie wirft einen prüfenden Blick zu den Nistkästen, die sie vor ein paar Monaten hier aufhängen ließ. »Meine Geschwister und ich haben das Haus einer gemeinnützigen Stiftung geschenkt. Nach meinem Tod soll das Haus für kulturelle und wissenschaftliche Zwecke genutzt werden. Garten, Wald und Grasland wollen wir aber schon jetzt in ein Vogelreservat verwandeln. Dafür habe ich die Einnahmen aus meinen Büchern vorgesehen. Aber das ist keine Dauerlösung, und deshalb habe ich vor einiger Zeit meine dänischen Landsleute im Radio um Hilfe gebeten: Wenn jeder von ihnen nur eine einzige Krone spenden würde, käme sicher genug Geld zusammen, um das Projekt zu sichern, habe ich gesagt.«

Die Baronin bleibt stehen und schaut Ruth triumphierend an: »Die Reaktion war überwältigend: Mehr als achtzigtausend Menschen sind meinem Aufruf gefolgt. Besonders gerührt bin ich davon, dass mir bis heute wildfremde Menschen, wenn sie mich erkennen, eine Krone in die Hand drücken, oder Verkäufer mir Wechselgeld mit einer überzähligen Krone zurückgeben und erklären, das sei für mein Vogelprojekt.«

Als sie die Anhöhe erreichen, lässt sich die Baronin schwer atmend auf der Bank nieder. »Hier werde ich einmal begraben sein, denn die Ngong-Berge sind einfach zu weit weg. Pasop soll bei mir liegen, er weiß das bereits. Ich war auf dem Weg hier hinauf, als Sie die verrückte Idee hatten, meinem Hund ihr Lederarmband ans Halsband zu hängen. Pasop, komm her!« Der

Hund trottet langsam zur Baronin und setzt sich neben sie.

Ruth sagt nichts. Sie blickt auf ihr Handgelenk, um das sie heute Morgen das Lederarmband gewunden hat. Sie trägt es schon seit ein paar Tagen wieder und spielt jetzt etwas verlegen mit den Perlen. Plötzlich legt sich die die hagere Hand der Baronin über ihr Handgelenk und ein zweites Band daneben.

Ruth schaut auf.

»Ich dachte mir, dass es bei Ihnen besser aufgehoben ist als bei mir. Wie Sie sehen, ist die Technik dieselbe, nur ist das Leder von meinem Band dunkler und breiter, und die Farben der Perlen sind schon verblasst. Tragen Sie sie beide, wenn Sie wollen, oder schenken Sie es Ihrem Freund. Hauptsache, wir vergessen die Schätze nicht, die uns das Leben gegeben hat.«

Ruth wickelt sich das Band um ihr Handgelenk. Dann holt sie ihr Portemonnaie aus der Handtasche und nimmt eine Krone heraus, die sie der Baronin in die Hand drückt. »Für Ihr Vogelprojekt.« Karen Blixen nickt und steckt die Münze ein.

Ein Jahr nach dem Tod von Karen Blixen erlangte Kenia offiziell seine Unabhängigkeit. Am 12. Dezember 1963 warteten zweihunderttausend Menschen in einem provisorisch errichteten Stadion bei Nairobi auf den historischen Moment: Unter großem Jubel wurde die britische Fahne eingeholt und die kenianische Flagge gehisst.

Drei Jahre später zogen Ruth und Akil nach Nairobi. Akil trat als Anwalt in eine Kanzlei ein, Ruth wollte als freie Journalistin über das Leben im Land berichten. Sie bezogen eine kleine Wohnung im Stadtteil Karen. Sobald sie die ersten Kisten ausgepackt hatten, fuhren sie nach Mbogani und streiften durch den Garten. Das Haus war verschlossen. Ein Mann, der den Rasen mähte, berichtete ihnen, die dänische Regierung habe es vor Kurzem gekauft und wolle es dem kenianischen Nationalmuseum zur Verfügung stellen. Eine Gedenkstätte solle hier entstehen. Ruth blickte von der Terrasse hinauf zu den Ngong-Bergen und sah Akil fragend an.

Sie ließen sich den Weg erklären und erreichten eine Stunde später das Grab von Denys Finch Hatton. Es war gut zu finden, denn sein Bruder Toby hatte dort einen Obelisken errichten lassen. Auf einem Stein ein paar Meter weiter saß ein Jugendlicher in Schuluniform und ließ sich ein Sandwich schmecken. Neben ihm lag ein Haufen weißer Stoff.

»Jambo«, sagte er und lächelte.

Ruth und Akil antworteten: »Jambo.«

»Was machst du hier? Ein seltsamer Platz für eine Mittagspause«, sagte Akil.

»Habt Ihr ein Gewehr dabei?«

»Nein, warum?«

»Dann solltet Ihr vorsichtig sein. Hier gibt es Löwen.«

»Wirklich? Wir haben davon gehört, aber wir dachten, das sei nur eine Geschichte.«

»Ich weiß nicht, aber viele sagen es. Mein Bruder dort«, er deutete hinter das Grab, wo ein Pick-up stand, »hat ein Messer und passt auf.«

Ein junger Mann stand auf der Ladefläche und winkte ihnen zu. Sie winkten zurück.

»Wie heißt du?«

»Kamau.«

»Kamau, ich bin Ruth, und das ist Akil. Was hast du mit dem Stoff da vor?«

»Ich hänge ihn an den Baum.« Mit dem Kinn deutete er in Richtung einer Akazie und sah sie verschmitzt an. »Wollt ihr wissen, warum?«

»Damit man diesen Platz von Mbogani aus sehen kann?«, fragte Ruth.

Kamau war überrascht.

»Woher weißt du das?«

»Karen hat es mir erzählt. Und für wen hängst du das Tuch auf?«

Der Junge grinste.

»Du hast also eine Freundin«, mischte sich Akil ein.

»Vielleicht«, sagte er, »vielleicht habe ich eine, wenn sie sieht, dass ich das Tuch aufgehängt habe.«

Akil sah ihn anerkennend an. »Gute Idee. Dann bemerkt sie, dass du dich für sie anstrengst.«

Der Junge nickte langsam. Er stand auf und begann, den Stoff auseinanderzufalten.

»Sollen wir dir helfen?«

»Wenn ihr wollt.«

Sie schlangen einen dicken Knoten in eine Ecke des Stoffs, banden eine Schnur darum und befestigten sie an der Akazie. Dann traten sie ein paar Meter zurück, um ihr Werk zu begutachten. Der Wind fuhr in den Stoff und ließ ihn wie ein Segel flattern.

Kamau riss froh die Arme hoch.

»Es funktioniert. Sie wird es sehen! Vielleicht sieht sie es schon in diesem Moment.« Er deutete mit dem Arm nach vorne: »Da ist Mbogani. Genau dort. Erkennt ihr es?«

Alle drei legten die Hände über die Augen und blickten suchend in die Ebene jenseits der Ngong-Berge.

Epilog

Ein Jahr für Pasop

Dieses Buch ist ein Roman. Das bedeutet, dass ich Gespräche, Gedanken und auch Handlungen erfunden habe. Aber es ist ein biografischer Roman, der in vielen Details so nah wie möglich an der historischen Wahrheit bleibt. Dazu gehören auch ein paar Begriffe, die auf koloniale Machtverhältnisse verweisen und die wir nach Rücksprache mit Demba Sanoh, der freundlicherweise das Sensitivity Reading übernommen hat, in Zitaten stehen gelassen haben.

Tania Blixen trug viele Namen: Karen, Tanne, Titania, Isak Dinesen, Osceola, Pierre Andrézel. Den Alltag auf der Farm Mbogani und das Leben in British East Africa hat sie selbst geschildert. Von anderen Erlebnissen aus ihrem Leben kennen wir nur Bruchstücke: So hat es zum Beispiel ihre Begegnung mit Marilyn Monroe im Haus von Carson McCullers wirklich gegeben, aber was dabei gesprochen wurde, wissen wir nur zum Teil. Gleiches gilt für viele andere Ereignisse, die in diesem Buch vorkommen. Ich habe Tania Blixens Leben studiert, ihre Bücher, Briefe und die Biografien über sie gelesen und mir die Original-Schauplätze ihres Lebens angeschaut.

Vieles, was sie erlebt hat, musste ich weglassen oder verkürzen. Eine Sache habe ich jedoch verlängert: Ihr geliebter Hund Pasop starb bereits 1958. Da ich in meinem Roman nicht auf ihn verzichten wollte, habe ich ihm ein weiteres Lebensjahr geschenkt, und ich bin sicher, Karen Blixen hätte nichts dagegen gehabt.

Dank

Bei der Arbeit an diesem Buch haben mich viele Menschen unterstützt, und ich möchte mich herzlich bedanken bei:

- Iris Schulz, *Phoenix Safaris*, Nairobi, für eine perfekt organisierte Tour in Kenia.
- George Karumbo, *Phoenix Safaris*, Nairobi, für die Begleitung durch sein wunderbares Land, für sein unerschöpfliches Wissen, das er mit uns teilte. Für seine Geduld, seine Geschichten, seine Fragen.
- Roda Lange, *Karen Blixen Museum*, Nairobi, für die Führung durch das Farmhaus *Mbogani* und den Garten.
- Francis G. Mwangi, Director der *Kenya National Archives*, Nairobi, und Beth Maina, *Documentation Service*, für die Bereitstellung von Fotos, Büchern und Karten.
- Tove Hussein und Tom Buk-Swienty für einen spannenden Nachmittag auf der Terrasse des *Norfolk Hotel* in Nairobi.
- Steve Mills, Nairobi, für die Führung durch den *Muthaiga Country Club* und für seine Bücher.

- Paul Ekhaba für die Führung durch das *African Heritage House*, Nairobi.
- Pernille Neergaard, *Karen Blixen Museum*, die uns Rungstedlund vom Dachboden bis zum Keller zeigte und mir bis heute jede Frage beantwortete.
- Demba Sanoh von *SAME BUT DIFFERENT Diversity Management & Consulting GmbH*, Berlin, für die aufmerksame Durchsicht des Manuskripts und das Sensitivity Reading, für seine guten Anmerkungen, Ratschläge und seine Wertschätzung.
- Claudia Negele, *Programmleitung Goldmann Hardcover*, für die Idee zu diesem Buch und den entscheidenden Satz im richtigen Moment.
- Thomas Montasser, *Montasser Medienagentur*, für seinen Glauben an mich.
- Susanne Wedewer-Pampus für ihre spontane Bereitschaft, mich nach Kenia zu begleiten, und sich ins Recherche-Abenteuer zu stürzen.
- Katrin Huggins, für das Lesen jeder neuen Fassung, Übersetzungen und Feedback.
- Kahindi Ngundo und Dany Kahindi für Tipps, Erklärungen und Übersetzungen.
- Petra und Fritz Schnier für Ratschläge und Reiseempfehlungen.
- Regina Carstensen für ihren präzisen Blick, dem nichts entgeht, und für ihr einfühlsames Lektorat.
- Claus, ohne den alles keine Freude machen würde.

Zitatnachweis

S. 7

Gewiss ist es ein großes Glück, die Dinge, die einem geschehen, in Geschichten verwandeln zu können. Das ist vielleicht das einzige vollkommene Glück, das ein Mensch im Leben finden kann.

Aus: Tania Blixen, Wiedersehen in: »Gespensterpferde. Nachgelassene Erzählungen.« Rowohlt Tb, Hamburg 1999, Deutsch von Ursula Gunsilius, S. 266

S. 47/48

»Die Regierung hält es manchmal für notwendig, die Ureinwohner mit Hilfe von Soldaten zu dezimieren, aber für gewöhnlich schaffen das der Alkohol, die Pocken, Geschlechtskrankheiten und andere Leiden im Verein mit der Vernichtung ihrer Lebensgrundlage – der Wildbestände.«

Wilhelm Dinesen, zitiert nach: Judith Thurman: Tania Blixen. Ihr Leben und Werk. DVA, Stuttgart 1989, S. 33

S. 74

Selbst Vögel, die im Käfig geschlüpft sind,
sich träumend himmelwärts entringen,
drum singt mein Herz in seinem Gefängnis
nur von Schwingen, nur von Schwingen.

Zitiert nach: Detlef Brennecke: Tania Blixen. Rowohlt Monographie, Reinbeck bei Hamburg 2001, S. 25

S. 204

Was du wirst erwachend sehn,
Wähl es dir zum Liebsten schön;

William Shakespeare, Ein Sommernachtstraum, übersetzt von Friedrich Wilhelm Schlegel, in: William Shakespeare, Sämtliche Komödien, Winkler Verlag München 1976, 2. Aufzug, II. Szene, S. 553

S. 204

Wollt Ihr in unsern Ringen ruhig tanzen
Und unsre lustgen Mondscheinspiele sehn,
So kommt mit uns!

William Shakespeare, Ein Sommernachtstraum, übersetzt von Friedrich Wilhelm Schlegel, in: William Shakespeare, Sämtliche Komödien, Winkler Verlag München 1976, 2. Aufzug, I. Szene, S. 548

S. 205

Zur selben Zeit sah ich (du konntest nicht)
Cupido zwischen Mond und Erde fliegen
In voller Wehr;

William Shakespeare, Ein Sommernachtstraum, übersetzt von Friedrich Wilhelm Schlegel, in: William Shakespeare, Sämtliche Komödien, Winkler Verlag München 1976, 2. Aufzug, I. Szene, S. 548

S. 211

»Where'er You Walk« Arie aus Händels Oratorium *Semele*

Wohin du auch wanderst
Sollen sanfte Winde die Lichtung kühlen
Wohin du dich setzest
Sollen sich Bäume über dich beugen und Schatten spenden.

Übersetzt von Katrin Huggins

S. 226

Ich bitte dich, du holder Sterblicher,
Sing noch einmal! Mein Ohr ist ganz verliebt
In deine Melodie;

William Shakespeare, Ein Sommernachtstraum, übersetzt von Friedrich Wilhelm Schlegel, in: William Shakespeare, Sämtliche Komödien, Winkler Verlag München 1976, 3. Aufzug, I. Szene, S. 560

S. 226

Mich wundert's, ob Titania erwachte
Und welch Geschöpf ihr gleich ins Auge fiel,
Worin sie sterblich sich verlieben muß.

William Shakespeare, Ein Sommernachtstraum, übersetzt von Friedrich Wilhelm Schlegel, in: William Shakespeare, Sämtliche Komödien, Winkler Verlag München 1976, 3. Aufzug, II. Szene, S. 562

S. 236

Nun komm, Gemahlin! Hand in Hand gefügt,
Und dieser Schläfer Ruheplatz gewiegt!
Die Freundschaft zwischen uns ist nun erneut:
Wir tanzen morgen Mitternacht erfreut.

William Shakespeare, Ein Sommernachtstraum, übersetzt von Friedrich Wilhelm Schlegel, in: William Shakespeare, Sämtliche Komödien, Winkler Verlag München 1976, 4. Aufzug, I. Szene, S. 577

S. 257

»Und doch, die Wahrheit zu sagen, halten Vernunft und Liebe heutzutage nicht viel Gemeinschaft« (...) »Du bist so weise, wie du reizend bist.«

William Shakespeare, Ein Sommernachtstraum, übersetzt von Friedrich Wilhelm Schlegel, in: William Shakespeare, Sämtliche Komödien, Winkler Verlag München 1976, 3. Aufzug, I. Szene, S. 560

S. 264

Blume mit dem Purpurschein
Die Cupidos Pfeile weihn,
Senk dich in sein Aug hinein;
Wenn er sieht sein Liebchen fein,
Daß sie glorreich ihm erschein
Wie Cyther im Sternenreihn.

William Shakespeare, Ein Sommernachtstraum, übersetzt von Friedrich Wilhelm Schlegel, in: William Shakespeare, Sämtliche Komödien, Winkler Verlag München 1976, S. 564

S. 385

Graugänse sah ich übers das Flachland fliegen,
Wildgänse zitternd in der hohen Luft –
in gerader Bahn von Horizont zu Horizont –,
mit der Seele kühn in ihren Hälsen,
ich sah ihr graues Weiß den großen Himmel streifen
und das Sonnenrad über den gebrochnen Hügeln.
Fühlte mein Leben in ihren Kehlen erstarren.

Iris Tree, zitiert nach: Tania Blixen: Jenseits von Afrika, aus dem Dänischen übersetzt von Gisela Perlet, Manesse Verlag, München 2017, S. 570